KB046715

A
HOLO
GRAM
FOR
THE
KING

A HOLOGRAM FOR THE KING
by Dave Eggers

Copyright ⓒ Dave Eggers, 2012
Korean Translation Copyright ⓒ MUNHAKDONGNE Publishing corp., 2018

This Korean translation is published by arrangement with
Dave Eggers c/o The Wylie Agency (UK) Ltd. through Milkwood Agency.
All rights reserved.

이 책의 한국어판 저작권은 밀크우드 에이전시를 통해
Dave Eggers c/o The Wylie Agency (UK) Ltd.와 독점 계약한 ㈜문학동네에 있습니다.
저작권법에 의해 한국 내에서 보호를 받는 저작물이므로
무단 전재 및 무단 복제를 금합니다.

이 도서의 국립중앙도서관 출판예정도서목록(CIP)은
서지정보유통지원시스템 홈페이지(http://seoji.nl.go.kr)와
국가자료공동목록시스템(http://www.nl.go.kr/kolisnet)에서 이용하실 수 있습니다.
(CIP제어번호: CIP2018004797)

왕을 위한 홀로그램

데이브 에거스 장편소설 | 정영목 옮김

A
HOLO
GRAM
FOR
THE
KING

문학동네

일러두기
1. 주석은 모두 옮긴이주이다.
2. 본문 중 고딕체는 원서에서 이탤릭체로 강조한 부분이고, 볼드체는 원서에서 대문자로 강조한 부분이다.
3. 장편소설과 단행본은 『 』, 연속간행물과 영화 제목은 〈 〉로 표시했다.

대니얼 맥스위니, 론 해들리,
폴 비다, 이 모든 훌륭한 사람들에게

우리를 필요로 하는 일이 매일 있는 건 아니다.

사뮈엘 베케트

I

앨런 클레이는 사우디아라비아 제다에서 잠을 깼다. 2010년 5월 30일이었다. 이곳에 오느라 이틀 동안 비행기를 탔다.

나이로비에서 그는 어떤 여자를 만났다. 그들은 각자의 비행기를 기다리며 나란히 앉아 있었다. 여자는 키가 크고, 몸의 굴곡이 뚜렷했고, 아주 작은 금귀걸이를 달고 있었다. 피부는 불그스름하고 목소리는 노래하는 듯했다. 앨런은 자기 삶의 많은 사람들, 매일 보는 사람들보다 그녀가 좋았다. 그녀는 뉴욕 북부에 산다고 했다. 보스턴 교외에 있는 그의 집에서 그리 멀지 않았다.

용기가 있었다면 그녀와 시간을 더 보낼 방법을 찾았을 것이다. 그러나 그는 그냥 예정대로 비행기를 타고 리야드로, 거기서 다시 제다로 날아왔다. 공항으로 그를 마중나온 사람이 힐턴 호텔까지 데려다주었다.

새벽 한시 십이분, 앨런은 딸깍 소리를 내며 힐턴의 자기 방으로 들어갔다. 그는 얼른 잠자리에 들 준비를 했다. 잠이 필요했다. 아침 일곱시에 북쪽으로 한 시간을 가서 여덟시까지 킹 압둘라 경제도시에 도착해야 했다. 그곳에서 팀원들과 함께 홀로그램 원격회의 시스템을 설치하고, 다름 아닌 압둘라왕 앞에서 프레젠테이션을 하기 위해 대기할 계획이었다. 좋은 인상을 주게 된다면 압둘라는 도시 전체를 위한 IT 계약을 릴라이언트사와 체결할 것이고, 앨런의 커미션, 여섯 자릿수 중간쯤이 될 그 돈은 그를 괴롭히는 모든 것을 해결해줄 터였다.

그러니 푹 쉬었다는 느낌이 들어야 했다. 준비되었다는 느낌이 들어야 했다. 그러나 잠을 이루지 못한 채 침대에서 네 시간을 보내고 말았다.

그는 딸 키트를 생각했다. 대학, 아주 좋고 비싼 대학에 다니고 있었다. 그러나 그는 가을 학기 등록금을 내줄 돈이 없었다. 살면서 잇따라 멍청한 결정을 내리는 바람에 딸아이 등록금을 내줄 수가 없었다. 그는 계획을 잘 세우지 못했다. 필요할 때 용기를 내지 못했다.

그의 결정은 근시안적이었다.

동료들의 결정도 근시안적이었다.
그 결정들은 어리석고 편의적이었다.

그러나 당시에는 자신의 결정이 근시안적이거나 어리석거나 편의적인지 몰랐다. 그와 그의 동료들은 장차 자신들을, 앨런을 지금 같은 꼴로 만들게 될 결정을 내리고 있다는 것을 알지 못했다—지금 앨런은 거의 파산 상태에 실업자와 다를 바 없었으며 집을 사무실 삼아 운영하는 1인 컨설팅 회사의 사장이었다.

키트의 엄마 루비와는 이혼했다. 이미 함께 산 시간보다 헤어져 산 시간이 더 길었다. 지금은 캘리포니아에 사는 루비는 지독한 골칫거리이고, 키트에게 들어가는 돈은 전혀 보태지 않았다. 대학은 당신 담당이잖아, 그녀는 그렇게 말했다. 사내답게 굴어.
키트는 가을부터 대학에 다니지 못할 것이다. 앨런이 집을 내놓았지만 아직 팔리지 않았다. 그것 말고는 선택의 여지가 없었다. 그는 많은 사람에게 빚을 졌는데, 거기에는 그가 보스턴 지역에서 생산할 수 있을 거라 생각했던 새로운 자전거의 시제품을 만든 자전거 디자이너 부부에게 줄 1만 8000달러도 있었다. 이 때문에 그는 멍청이 소리를 들어야 했다. 짐 윙에게도 갚을 돈이 있었는데, 재료비와 처음이자 마지막 창고 임대료로 쓴 4만 5000달러였다. 친구와 동업자 후보 대여섯 명에게도 6만 5000달러를 꿨다.

그래서 그는 파산 상태였다. 이러다 키트의 학비를 대지 못하리라는 것을 깨달았을 때에는 이미 너무 늦어서 다른 지원금을 신청할 수도 없었다. 학교를 옮기기에도 너무 늦어버렸다.

키트처럼 건강하고 젊은 여자가 대학을 한 학기 쉬는 것이 비극일까? 아니, 비극이 아니다. 길고 고통스러운 세계사는 키트같이 똑똑하고 유능한 젊은 여자가 대학 한 학기를 쉬는 것에는 눈길도 주지 않을 것이다. 아이는 살아남을 것이다. 그것은 비극이 아니었다. 비극과는 한참 거리가 멀었다.

사람들은 찰리 팰런에게 일어난 일이 비극이라고 했다. 찰리 팰런은 앨런의 집 근처 호수에서 얼어죽었다. 앨런의 집 바로 옆에 있는 호수였다.

앨런은 제다 힐턴 호텔 방에서 잠을 이루지 못하는 동안 찰리 팰런을 생각했다. 그날 앨런은 찰리가 호수로 걸어들어가는 것을 보았다. 앨런은 차를 타고 멀리, 채석장에 가는 길이었다. 찰리 팰런 같은 남자가 9월에 희미하게 반짝이는 검은 호수로 걸어들어가는 것이 평범해 보이지는 않았지만, 그렇다고 특이해 보이지도 않았다.

찰리 팰런은 앨런에게 책 몇 페이지를 잘라 보내곤 했다. 이 년째 그러고 있었다. 찰리는 뒤늦게 초절주의자*들을 발견하고 그들에게 동질감을 느꼈다. 브룩 농장**이 자신과 앨런이 사는 곳에서

---

* 미국 사상가이자 시인 랠프 월도 에머슨 등을 중심으로 한 미국 낭만주의자들.
** 19세기 중반 미국에서 시도되었던 유토피아적 농촌 공동체.

멀지 않다는 걸 알게 된 뒤에는 거기에 뭔가 의미가 있다고 생각했다. 그리고 어떤 연관이 있을 거라 기대하며 자신의 보스턴 가계도를 추적해보았지만, 아무것도 찾지 못했다. 그런데도 그는 이런저런 구절에 형광펜으로 줄을 그은 페이지를 몇 장씩 앨런에게 보내왔다.

특권을 누리는 정신이나 하는 일이야, 앨런은 그렇게 생각했다. 그 거지 같은 것 좀 보내지 마, 그가 찰리에게 말했다. 하지만 찰리는 싱글싱글 웃으며 계속 보냈다.

그래서 앨런은 토요일 정오에 호수로 걸어들어가는 찰리를 보았을 때, 그것이 그가 이 땅에 대해 가지게 된 새로운 애착의 논리적 연장선상에 있는 행동이라고 여겼다. 그날 앨런이 지나칠 때 찰리는 발목까지만 물에 잠겨 있었다.

II

제다 힐턴 호텔에서 잠을 깼을 때 앨런은 이미 지각이었다. 여덟 시 십오분이었다. 그는 다섯시가 지난 직후 잠이 들었다.

여덟시에는 킹 압둘라 경제도시에 가 있어야 했다. 적어도 한 시간은 걸리는 거리였다. 샤워를 하고 옷을 입고 차를 타고 가면 열시가 될 터였다. 임무를 시작하는 첫날에 두 시간이나 지각하는 것이다. 바보였다. 그는 매년 더 바보가 되어갔다.

케일리의 휴대전화로 전화를 걸어보았다. 전화를 받았다. 특유의 쉰 목소리로. 만약 다른 생에서 만나, 운명의 물레가 지금과 다르게 돌아가서 그는 지금보다 젊고 그녀는 지금보다 나이가 많았다면, 그리고 둘 다 한번 시도해볼 만큼 어리석었다면, 그와 케일리는 어떤 끔찍한 관계가 되었을 것이다.

"여보세요 앨런! 여기 아름다워요. 아, 어쩌면 아름다운 건 아니 겠네요. 어쨌든 앨런은 지금 여기 없고요."

그가 설명했다. 거짓말은 하지 않았다. 이제는 거짓말을 하는 데 필요한 힘, 창의력도 없었다.

"뭐, 걱정 마세요." 그녀가 작게 웃음을 터뜨렸다. 그녀의 목소 리는 관능이 늘 지속되는 환상적인 삶의 가능성을 암시하며 그런 삶의 존재를 찬양하고 있었다. "아직 설치하는 중이에요. 하지만 혼자 알아서 오셔야 해요. 앨런이 여기 어떻게 뭐 타고 오는 게 좋 을까?"

그녀가 다른 팀원들에게 소리치는 것 같았다. 동굴 안처럼 소리 가 울렸다. 그는 어둡고 텅 빈 곳, 젊은 사람 셋이 촛불을 손에 쥐 고 그와 그가 가져오는 랜턴을 기다리는 곳을 그려보았다.

"차는 못 빌릴 텐데." 그녀가 팀원들에게 말했다.

이제 그에게 말했다. "차를 빌리실 수 있어요, 앨런?"

"방법을 찾아볼게." 그가 말했다.

그는 로비로 전화를 걸었다.

"여보세요. 저는 앨런 클레이입니다. 그쪽은 이름이 뭐죠?"

그는 이름을 물었다. 예전 풀러 브러시에 다니던 시절에 조 트리 볼이 심어준 습관이었다. 이름을 물어라, 이름을 반복해서 불러라. 네가 사람들 이름을 기억하면, 그 사람들도 너를 기억한다.

직원은 자기 이름이 에드워드라고 말했다.

"에드워드?"

"네, 손님. 제 이름은 에드워드입니다. 무슨 일이시죠?"

"어디 출신이죠, 에드워드?"

"인도네시아 자카르타입니다, 손님."

"아, 자카르타." 앨런이 말했다. 그러면서 자카르타에 관해서는 아무 할 말이 없다는 것을 깨달았다. 자카르타에 관해 아는 것이 하나도 없었기 때문이다.

"에드워드, 내가 호텔을 통해 차를 한 대 빌리려고 하는데 어떻게 생각해요?"

"국제운전면허증이 있나요?"

"아니요."

"그렇다면 안 됩니다. 빌리면 안 될 것 같은데요."

앨런은 호텔 안내원에게 전화를 했다. 킹 압둘라 경제도시까지 데려다줄 운전기사가 필요하다고 설명했다.

"몇 분 걸릴 겁니다." 안내원이 말했다. 사우디 억양이 아니었다. 이 사우디 호텔에는 사우디 사람이 한 명도 일하지 않는 것 같았다. 어디를 가나 사우디 사람이 일하는 경우는 거의 없지요. 그는 그런 말을 들었다. 모든 부문에서 노동력을 수입합니다. "손님을 모시기에 적당한 사람을 찾아야 하거든요." 안내원이 말했다.

"그냥 택시를 부르면 안 되나요?"

"그렇게는 안 됩니다, 손님."

앨런은 피가 뜨거워졌지만, 이것은 그가 자초한 혼란이었다. 그는 고맙다고 말하고 전화를 끊었다. 그도 제다나 리야드에서는 그냥 택시를 부를 수 없다는 것을 알고 있었다―어쨌든 안내서에 그렇게 나와 있었다. 사실 이런 책들은 모두 외국인 여행자에게 사우디아라비아 왕국의 위험한 면을 설명할 때면 잔뜩 긴장하곤 했다. 국무부는 사우디에 최고 수준의 경보를 발령했다. 납치 가능성도 없지 않다. 앨런은 알카에다에 팔려갔다가 몸값이 지불되고 나서 국경 너머로 옮겨질 수도 있다. 하지만 앨런은 일 때문에 구십 년대에는 후아레스에 가고, 팔십 년대에는 과테말라에 가기도 했지만, 어디에서도 위험을 느낀 적이 없었다.

전화벨이 울렸다.
"기사를 찾았습니다. 언제 필요하신가요?"
"가능한 한 빨리요."
"십이 분 후면 도착할 겁니다."

앨런은 샤워를 하고 반점이 생긴 듯 얼룩덜룩한 목을 면도했다. 속옷, 하얀 버튼다운 셔츠, 카키 바지를 입고 황갈색 양말에 로퍼를 신었다. 딱 미국 비즈니스맨처럼 옷을 입어라. 그는 그런 이야기를 듣곤 했다. 지나치게 열성을 보여 토브*를 입고 머리에 천까

---

* 아랍 국가 남성들이 입는 발목까지 오는 가운.

지 두른 서구인들에게 주의를 주는 이야기였다. 섞여들어가려 노력하는 서구인들. 그러나 그런 노력은 인정받지 못했다.

앨런은 셔츠 칼라를 매만지다 한 달 전 처음 발견한 목의 혹을 만져보았다. 경추에서 튀어나온 그 혹은 크기가 골프공만했고, 연골 같은 느낌을 주었다. 어떤 날은 척추의 일부이겠거니 하고 넘겨버리기도 했다. 달리 뭐겠는가?
종양일 수도 있었다.
다른 데도 아니고 척추에 그런 혹이라니—틀림없이 침습성이고 치명적일 것이다. 최근 들어 머릿속이 뿌옇고 걸음걸이가 흔들렸다. 거기서 뭔가가 자라나와 그를 갉아먹고 활력을 빨아들이고 예리함과 목적의식을 죄다 짜내버리고 있다고 생각하자 모든 게 무시무시하고 완벽하게 맞아떨어졌다.

그는 혹 때문에 전문가를 만나볼 계획도 세워봤지만 그만두고 말았다. 이런 것은 수술을 할 수 없었다. 그렇다고 앨런은 방사선 치료도 원하지 않았고, 대머리가 되고 싶지도 않았다. 싫었다. 가끔 만져보고, 수반되는 증상들을 추적하고, 조금 더 만져보고, 그렇게 내버려두는 것이 수였다.

십이 분 뒤 앨런은 준비를 마쳤다.
케일리에게 전화를 했다.
"지금 호텔에서 출발할 거야."

"좋아요. 여기 도착하시면 설치가 다 끝났을 거예요."

이 팀은 그가 없어도 거기에 갈 수 있고, 그가 없어도 설치를 할 수 있었다. 그런데 그는 대체 왜 여기 온 걸까? 겉보기에만 그럴듯한 이유들뿐이었지만 어쨌든 그 이유들 때문에 이곳에 온 것이었다. 첫번째 이유는 그가 다른 팀원들보다 나이가 많다는 것인데, 사실 다른 팀원들은 모두 어린애들로, 서른이 넘는 사람이 없었다. 두번째, 앨런이 구십 년대 중반에 플라스틱 사업을 함께 하면서 압둘라왕의 조카를 알게 되었는데, 뉴욕 릴라이언트의 부사장 에릭 잉볼은 그 정도면 왕의 관심을 끌기에 충분한 연줄이라고 보았다. 틀린 생각이었지만, 앨런은 그들의 생각을 바꾸지 않는 쪽을 택했다.

앨런은 이 일 덕분에 행복했다. 그에게는 이 일이 필요했다. 잉볼이 전화를 걸어오기까지 열여덟 달 남짓의 세월이 그를 무척 겸손하게 만들었다. 과세 대상 소득으로 2만 2350달러를 신고하는 것은 그 나이에 겪으리라 예상해보지 못한 경험이었다. 그는 칠 년 동안 집에서 컨설팅 일을 했고, 매년 수익이 줄었다. 지출을 하는 사람이 없었는데도. 오 년 전만 해도 사업은 괜찮았다. 오랜 친구들이 일을 던져주었고, 그는 그들에게 쓸모가 있었다. 그는 친구들을 자기가 아는 업체들과 연결하고, 부탁을 하고, 거래를 성사시키고, 수익의 일부를 쏠쏠하게 챙겼다. 그는 자신이 가치 있다고 느꼈다.

이제 그는 쉰네 살이 되었고 미국 기업 시장에서는 진흙으로 만든 비행기만큼이나 흥미 없는 존재였다. 일을 찾을 수 없었고, 고객과 계약을 할 수 없었다. 슈윈에서 허피로, 다시 프런티어 매뉴팩처링 파트너스로, 거기서 앨런 클레이 컨설팅으로, 그리고 집에 앉아 04년, 07년 월드 시리즈에서 레드 삭스가 승리하는 DVD나 보는 신세로 옮겨갔다. 그리고 레드 삭스가 양키스를 상대로 네 타자 연속 홈런을 쳤던 경기. 2007년 4월 22일. 그 사 분 삼십 초를 백 번은 봤을 텐데 볼 때마다 어떤 환희 같은 것을 느꼈다. 어떤 정의의 느낌, 질서의 느낌. 누구도 빼앗아갈 수 없는 승리였다.

앨런은 호텔 안내원에게 전화를 했다.
"차가 왔나요?"
"죄송합니다. 늦는다는군요."
"그쪽 혹시 자카르타 직원인가요?"
"네."
"에드워드."
"네."
"다시 만났네요, 에드워드. 차가 얼마나 늦을까요?"
"이십 분 더 있어야 합니다. 음식 좀 올려보낼까요?"

앨런은 창으로 가서 밖을 내다보았다. 이 높이에서 보니 홍해는 차분하고 아무런 특색이 없었다. 육차선 간선도로가 홍해 바로 옆을 따라 달리고 있었다. 하얀 옷을 입은 남자 세 명이 방파제에서 낚시를 했다.

앨런은 옆에 있는 발코니를 보았다. 유리에 비친 자기 모습이 보였다. 평범해 보였다. 면도를 하고 옷을 차려입으면 주류에 속한 사람으로 통했다. 그러나 이마 밑이 왠지 어두웠다. 눈이 뒤로 움푹 꺼졌고 사람들이 그것을 알아보았다. 지난 고등학교 동창회에서 어떤 남자가, 앨런이 경멸하던 전직 풋볼 선수가 말했다. 앨런 클레이, 1000킬로미터 뒤에서 노려보는 것 같네. 어쩌다 이렇게 된 거야?

바다에서 세찬 바람이 한줄기 불어왔다. 멀리서 컨테이너선이 물을 가로질러 움직이고 있었다. 여기저기 보트 몇 척이 떠 있었다. 장난감처럼 작아 보였다.

보스턴에서 런던으로 가는 비행기에서는 옆자리에 남자가 앉았다. 그는 진토닉을 연거푸 마시며 혼잣말을 해댔다.

"한동안은 좋았지, 안 그래?" 그는 그렇게 말했다. "몇 년이야, 삼십 년쯤 되나? 아니면 이십 년, 이십이 년? 하지만 끝났어. 의심의 여지 없이 끝났어. 이제 우린 관광업과 소매업의 시대를 맞아 서유럽과 합칠 준비를 해야 돼." 그게 비행기에서 그 남자가 하던 말의 요지 아니었던가? 그 비슷한 거였다.

그는 입을 다물 생각이 없었고, 계속 술을 시켰다.

"우리는 집안에 사는 고양이들의 나라가 됐어." 그는 그렇게 말했다. "의심하는 사람들, 걱정하는 사람들, 지나치게 생각이 많은 사람들의 나라가 됐다고. 맙소사, 이 나라에 처음 정착한 미국인들과는 완전히 달라. 다른 혈통이야! 그 사람들은 나무 바퀴가 달린 마차를 타고 온 땅을 가로질렀다고! 가는 길에 사람들이 죽어나갔지만 멈추지 않았지. 그 시절에는 죽은 사람을 땅에 묻고 계속 갔거든."

술에 취했고 어쩌면 제정신이 아니었을지도 모르는 그 사람 역시 앨런과 마찬가지로 제조업에서 태어났다가 나중에 어느 때쯤인가 물건을 만드는 것에서 벗어난 세계들 속에서 길을 잃었다. 그는 진토닉을 계속 들이붓더니 있는 대로 다 마셔버렸다. 그는 프랑스로 가는 길이었다. 그의 아버지가 제2차세계대전 뒤 니스 근처에 지은 작은 집에서 은퇴 후 여생을 보내러 가는 것이었다. 그게 다였다.

앨런은 그 남자의 비위를 맞춰주었고, 그들은 중국과 한국, 베트남에서 옷을 만드는 것, 아이티 의류산업의 성쇠, 하이데라바드의 좋은 방 가격에 관한 서로의 생각을 비교했다. 앨런은 자전거 쪽에서 수십 년을 보내고 난 뒤, 잠깐씩 여남은 가지 일을 전전했다. 컨설팅, 회사들이 무자비한 효율을 추구하며 경쟁력을 키우도록 돕는 일, 로봇, 고효율 생산, 그런 것들이었다. 그러나 해가 갈수록 그와 같은 사람에게 오는 일거리는 줄어들었다. 미국 땅에서 제조업은 끝이 났다. 그든 누구든 어떻게 아시아에서 드는 비용의 다섯 배에서 열 배를 지출하라고 주장할 수 있겠는가? 아시아 임금이 감당할 수 없는 수준—예를 들어 시급 5달러—으로 오르면 아프리카가 있었다. 중국인들은 벌써 나이지리아에서 운동화를 만들고 있었다. 잭 웰치*는 제조업이 가능한 한 가장 싼 조건을 찾아 거룻배를 타고 영원히 지구를 맴돌 수밖에 없다고 말했고, 세상은 그의 말을 그대로 받아들이는 것 같았다. 비행기의 남자는 울부짖으며 이렇게 항변했다. 어디서 만드느냐를 따져야 한단 말입니다!

그러나 앨런은 절망하고 싶지 않았고, 동석자의 막연한 불안감에 질질 끌려가고 싶지도 않았다. 앨런은 낙관적이었다, 안 그런가? 그는 자신이 그렇다고 말했다. 막연한 불안감. 그 남자는 그 말을 되풀이해 사용했다. 그걸 정말 제대로 보여주는 건 블랙유머지요. 농담들! 남자는 울부짖었다. 나는 그런 농담들을 프랑스, 영국, 스페인에서 들었습니다. 러시아에서도요! 사람들이 절망적인 정부에 관해, 자기 나라의 기본적이고 돌이킬 수 없는 기능장애에 관해 불평을 하더군요. 이탈리아에서도 그랬고요! 맛이 간 거지요. 쇠퇴할 거라고 지레 생각해버리는 겁니다. 어디나 그래요. 이제 우리도 마찬가지고요. 그 어두운 빈정거림. 하느님한테 맹세하는데, 그게 바로 우리를 죽이는 겁니다. 그건 쓰러져서 일어나지 못한다는 표시예요!

앨런은 그 이야기를 처음 듣는 게 아니었고, 더는 듣고 싶지 않았다. 그는 헤드폰을 끼고서 남은 비행시간 내내 영화를 보았다.

앨런은 발코니에서 나와 어둡고 서늘한 방으로 돌아왔다.

집 생각이 났다. 지금 집에 누가 있을까 궁금했다. 누가 거쳐가

---

* 미국 기업인(1935~)으로, 제너럴 일렉트릭사의 최연소 최고경영자를 지냈다.

고, 물건들을 만져보고, 다시 떠날까?

그는 집을 팔려고 내놓았다. 넉 달째였다. 저게 사람이 얼어죽었다는 그 호수야?

루비가 전화를 하는 이유는 오직 집 때문이었다. 팔렸어? 그녀는 돈이 필요했고 앨런이 집을 팔고도 그 사실을 비밀로 할 수 있다고 생각했다. 팔리면 알게 될 거야. 그는 그녀에게 말했다. 인터넷에도 나오잖아. 그녀가 소리를 지르기 시작하자 그는 전화를 끊었다.

어떤 여자가 앨런의 집을 꾸몄다. 그런 일을 하는 사람들이 있었다. 집에 들어와 집주인이 도저히 할 수 없을 만큼 매력적으로 집을 꾸며놓는다. 주인의 인간적인 지저분함 때문에 생겨난 어둠을 밝게 만드는 것이다.

그러면 집이 팔릴 때까지 주인은 자기집의 다른 형태, 더 나은 형태에서 살게 된다. 노란색이 더 많아졌다. 꽃도 있고 재생 목재로 만든 탁자도 있다. 집주인의 물건들은 창고에 보관되어 있다.

여자 이름은 르네였고, 가늘고 성긴 머리카락이 솜사탕처럼 위로 쏠려올라가 있었다. 잡동사니들을 치우는 것부터 시작하세요. 그녀가 말했다. 여기 있는 것 중 구십 퍼센트는 상자에 넣어서 치워야 해요. 이십 년 동안 축적된 모든 것 위로 팔을 휘두르며 그녀가 말했다.

그는 짐을 쌌다. 치우고 또 치웠다. 가구는 그대로 두었는데, 그녀가 돌아와서 말했다. 자, 이제 가구를 바꿔요. 새로 사실래요, 아니면 빌리실래요?

그는 가구를 치웠다. 거실에 긴 소파가 두 개 있었는데 둘 다 내보냈다. 하나는 키트의 친구에게 주었다. 하나는 잔디를 깎아주는 추이에게 주었다. 르네가 그림을 빌려왔다. 특징 없는 추상화예요. 르네가 말했다. 방마다 그림이 걸렸다. 기분좋은 색깔, 아무것도 나타내지 않는 모호한 형체들이 담긴 캔버스들.

그게 넉 달 전 일이었다. 그는 내내 집에 있다가 부동산업자가 손님에게 집 구경을 시켜줄 때면 밖으로 나갔다. 가끔은 그대로 있기도 했다. 때때로 그가 집안의 사무실에 들어가 문을 잠그고 있으면 손님들이 집안 여기저기를 돌아다니며 한마디씩 했다. 천장이 낮네요. 그들은 그렇게 말하곤 했다. 욕실이 좁아요. 이게 원래 바닥인가요? 곰팡내가 나는데. 나이든 분들이 살고 있나요?

가끔 잠재적 구매자가 들어왔다가 나가는 것을 지켜보기도 했다. 얼간이처럼 사무실 창으로 엿보았다. 어느 커플이 너무 오래 머무는 바람에, 앨런은 어쩔 수 없이 커피잔에 오줌을 누기도 했다. 전문직 종사자처럼 보이는, 긴 가죽코트를 입은 여자 손님은 집에서 나가 진입로를 내려가다가 창을 통해 그를 보았다. 그녀가 부동산업자를 돌아보며 말했다. 방금 유령을 본 것 같아요.

앨런은 해안을 따라 부드럽게 부서지는 파도를 지켜보았다. 사우디아라비아에 이렇게 넓고 깨끗한 해안이 있을지 누가 알았을까? 앨런은 몰랐다. 그는 밑에 있는 야자나무 수십 그루, 그가 묵는 호텔이나 옆 호텔 마당에 심어놓은 나무들, 그리고 그 너머의 홍해를 보았다. 여기서 지낼까 하는 생각이 들었다. 새로운 이름을 사용할 수 있었다. 모든 빚을 무시할 수 있었다. 어떻게 해서든 키트에게 돈을 보내고, 짓누르는 바이스 같은 미국의 삶을 떠나는 것이다. 그는 오십사 년을 그렇게 바이스에 눌려 살았다. 그 정도면 충분하지 않을까?

아니다. 그렇지만은 않았다. 거기에서 벗어나는 날도 있었다. 세상을 품을 수 있는 날도 있었다. 멀리 내다볼 수 있는 날도 있었다. 무관심의 산기슭 위로 올라가 자신의 삶과 미래의 풍경을 있는 그대로 볼 수 있는 날도 있었다. 그곳은 지도를 그릴 수 있고, 가로지를 수 있고, 얻을 수 있는 곳이었다. 전에는 하고 싶은 모든 일이 이루어졌는데 지금이라고 왜 그렇게 못하겠는가? 할 수 있었다. 지속적으로 노력하기만 한다면. 계획을 세우고 실행에 옮기기만 한다면. 할 수 있었다! 할 수 있다고 믿어야 했다. 당연히 믿었다.

이 압둘라 거래는 이미 따놓은 것이나 다름없어 보였다. 릴라이언트와 규모로 경쟁할 수 있는 곳은 없었고, 이제 그들에게는 염병할 홀로그램까지 있었다. 앨런은 이 거래를 마무리하고, 자기 몫을 챙기고, 보스턴의 모든 사람들에게 빚을 갚고, 그런 다음 계속 나아갈 것이었다. 작은 공장을 열고, 일단 일 년에 자전거 천 대로 시작해서, 거기에서 점점 늘려가는 거야. 키트의 등록금은 푼돈에 불과할 거야. 부동산업자들은 돌려보내고, 남은 집값을 내고, 세상을 활보하는 거야, 거인처럼, 좆까지 마, 너, 그리고 너, 그리고 너, 하고 말할 수 있을 만큼 충분히 돈을 들고.

문을 두드리는 소리. 아침식사가 왔다. 오 분 만에 해시브라운이 그의 방에 오다니. 다른 사람에게 주려고 만든 것을 대신 먹는 게 아니라면 불가능해. 그는 실제로 그렇다는 것을 깨달았다. 상관없었다. 웨이터가 모든 것을 발코니 탁자에 차려놓게 한 다음, 손을 멋지게 휘둘러 계산서에 서명을 했다. 십층에 앉아, 바람을 향해 눈을 가늘게 뜨고서. 순간적으로, 이게 나다, 하는 느낌이 들었다. 나는 이럴 자격이 있다는 느낌. 주인의 분위기, 소속된 사람의 분위기를 보여줄 필요가 있었다. 다른 사람의 해시브라운을 먹을 수 있는 사람이라면, 호텔에서 다른 누군가가 주문한 아침식사를 먼저 보내줄 만큼 잘 보이고 싶어하는 사람이라면, 어쩌면 왕을 알현할 수 있는 사람일지도 몰랐다.

III

전화벨이 울렸다.

"첫번째 기사한테 문제가 생겼습니다. 그래서 다른 기사한테 연락을 했습니다. 지금 오고 있습니다. 이십 분이면 여기 도착할 겁니다."

"고마워요." 앨런은 그렇게 말하고 전화를 끊었다.

그는 앉아서 마음이 가라앉았다고 느낄 때까지 신중하게 숨을 쉬었다. 그는 미국 비즈니스맨이었다. 부끄럽지 않았다. 오늘은 분발할 수 있었다. 바보처럼 굴지 않을 수 있었다.

앨런은 아무런 보장도 받지 못했다. 왕은 아주 바쁘다고, 그들이 이메일과 전화로 계속 이야기했다. 물론 바쁘시겠죠. 앨런은 거듭

28

그렇게 말하며, 전하가 원하시는 시간에 어디서든 만날 용의가 있다고 되풀이했다. 그러나 그렇게 간단하지 않았다. 단지 왕이 바쁘기만 한 게 아니라, 일정도 갑자기, 자주 바뀌었다. 왕에게 해를 끼치려는 사람들이 많다는 점을 고려할 때 자주, 갑자기 바뀌어야만 했다. 따라서 왕의 일정은 국가의 요구에 따라 자주 바뀔 뿐 아니라, 왕과 왕국을 위해서도 자주 바뀌어야만 하는 것이다. 앨런은 릴라이언트가 킹 압둘라 경제도시에 서비스를 제공하는 데 관심이 있는 다른 많은 업체들과 함께 신생 도시 해안 중심부 어딘가에 추후 결정될 장소에서 상품을 준비해 프레젠테이션을 하게 될 것이며, 왕이 도착하기 직전에 통지해주겠다는 이야기를 들었다. 언제가 될지도 모르고, 몇시가 될지도 모릅니다. 앨런은 그렇게 들었다.

"그럼 며칠이 될 수도, 몇 주가 될 수도 있겠네요?" 그가 물었다.

"네." 그들이 대답했다.

그래서 앨런은 이 출장을 준비했다. 전에도 이런 일을 해본 적이 있었다—반지에 입을 맞추고, 프레젠테이션을 하고, 거래를 한다. 적당한 거간꾼이 있고 고개를 숙이고 있다면 대개 불가능한 일은 아니었다. 게다가 세계에서 가장 큰 IT 공급업체인 릴라이언트를 앞세우고 일한다면 한결 편했다. 압둘라는 아마도 최고를 원할 것이고, 릴라이언트는 자기들이 최고라고 생각했다. 미국 내 가장 유력한 경쟁사의 두 배 규모였으니 가장 큰 곳임은 분명했다.

저는 전하의 조카 잘라위와 아는 사이입니다. 앨런은 그렇게 말할 생각이었다.

아니면 저는 전하의 조카 잘라위와 친합니다.

전하의 조카 잘라위는 제 오랜 친구입니다.

다른 곳에서는 이제 그런 관계가 중요하지 않았고, 앨런도 그것을 알았다. 미국에서는 그게 중요하지 않았고, 다른 많은 곳에서도 중요하지 않았지만, 여기에서는, 왕족 사이에서는, 그런 우정이 의미가 있기를 바랐다.

출장에는 릴라이언트 직원 세 명, 그러니까 엔지니어 두 명과 마케팅 책임자 한 명이 동행했다—브래드, 케일리, 레이철이었다. 그들이 릴라이언트의 역량을 보여주고, 앨런은 대략적인 수치를 제시할 계획이었다. KAEC*에 IT를 공급한다는 것은 릴라이언트에 당장 최소 수억이 떨어진다는 뜻이었고, 앞으로 더 들어온다는 뜻이었고, 더 중요하게는 앨런에게 안락한 생활이 보장된다는 뜻이었다. 안락한 생활은 아닐지도 몰랐다. 그러나 잠재적 파산은 피할 수 있었고, 퇴직할 만한 금액을 손에 넣을 수 있었으며, 키트는 자신이 선택한 대학에 계속 다니면서 인생과 아버지에게 훨씬 덜 실망하게 될 것이었다.

그는 방에서 나왔다. 문이 대포 쏘는 소리를 내며 닫혔다. 그는 주황색 복도를 따라 걸어갔다.

이 호텔은 자신이 사우디아라비아 왕국 안에 존재한다는 증거를

---

* 킹 압둘라 경제도시(King Abdullah Economic City)의 약칭.

보이지 않는 방식으로 지어졌다. 요새처럼 도로와 바다로 둘러싸인 단지 전체가 그런 내용이나 맥락에서 자유로웠고, 아라비아에서 유래한 무늬 한두 개조차 없었다. 온통 야자나무에 어도비 벽돌뿐인 이곳은 애리조나에 있어도, 올랜도에 있어도, 다른 어디에 있어도 이상할 것이 없었다.

앨런은 십층 아래의 아트리움을 내려다보았다. 남자들 수십 명이 이리저리 몰려다니고 있었는데, 모두 사우디 전통 복장 차림이었다. 앨런은 그 용어를 기억해야 했다. 희고 긴 가운은 토브였다. 머리와 목을 덮는 천은 구트라였는데, 이칼이라고 부르는 둥글고 검은 끈으로 고정했다. 앨런은 남자들이 이리저리 몰려다니는 것을 지켜보았다. 토브 때문에 움직임에서 아무런 무게가 느껴지지 않았다. 정령들의 집회 같았다.

복도 끝에서 엘리베이터 문이 닫히는 게 보였다. 그는 달려가 문틈에 손을 밀어넣었다. 양쪽 문이 깜짝 놀라 사과라도 하듯, 덜컥 옆으로 물러났다. 유리 엘리베이터에는 남자 넷이 타고 있었는데, 모두 토브에 구트라 차림이었다. 두어 명이 앨런을 흘끗 올려다보더니 얼른 그들 사이에 들고 있던 신형 태블릿 컴퓨터로 눈을 돌렸다. 태블릿의 주인이 키패드의 특징을 알려주며 태블릿을 빙글빙글 돌리자 그때마다 단추들이 재배치되었고, 그의 친구들은 그것을 보며 몹시 즐거워했다.

그들을 실은 유리 상자는 아트리움을 통과해 로비까지, 눈처럼 소리 없이 떨어져내렸고, 문이 열리자 모조 바위로 만든 벽이 나타났다. 염소鹽素 냄새가 났다.

앨런이 사우디 사람들을 위해 문이 닫히지 않게 잡아두고 있었
지만 한 사람도 고맙다는 말을 하지 않았다. 그는 그들을 뒤따랐
다. 분수가 이유도 박자도 없이 허공에 물을 뿜고 있었다.

그는 로비의 작은 무쇠 탁자에 앉았다. 웨이터가 나타났다. 앨런
은 커피를 시켰다.

근처에 두 남자, 흑인 한 명과 백인 한 명이 똑같이 하얀 토브 차
림으로 앉아 있었다. 앨런의 여행 안내서에는 사우디아라비아에
분명한, 심지어 노골적인 인종차별이 있다고 나와 있었지만 실제
로는 지금과 같은 모습이었다. 그게 사회적 조화의 증거라고 할 수
는 없겠지만, 그래도. 그는 안내서에 나오는 관습이나 견해가 현실
에서 그대로 확인되는 예를 본 적이 없었다. 문화적 규범을 전달하
는 것은 교통 상황을 알리는 것과 비슷했다. 공표하는 순간 이미
현실과는 관계가 없는 것이 되어버린다.

누군가 앨런 근처에 다가와 서 있었다. 고개를 들어보니 통통한
남자가 아주 가느다란 흰 담배를 피우고 있었다. 그가 손을 흔들어
인사하려는 것처럼 손을 들어올렸다. 앨런은 어리둥절해하며, 손
을 흔들었다.

"앨런? 앨런 클레이인가요?"

"그렇습니다."

남자가 유리 재떨이에 담배를 눌러 끄더니 앨런에게 손을 내밀

었다. 손가락이 길고 가늘었으며 섀미가죽처럼 부드러웠다.

"운전기사인가요?" 앨런이 물었다.
"기사, 가이드, 영웅이죠. 유세프입니다." 남자가 말했다.

앨런은 일어섰다. 유세프는 키가 작았다. 크림색에 가까운 흰색 토브를 입고 있어 땅딸막한 몸의 실루엣이 펭귄처럼 보였다. 그는 젊었고, 키트보다 몇 살 많지 않을 것 같았다. 얼굴은 둥글고 주름이 없었으며, 십대처럼 콧수염이 가늘고 성겼다.

"커피 드시던 중인가요?"
"네."
"다 드실 생각인가요?"
"아뇨, 괜찮습니다."
"좋습니다. 그럼 이쪽으로."

그들은 밖으로 걸어나갔다. 더위가 살아 움직이는 맹수 같았다.
"이쪽입니다." 유세프가 말했다. 그들은 서둘러 작은 주차장을 가로질러 진흙빛 갈색의 낡은 쉐비 커프리스로 향했다. 이게 내 애마죠. 그가 말하며 마술사가 가짜 꽃다발을 내밀듯 차를 소개했다.
폐차 직전의 차였다.
"준비되셨나요? 가방 같은 건 없고요?"
없었다. 전에는 서류가방과 리갈 패드를 들고 다니곤 했지만, 회의에서 메모한 것을 다시 본 적이 한 번도 없었다. 지금은 회의에서 아무것도 쓰지 않았고, 이런 습관이 힘의 원천이 되었다. 사람들은 메모를 하지 않는 사람은 대단히 명민할 거라고 짐작했기 때문이다.

앨런이 뒷좌석 문을 열었다.

"아니, 아니." 유세프가 말했다. "나는 자가용 운전기사가 아닙니다. 앞쪽에 앉으세요."

앨런은 순순히 그 말을 따랐다. 좌석에서 작은 먼지구름이 피어올랐다

"이게 무사히 거기까지 갈 수 있을까요?" 앨런이 물었다.

"늘 이 차로 리야드까지 갑니다." 유세프가 말했다. "한 번도 문제를 일으킨 적이 없어요."

유세프가 차에 타 시동을 걸었다. 엔진은 아무런 소리도 내지 않았다.

"아, 잠깐." 그가 그렇게 말하고 밖으로 나가 차의 보닛을 들어 올리더니 그 뒤로 사라졌다. 잠시 후 그가 보닛을 닫고 다시 차에 타 시동을 걸었다. 차가 기침을 하며 깨어났다. 지나간 과거 같은 소리였다.

"엔진 문제인가요?" 앨런이 물었다.

"아니, 아니에요. 호텔 로비에 들어가기 전에 엔진 선을 빼놔야 했거든요. 아무도 선을 감지 못하게 하려고요."

"선을 감아요?" 앨런이 물었다. "폭파시키려고?"

"테러 같은 건 전혀 아니에요." 유세프가 말했다. "그냥 내가 자기 마누라랑 붙어먹고 있다고 생각하는 녀석이 있어서요."

유세프가 후진 기어를 넣고 차를 뒤로 뺐다.

"나를 죽이려 할지도 모르거든요." 그가 말했다. "자, 갑니다."

그들은 호텔을 둘러싼 원형도로를 빠져나갔다. 출구에서 사막 색깔 험비*를 지나쳤다. 험비 위에는 기관총이 장착되어 있었다. 사우디 군인 한 명이 그 옆에 해변용 의자를 갖다놓고 앉아 공기 주입식 풀에 발을 담그고 있었다.

"그러니까 내가 지금 폭발할지도 모르는 차에 타고 있는 건가요?"

"아니, 지금은 아닙니다. 방금 확인했어요. 보셨잖아요."

"진심으로 하는 얘긴가요? 누가 당신을 죽이려고 한다는 게?"

"그럴 수도 있어요." 유세프가 그렇게 말하며 홍해와 나란히 뻗은 간선도로에 올라섰다. "하지만 일이 벌어지기 전까지는 확실히 모르는 거잖아요, 안 그래요?"

"한 시간이나 기다렸는데, 폭발할지도 모르는 차에 타다니."

---

* 군용 지프차의 일종.

"아니, 아니라니까요." 유세프는 이제 정신이 다른 데 팔려 있었다. 두 사람 사이의 음료 보관대에 기대놓은 구형 아이팟을 작동시키려 했다. 아이팟과 자동차 스테레오의 연결에 뭔가 문제가 있었다.

"걱정할 거 전혀 없어요. 그런 식으로 차에 전선을 감는 방법도 모르는 인간일 테니까요. 거칠게 노는 사람은 아닙니다. 그냥 부자예요. 돈을 주고 누군가를 고용해야만 가능한 일이죠."

앨런은 유세프가 자신이 한 말들을 스스로 정리할 때까지 뚫어져라 그를 쳐다보았다—부자는 자기 마누라와 떡을 친 놈 차에 폭탄을 설치하려고 누군가를 고용할 가능성이 아주 높다.

"씨이이이발." 유세프가 이렇게 내뱉으며 앨런을 돌아보았다. "자꾸 그러니까 나까지 바짝 쫄게 되잖아요."

앨런은 차문을 열고 뛰어내릴까 하는 생각을 했다. 그것이 이 남자와 차를 타고 가는 것보다 신중한 행동인 것 같았다.

유세프는 하얀 담뱃갑에서 가느다란 담배 한 대를 더 꺼내 불을 붙이더니 눈을 가늘게 뜨고 앞쪽 도로를 바라보았다. 그들은 길게 늘어선, 거대하고 알록달록한 조각품들을 지나고 있었다.

"무시무시하네요, 그렇죠?" 유세프가 말했다. 하지만 담배를 한 번 길게 빨고 나니 살인청부업자에 대한 걱정은 사라지는 모양이었다. "그래, 앨런. 어디 출신이에요?"

유세프의 태평한 태도에서 풍기는 무언가가 앨런에게도 영향을 주었고, 앨런 역시 걱정을 그치게 되었다. 펭귄 같은 몸에 가느다란 담배와 쉐비 커프리스까지, 그는 어느 면에서 보나 살인청부업자의 관심을 끌 만한 유형은 아니었다.

"보스턴." 앨런이 말했다.

"보스턴. 보스턴." 유세프가 운전대를 탁탁 두드리며 말했다. "나는 앨라배마에 가봤습니다. 대학을 일 년 다녔죠."

그러지 말아야겠다고 생각하면서도 앨런은 이 미치광이와 말을 이어가고 있었다.

"앨라배마에서 공부했다고요? 왜 하필이면 앨라배마죠?"

"그러니까, 내가 그곳 수천 킬로미터 근방에서 유일한 아랍인이 아니었느냐, 그 말이죠? 일 년 동안 장학금을 받았거든요. 내가 있던 곳은 버밍햄이에요. 보스턴하고는 상당히 다르겠죠, 아마도?"

앨런은 버밍햄을 좋아했고, 그렇다고 이야기했다. 그는 버밍햄에 친구들이 있었다.

유세프가 웃었다. "그 커다란 불카누스상 있잖아요, 아시죠? 무시무시해요."

"그래요. 그 조각상 아주 마음에 들더라고요." 앨런이 말했다.

앨라배마에서 보낸 기간이 유세프의 미국식 영어를 설명해주었다. 그의 영어에서 사우디 억양은 아주 희미하게만 느껴질 뿐이었다. 그는 수제 샌들을 신고 오클리 선글라스를 꼈다.

그들은 빠른 속도로 제다를 통과했고, 모든 게 아주 새로워 보여

로스앤젤레스와 다를 것이 없었다. 부르카*를 쓴 로스앤젤레스. 앤지 힐리가 언젠가 그에게 그렇게 말한 적이 있었다. 둘은 한동안 트렉에서 함께 일했다. 그는 그녀가 그리웠다. 그의 삶에서 또 한 사람의 죽은 여자. 너무 많았다. 오랜 친구가 된, 그러다 늙은 친구가 되어버린 여자친구들, 결혼을 하고 나이를 조금 먹고 이제는 아이들마저 장성해버린 여자친구들. 그리고 죽은 친구들이 있었다. 동맥류, 유방암, 비호지킨 림프종으로 죽은 친구들. 난리도 아니었다. 그의 딸은 지금 스물이지만, 곧 서른이 될 것이고, 서른이 넘으면 온갖 병이 비처럼 쏟아져내릴 것이다.

"그러니까 그 작자 마누라랑 떡을 치고 다닌다는 거예요, 뭐예요?" 앨런이 물었다.

"아니, 아니에요. 이 여자는 내 전 마누라예요. 우리는 오래전에 결혼했죠……"

유세프는 그때까지의 반응을 보려고 앨런을 보았다.

"하지만 잘 풀리지 않았어요. 마누라는 다른 남자하고 결혼했죠. 그런데 이제 따분한지 계속 나한테 문자를 보내요. 페이스북이니 뭐니 모든 곳에다 나한테 글을 남겨요. 남편이 그걸 알고 우리가 바람이 났다고 생각하는 거고요. 뭐 좀 먹을래요?

---

* 이슬람 여성들의 전통의상 중 하나. 머리부터 발목까지 덮어쓰는 형태이고, 얼굴이나 눈 부위는 망사로 되어 있다.

"그러니까, 차를 세우고 먹자는 건가요?"

"구시가에 있는 곳으로 가면 됩니다."

"아니, 나는 방금 먹었어요. 우리는 지금 늦었고요, 잊지 않았지 요?"

"아. 우리가 지금 급한 상황인가요? 나한테 그런 얘기 안 하던 데. 늦었으면 이 길로 가면 안 되죠."

유세프가 유턴을 하더니 속도를 냈다.

IV

어쩌면 키트는 일 년 동안 집에 있는 게 나았을지도 몰랐다. 그녀의 대학 룸메이트는 이상한 계집애였다. 맨해튼 출신의 빼빼 마른 그 아이는 뭐든 눈여겨보았다. 키트가 잠을 자꾸 설치는 것을 눈여겨보았고, 그것이 무슨 의미이고, 어떻게 치료해야 하는지, 그런 행동의 기저에 자리잡은 원인은 무엇인지 의견을 내놓았다. 그런 식으로 눈여겨본 뒤에는 키트에게 있을지 모르는 다양한 문제들에 대해 질문하고 추측했다. 룸메이트는 키트의 팔에 있는 아주 작은 멍들을 눈여겨보았고, 어떤 남자가 그렇게 했는지 알아야겠다고 다그쳤다. 또 키트의 목소리가 높고, 약간 작다는 것, 거의 아이 목소리 같다는 것을 놓치지 않았고, 그 룸메이트의 말에 따르면 이것은 어린 시절 성적 학대의 징후인 경우가 많았다. 피해자의 목소리가 정신적 외상이 생긴 나이에 머물러버린다는 것이었다. 네 목소리가 아이 목소리 같다는 걸 의식한 적 있어? 룸메이트는 물었다.

"이런 일을 자주 하나요?" 앨런이 물었다.
"사람들을 태우고 돌아다니는 거요? 이건 부업이에요. 난 학생입니다."
"뭘 공부하는데요?"
"인생 공부!" 유세프가 말하며 웃음을 터뜨렸다. "아니, 좆도, 농담입니다. 경영, 마케팅. 그런 쪽을 공부해요. 이유는 묻지 마세요."

그들은 거대한 놀이터를 지나갔다. 처음으로, 앨런은 아이들을 보았다. 일고여덟 명이 정글짐에 매달리고 미끄럼틀을 올라갔다. 부르카, 석탄처럼 새까만 부르카를 쓴 여자 셋이 아이들과 함께 있었다. 앨런은 전에도 부르카들 사이에 있었던 적이 있지만, 이런 시커먼 그림자들이 아이들을 쫓아 놀이터를 돌아다니는 것을 보니—섬뜩했다. 이건 악몽에나 나오는 것 아닌가, 늘어진 옷을 입은 시커먼 형체, 두 팔을 앞으로 뻗은 형체에 쫓겨다니는 건? 그러나 앨런은 아무것도 몰랐고, 그래서 아무 말도 하지 않았다.

"얼마나 걸릴까요?" 앨런이 물었다.
"킹 압둘라 경제도시까지요? 우리 거기로 가는 거 맞죠?"
앨런은 아무 말도 하지 않았다. 유세프는 웃음을 짓고 있었다. 이번에는 농담을 하는 것이었다.

"한 시간 정도요. 조금 더 걸릴 수도 있고요. 언제까지 갔어야
하는 건데요?"

"여덟시. 여덟시 반."

"뭐, 정오에는 도착하겠네요."

"플리트우드 맥 좋아하세요?" 유세프가 물었다. 그의 아이팟이
가동되고 있었다─모래 속에 수백 년 파묻혀 있다가 발굴된 것처
럼 보였다─어느새 유세프는 노래 목록을 스크롤하고 있었다.

그들은 도시를 벗어나 곧 벌거벗은 사막을 관통하는 직선 간선
도로에 올라섰다. 아름다운 사막은 아니었다. 모래언덕도 없었다.
무자비하다는 느낌이 들 정도로 평평했다. 그런 곳을 추한 간선도
로가 관통하고 있었다. 유세프의 차가 유조차, 화물트럭을 지나갔
다. 이따금씩 저멀리, 잿빛 시멘트로 지은 작은 마을, 담과 전선으
로 이루어진 미로가 보였다.

앨런과 루비는 친구 결혼식에 참석하러 보스턴에서 오리건까지,
차를 타고 미국을 가로지른 적이 있었다. 아이들이 생기기 전에나
해볼 수 있는 황당한 짓이었다. 그들은 차를 타고 가면서 계속 험
악하게 싸워댔는데, 주로 전 배우자가 문제였다. 루비는 전남편들
의 이야기를 아주 자세히 하고 싶어했다. 자기가 왜 그들을 떠났고
앨런을 선택했는지 앨런이 알아주기를 바랐지만 그는 전혀 듣고
싶지 않았다. 과거를 지우고 새 출발을 하자는 게 무리한 요구였을
까? 제발 그만 좀 해. 그가 간청했다. 그녀는 계속 이야기를 늘어

놓으며, 자신의 이력을 자랑했다. 그만 그만 그만. 앨런이 마침내 고함을 질렀고, 그러고 나서 솔트레이크시티에서 오리건까지 둘은 한 마디도 하지 않았다. 아무 말 없이 약 1킬로미터를 갈 때마다 앨런은 점점 더 힘이 붙었고, 루비가 자신을 존경하는 마음도 강해진다고 상상했다. 그녀를 상대하는 그의 유일한 무기는 침묵, 호전적 태도였다. 그래서 그는 이따금 바짝 약이 올라 뚱한 표정을 짓는 버릇이 생겼다. 그는 그녀와 함께 있을 때만큼 고집스러웠던 적이 없었다. 그녀와 육 년을 보낸 뒤 그런 앨런이 생겨났다. 이 새로운 앨런은 격렬하고, 질투심 강하고, 언제나 바짝 긴장해 있는 사람이었다. 앨런은 그 당시만큼 생기가 넘친다는 느낌을 받은 적이 없었다.

유세프가 다시 담배에 불을 붙였다.
"별로 남성적인 담배는 아니군요." 앨런이 말했다.
유세프는 웃음을 터뜨렸다. "끊으려고 하는 중이라서 보통 담배에서 이 크기로 줄인 겁니다. 굵기가 반이에요. 니코틴도 적고요."
"하지만 더 앙증맞아 보이는군요."
"앙증맞다. 앙증맞다. 그 말 마음에 드네요. 그래요, 앙증맞죠."
유세프의 앞니 두 개 가운데 하나는 대각선으로 비스듬히 자라, 옆의 이와 함께 십자가 비슷한 모양을 이루고 있었다. 그 때문에 그의 미소에는 어떤 특별한 광기가 서려 있는 것처럼 보였다.
"담뱃갑도 그렇네." 앨런이 말했다. "그 담뱃갑 좀 봐요."
은색과 흰색이 섞인 담뱃갑은 아주 작았다. 곤충 포주가 모는 아주 작은 캐딜락 같았다.

유세프가 글러브 박스를 열고 안에 담뱃갑을 던져넣었다.

"좀 낫나요?" 그가 말했다.

앨런이 웃음을 터뜨렸다. "고맙네요."

십 분 동안, 그들은 아무 말도 하지 않았다.

앨런은 속으로 이 사람이 자신을 킹 압둘라 경제도시에 데려다주기는 할 것인지 생각해보고 있었다. 매력적인 납치범은 아닌지.

"우스개 좋아해요?" 앨런이 물었다.

"그러니까, 뭐, 외워서 해주는 우스개 말인가요?"

"그래요. 외워서 해주는 우스개."

"그건 사우디식은 아니죠, 그런 종류의 우스개 말이에요. 하지만 들어는 봤습니다. 어떤 영국 남자가 여왕과 커다란 거시기에 대한 우스개를 하나 해주더군요."

루비는 우스개를 싫어했다. "정말 창피해." 저녁에 함께 외출했을 때 그가 한 가지나 열 가지 우스개를 이야기하고 나면 루비는 그렇게 말했다. 앨런은 우스개를 수도 없이 알았고, 앨런을 아는 사람이라면 누구나 그가 우스개를 수도 없이 안다는 걸 알았다.

심지어 그를 시험해보기도 했다―몇 년 전 친구들 한 무리가 두 시간 동안 쉬지 않고 우스개를 해보라고 시킨 것이다. 친구들은 그 정도면 앨런이 아는 게 다 떨어질 거라 생각했지만, 그는 막 시작했을 뿐이었다. 왜 그렇게 많이 외우고 있는지 그도 모를 일이었다. 하지만 이야기 하나가 끝날 때쯤이면 반드시 다른 이야기가 나

44

타났다. 어김없었다. 마치 꼬리를 물고 나오는 마법사의 스카프처럼 각각의 우스개가 그다음 우스개와 연결되어 있었다.

"촌스럽게 굴지 좀 마." 루비는 그에게 말했다. "꼭 보드빌 배우 같잖아. 요새는 아무도 그런 식으로 우스개를 늘어놓지 않는다고."

"나는 해."

"사람들은 할말이 하나도 없을 때 우스개를 한다고." 그녀가 말했다.

"사람들은 할말이 하나도 남지 않았을 때 우스개를 해." 그가 말했다.

실제로 그렇게 말하지는 않았다. 오랜 세월이 흐른 뒤에 생각난 대꾸였는데, 그때 그와 루비는 이미 이야기를 나누지 않는 상태였다.

유세프가 운전대를 톡톡 두드렸다.

"좋아." 앨런이 말했다. "어떤 여자의 남편이 아팠어요. 몇 달 동안 혼수상태에 빠졌다가 깨어나곤 했죠. 하지만 여자는 하루도 빠짐없이 남편 곁을 지켰습니다. 깨어난 남편이 여자에게 가까이 오라고 손짓을 했어요. 여자가 가까이 다가가 남편 곁에 앉았습니다. 남편은 목소리에 힘이 없었죠. 남편이 여자 손을 잡았습니다. '여보, 그거 알아? 당신은 어려운 시기 내내 나와 함께 있었어. 내가 해고를 당했을 때 옆에서 나에게 힘을 주었지. 사업이 잘 안 되었을 때도 함께 있어주었어. 집을 잃었을 때도 위로를 해주었고. 그리고 건강이 나빠졌을 때도 여전히 내 곁에 있었어…… 여보, 그거 알아?' '뭘 말이야, 여보?' 여자가 다정하게 물었습니다. '나는 당신이 나한테 불운을 가져온다고 생각해!'"

유세프는 콧바람을 내뿜고, 기침을 했다. 담배를 비벼 꺼야 했다.
"재밌네요. 그렇게 끝날 줄 몰랐는데요. 또 있나요?"
앨런은 아주 고마웠다. 제대로 들을 줄 아는 젊은 사람에게 우스
개를 해본 지가 너무 오래 되었던 것이다.

"있지요." 앨런은 말했다. "어디 보자…… 아, 이게 재밌지. 좋
아, 오드라는 남자가 있었어요. 존 오드. 그 사람은 자기 성을 싫
어했어요. 사람들이 늘 놀리니까요. 그들 부부를 '오드 커플'이라
고 부르거나, 그가 어디를 가든 '오드 맨 아웃'*이라고 부르면서 말
이에요. 그러다 오드가 나이가 들어 유언장을 쓰게 되었습니다. 자
기가 죽으면 묘비에 자기 이름을 새기지 말라고 써두었죠. 그냥 묻
은 다음 아무 표시 없이, 이름도, 아무것도 적지 않은 빈 묘석만 하
나 세우라고요. 그러다 이 사람이 죽자 부인이 그의 소원을 들어주
었습니다. 그래서 그는 아무런 표시가 없는 무덤에 묻히게 되었죠.
그런데 사람들이 공동묘지를 걷다가 아무 표시가 없는 그 무덤을
볼 때마다 이렇게 말하는 겁니다. '저것 좀 봐, 저거 오드 아냐?'**"

유세프는 웃음을 터뜨렸고, 눈물을 닦아내야 했다.

---

* Odd는 이상하다는 뜻. Odd couple은 이상한 부부라는 뜻이다. Odd man out
은 동전을 던져서 한 사람을 제외하는 놀이다.
** Isn't that Odd? 이상하지 않느냐는 뜻이다.

앨런은 이 사람이 마음에 들었다. 심지어 그의 딸 키트마저 그가 우스개를 하나 해보려고 할 때마다 됐어요, 제발 그만, 하며 고개를 저었으니 말이다.

앨런이 말을 이어갔다. "좋아. 질문 하나. 사랑을 나누는 방법은 마흔여덟 가지나 알지만 아는 여자는 한 명도 없는 남자를 뭐라고 부를까?"

유세프가 어깨를 으쓱했다.

"컨설턴트."

유세프는 웃음을 지었다. "괜찮은데요. 컨설턴트. 앨런이 그거잖아요."

"그게 나죠." 앨런이 말했다. "적어도 당분간은."

그들은 작은 놀이공원을 지나갔다. 페인트칠은 화려했지만 버려진 것처럼 보였다. 분홍색과 노란색으로 장식한 원형 관람차가 아이들도 없이, 홀로 서 있었다.

앨런은 또다른 우스개를 생각해냈다.

"좋아, 이게 더 재미있군. 경찰관이 있었어요. 경찰관은 끔찍한 자동차 사고 현장에 차를 세웠어요. 사방에 피해자의 신체 부위가 널려 있었죠. 팔은 여기, 다리는 저기. 그걸 하나씩 적으면서 가다가 머리를 만나게 됐지요. 경찰관은 수첩에 이렇게 적었습니다. '대로bullevard에 머리.' 하지만 대로라는 단어를 b-u-l-l로 적다가 철자를 잘못 쓰고 있다는 걸 알았죠. 그래서 지우고 다시 썼습니다. '대로boolevard에 머리.' 하지만 이번에도 잘못 썼어요. e가 너무 많이 들어간 거죠. 그래서 북북 지우고 다시 썼습니다. '대로 boolevard에 머리.' 이번에는 b-o-o-l이었습니다.* '젠장!' 경찰관은 주위를 둘러봤습니다. 아무도 보고 있지 않다는 걸 확인했지요. 그러더니 발로 머리를 조금 민 다음 연필을 다시 꺼내 적었습니다. '갓돌에 머리.'"

"그거 재밌네요." 유세프는 그렇게 말했지만 웃음을 터뜨리지는 않았다.

그들은 차를 타고 말없이 1, 2킬로미터를 갔다. 텅 빈 풍경이 단조로웠다. 여기, 가차없는 사막에 건설해놓은 모든 것이 사람 사는 데 적합하지 않은 땅에 오로지 의지만으로 얻어낸 결과물이었다.

호수에서 끌어냈을 때 찰리의 몸은 무슨 잔해처럼 보였다. 그는 검은 윈드브레이커를 입고 있었다. 앨런에게 처음 떠오른 생각은 방수포를 덮어놓은 낙엽더미였다. 인간의 것이라고 알아볼 수 있는 건 두 손뿐이었다.

"내가 뭐 도와줄 일 있습니까?" 앨런이 경찰에게 물었다.

그들은 아무런 도움이 필요 없었다. 이미 모든 것을 본 뒤였다. 경찰관과 소방관 열네 명이 찰리가 호수에서 죽는 것을 다섯 시간에 걸쳐 지켜보았던 것이다.

---

* boulevard가 정확한 철자.

V

"그런데 거길 왜 가는 거예요?"

"어디를 말입니까?"

"KAEC."

유세프는 KAEC를 마치 '케이크'처럼 발음했다. 알게 되어 잘됐
군, 앨런은 생각했다.

"일하러 갑니다." 앨런이 말했다.

"건축 쪽인가요?"

"아니. 왜요?"

"혹시 그곳에서 뭔가 시작되도록 거드는 게 아닌가 했거든요.
지금 거기에서는 아무 일도 벌어지지 않으니까요. 건물 같은 것도
전혀 없고."

"가봤어요?"

앨런은 네, 라는 답이 나올 거라고 생각했다. 제다 근처에서 가장 큰 화제일 수밖에 없을 테니까. 그러니 유세프는 당연히 그곳에 가보았을 것이다.

"아뇨." 유세프가 말했다.

"왜 안 가봤지요?"

"아무것도 없으니까요."

"아직은 그렇겠죠." 앨런이 고쳐 말했다.

"앞으로도."

"앞으로도?"

"아무 일도 일어나지 않을 거예요." 유세프가 말했다. "거긴 이미 죽었으니까."

"뭐라고요? 죽지 않았어요. 내가 이걸 몇 달 동안 연구했어요. 거기 가서 프레젠테이션을 할 겁니다. 이제 그곳은 전속력으로 전진할 거예요."

유세프가 앨런을 돌아보며 웃음을 지었다. 함박웃음이었다. 엄청나게 재미있다는 표정이었다. "가보고 얘기하시죠." 그가 말하며 담배에 다시 불을 붙였다.

"전속력으로 전진?" 유세프가 말했다. "맙소사."

때맞춰서 광고판 하나가 눈에 들어왔다. 개발 단지를 광고하고 있었다. 한 가족이 발코니에 쭉 자리를 잡고 있고, 그 뒤로 비현실적인 석양이 비치는 광고였다. 남자는 사우디 사람이고 비즈니스맨이었으며, 한 손에는 휴대전화를 다른 손에는 신문을 들고 있었다. 남편과 의욕이 넘치는 두 아이에게 아침을 차려주는 여자는 히 잡*을 쓰고, 수수한 블라우스와 바지 차림이었다. 사진 밑에는 '킹 압둘라 경제도시: 한 사람의 미래, 한 나라의 희망'이라고 적혀 있 었다.

앨런이 광고판을 가리켰다. "저런 광경이 펼쳐지지 않을 거라는 얘긴가요?"

"내가 뭘 알겠어요? 그저 아직 아무것도 이루어지지 않았다는 걸 알고 있을 뿐이에요."

"두바이는 어때요? 거긴 이루어졌잖아요."

"여긴 두바이가 아니에요."

"두바이가 될 수는 없을까요?"

"두바이가 되지 않을 겁니다. 어떤 여자들이 여길 오고 싶어하 겠어요? 꼭 필요한 경우가 아니면 아무도 사우디로 이사 오고 싶 어하지 않아요. 바닷가에 분홍색 콘도가 있다고 해도 말이죠."

"광고판에 나오는 여자는 한 걸음 내디딘 것 같은데." 앨런이 말 했다.

유세프가 한숨을 쉬었다. "바로 저렇게 하자고 말하는 거죠. 아 니, 말하지는 않아도 KAEC에서는 여자들이 자유를 더 누릴 거라 고 암시하는 거예요. 남자들하고 더 자유롭게 섞이고 운전도 할 수 있고. 뭐 그런 일들 말이에요."

"그게 좋지 않나요?"

---

* 이슬람 국가에서 여자들이 머리를 가리기 위해 쓰는 스카프.

"그런 일이 벌어진다면, 어쩌면요. 하지만 그런 일은 벌어지지 않을 겁니다. 전에는 그렇게 될 수도 있었지만 이제는 돈이 없어요. 에마르는 망했어요. 두바이는 파산할 거예요. 모든 게 과대평가되었다가 이제 박살나버렸어요. 걔넨 지구 전체에 빚을 지고 있고, 그래서 이제 KAEC도 죽은 겁니다. 모든 게 죽었어요. 두고 보세요. 우스개 또 없나요?"

앨런은 깜짝 놀랐지만 유세프의 발언을 너무 심각하게 받아들이지 않으려 했다. 사우디건 다른 어디건 비방자들은 있기 마련이라는 걸 알고 있었기 때문이다. 두바이의 대부분을 건설한 세계적 개발회사 에마르는 곤경에 처해 있었다. 거품의 피해자였다. 압둘라왕의 개인적인 개입과 그의 돈이 아니라면 KAEC는 곤경에 처할 거라는 것 역시 모두 알고 있었다. 하지만 왕은 당연히 돈을 넣을 터였다. 당연히 그곳의 일이 진행되게 할 터였다. 그의 이름이 붙은 곳이었다. 그것은 그가 물려줄 유산이었다. 압둘라왕은 자존심 때문에라도 그 모든 게 무너지게 놔두지 않을 것이다. 앨런이 유세프에게 그런 주장을 펼쳤다. 그 자신을 설득하기 위한 것이기도 했다.

"하지만 왕이 죽으면요?" 유세프가 물었다. "왕은 지금 여든다섯 살이에요. 그다음에는요?"

앨런에게는 답이 없었다. 그는 그런 종류의 일, 흙먼지에서 도시가 솟아오르는 일이 일어날 수 있다고 믿고 싶었다. 그가 본 미래도는 대단했다. 빛나는 고층빌딩들, 가로수들이 늘어선 공용 공간과 산책로, 통근자들이 배로 거의 어디든 갈 수 있도록 죽 이어진 운하들. 이 도시는 미래적이고 낭만적인데다가 실용적이기까지 했다. 이 도시를 만들려면 이미 존재하는 기술에 돈만 많이 있으면 되는데 돈은 틀림없이 압둘라가 갖고 있었다. 왜 그가 에마르를 빼고 직접 돈을 넣지 않는지는 수수께끼였다. 하룻밤 새에 도시를 세울 만한 돈을 갖고 있는데—왜 그렇게 하지 않을까? 때로 왕은 왕 노릇을 해야만 하는데.

앞쪽 진출로에 킹 압둘라 경제도시라고 적혀 있었다. 유세프는 앨런을 돌아보며 짐짓 극적인 표정으로 두 눈썹을 치켜세웠다.

"자, 갑니다. 전속력으로 전진!"

그들은 간선도로를 빠져나가 바다로 향했다.

"이게 맞는 길이 확실해요?" 앨런이 물었다.

"여기가 손님이 가고 싶어하던 곳이에요." 유세프가 말했다.

앨런은 장차 도시가 될 만한 증표를 전혀 보지 못했다.

"그게 뭐든, 저기 있어요." 유세프가 그렇게 말하며 앞쪽을 가리켰다. 새로 깐 도로였지만, 주변에는 아무것도 없었다. 그들은 1킬로미터를 달려 수수한 관문에 도착했다. 도로에 돌로 만든 아치가 한 쌍 서 있고, 그 위에 커다란 돔이 있었다. 누군가 완강한 사막을 뚫고 도로를 건설한 다음, 중간에 아무데서나 이제 하나가 끝나고 다음이 시작된다는 것을 암시하기 위해 관문을 세운 것 같았다. 희망적이긴 했지만 설득력이 없었다.

유세프가 차를 세우고 창을 내렸다. 파란 훈련복을 입고 어깨에 라이플을 느슨하게 걸친 경비병 둘이 조심스럽게 다가와 차를 한 바퀴 돌았다. 삼십 년 묵은 쉐비에 탄 두 남자 때문만이 아니라, 누군가가 나타났다는 사실 자체에 놀라는 것 같았다.

유세프는 그들에게 말하면서, 오른쪽으로 턱을 까닥해 자기 승객을 가리켰다. 경비병들이 몸을 기울여 승객석에 앉은 미국인을 보았다. 앨런은 직업적인 웃음을 지었다. 경비병 한 명이 유세프에게 뭐라고 말하자 유세프가 앨런을 돌아보았다.

"신분증이요."

앨런은 여권을 건네주었다. 경비병이 사무실로 사라졌다. 그가 돌아와 유세프에게 여권을 돌려주고 차를 통과시킨다는 손짓을 보냈다.

검문소를 지나자 도로가 두 차선으로 갈렸다. 중앙분리대에 잔디가 덮여 있었다. 위아래가 붙은 빨간 작업복을 입은 남자 둘이 햇볕에 바싹 말라 허우적거리는 잔디에 호스로 물을 주어 생명을 유지시키고 있었다.

"저 사람들은 노동조합에 가입 안 했나보네요." 앨런이 말했다.

유세프가 음침한 미소를 지었다. "며칠 전에 우리 아버지 가게에서 어떤 사람이 이러더라고요. '여기에는 노동조합이 없어요. 여기에는 필리핀 사람들이 있죠.'"

차는 계속 달렸다. 중앙분리대 잔디밭에 야자나무들이 늘어서 있었다. 모두 새로 심은 것이었고, 일부는 여전히 올이 굵은 삼베로 싸여 있었다. 나무 열 그루 정도마다 옆에 기둥을 박고 현수막을 달아서, 완공되었을 때의 도시 모습을 보여주고 있었다. 한 현수막에는 토브 차림의 남자가 한 손에 서류 가방을 들고 요트에서 내리면서 검은 양복에 선글라스를 쓴 남자 두 명의 영접을 받는 모습이 그려져 있었다. 또다른 현수막에서는 한 남자가 새벽에 골프 클럽을 휘두르고 있었고 옆에는 캐디가 있었다—이 캐디 역시 동남아시아 사람 같았다. 환상적인 새 경기장의 미래도를 에어브러시로 그려놓은 것도 있었다. 리조트가 늘어선 해변을 공중에서 내려다본 그림도 있었다. 아들이 노트북 사용하는 걸 돕고 있는 여자 사진도 있었다. 여자는 히잡을 쓰고 있었지만 나머지 복장은 모두 서양식이었고, 모두 라벤더 빛깔이었다.

"진심도 아니면서 왜 저런 자유를 광고하는 걸까요?" 앨런이 물었다. "압둘라가 보수파를 열받게 할 위험이 아주 큰데."

유세프는 어깨를 으쓱했다.

"누가 알겠어요? 손님 같은 사람들에게 강한 인상을 주잖아요. 그러니까 어쩌면 효과가 있는 거겠죠."

도로는 곧장 뻗어나가 다시 아무런 특색도 형체도 없는 사막을 가로질렀다. 6미터 정도마다 가로등이 설치되어 있었지만 그 외에는 아무것도 없어, 전체적으로 꼭 얼마 전에 버려진 달 표면의 개발 단지처럼 보였다.

바다 쪽으로 1킬로미터를 더 달리자 다시 나무들이 나타났다. 안전모를 쓰거나 머리에 스카프를 두른 일꾼들이 야자나무 밑에 여기저기 무리를 지어 웅크리고 있었다. 멀리, 바다에서 몇백 미터 떨어진 곳에서 도로가 끝이 났고, 그곳에 있는 건물 몇 동은 오래된 묘석처럼 보였다.

"기본적으로 여기라고 봐야겠죠." 유세프가 말했다.

사막의 바람은 강했다. 거리 위로 모래먼지가 안개처럼 몰려왔다. 그런데도 두 사람이 도로를 쓸고 있었다.

유세프가 손가락으로 가리키며 웃음을 터뜨렸다. "이런 데 돈을 쓰고 있어요. 사막에서 모래를 쓸다니."

56

VI

아직까지는 신도시 전체가 건물 세 동으로만 이루어져 있었다. 파스텔 색조의 분홍색 콘도미니엄은 거의 완공되었지만 텅 빈 것처럼 보였다. 이층짜리 웰컴센터는 스타일상으로 어딘지 지중해식처럼 보였고, 그 주위를 분수들이 둘러싸고 있었지만 물이 나오는 것은 거의 없었다. 마지막으로 십층 정도 되는 유리로 만든 사무실용 건물은 땅딸막하고 정사각형에 검은색이었다. 전면에 7/24/60이라는 간판이 붙어 있었다.

유세프는 경멸하는 표정이었다. "저건 매일, 매시간, 매분 업무를 본다는 뜻이에요. 의심스럽지만."

그들은 해변에 바싹 붙은 나지막한 웰컴센터 앞에 차를 세웠다. 다양한 모양의 작은 돔과 첨탑으로 장식된 건물이었다. 차에서 내리니 열기가 엄청났다. 43도였다.

"같이 갈래요?" 앨런이 물었다.

유세프는 과연 그 안에 자기 시간을 할애할 가치가 있는 게 있을지 판단이라도 하듯 건물 앞에 서 있었다.

"내 청구서에 추가하고." 앨런이 말했다.

유세프는 어깨를 으쓱했다. "재미있을 수도 있겠네요."

문이 자동으로 밖으로 열리고 남자가 나타났다. 번쩍이는 하얀 토브 차림이었다.

"클레이 씨! 기다리고 있었습니다. 사예드입니다."

얼굴이 좁고 콧수염은 넓었다. 작은 눈은 웃고 있었다.

"셔틀을 놓치셨다니 안됐습니다." 그가 말했다. "호텔에 문제가 있어서 깨워드리지 못했다면서요."

"늦어서 미안합니다." 그렇게 말하는 앨런의 눈에는 흔들림이 없었다.

사예드가 따뜻하게 웃었다. "오늘은 왕이 오시지 않을 테니 지체하신 건 상관없습니다. 안으로 들어가실까요?"

그들은 건물로 들어갔다. 어둡고 서늘했다.

앨런이 주위를 둘러보았다. "릴라이언트 팀이 여기 있나요, 아니면……"

"프레젠테이션 구역에 있습니다." 사예드가 말하며 대충 해변쪽으로 손을 흔들었다. 그의 영어는 영국식 억양이었다. 이 왕국의 고위 관료들은 모두 아이비리그나 영국에서 교육을 받았지요. 앨런은 그런 이야기를 들은 적이 있었다. 이 사람은 세인트앤드루스 출신일 거라고, 앨런은 짐작했다.

"혹시 한번 구경시켜드려야 하지 않을까 생각했습니다." 사예드가 말했다. "둘러보시겠어요?"

앨런은 적어도 팀과 연락은 한번 해야 할 것 같았지만 말하지는 않았다. 일단 둘러보는 것도 해될 것은 없었고, 또 빨리 끝날 것 같았다.

"그럼요. 그럽시다."

"좋습니다. 주스 좀 드릴까요?"

앨런은 고개를 끄덕였다. 사예드가 고개를 돌리자, 다른 조수가 그에게 오렌지주스 한 잔을 건넸고, 그가 그것을 앨런에게 건넸다. 성배처럼 생긴 크리스털 잔이었다. 앨런은 잔을 받아들고 그들을 따라 아치와 장차 도시가 보여줄 이미지로 가득한 로비를 통과해, 허리 높이의 거대한 건축 모형이 중앙에 떡하니 자리잡고 있는 큰 방으로 들어갔다.

"이쪽은 제 동료 무자디드입니다." 사예드가 다른 남자를 가리키며 말했다. 무자디드는 검은 양복을 입고 벽 옆에 서 있었다. 그는 마흔 살가량으로, 건장한 체구에 깨끗하게 면도를 한 모습이었다. 그가 고개를 끄덕였다.

"이게 완공된 도시입니다." 사예드가 말했다.

그다음에는 무자디드가 이어받았다. "클레이 씨, 압둘라왕의 꿈을 보여드리겠습니다."

모형의 작은 건물들은 모두 엄지손가락 크기에 크림색이었으며, 그 사이사이에 하얀 도로들이 부드러운 곡선을 그리며 꼬불꼬불 깔려 있었다. 그리고 마천루, 공장과 나무, 다리와 수로, 수많은 집들이 있었다.

앨런은 전부터 이런 모형, 이런 비전, 삼십 년 계획, 무無로부터 솟아오르는 것에 늘 잘 넘어갔다―이런 비전에서 결실을 이루려는 그 자신의 경험은 그리 성공적이지 못했으면서도.

그도 전에 모형 제작을 의뢰한 적이 있었다. 그 생각이 나자 가슴 아린 회한이 찾아왔다. 부다페스트의 그 공장은 그의 구상은 아니었지만, 더 큰 일로 나아가는 발판이라 여겨 얼른 그 일에 달려들었다. 그러나 소비에트 시대의 공장을 슈윈 소유의, 효율성을 갖춘 자본주의적 모델로 전환한다는 것은 미친 짓이었다. 그는 헝가리로 파견되어 그 프로젝트, 미국 자전거의 제작 기지를 동유럽으로 옮겨 슈윈이 유럽 대륙 전체를 공략하게 하는 프로젝트와 씨름했다.

앨런은 축척 모형 제작을 의뢰하고 성대한 개막식을 개최했으며, 어디에나 부푼 희망이 넘쳐났다. 헝가리 자전거를 유럽 밖으로 보낼 수 있을 것 같았다. 미국으로 역수출할 수도 있을 것 같았다. 인건비는 거저에다, 장인 정신도 투철할 테니까. 그런 것들이 기본 전제였다.

그러나 박살이 났다. 공장은 완전히 가동된 적이 한 번도 없었고, 노동자들은 훈련되지도 능률적이지도 못했으며, 슈윈은 기계를 제대로 현대화할 자본이 없었다. 어마어마한 실패였다. 그 이후 앨런이 슈윈에서 일이 되게 만드는 사람으로 있을 날은 얼마 남지 않게 되었다.

그러나 앨런은 지금 이 모형을 보며 이 도시가 진짜로 현실이 될지도 모른다는 느낌, 압둘라의 돈이면 현실이 될 것이라는 느낌을 받았다. 사예드와 무자디드도 그와 함께 모형을 보고 있었고, 여러 시공 단계를 설명하면서 그만큼이나 거기에 매혹되어 있는 것처럼 보였다. 그들 말에 따르면 이 도시는 2025년에 완공될 것이고, 인구는 백오십만 명이 될 것이었다.

"아주 인상적이네요." 앨런이 말했다. 그는 유세프를 찾았고, 로비에서 어슬렁거리는 것을 보았다. 앨런이 그의 눈길을 잡아 방으로 불러들였으나, 유세프는 얼른 고개를 저어 그 제안을 거부했다.

"여기가 지금 우리가 있는 곳입니다." 무자디드가 말했다.

무자디드는 그의 코 바로 밑에 있는 건물을 향해 고개를 까딱였다. 비록 포도알만한 크기였지만, 그가 들어와 있는 건물과 꼭 닮아 보였다. 모형에서 그 건물은 부두를 따라 난 긴 산책로 위에 있었다. 우주선이 그 건물을 부수려 겨냥이라도 한 듯, 갑자기 이층에 빨간 레이저 불빛이 나타났다.

앨런은 주스를 다 마셨지만 잔을 놓을 곳이 없었다. 탁자도 없고 쟁반을 들고 있던 사람도 사라지고 없었다. 그는 소매로 잔 바닥의 물기를 닦아내고 홍해로 여겨지는 곳, 해안에서 800미터 정도 떨어진 곳 위에 잔을 놓았다. 사예드가 예의바르게 웃고는 잔을 집어 들고 방을 나갔다.

무자디드가 음침한 미소를 지었다. "영상 하나 보시겠어요?"

앨런과 유세프는 천장이 높고 거울과 금박으로 반짝이는 무도회장으로 안내를 받았는데, 그곳에는 줄줄이 늘어선 노란 소파들이 한쪽 벽을 완전히 덮은 거대한 화면을 마주보고 있었다. 그들이 자리에 앉자 방이 어두워졌다.

여자 목소리가 또박또박 끊어지는 영국 억양으로 말하기 시작했다.

"압둘라왕의 모범적인 지도력과 거시적인 비전에 영감을 받아……" 컴퓨터로 만든 도시 모형이 나타나더니, 밤을 맞아 활기를 띠며 빛을 발했다. 그리고 카메라가 갑자기 아래로 쑥 내려와 검은 유리와 불빛으로 이루어진 화려한 산맥을 위에서 비춰주었다. "차세대 위대한 세계 경제도시의 새벽을 보여드립니다……"

앨런은 유세프를 보았다. 그가 영상에 감명받기를 바랐다. 이 영상에 비용이 수백만은 들어갔을 게 틀림없었다. 그러나 유세프는 휴대전화 메시지를 훑고 있었다.

"…… 아랍 최대 경제 다각화를 위하여……"

곧 KAEC에 낮이 찾아왔고, 카메라가 거리 높이에서 도시를 비추었다. 모터보트가 멋지게 기울어지며 운하를 통과하고, 비즈니스맨들이 물가에서 악수를 하고, KAEC에서 제조한 많은 제품을 보내고 온 듯한 컨테이너선들이 항구에 도착했다.

"아랍 내부의 경제 협력……"

요르단, 시리아, 레바논, 아랍에미리트의 국기들이 연이어 나타났다. 앞으로 건설될 이슬람교 성원, 동시에 신도 이십만 명을 수용할 수 있는 성원에 관한 대목도 있었다. 대학 강의실도 잠깐 비쳤는데, 강의실 한쪽에는 여자들이, 그 반대쪽에 남자들이 있었다.

"이십사 시간 움직이는 도시……"

매년 컨테이너 천만 개를 처리할 수 있는 항구. 한 시즌에 순례자 삼십만 명을 처리할 수 있는 메카* 참배 전용 터미널. 대합조개가 벌어진 모양의 거대한 스포츠 단지.

이제 유세프도 관심을 보였다. 그가 앨런에게 몸을 기울였다.

"보지처럼 생긴 경기장이군요. 나쁘지 않네요."

앨런은 웃음을 터뜨리지 않았다. 그는 빨려들었다. 영상은 근사했다. 파리 이후 가장 위대한 도시처럼 보였다. 앨런은 그 모든 것에서 릴라이언트의 역할을 보았다. 데이터 전송, 비디오, 전화, 지능형 교통관제, 운송 컨테이너용 RFID** 태그, 병원, 학교, 법정에서 사용될 기술. 그 가능성은 끝이 없어서, 그나 잉볼이나 다른 누가 상상했던 것을 모두 뛰어넘고 있었다. 마침내 영상이 절정에 이르러, 카메라가 하늘로 올라가 밤이 되어 반짝거리는 킹 압둘라 경제도시 전체를 보여줬다. 그 모든 것 위로 불꽃이 환하게 피어나고 있었다.

---

* 무함마드의 탄생지로, 이슬람교 최고의 성지.

** Radio Frequency Identification. 극소형 칩에 상품 정보를 저장하고 안테나를 달아 무선으로 데이터를 송신하는 장치.

불이 들어왔다.

다시 그들은 거울과 노란 소파가 있는 전시실에 있었다.

"나쁘지 않지요?" 무자디드가 말했다.

"전혀 나쁘지 않아요." 앨런이 말했다.

앨런이 유세프를 보았으나 그의 표정은 텅 비어 있었다. 이야기할 우스개나 드러내고픈 의심이 있어도, 그런 게 정말 있는 것 같았지만, 유세프는 지금 이 방에서, 불이 켜진 상태에서 그럴 만큼 어리석지는 않았다.

"이제 산업지구 모형을 보도록 하지요." 사예드가 말했다.

그들은 곧 공장, 창고, 짐을 싣거나 내리는 트럭 그림이 가득한 방으로 들어갔다. 사예드의 설명에 따르면, 사우디의 석유로 만든 물건들—플라스틱, 장난감, 심지어 기저귀까지—을 제조해 아랍 전역으로 실어나른다는 구상이었다. 어쩌면 유럽이나 미국까지 보내게 될지도 몰랐다. "한때 제조업 쪽에 계셨다고 알고 있습니다만." 사예드가 말했다.

앨런은 당황했다.

"우리도 나름대로 조사를 합니다, 클레이 씨. 그리고 어릴 때 슈윈 자전거도 한 대 갖고 있었고요. 뉴저지에 오 년쯤 살기도 했습니다. 경영 대학원에 다닐 때는 슈윈으로 사례 연구도 했지요."

늘 사례 연구였다. 앨런도 몇몇 연구에 참여했지만 시간이 조금 지나자 너무 우울해졌다. 잘난 체하는 학생들이 진지하고 젊은 수

완가를 가장하며 던지는 질문들. 어째서 BMX* 자전거의 인기를 예상하지 못하신 거죠? 산악용 자전거는 어떻습니까? 거기서 목숨을 빼앗긴 셈이네요. 모든 노동력을 중국에서 조달한 게 실수였나요? 이것이 사업 경험이라고는 여름에 잔디를 깎아본 것이 전부인 애송이들에게서 나온 질문들이었다. 어쩌다 부품 공급자가 경쟁자가 된 거죠? 그것은 답을 원하는 질문이 아니었다. 부품 가격을 낮추고 싶고, 그래서 아시아에서 제조를 한다, 하지만 곧 그 부품 공급자는 본사가 필요 없게 된다. 왜 안 그러겠나? 사람에게 낚시하는 법을 가르쳐주어라. 이제 중국은 낚시하는 법을 알고 있고, 이제 모든 자전거의 구십구 퍼센트가 중국에서, 그것도 한 지방에서 만들어지고 있다.

"하지만 한동안은 재미있었지요, 안 그렇습니까." 사예드가 말했다. "슈윈은 시카고에서 제작하고, 롤리는 영국에서 제작하고, 이탈리아제 자전거도 있고, 프랑스제도 있고…… 한동안은 진짜로 국제적인 경쟁을 했어요. 그래서 다양한 전통, 감수성, 제조 기법의 아주 다양한 제품들 가운데서 선택을 했는데……"

앨런도 기억했다. 밝은 시절이었다. 아침이면 웨스트사이드 공장에 가서, 자전거를, 자전거 수백 대가 트럭에 실리는 것을 지켜보았다. 여남은 가지의 아이스크림색 자전거들이 햇빛을 받아 반짝거렸다. 그런 다음 차를 타고 주 남쪽으로 내려가면, 오후에는

---

* Bicycle Motorcross. 변속장치가 없는 소형 자전거를 이용해서 프리스타일 곡예를 수행하는 스포츠.

머튼, 랜툴, 올턴에서 대리점을 점검할 수 있었다. 그곳에서, 한 가족이 들어와 어머니와 아버지가 열 살 난 딸에게 '월드 스포트'를 한 대 사주고, 아이가 마치 성물이라도 되는 듯 자전거를 어루만지는 것을 보곤 했다. 그 자전거를 거기서 몇백 킬로미터 북쪽에서, 어지럽게 늘어선 노동자들이 직접 손으로 만들었고, 그 노동자들 대부분은 이민자들―독일계, 이탈리아계, 스웨덴계, 아일랜드계, 일본계가 많았고, 물론 폴란드계도 아주 많았다―이라는 것, 또 그 자전거가 거의 영원히 망가지지 않을 거라는 것을 앨런은 알았고, 소매점 주인도 알았고, 그 가족도 알았다. 왜 이게 중요했을까? 왜 57번 간선도로로 바로 위쪽에서 만들어졌다는 게 중요했을까? 답하기 어려웠다. 하지만 앨런은 그 일에 유능했다. 그리 어려운 일도 아니었다. 그런 걸 파는 일은, 수많은 아이들의 기억 깊숙한 곳에 확실히 자리잡을 견고한 물건을 파는 것은.

"뭐, 이제는 다 사라졌죠." 앨런은 그렇게 대꾸하며 이야기가 그것으로 끝이 났기를 바랐다.

그러나 사예드는 끝내지 않았다.

"지금은 똑같은 자전거에 상표만 다른 걸 붙입니다. 전부 똑같은 몇 개 공장에서 제작하는 거죠―생각할 수 있는 모든 상표를요."

앨런은 별로 할말이 없었다. 그는 사예드의 말에 맞장구를 쳤다. 계속 둘러보고 싶었지만, 경영학도 사예드는 사례 연구에 몰두해 있었다.

"혹시 달리해볼 수도 있었을 거라는 생각을 하신 적 있나요?"

"내가요? 개인적으로요?"

"글쎄요, 어떤 역할을 하셨건 간에요. 혹시 다른 식으로 풀릴 수도 있었을까요? 슈윈이 살아남을 방법이 있었을까요?"

혹시. 혹시. 앨런은 그의 말을 문법적으로 분석해보았다. 사예드가 다시 그 표현을 쓰면 패버릴 생각이었다.

사예드는 답을 기다리고 있었다.

"복잡했습니다." 앨런은 웅얼거렸다.

앨런은 전에도 이런 일을 겪은 적이 있었다. 사람들은 슈윈에 향수를 느꼈다. 어찌된 영문인지 그들은 슈윈이 그 브랜드를 운영하는 한 무리의 얼간이들, 앨런 같은 얼간이들의 낭비 때문에 망해버린 게 틀림없다고 생각했다. 어떻게 슈윈 같은 회사가, 약 팔십 년 동안 미국 시장의 대부분을 장악했던 회사가 파산을 하고, 거저나 다름없는 가격으로 트렉에 팔릴 수 있단 말인가? 어떻게 그런 일이 가능하단 말인가? 글쎄, 어떻게 그런 일이 불가능할까? 슈윈을 책임지는 사람들은 계속 미국에서 자전거를 만들려고 했다. 어떤 이들의 의견에 따르면 그것이 첫번째 실수였다. 슈윈은 1983년까지 시카고에서 버텼다. 앨런은 이 MBA 자식을 떨쳐버리고 싶었다. 그 정도로 오래 버티는 게 얼마나 어려운 일인지 네가 알기나 해? 자전거를 만드는 게, 그 복잡하고 노동집약적인 기계를, 시카고 웨스트사이드에 있는, 백 년 된 공장에서, 1983년까지 만드는 게?

"앨런?"

앨런은 고개를 들었다. 유세프였다.

"사람들이 움직이네요. 따라가고 싶으세요? 혹시 따라가고 싶으세요?"

사예드는 복도 끝에 서 있었다.

"위층으로 가시죠." 그가 말했다.

층계 두 개를 올라가자 건설중인 도시 위에 올라서게 되었다. 관측실은 360도 시야를 제공했고, 앨런은 창문들을 따라 어슬렁거렸다. 아직 날것 그대로였고, 그래, 하지만 그 높이에서 본 도시는 아름다웠다. 이제 말이 되었다. 홍해는 청록색이었고, 부드러운 바람에 밀물이 경쾌하게 잔물결을 일으키며 들어왔다. 모래는 흰색에 가까웠고 아주 고왔다. 타일이 깔린 산책로가 해변과 분홍색 콘도미니엄 사이를 가르며 멀리까지 뱀처럼 이어져 있었다. 지금 앨런이 볼 수 있는 것은 적어도 몇 동은 더 들어설 수 있는 토대였다. 개발 지구 전역에 심어놓은 야자나무는 가장 가까운 운하에도 줄지어 늘어서 있었고, 바다에서 물을 끌어다 만든 맑은 하늘색 운하는 도시를 관통하며 동쪽을 향하고 있었다. 도시로 진입하는 도로에서는 완전한 실패작으로 보였던 것이 이제는 목표를 향해 똑바로 나아가고 있는 것처럼 보였다. 이곳은 어디에나 원색 작업복을 입은 노동자들 때문에 부산스러웠다. 이곳은 건설중이었다. 이 높이에서 프로젝트를 보는 투자자라면 이곳이 기품 있게 완성되어가고 있다고 확신할 것이었고, 또 적어도 앨런의 눈에는, 감탄할 만한 속도로 완성되고 있는 것처럼 보였다.

"마음에 드십니까?" 무자디드가 물었다.

"마음에 드네요." 앨런이 말했다. "저걸 보세요. 모든 도시는 강이 필요하죠."

"그렇습니다." 무자디드가 말했다.

유세프도 유리 너머를 보고 있었는데, 얼굴에서 냉소를 찾아볼 수 없었다. 능청거리지 않고 눈에 보이는 광경을 즐기고 있는 것 같았다.

사예드와 무자디드가 앨런과 유세프를 엘리베이터로 안내했다. 두 층을 내려가 문이 열리자 지하 차고가 나타났다.

"이쪽입니다."

사예드가 앨런을 SUV로 안내했다. 그들은 거기 올라탔다. 새 차 냄새가 났다. 그들은 램프를 올라가 다시 빛 속으로 들어갔다. 급하게 좌회전을 해 바다 쪽으로 나아가더니 몇 초 후 차가 멈추었다.

"다 왔습니다." 무자디드가 말했다.

차를 타고 온 거리는 200미터였다. 그들 앞에 거대한 텐트가 있었는데, 결혼식이나 축제 때 사용하는 팽팽한 흰색 텐트였다.

"고맙습니다." 앨런이 말하며 다시 열기 속으로 발을 내디뎠다.

"그러니까 오후 세시에 뵙는 거지요?" 사예드가 말했다.

어느 시점엔가 약속에 대한 언급이 있었던 것 같았다.

"네." 앨런이 말했다. "본관에서 뵙나요, 아니면 웰컴센터에서 뵙나요?"

"본관에서요." 사예드가 말했다. "카림 알 아마드도 함께요. 그 사람이 연락 책임자입니다."

앨런은 텐트 앞에 서서 어리벙벙한 표정을 지었다. 비닐 문이 있었다.

"우리 팀이 여기 있나요?" 그가 물었다.

"네." 무자디드가 말했다. 그의 표정에 의심이나 사과의 기색은 없었다.

"텐트 안에." 앨런이 말했다.

말도 안 되는 일인 것 같았다. 앨런은 뭔가 착오가 있다고 확신했다.

"네." 무자디드가 말했다. "프레젠테이션은 프레젠테이션 텐트에서 할 겁니다. 자신 있게 말씀드리는데, 안에 필요한 게 다 있을 겁니다."

그러더니 무자디드는 차문을 닫고, 자리를 떴다.

앨런은 유세프를 돌아보았다.

"이제 가보셔도 되겠네요."

"돌아갈 방법은 있으신가요?"

"네, 밴 같은 게 있을 거예요."

그들은 가격을 정했고, 앨런은 돈을 주었다. 유세프가 명함에 숫자 몇 개를 적었다.

"또 셔틀을 놓치시면요." 그가 말했다.

그들은 악수를 했다.

유세프가 텐트를 향해 눈썹을 치켜세웠다.

"전속력 전진이네요." 그는 그렇게 말하고 사라졌다.

VII

텐트에 들어갔으나 앨런은 아무도 보지 못했다. 안의 공간은 거대했지만 텅 비어 있었고, 땀과 플라스틱 냄새가 났다. 바닥에 페르시아 양탄자 수십 개가 겹쳐서 깔려 있었다. 접의자 서른 개 정도가 둘레에 펼쳐져 있어, 이곳에서 결혼식이 열렸고 조금 전에 하객들이 떠난 듯한 느낌을 주었다. 텐트 한쪽 끝의 무대는 앨런의 팀이 스피커와 프로젝터를 조립해 설치할 곳이었다.

반대편 구석에 웅크리고 있는 그림자 비슷한 형체 셋을 분간할 수 있었는데, 각자 자기 노트북 컴퓨터의 회색 스크린을 물끄러미 바라보고 있었다. 앨런은 그들을 향해 걸어갔다.

"오셨네!" 목소리가 우렁차게 울렸다.

브래드였다. 카키 바지에 파삭파삭한 하얀 셔츠 차림으로, 소매를 걷어올리고 있었다. 그는 앨런과 악수를 하려고 일어서서 최선

을 다해 몸속의 뼈들을 구부렸다. 자그마하고 땅땅한 몸집에 다리
는 거의 활처럼 휘어, 꼭 레슬링 코치처럼 보였다.

"어이 브래드. 반갑네."

레이철과 케일리가 자리에서 일어섰다. 그들은 아바야*를 벗은
채 맨발에 반바지, 탱크톱 차림으로 앨런에게 인사를 했다. 텐트에
에어컨이 있었지만 결코 쾌적하다고 할 수 있는 수준은 아니었다.
젊은 사람 셋 모두 땀으로 번들거리고 있었다.

그들은 앨런이 무슨 이야기를 해주기를 기다렸다. 그러나 앨런
은 그들이 자신에게 무엇을 기대하는지 알 수 없었다. 그는 이 젊
은이들을 어쩌다 알게 되었을 뿐이다. 그들은 석 달 전 보스턴에
서, 에릭 잉볼이 고집을 부리는 바람에 잠깐 만났다. 그때 계획을
세우고, 해야 할 일을 설명하고, 시간 계획과 목표를 설정했다. 그
들은 서명해야 할 서류를 받았는데, 그것은 왕국이 요구하는 포기
각서로, KSA**의 규칙을 모두 지킬 것이며 법을 어겨 유죄 판결을
받을 경우 다른 사람들과 똑같은 처벌을 받는 데 동의한다는 내용
이었다. 포기 각서는 간통을 포함한 일부 범죄의 경우 그 처벌로
처형될 수도 있다는 것을 적시하고 있었고, 그들 모두는 현기증 비
슷한 것을 느끼며 서명했다.

"이렇게 밖에서 다들 괜찮은 거야?" 앨런이 물었다.

그는 더 나은 이야기를 할 수가 없었다. 그들 모두는 텐트에 있

---

* 이슬람 여성들이 외출시에 입는 검은 망토 모양 의상. 얼굴, 손, 발을 제외한 온몸
을 가리는 형태이다.

** Kingdom of Saudi Arabia, 사우디아라비아 왕국의 약칭.

다는 사실이 무슨 의미인지 이해하려 여전히 애를 쓰고 있었다.

"잘 있습니다. 하지만 와이파이 신호가 안 잡혀요." 케일리가 말했다.

"블랙박스에서 나오는 게 희미하게 잡히기는 해요." 브래드가 덧붙이며, 더 높은 지대에 있는 7/24/60 사무실 건물을 고갯짓으로 가리켰다. 벌써 별명을 지어놓은 것이다.

"누가 텐트로 들여보낸 거지?" 앨런이 물었다.

케일리가 대답했다. "도착하니까, 여기에서 프레젠테이션을 할 거라고 하던데요."

"텐트에서."

"그런 것 같아요."

"팀장님한테는 아무 말 안 했나요?" 레이철이 나섰다. "왜, 그러니까, 우리가 왜 여기 나와 있는 건지? 진짜 본관에 들어가 있는 게 아니라?"

"나한테는 아무 말 안 했어." 앨런이 말했다. "어쩌면 판매사들 전부가 여기 나와 있는 건지도 모르고."

앨런은 여남은 개 정도의 다른 회사들도 준비하느라 바쁠 거라고, 왕의 방문을 기다리며 미친듯이 움직이고 있을 거라고, 예상하고 있었다. 하지만 여기 바깥에, 어두운 텐트에, 우리만 있다니 ─ 앨런은 이해할 수가 없었다.

"말이 되는 것 같네요." 레이철이 입안의 살을 씹으며 말했다. "하지만 여기에는 우리밖에 없잖아요."

"어쩌면 우리가 제일 먼저 온 걸 수도 있어." 앨런이 약간 가벼운 태도를 유지하려 애를 쓰며 말했다.

"릴라이언트 같은 회사가 이런 데 나와 있다는 게 이상할 뿐이에요, 그렇죠?" 브래드가 말했다. 그는 회사형 인간으로서 아마 지금까지 평생 자신에게 주어진, 달달 외운 각본에서 벗어나는 일은 해본 적이 없을 것 같은 완벽하게 유능한 젊은이였다.

"여기는 신도시야. 지도에 그려지지 않은 영토라고, 그렇지?" 앨런이 말했다. "와이파이 문제에 대해 누구에게 물어본 적 있나?"

"아직요." 케일리가 말했다. "팀장님을 기다리기로 했거든요."

"한동안은 신호가 잘 잡히기도 했고요." 레이철이 그렇게 덧붙였다. 그러고는 이렇게 이야기를 하고 있으면 신호가 다시 나타날 거라고 생각이라도 하는 듯, 텐트 건너편 끝으로 둥둥 떠가듯 돌아갔다.

앨런은 케일리의 컴퓨터를 보았다. 와이파이 신호를 나타내는 동심원의 곡선들 대부분이 검은색이 아니라 회색이었다. 홀로그램 프레젠테이션을 하려면 유선 인터넷이 필요했고, 그게 아니라면, 와이파이 신호가 강력하게 잡혀야 했다. 희미하게 잡히거나 다른 데서 훔쳐오는 정도로 될 일이 아니었다.

"흠, 이건 물어봐야 할 것 같군. 나머지 장비는 설치를 시작한 거지?"

"아뇨, 아직." 브래드가 움찔하며 말했다. "우리는 이게 일시적인 상황이기를 바랐어요. 여기에서는 프레젠테이션을 제대로 할 수 없거든요."

"그래서 여기서 그냥 신호만 찾고 있었던 거야?"

"지금까지는요." 케일리가 말했다. 더 많은 일을 하고 있어야 했다는 걸 이제야 깨닫는 듯했다.

반대편의 어둠에서 레이철이 끼어들었다. "한동안은 신호가 잘 잡혔다니까요."

"맞아. 한 시간쯤 전에는." 케일리가 덧붙였다.

VIII

앨런이 이곳에 있는 어떤 이유가 있어야만 했다. 그는 왜 제다에서 100킬로미터 떨어진 텐트에 있는가, 그래, 그리고 왜 그는 이 세상에 살아 있는가? 그 의미가 흐려지는 일이 잦았다. 조금 캐봐야 하는 일이 잦았다. 그의 삶의 의미는 지상에서 수백 미터 아래의, 잘 보이지도 않는 틈을 흐르는 물이었고, 그는 주기적으로 물 한 양동이를 부어 그 우물을 채우고, 물을 길어올려 마셨다. 하지만 그걸로는 오래 버틸 수 없었다.

찰리 팰런의 죽음은 전국적인 뉴스가 되었다. 그는 아침에, 옷을 다 입은 채로 호수로 걸어들어갔다. 앨런은 그가 발목까지만 잠겼을 때 보았고, 대수롭지 않게 생각했다. 그 무렵 그 초절주의자는 정신이 맑지 않았기 때문이다.

앨런은 계속 차를 몰았다.

그러나 찰리는 더 깊이 들어갔다. 천천히 그렇게 했다. 다른 이웃들은 그가 무릎까지, 허리까지 잠긴 것을 보았다. 아무도 어떤 말도 하지 않았다.

마침내 찰리는 가슴까지 잠긴 채 물속에 서 있었고, 린 매글리아노가 경찰에 신고를 했다. 경찰이 왔고, 소방서에서도 왔다. 그들은 호숫가에 서서 찰리에게 고함을 질렀다. 돌아오라고 말했다. 그러나 아무도 그를 데리러 가지 않았다.

나중에 경찰관과 소방관 들은 예산 삭감 때문에 이런 경우의 구조 훈련을 받지 못했다고 말했다. 만일 그들이 찰리를 쫓아 물속으로 들어갔다면, 아주 큰 법적 책임 문제가 제기될 수 있었다. 게다가 그들 말에 따르면, 그 사람은 서 있었다. 괜찮아 보였다.

마침내 여고생 한 명이 튜브를 타고 노를 저으며 들어갔다. 소녀가 찰리 팰런에게 이르렀을 때, 그는 새파랗게 질린 채 아무 반응도 없었다.

소녀가 비명을 질렀다. 경찰관과 소방관 들이 도구를 가져와 찰리를 끌어냈다. 가슴 압박을 하며 살려보려 했으나 이미 죽은 몸이었다.

"앨런?"

브래드가 그를 쳐다보고 있었다. 걱정스러운 표정이었다.

"그래." 앨런이 말했다. "밖을 좀 보자고."

앨런은 입구를 향해 걸어갔다. 레이철과 케일리가 따라오려 했지만 브래드가 막았다.

"그렇게 입고 밖으로 나가면 안 돼." 브래드가 말했다.

그러자 그들은 자기들이야 안에 계속 있으면 더 좋다고, 여기가 시원하다고 말했다.

앨런과 브래드는 밖으로 걸어나갔다. 태양과 열기 속에서 눈을 가늘게 뜨고 송신탑이나 케이블 장비의 흔적이 있는지 둘러보았다.

"저기네요." 브래드가 분홍색 콘도미니엄을 가리켰다. 옆면에 작은 위성 접시가 달려 있었다.

그들은 그쪽으로 걸어갔다.

"우리가 여기서 뭘 찾고 있는 거지?" 앨런이 물었다.

브래드가 엔지니어였기 때문에 앨런은 기술 문제를 그에게 맡길 수 있기를 바랐다.

"플러그를 꽂아놨는지 확인하는 것 아닐까요?" 브래드가 말했다.

앨런이 브래드를 흘끗 보았다. 진지하게 한 말인지 확인해보기 위해서였다. 브래드는 진지했다.

플러그는 꽂혀 있는 것 같았다. 그러나 텐트에서 30미터쯤 떨어져 있어서 그들에게는 쓸모없을 것 같았다. 그들은 다시 서서 눈을 가늘게 뜨고 주위를 둘러보았다. 자주색과 빨간색 작업복을 입은 노동자들이 군데군데 무리를 지어 산책로에 벽돌을 깔거나 모래를 쓸어내고 있었다.

"저게 송신탑인가?" 앨런이 물었다. 이층짜리 금속 구조물, 유정탑과 풍향계의 중간쯤 되어 보이는 것이 산책로 한가운데 자리 잡고 있었다. 그쪽으로 걸어가보았지만, 거기에서 뻗어나온 전선은 보이지 않았다. 그것이 그들에게 어떤 의미가 있는지 없는지조차 분명치 않았다. 그들은 텐트로 돌아갔고, 텐트에서 나오기 전보다 더 알게 된 것은 없었다.

안에서 레이철과 케일리가 각각 마주보는 어두운 모퉁이에 자리를 잡고서, 아기를 돌보는 어머니처럼, 다시 스크린 위로 몸을 굽히고 있었다.

"좀 진전이 있어?" 브래드가 그들에게 물었다.

"아니." 케일리가 말했다. "왔다갔다해."

"이메일은 보낼 수 있어?" 브래드가 물었다.

"아직." 레이철이 말했다.

앨런은 잠시 더위를 식힐 필요가 있어, 접의자를 가져다 앉았다. 브래드가 옆에 자리를 잡았다.

"이곳의 연락 담당자라는 카림한테 이메일을 계속 보내려고 했거든요." 브래드가 말했다.

"카림이 어디 있는데?" 앨런이 물었다.

"아마도 여기 KAEC에요."

"저 건물에? 블랙박스에?"

"그럴 것 같아요."

"저기 걸어가보려고는 했나?"

"아직이요. 꼭 가야 하는 게 아니라면 다시는 그 더운 데로 나가지 않을 겁니다."

그래서 그들은 계속 텐트 안에 앉아 있었다.

IX

에릭 잉볼과 그의 멍청한 얼굴. 거기 그 기다란 화강암 탁자에 앉아, 추한 입술을 꽉 오므린 채 앨런의 보고서를 읽고 있었다. 앨런은 그 얼굴에 주먹을 날리고 싶었다. 그 얄미운 얼굴이 그에게 약간의 존경심이라도 보일 때까지 주먹을 날리고 싶었다.

"정말이지 이 건은 좀 조직적으로 했으면 좋겠네." 잉볼이 말했다.

잉볼은 항문기에서 벗어나지 못했다고 소문이 나 있었다. 일이 자기 뜻대로 보고되지 않으면 얼굴을 꽉 죄며 괴로운 표정으로 입을 삐죽거렸다. 그는 앨런의 KAEC 보고서에 불만이 많았다. 앨런은 출장 전에 뭔가 준비하라는, KAEC를 살펴보고, 릴라이언트의 전망이 어떤지 알아보라는 요청을 받았고, 앨런은 그렇게 했다. 보고서는 일찍 마무리되었고, 잉볼이 요청했던 것보다 훨씬 길고 자세했다.

"하지만 답을 하지 않은 질문이 너무 많은데." 잉볼이 고통스러운 얼굴로 그렇게 말했다. "그래서 영 불편해."

앨런은 껄껄 웃으며, 보고서에 답을 하지 않은 질문이 많은 것은 아직 사우디에 가보지 않아서 그 땅의 지형이나 압둘라의 정신 상태를 아는 척할 수 없기 때문이라고 말했다.

"이건 영업입니다." 앨런이 말하며 웃음을 지었다. "견적을 내고, 계획을 세우고, 그런 다음 거기 가보면, 모든 게 바뀌지만, 그래도 팔 건 팔지요."

잉볼은 웃음을 짓지도 동의하지도 않았다.

"당신이 이 일을 맡겨서 보낼 만한 사람이라는 확신이 필요해." 잉볼이 말했다. "당신은 한동안 옆으로 물러나 있었고, 그래서 난 당신이 아직 쌩쌩한지 알 필요가 있다고. 당신이 선수인지."

앨런은 바깥을, 아래쪽 항구를 흘끗 보았다.

앨런의 조상은 기근 때 아일랜드에서 미국으로 넘어왔다. 세 형제가 1850년 카운티 코크를 떠나 보스턴에 상륙했다. 그들은 황동 단추를 만들기 시작했고, 단추를 만들다보니 사우스 보스턴에서 주물을 제작하게 되어, 관, 밸브, 보일러, 라디에이터 등과 관련된 다양한 일을 했다. 그들은 다른 아일랜드 사람들을 고용했고, 이어서 독일인, 폴란드인, 이탈리아인을 고용했다. 사업은 크게 번창했다. 형제들은 해안에 별장을 지었다. 아이들을 가르칠 가정교사를 고용했고, 아이들은 라틴어와 그리스어를 배웠다. 그들의 이름이 보스턴의 건물 곳곳에 나붙었다. 교회와 병원 별관에도. 그러다 대

공황이 찾아왔고, 모두들 처음부터 다시 시작했다. 앨런의 아버지는 채텀에 별장이 없었다. 그는 록스버리에 있는 스트라이드 라이트 공장의 감독이었다. 그는 일을 잘했고, 아들 앨런을 대학에 보낼 만큼 저축도 했다. 그러나 앨런은 대학을 중퇴하고 풀러 브러시 제품을 팔았고, 그다음에는 자전거를 팔았고, 잘 해냈다. 거기서 한동안 아주 잘 해오다가, 그와 다른 사람들은 1만 킬로미터 떨어진 곳에 있는 사람들로 하여금 자신들이 팔던 물건을 만들게 하자고 함께 결정했다. 그리고 곧 팔 물건이 없는 처지가 되어버렸다. 그는 이제 항구를 굽어보는 이 회의실에서, 이 옹색한 얼굴의 에릭 잉볼, 그를 소유하고 있고 또 그 사실을 잘 알고 있는 에릭 잉볼을 바라보고 있었다.

"나는 이게 슬램덩크*라고 생각합니다." 앨런은 말했다.

"보라고, 그게 내가 걱정되는 거야." 잉볼이 말했다. "당신의 지나친 자신감 때문에 영 마음이 놓이지 않는다고."

---

* 강력한 덩크슛이라는 뜻으로, 성공이 확실한 일의 비유로 쓰인다.

X

케일리가 의자를 가지고 왔다. "그래서, 그 사람이 몇 명이나 데려올 거라고 생각하세요?"

"누가?" 앨런이 물었다.

"왕이요." 그녀가 말했다.

"모르겠어. 한 여남은 명쯤. 어쩌면 더 올 수도 있고."

"왕이 여기서 IT 문제에 관해 단독으로 결정을 내릴 수 있을 거라고 생각하세요?"

"그렇게 예상할 수 있을 것 같은데, 당연히. 이 도시에 왕의 이름이 붙어 있잖아."

이제 레이철도 합류했다. "왕은 만나보셨어요?" 그녀가 물었다.

"내가? 아니. 이십 년 전쯤에 왕의 조카와 알고 지냈어."

"조카가 왕자였나요?"

"왕자였지. 지금도 그렇고."

"그럼 그 사람도 여기 올까요?"

"아니, 아니. 그 사람은 모나코에 있어. 이제 그 사람은 사업에는 별로 관여하지 않아. 비행기를 타고 돌아다니면서 명분이 있는 일에 돈을 뿌리지."

앨런은 압둘라의 조카, 잘라위를 떠올려보았다. 그 독특한 얼굴. 그의 입은 떨리는 손으로 잡아끈 것처럼 한쪽으로 기울어 있었는데, 그래서 조롱하고 비꼬는 것처럼 보였다. 하지만 그는 무척 진지하고, 호기심이 아주 많았으며, 금방 울음을 터뜨리곤 했다. 그는 늘 울었다. 과부, 고아, 그런 이야기만 나오면 눈물을 흘리며 지갑을 열었다. 잘라위는 사람들과 접촉하는 것을 제한하라는 충고를 받았다. 그는 만나는 모든 사람과 얽혀들었고 그들의 삶에 변화를 일으키려고 했다. 소문에 따르면 그는 골암으로 죽어가고 있었다.

"어쨌든." 앨런이 말했다. "압둘라왕은 오늘 여기 오지 않을 거야. 긴장 풀어도 돼."

그들은 잠시 말없이 앉아 있었다. 레이철과 케일리는 자기들 노트북으로 돌아가고 싶어하는 것이 분명했지만, 예의 때문에 팀의 선임인 앨런, 출신은 수수께끼이지만 어쨌든 중요하다고 간주되는 인물 옆을 떠나지 못하고 있었다.

"제다 구경은 많이 하셨어요?" 레이철이 그에게 물었다.

"아니, 아직 별로."

"잠은 좀 주무셨어요?" 케일리가 물었다.

앨런은 사실을 말해주었다. 거의 육십 시간 동안 깨어 있다가 마침내, 그날 아침 여섯시쯤 잠이 들었다고. 그러자 모두들 어서 호텔로 돌아가 쉬라고 아우성이었다. 남은 하루는 자신들이 일을 처리할 수 있다고 했다.

"잠자는 데 도움이 될 만한 건 있나요?" 케일리가 물었다.

"아니. 그런 게 있으면 세관에서 처형되는 줄 알았는데. 케일리는?"

아무도 가지고 있지 않았다.

"좋은 생각이 있어요." 브래드가 말했다. 그는 좋은 생각이 있다는 생각 자체를 시험하듯 앨런을 보았다. 앨런은 어서 말해보라는 표정을 지으려 노력했다.

"어, 실행에 옮기기 전에 팀장님 의견을 듣고 싶어서요." 브래드가 용기를 내 말했다. "회사에 전화를 해서 여기 조건이 만족스럽지 못하다고 알릴까 생각하고 있었습니다."

앨런은 한참 동안 브래드를 바라보았다. 이 친구한테 그게 형편없는 생각이라는 걸 어떻게 말해야 할까? 앨런은 그 방법을 생각해보려 했다.

"좋은 생각이야." 앨런이 말했다. "하지만 일단은 보류하도록 하지."

"네, 알겠습니다." 브래드가 말했다.

"카림 알 아마드는 오후 세시에 만나기로 했어." 앨런이 말했다.
"그럼 분명히 모든 게 정리될 거야."

젊은 사람들이 고개를 끄덕였고, 잠시, 말없이, 함께 앉아 있었다. 막 정오가 지나 있었다. 하지만 벌써 텐트에서 며칠은 보낸 듯한 느낌이 들었다.

"식사는 어디서 하면 되는지 아세요?" 케일리가 물었다.

"몰라." 앨런이 말했다. "알아보지."

찌무룩해지는 분위기를 바꾸려는 듯 레이철이 몸을 앞으로 기울였다. "꼭 하고 싶은 얘기가 있는데, 아주 놀라운 게 있거든요. 호텔 헬스클럽 봤어요?"

브래드는 보았고, 케일리는 보지 못했다.

"거기 사이마스터*가 있더라고요. 나우틸러스 제품으로요."

이런 식으로, 그들의 상황이 어떤 면에서 새롭고 낯설고 이상적인지, 또는 별로 그렇지 않은지 토론하다보니 이십 분이 흘러갔다. 그들은 과연 음식을 가져다줄지 궁금해했다. 아니면 블랙박스로 직접 가지러 가야 하는 것인지. 혹시 자기들 먹을 걸 챙겨 왔을 거라고 생각하는 것은 아닐지.

케일리는 얼마 전에 산 새 휴대전화 이야기를 하면서, 모두에게 그것을 보여주었다. 한동안 전에 쓰던 걸 팔 곳을 찾아 웹사이트를 살피다가, 결국은 그냥 쓰레깃더미에 던져버렸다고 말했다.

---

* 허벅지 운동기구.

앨런은 곧 이야기의 흐름을 놓쳤다. 생각이 다른 데로 흐르다 자기도 모르게 밖을 내다보고 있었다. 텐트에 비닐 창문이 여러 개 달려 있어서, 모래와 그 너머 바다에 막이 낀 듯한 인상을 주었다. 앨런은 그 바깥에, 빛과 열기 속으로 나가 있고 싶었다.

그는 일어섰다.

"도대체 어떻게 된 일인지 알아봐야 되겠군." 그가 말하며, 셔츠를 매만졌다. 그는 식사 문제, 와이파이 신호 문제, 도대체 그들이 왜 바닷가의 비닐 텐트 안에 있는가 하는 문제를 해결하겠다고 약속했다.

XI

앨런은 텐트에서 나왔다. 잠깐이지만 열기의 맹습을 당하며 블랙박스 쪽으로 걸어갔다. 공사가 끝나지 않은 구역, 흙더미나 돌무더기, 쌓아놓은 연장들을 피하며 산책로를 따라 유리 건물로 걸어갔다. 심으려고 뉘어놓은 야자나무를 뛰어넘고, 길을 건너 사무실용 건물 앞에 섰다. 현관문까지 계단이 마흔 개 정도 있어서, 문에 이르렀을 때는 셔츠가 땀에 완전히 젖었다.

로비는 밝았고, 번쩍거렸고, 에어컨이 돌아가고 있었으며, 바닥은 금빛 목재였다. 스칸디나비아의 공항에 온 것 같았다.

"어떻게 오셨나요?"

머리 스카프를 느슨하게 쓴 젊은 여자가 그의 오른쪽, 검은 대리석으로 만든 반달 모양 데스크에 앉아 있었다.

"안녕하세요." 앨런이 말했다. "성함이?"

"마하예요." 그녀가 말했다. 검은 눈, 매부리코.

"네, 마하. 나는 릴라이언트 시스템스의 앨런 클레이입니다. 세시에 카림 알 아마드를 만나기로 약속이 되어 있는데……"

"아, 일찍 오셨군요. 이제 막 두시가 지났네요."

"네, 알아요. 하지만 나는 릴라이언트에서 일하고 있고, 우리는 저기 해변의 텐트에 나가 있는데 와이파이 신호도 안 잡혀요. 우리 프레젠테이션에는 와이파이가 필수인데."

"아, 그 아래쪽 와이파이에 대해서는 전혀 모르겠어요. 그 텐트에 와이파이 신호가 있다는 것 자체가 상상이 안 되고요."

"그래요, 바로 그게 문제예요. 이 문제에 대해 이야기할 수 있는 사람이 있을까요?"

마하가 힘차게 고개를 끄덕였다. "네, 알 아마드 씨를 만나보시면 될 것 같아요. 텐트에서 프레젠테이션을 하는 판매 업체 담당이 거든요."

"잘됐네요. 지금 있나요?"

"아니요, 안됐지만 안 계셔요. 아마 손님과 약속한 시간 직전에 오실 거예요. 주로 제다에서 일을 하시거든요."

계속 입씨름을 해봐야 소용이 없을 것 같았다. 앨런과 알 아마드의 약속은 불과 한 시간 뒤였다.

"고마워요, 마하." 앨런은 그렇게 말하고 자리를 떴다.

그러나 텐트로 돌아갈 수는 없었다. 젊은 사람들에게 전해줄 소식이 없었다. 약속 시간까지 밖에서 시간을 보낼 수 있다면, 그동안 그가 알 아마드와 함께 앉아 긴 시간 의논한 끝에 모든 문제를 해결한 것처럼 보일 거라는 생각이 들었다.

다시 열기와 빛 속으로 들어서는 순간 식사 문제가 기억났다. 식사 문제를 물어보지 않은 것이다. 하지만 지금 블랙박스로 다시 갈 수는 없었다. 어떤 남자가 땀을 삘삘 흘리며 들어와 가시 돋친 질문을 수없이 던지더니 막상 중요한 식사 문제는 묻는 걸 잊었다고 하면 한심해 보일 터였다. 안 될 일이었다. 세시에 그 모든 문제에 대해 물어봐야 했다. 그때까지 젊은 사람들은 그냥 견뎌야 했다.

그는 산책로를, 무늬 벽돌을 곡선형으로 깔아놓은 길을 따라 걸으며, 모든 것을 꼼꼼히 생각해보았다. 그는 쉰네 살이었다. 하얀 셔츠에 카키 바지 차림으로, 언젠가 해안의 오솔길이 될지도 모르는 길을 따라 걷고 있었다. 그는 방금 자신의 팀을, 왕 앞에서 홀로그램 통신 기술을 보여주는 일을 준비하고 진행할 젊은이 셋을 떠나왔다. 그러나 왕은 거기 없었고, 그들은, 그들만, 텐트에 있었으며, 그것들 중 어느 것이 언제 고쳐질지 알 수 없을 것 같았다.

그는 앞으로 휘청했다. 아직 벽돌을 깔지 않은 구멍에 발이 빠진 것이다. 몸을 바로잡았지만 발목이 비틀렸고 통증이 심했다. 그는 그 자리에 서서 통증을 털어버리려 했다.

지난 오 년간의 사고 때문에 그의 몸에는 어디에나 흉터가 있었다. 몸의 움직임이 계속 어설퍼졌다. 계속 캐비닛에 머리를 부딪쳤다. 자꾸만 차문에 손을 찧었다. 빙판이 된 주차장 바닥에 넘어져서 몇 달 동안을 나무로 만든 인간처럼 걸었다. 이제 그에게서 우아함이라고는 찾아볼 수 없었다. 누군가 그를 보고 그렇다고, 우아하다고 한 적이 있었다. 수십 년 전에, 여름이었고, 더운 바람이 불었고, 그는 춤을 추고 있었다. 그 여자는 나이가 많았고 처음 보는 사람이었지만, 그 말이 그의 안에 콕 박혀서, 그에게 위로를 주었다. 한때 어떤 늙은 여자가 그를 우아한 사람이라고 생각했다는 게 무슨 의미라도 있는 것일까?

조 트리볼이 떠올랐다. 함께 일하게 된 첫날, 그들이 다가갔던 첫번째 문에서, 그는 앨런에게 안에 있는 여자가 그들이 문 앞에 있다는 것을 알게 하라고 했다. 앨런은 본능적으로 초인종으로 손을 뻗었다.

"아니, 아니야." 트리볼은 그렇게 말하고 문을 두드렸다. 빠르고 기분좋게 반복되는 선율로. 그가 앨런을 돌아보며 말했다. "낯선 사람은 초인종을 누르고, 친구는 문을 두드리지." 문이 열렸다.

방충망 안에 여자가 서 있었는데, 어리둥절한 표정이었다. 여자는 쉰 살 정도로, 하얗게 센 머리가 제멋대로 뻗어 있고, 안경이 구리 목걸이에 묶인 채 늘어져 있었다. 앨런이 트리볼을 보았을 때 그는 가장 좋아하던 초등학교 선생을 우연히 만나기라도 한 것처럼 싱글거리고 있었다.

"오! 안녕하세요?"

"네. 그런데 누구시죠?" 여자가 물었다.

"저희는 코네티컷주 이스트하트퍼드에 있는 풀러 브러시 회사의 판매원입니다. 풀러 브러시라고 들어보셨나요?

여자는 재미있다는 표정이었다. "그럼요. 하지만 그 회사 사람들은 몇 년 동안 본 적이 없는데요. 지금도 일을 하기는 하나보죠, 네?"

"물론이죠, 부인. 이런 멋진 날 저희에게 잠시 시간을 내주셔서 정말 감사합니다."

트리볼은 고개를 돌려 마당, 나무, 위의 파란 하늘을 살폈다. 그리고 다시 문으로 고개를 돌리더니 두 발을 바닥에 북북 문지르기 시작했다. 본능적으로, 여자는 몇 걸음 뒤로 물러나며 문을 더 넓게 열었다. 트리볼과 앨런에게 들어오라는 말을 하지는 않았지만 여자는 이제 그들에게 길을 내주고 있었다—단지 트리볼이 발을 북북 문질러 닦기 시작했다는 이유로. 문득 앨런은 최면술사나 마법사를 지켜보고 있는 듯한 느낌—이 세상과 세상에 사는 사람들에게 주문을 걸 수 있는 사람들이 존재한다는 느낌을 받았다.

앨런은 임시 보도를 따라 계속 걸었다. 분홍색 콘도미니엄에 다가가는 중이었다. 가까이 가니, 플로리다의 여러 해변에서 수백 번은 보았던 건물들과 비슷해 보였다. 다른 것과 구별되는 특징 없이 그저 거대할 뿐이었고, 넓고 평평한 얼굴로 바다를 바라보며 권태롭게 저항하고 있었다. 건물에는 삼백 가구 정도가 살 듯했다.

그는 창문 안쪽을 들여다보다가 뭔가 그럴듯한 것을 발견했다. 일층은 소매점과 식당이 들어설 자리였는데, 미래의 세입자 몇이 자기 자리를 표시해둔 것이었다. 피제리아 우노, 볼프강 퍽. 어쩌면 언젠가는 사람들이 이곳에서 먹고 웃음을 터뜨리며 생기 넘치는 모습을 보여줄지도 몰랐다.

그는 지금도 이런 일을 해낼 수 있었다. 그는 은색 자전거를, 그가 만들었던 시제품을 생각했다. 아주 아름다웠다. 모든 것이, 심지어 기어와 안장까지, 실버와 크롬이었다. 그보다 아름다운 물건을 만든 사람이 있을까? 우주에서도 눈에 띌 만큼 도전적으로 환하게 반짝였다.

그는 키트를 데려가 시제품을 보여주었다.

"아빠가 만든 거예요?" 키트가 물었다.

"어, 내가 만들게 했지. 디자인을 도와주고."

"멋진데요." 키트가 말했다. "아빠가 탈 수 있어요?"

"누구라도 탈 수 있지."

키트는 자전거를 만져보다가 뒤로 물러서서 요모조모 뜯어보며 다시 평가했다.

"이거 아주 좋은데요, 아빠."

호텔로 돌아가면 키트에게 편지를 쓸 생각이었다. 키트는 며칠 전 엄청난 편지를 보내왔는데, 단정한 필체로 써내려간 여섯 장은 대부분 엄마가 이제 자기를 전혀 상대하지 않으려 한다고 루비를 비난하는 내용이었다. 멀리서 보았을 때 온전해 보이는 게 다행이다 싶을 정도로 그렇게 여러 번이나, 그 여자가 그에게 마구잡이로 관통상을 입혔음에도 불구하고, 이제 그는 그 여자를 옹호해야 하는 묘한 위치에 있게 되었다. 키트의 편지는 최종 탄핵 문서 같은 느낌을 주었다. 자신과 엄마의 관계가 끝났다는 걸 알리고, 정당화하고, 기념하는 문서였다.

앨런은 그것을 감당할 수 없었다. 그는 피해를 복구해야 했다. 앨런은 편부모 신세가 되고 싶지 않았다. 또 앨런은, 만일 키트가 엄마에 대해 무가치한 존재라는 생각을 할 수 있게 되었다면, 똑같은 재평가 수단을 사용해 앨런 역시 받아들일 수 없는 존재로 여기게 될까봐 걱정했다—아니, 그는 그렇게 되리라는 걸 알았다. 그는 선을 그을 필요가 있었다. 루비의 편을 들어줄 필요가 있었다.

그는 키트와 오랫동안 편지를 주고받았다. 첫번째 편지는 루비의 음주운전 이후였다. 그는 키트에게 그런 일들이 어떤 맥락에서 일어나는 것인지 알려주고 싶었다. 좋은 편지였어요, 아빠. 그 첫번째 편지를 받은 뒤 키트는 그렇게 말했다. 그후로 앨런은 키트를 위해 자기 생각을 종이에 적었다. 서너 쪽짜리 편지들을 계속 써온 셈이었고, 그게 어느 정도 힘을 발휘했다. 의심이 찾아오면 그것들을 다시 보곤 한다, 키트는 그에게 그렇게 말했다. 그 편지들이 바싹 악이 오른 키트를 가라앉혀주고, 아슬아슬한 여러 벼랑에서 뒤로 물러서게 해주었다. 키트는 대체로 자기 엄마를 떠나고 싶어했고 관계를 완전히 끊고 싶어했다. 그들은 기질적으로 달랐고, 이제 그 점은 분명했다. 앨런의 둔감한 면을 더 물려받기도 했지만—루비라면 그것을 부르주아적이라고 부를 텐데—그것과 상관없이 키트는 악순환의 소용돌이에 지쳤고, 이야기를 나눌 때마다 루비가 시도하는 철저한 정화 작업에 진이 빠졌다.

하지만, 키트는 무엇보다도, 밀려오는 혼돈에 저지선을 칠 전략이 필요했다. 접촉을 제한하는 전략. 앨런 자신도 최근에야 그 방법을 찾아냈다. 이메일이 열쇠였다. 그와 루비는 키트와 관련된 메시지에만 의사소통을 제한하기로, 세 줄을 넘기지 않기로 합의했다. 효과가 있었다. 앨런은 이 년 넘도록 루비와 통화를 한 적이 없었고, 그 휴전 기간이 그에게 신경을 강화하고, 정신적으로 한숨 돌릴 여유를 주었다. 그는 더이상 큰 목소리가 들린다고 해서 바로 달려들지 않았다.

"앨런!"
그는 몸을 돌렸다. 브래드였다. 앨런은 화들짝 놀랐지만 차분한 척했다.
"그쪽은 지금 어떤가?" 앨런이 물었다.
"괜찮습니다." 브래드가 말했다. "하지만 세시가 다 됐는데요. 사무실로 가시는 건가요?"
브래드는 턱을 어깨 너머로, 블랙박스 쪽으로 쑥 내밀었다.

앨런은 손목시계를 보았다. 두시 오십이분이었다.
"응." 앨런이 말했다. "무슨 말을 할지 정리하고 있었어."

그는 브래드를 따라 산책로를 거슬러 갔다.
"먹는 건 걱정 마세요." 브래드가 말했다. "레이철 가방에 크래커가 좀 있더라고요. 그걸로 우리는 모두 준비가 끝난 셈입니다."

희미하게 비꼬는 느낌이 났다. 앨런은 브래드가 마음에 들지 않았다.

텐트를 지날 때 브래드가 발을 멈추었다. "행운을 빕니다." 그가 말했다. 그의 얼굴에 걱정과 놀라움이 가득했다. 그 순간 앨런은, 수십 년 후 그가 약해졌을 때, 스스로를 돌볼 수 없을 때, 그가 바지를 더럽히고 침을 질질 흘리는 걸 키트가 처음 보게 될 때 어떨지 알 수 있었다. 그때 키트가 지을 표정이 바로 이 표정, 지금 브래드가 짓고 있는 표정일 것이다─도움을 주기보다는 짐이 되는 인간, 이익이 되기보다는 해가 되는 인간, 세상의 진보와 무관하고 오히려 불필요한 인간을 바라보는 표정.

XII

마하는 아이스티를 홀짝이고 있었다.

"어머, 또 뵙네요. 클레이 씨."

"네, 마하. 카림 알 아마드는 자리에 있나요?"

"아니요, 미안합니다만 안 계세요."

"여기서 기다릴까요? 오후 세시에 약속인데."

"네, 알아요. 하지만 오늘은 못 오실 거예요. 이런 말씀드리기 죄송하지만 제다에서 꼼짝도 못하고 계세요."

"하루종일 제다에서 꼼짝도 못한다고요?"

"네. 하지만 내일은 오겠다고 하셨어요. 하루종일 있을 거니까 만나고 싶은 시간만 말씀하시랍니다."

"그동안 내가 여기서 이야기할 수 있는 다른 사람이 정말로 없는 겁니까? 그냥 와이파이하고 식사 문제, 그런 얘기인데도?"

"그런 문제 모두 알 아마드 씨를 만나보시는 게 최선일 것 같아요. 내일이면 아무때라도 좋으니까요. 다 해결될 거예요, 틀림없이."

앨런이 텐트로 돌아가보니, 그의 팀원들은 각자 구석에 자리를 잡고 자기 노트북을 보고 있었다. 레이첼은 DVD를 보고 있었는데, 요리에 관한 것이었고 턱수염을 기른 요리사가 등장했다. 앨런은 그들 모두에게 알 아마드 씨가 오늘 오지 않는다고 말했다.

자동차를 타고 제다로 돌아갈 때는 시간이 빨리 지나갔고, 젊은 사람들은 여름 캠프에 온 아이들처럼 내내 재잘거렸다. 앨런은 물 끄러미 도로를 구경했으나 비몽사몽이었고, 발목이 아팠다. 방에 들어갔을 때, 다른 사람들에게 인사를 하고 왔는지 기억이 나지 않았다. 어두운 로비에 들어선 것, 염소 냄새를 맡은 것은 기억났다.
태양 아래 너무 오래 있어서인지 어둠이, 서늘함이, 인공적이고 추한 것이 고맙게 느껴졌다. 그러나 그의 방의 묵직한 문이 그날의 종지부를 찍자 혼자 함정에 빠진 기분이었다. 그 호텔에는 바가 없었고, 딱히 뭘 떠올린 건 아니지만 그의 요구를 충족시킬 만한 것들도 없었다. 겨우 여섯시가 조금 지났을 뿐인데 할일이 아무것도 없었다.
세 젊은이 중 하나에게 연락을 해볼까 생각했지만, 함께 저녁을 먹자고 하는 것은 안 될 일이었다. 적절하지 못했다. 여자 둘에게 는 연락을 할 수 없었다. 호색적이었다. 브래드에게는 연락할 수 있었지만 그는 마음에 들지 않았다. 만약 그들 모두 식사중이고 그를 초대한다면, 함께 먹을 생각이었다. 그들이 연락을 한다면 갈 생각이었다. 그러나 일곱시가 되도록 아무도 연락을 하지 않았다. 그는 룸서비스를 주문해 닭 가슴살과 샐러드를 먹었다.

그는 샤워를 했다. 목의 혹을 문질러보았다.
침대에 들어가 잠이 오기를 바랐다.

앨런은 잠을 잘 수가 없었다. 눈을 뜨고 TV를 켰다. BP 유출* 이야기가 나왔다. 여전히 눈에 띄는 진전은 없었다. 유정 구멍 꼭대기에 시멘트를 쏟아붓는 방법인 톱 킬을 시도했지만 실패한 것이다. 앨런은 볼 수가 없었다. 유출 때문에 마음이 참담했다. 몇 주째 유출을 막지 못했다. 그와 다른 모든 사람이 할 수 있는 일이라고는 기름 기둥이 바다로 뿜어나오는 광경을 지켜보는 것뿐이었다. 앨런은 그것을 끝낼 수 있는 모든 극단적 방법을 지지했다. 해군 출신이 낸 의견, 그 아래로 핵무기를 쏜다는 의견을 들었을 때 그는 생각했다. 그래, 그래, 그렇게 해, 이 좆같은 새끼들아. 제발 좀 끝내기만 하라고. 모두 지켜보고 있잖아.

앨런은 TV를 껐다.
천장을 보았다. 벽을 보았다.
트리볼을 생각했다.

---

* 영국 석유회사 BP가 멕시코만 해저에서 원유를 유출한 사고.

"네 각도 중 하나에서 접근하면 무엇이든 팔 수 있어." 그가 말했다.

아침 아홉시였고 그들은 거리에, 무너져가는 집 앞에 서 있었다. 앨런이 자란 집에서 겨우 몇 블록 떨어져 있는 집이었지만, 그는 오른쪽으로 기울어가는 이 집에 한 번도 눈길이나 생각을 주어본 적이 없었다.

"첫번째로 해야 하는 일은 고객 분석이야, 알겠나?"

트리볼은 트위드 더블수트를 입고 있었다. 9월 초라 그런 옷차림을 하기에는 너무 더웠지만, 땀을 흘리는 것 같지는 않았다. 앨런은 그가 땀을 흘리는 걸 한 번도 본 적이 없었다.

"고객마다 특정한 접근 방법, 특정한 호소가 필요하지." 트리볼이 말했다. "네 가지가 있어. 첫번째는 '돈'이야. 이건 간단해. 사람들의 절약 정신에 호소하는 거야. 풀러 제품은 사람들의 투자를―그들의 목재가구를, 그들의 멋진 도자기를, 그들의 리놀륨 바닥을―보존해줌으로써 돈을 절약해준다. 실용적인 사람이라면 금방 알아볼 수 있어. 소박하고 잘 관리된 집, 실용적인 드레스, 앞치마가 눈에 보이거든. 직접 상을 차리고 청소를 하는 사람. 그런 사람한테는 이 첫번째 전략으로 나가.

두번째는 '로맨스'야. 꿈을 파는 거지. 사람들의 갈망 한가운데에 풀러 제품을 놓는 거야. 휴가와 요트 바로 옆에. '샴페인!' 나는 그렇게 말하고 싶어. 발냄새 제거 스프레이를 들고 사람들이 신발을 벗게 하면서 말하는 거야. '샴페인!'"

앨런은 그 말을 이해하지 못했다. "느닷없이 그냥 '샴페인!'이라고 해요?" 그가 물었다.

"그래. 내가 그 말을 하면, 사람들은 신데렐라가 된 기분을 느끼거든."

트리볼은 실크 손수건으로 땀도 나지 않은 이마를 훔쳤다.

"세번째는 '자기 보존'이야. 이런 사람들 눈에서는 공포가 보여. 그런 사람들에게 '자기 보존'을 파는 거야. 이건 쉬워. 안에 들어오라고 하기를 두려워하면, 창문 같은 데를 통해서 이야기하려고 하면, 이 방법으로 가는 거야. 이 제품이 당신 건강을 유지해준다, 균과 질병으로부터 안전하게 보호해준다, 그렇게 말하는 거야. 알아들었어?"

"네."

"좋아. 마지막은 '인정'이야. 다른 모든 사람들이 사고 있는 걸 자기도 사고 싶어하는 거지. 동네에서 가장 존경받는 사람 네댓 명 이름을 들먹이면서 그 사람들도 이미 다 샀다고 말하는 거야. '방금 글래드스톤 부인 집에 들렀다 오는 길인데 그다음엔 꼭 여기로 가보라고 하시더라고요.'"

"그게 답니까?"

"그게 다야."

앨런은 훌륭한 세일즈맨이 되었다, 그것도 빠른 속도로. 부모님 집에서 나올 돈이 필요했는데, 한 달 뒤에 그곳에서 나올 수 있었다. 그로부터 여섯 달 뒤에는 새 차를 샀고, 다 쓰지도 못할 돈을 벌었다. '돈', '로맨스', '자기 보존', '인정'. 그는 모든 일에 그 범

주들을 적용했다. 풀러를 떠나 슈윈으로 자리를 옮겼을 때도 자전거 영업에 같은 가르침을 적용했다. 모든 원리가 그대로 적용되었다. 자전거는 실용적이었다('돈'). 자전거는 아름답게 반짝이는 물건이었다('로맨스'). 자전거는 안전하고 오래갔다('자기 보존'). 자전거는 어느 가족에게나 지위의 상징이었다('인정'). 그래서 슈윈에서도 빨리 출세를 했고, 일리노이주 남쪽의 소매점 영업에서 지역 판매 본부로, 시카고에서 임원들과 탁자에 앉아 전략과 확장 계획을 짜는 자리로 올라갔다. 그다음에는 노조 파괴. 그다음에는 헝가리, 타이완, 중국, 이혼, 여기.

그는 다시 TV를 켰다. 우주왕복선에 관한 뉴스가 나왔다. 우주왕복선은 곧 운행이 중지될 예정이었다. 앨런은 TV를 껐다. 그것도 보고 싶지 않았다.

그는 자기도 모르게 아버지 전화번호를 누르고 있었다. 국제 장거리전화이니 엄청난 요금이 나올 터였다. 그러나 왕복선을 보자 론 생각이 났고, 론 생각이 나자 그에게 전화를 걸어야겠다는 생각이 들었다.
그것은 실수였다. 신호가 가기 시작하는 순간, 그는 그것이 실수임을 알았다.

그는 뉴햄프셔 농가에 있는 아버지를 그려보았다. 앨런이 그를 마지막으로 보았을 때, 약 일 년 전쯤, 수십 년간 그렇게 강한 모습은 본 적 없다는 느낌이 들었다. 얼굴은 불그레했고, 눈은 찬란하게 살아 있었다.

"저 똥개 좀 봐라." 그날 론은 말했다.

그들은 포치에 나와 스카치위스키를 마시며, 론의 개들, 하나같이 시끄럽고 지저분한 개 세 마리를 지켜보고 있었다. 론이 가장 좋아하는 개는 오스트레일리아 양치기 개처럼 생겼는데, 쉴새없이 움직였다.

"저거야말로 시대를 초월한 똥개지." 론은 말했다.

론은 화이트리버정크션 근처의 농장에 살았다. 돼지, 염소, 닭과 더불어 말 두 마리를 길렀는데, 한 마리는 타고 다녔고 또 한 마리는 친구 대신 맡아 기르는 것이었다. 론은 농장 일에 관해서는 아무것도 몰랐지만 은퇴한 뒤, 그리고 앨런의 어머니가 세상을 뜬 뒤, 도시 근처 강 유역의 질척거리는 땅 약 48만 5000제곱미터를 샀다. 그래놓고 늘 불평을 했다—이 좆같은 땅이 날 죽일 거야—하지만 어느 모로 보나 그 땅이 그를 살아 있게 해주었다.

앨런은 시간이 갈수록 굼떠지고, 수선하거나 흉터가 생긴 데가 늘었지만, 어찌된 일인지 그의 아버지는 더 강해졌다. 앨런은 덜 적대적인 관계를 원했는데, 그게 그렇게 무리한 요구였을까? 이제는 조롱당하고 싶지 않았다. 앨런, 너 배고프냐hungry? 아버지는 앨런이 헝가리Hungary에서 박살이 난 걸 두고 그렇게 콕콕 찔러대기를 좋아했다. 론은 노동조합원이었다. 그는 이렇게 말하곤 했다. 스트라이드 라이트에서는 하루에 구두 오만 켤레를 만들었어, 록스버리에서!* 론은 그 장소 이야기만 나오면, 그 모든 혁신 이야기만 나오면 입을 다물 줄 몰랐다. 노동자들에게 데이케어를 제공한 최초의 회사. 그다음에는 엘더케어**도! 그는 완벽한 연금을 보장받고 은퇴했다. 그러나 그것은 회사가 노동조합들을 저버린 채 켄터키로 생산 기지를 옮기기 전 이야기였다. 그게 1992년이었다. 오년 뒤에는 생산 기지를 모조리 태국과 중국으로 옮겨버렸다. 이 모든 일 때문에 론은 슈윈에서 앨런이 맡은 역할을 더 괘씸하게 여겼다. 앨런이 경영진에 있었다는 것, 그가 슈윈을 위해 조합이 없는 새로운 장소를 물색하는 걸 도왔다는 것, 중국과 대만의 제조업자와 만났다는 것, 슈윈과 거기 고용된 노동자 천이백 명을 망친 모든 일에 적잖이—론의 표현이었다—기여했다는 것, 그래, 이런 것 때문에 소통이 어려워졌다. 대부분의 화제가 결국은 이 나라를 괴롭히는 게 무엇인지에 관한 서로 다른 생각에 가닿았고, 따라서 거론 불가였다. 그래서 개와 수영 이야기만 했다.

론이 파놓은 작은 호수가 있었는데, 거기서 론은 4월에서 10월까지 매일 수영을 했다. 물은 차갑고 물풀이 많았으며, 론에게서는 늘 그 냄새가 났다. 습지 인간. 앨런이 론을 그렇게 불러도 론은 웃어주지 않았다.

"돼지 잡는 것 좀 도와주겠니?" 론이 물었다.

앨런은 사양했다.

"신선한 베이컨이다, 얘야." 론이 말했다.

---

* 스트라이드 라이트는 신발 상표명, 매사추세츠주 록스버리는 그 공장이 있던 곳.
** 데이케어는 탁아 시설, 엘더케어는 노인 의료 혜택.

앨런은 시내로 가서 진짜 식사를 하고 싶었다. 론은 연기를 하고 있었다. 이 '농부 론' 짓거리 전체가 어느 정도는 연기였다. 론은 프랑스 요리와 와인을 잘 알았지만, 지금은 일부러 고기와 감자만 내세우고 있었다. 시내에 가면 론은 거리에서 여자들에게 추파를 던졌다. "저기 쟤 좀 봐라! 사타구니가 틀림없이 훌륭할 거야."

완전히 새로운 모습이었다, 이렇게 야만인 역을 연기하는 건. 앨런의 어머니는 절대 이런 야만적인 짓을 두고 보지 않았을 것이다. 하지만 누가 진짜 론일까? 어쩌면 이게 진짜 론, 아내가, 앨런의 어머니가 세련되게 다듬고 개선시켜놓기 전의 그 남자가 아닐까? 그는 타고난 형태로 돌아가 자리를 잡은 것이었다.

신호가 멈추었다.
"여보세요?"
"아, 아버지."
"여보세요?"
"아버지. 앨런이에요."
"앨런? 꼭 달에서 말하는 것처럼 들리는구나."
"지금 사우디아라비아예요."

앨런은 무엇을 기대했던 것일까? 놀람? 칭찬?
침묵뿐이었다.
"왕복선 생각을 하고 있었어요." 앨런이 말했다. "우리가 왕복선 발사하는 걸 보러 갔던 거요"

"사우디아라비아에서는 뭘 하고 있냐?"

그게 문을 열어주는 말로, 자랑 좀 해보라는 초대로 들렸기 때문에 앨런은 한번 자랑을 해보았다.

"어, 아주 재미있어요. 아버지. 릴라이언트 일을 하느라 여기 와 있는데, 압둘라왕한테 IT 시스템 하나를 팔려고 영업을 하는 거예요. 우리한테 아주 놀라운 원격회의 장비가 있어서 직접 왕을 만나 프레젠테이션을 할 거예요. 삼차원 홀로그램 회의죠. 우리 직원 한 명이 런던에서 참여할 텐데 꼭 같은 방안에 있는 것처럼 보일 거예요. 압둘라가……"

침묵.

이윽고. "내가 여기 TV에서 뭘 보고 있는 줄 아니, 앨런?"

"아니요. 뭘 보고 계신데요?"

"캘리포니아주 오클랜드에 새로 거대한 다리를 짓는데, 그걸 중국에서 만든다는 얘기를 보고 있어. 상상이 가냐? 이제 거기서 염병할 우리 다리까지 만들고 있어, 앨런. 장담하는데, 다른 것도 다 몰려올 거다. 스트라이드 라이트를 폐쇄할 때, 이미 오는 게 보였어. 네가 자전거를 저기 대만에 하청을 주기 시작했을 때, 이미 오는 게 보였다고. 이제 나머지도 다 몰려오고 있어—장난감, 전자제품, 가구. 네가 자기 이익 때문에 나라 경제를 거덜내는 일에 필사적으로 달려드는, 피에 굶주린 똥덩어리 같은 임원이라면 그게 당연하다고 생각하겠지. 그게 모두 당연하다고 생각할 거야. 야수의 본성이니까. 하지만 다리는, 나도 이럴 줄 몰랐어. 맙소사, 이제 다른 나라 사람들한테 우리 다리까지 만들게 하다니. 그리고 너는 사우디아라비아에 가서, 파라오들한테 홀로그램을 팔고 있고. 정말 어처구니가 없구나!"

앨런은 전화를 끊을까 생각했다. 못할 게 뭐 있나?
그는 발코니로 걸어가 바다를 건너다보았다. 저멀리 아주 작은 불빛 몇 개가 보였다. 공기는 아주 따뜻했다.

론은 계속 이야기하고 있었다. "매일, 앨런, 아시아 전역에서, 컨테이너선 수백 척이 자기네들 항구를 떠나고 있어, 온갖 소비재를 가득 싣고 말이야. 넌 삼차원 얘기를 하지, 앨런. 이건 실제 물건이야. 그들은 거기서 진짜 물건을 만들고 있어. 우리는 웹사이트와 홀로그램을 만들고 있고. 이 나라 사람들은 매일 중국에서 만든 의자에 앉아, 중국에서 만든 컴퓨터로 일을 하고, 중국에서 만든 다리를 건너면서 웹사이트와 홀로그램만 만들고 있어. 이게 너한테는 지속 가능한 일로 보이냐, 앨런?"
앨런은 뒷덜미의 혹을 문질렀다.
"앨런, 넌 이걸 받아들일 수 있겠니?"
젠장, 실수인 척하면 되잖아. 앨런은 버튼을 눌러 전화를 끊어버렸다.

XIII

아침 여덟시, 앨런은 늘 같이 다니는 젊은 사람들과 함께 다시 셔틀을 탔다. 그들은 호텔에 대해, 전날 밤 한 일들에 대해 재잘거렸다.

"나는 수영장에서 수영을 했어." 케일리가 말했다.

"나는 파이 하나를 다 먹었어." 레이철이 말했다.

앨런은 잠을 자지 못했다. 걱정들이 서커스처럼 산만하게 찾아드는 바람에 밤새 마음이 그것을 쫓아 사방으로 쏜살같이 날아다니며 요동쳤다. 그게 끝날 무렵에는 왠지 우스워졌다. 해가 바다 위로 떠올랐을 때, 그는 베개에 얼굴을 힘껏 파묻은 채 혼자 낄낄거렸다. 염병할, 염병할, 염병할.

신도시에 도착하자 텐트 문에 메모가 붙어 있었다. 릴라이언트 관계자 분들께. 킹 압둘라 경제도시에 돌아오신 것을 환영합니다. 압둘라왕께서 여러분을 환영합니다. 부디 편히 계십시오. 점심시간 이후에 연락을 드리겠습니다.

텐트 안은 그대로였다. 어둠 속에 흰 의자들이 잔뜩 놓여 있었다. 손을 댄 흔적은 없었다.

"물을 좀 두고 갔네요." 레이철이 러그 위에 대포처럼 줄지어 있는 플라스틱병 대여섯 개를 가리켰다.

앨런과 그의 팀은 어둡고 서늘한 텐트 안에 앉았다. 젊은 사람들은 호텔에서 음식을 챙겨 왔다. 그들은 노트북 한 대를 둘러싸고 앉아 아침이 다 가도록 영화를 보았다.

점심을 먹은 뒤에도 블랙박스에서는 아무도 오지 않았다.

"우리가 만나러 올라가봐야 하는 걸까?" 케일리가 물었다.

"모르겠네." 브래드가 말했다. "그게 관례이려나?"

"무슨 관례?" 앨런이 물었다.

"그렇게 초대받지 않고 가는 게 관례에 맞느냐고요. 어쩌면 여기서 그냥 기다려야 하는 건지도 모르잖아요."

앨런은 텐트에서 나와 블랙박스로 올라갔다. 도착했을 때 그는 땀에 흠뻑 젖어 있었고, 이번에도 마하가 그를 맞았다.

"안녕하세요, 클레이 씨."

"안녕하세요, 마하. 혹시 오늘 알 아마드 씨를 만날 수 있을까요?"

"저도 만날 수 있다고 말씀드릴 수 있으면 좋겠네요. 하지만 알 아마드 씨가 오늘은 리야드에 계십니다."

"어제는 알 아마드 씨가 하루종일 여기 있을 거라고 말했잖아요."

"저도 알아요. 하지만 어젯밤에 계획이 바뀌었거든요. 정말 죄송합니다."

"한 가지만 물어보지요, 마하. 우리가 정말로 여기 있는 다른 사람을 만나면 안 되는 겁니까?"

"다른 사람이요?"

"와이파이 문제를 도와줄 수 있는 다른 사람, 왕이나 우리 프레젠테이션과 관련해서 앞으로 어떻게 될 것인지 약간이라도 예측을 할 수 있는 사람."

"안 될 것 같은데요, 클레이 씨. 정말로 알 아마드 씨가 클레이 씨를 담당하는 책임자예요. 알 아마드 씨도 클레이 씨를 몹시 만나고 싶지만 일 때문에 불가피하게 늦는 게 분명해요. 내일은 돌아오실 겁니다. 분명히 약속하셨어요."

앨런은 걸어서 텐트로 돌아갔고, 발목이 아팠다.

그는 어둠 속에서 하얀 의자에 앉았다.

젊은 사람들은 다른 영화를 보고 있었다.

"우리가 지금 뭔가 다른 걸 하고 있어야 하는 건가요?" 케일리가 물었다.

앨런은 달리 할일이 떠오르지 않았다.

"아니." 그가 말했다. "지금 하고 있는 걸 하면 돼."

한 시간 뒤, 앨런은 일어서서 플라스틱 창문으로 갔다.

"젠장, 될 대로 되라지." 앨런이 말했다.

그는 텐트를 나섰고, 열기에 한 방 맞은 듯 잠시 멍하게 있다가 회복한 뒤 땀에 흠뻑 젖어 블랙박스로 걸어갔다.

블랙 박스에 도착했을 때 마하는 보이지 않았다. 안내 데스크에는 아무도 없었다. 잘됐군, 하고 속으로 생각하며 앨런은 빠른 걸음으로 거대한 로비를 성큼성큼 가로질렀다.

그는 엘리베이터를 타고 위로 올라갔고, 문이 양옆으로 열리자 아주 바쁜 일터로 보이는 곳 한가운데 서게 되었다. 양복을 입은 남자들이 서류를 들고 그를 지나갔다. 아바야를 두른 여자들이 맨머리를 드러낸 채 서둘러 지나갔다.

복도를 따라 걸어갔지만 번호나 명패는 보이지 않았다.

앨런은 이곳에서 결정권자와 우연히 만나게 되었을 때 무슨 말을 할지 미리 생각해놓지 않았다. 왕의 조카가 있었다. 조카를 언급하자. 물론 릴라이언트는 세계 최대 기업이고, 이런 일을 하려고 만든 회사다. 돈. 로맨스. 자기 보존. 인정.

"처음 보는 얼굴이네요."

저음으로 울리는 여자 목소리였다. 앨런은 고개를 들었다. 금발에 마흔다섯쯤 되어 보이는 백인 여자가 그의 앞에 서 있었다. 여자는 맨머리를 드러내고 있었다. 검은 가운이 어깨에서 커튼처럼 늘어져 있어 마치 재판관처럼 보였다.

"누굴 만나기로 했는데요." 앨런이 말했다.

"앨런 클레이인가요?"

그 목소리. 누가 하프의 저음 현들을 뜯은 것처럼 목소리가 진동
했다. 북유럽 억양.

"네."

"카림 알 아마드를 만나기로 한 거죠?"

"네."

"오늘은 여기 없을 거예요. 나는 카림 알 아마드의 옆방에서 일
해요. 나더러 대신 좀 챙기라고 하더군요."

앨런은 마음을 추스르고 빛나는 미소를 지어 보였다. "아니, 아
닙니다. 그냥 놀랐을 뿐입니다. 다 이해합니다. 여기는 바쁠 때겠
죠, 틀림없이."

여자는 자기 이름이 하네라고 했다. 외국어 억양이 있었다. 앨런
은 네덜란드 쪽일 거라고 짐작했다. 눈은 연한 파란색이었고, 머리
카락은 칼로 베듯 모질게 잘랐다.

"담배를 피우려던 참이었어요." 하네가 말했다. "같이 가실래요?"

그녀를 따라 유리문을 통과해 널찍한 발코니로 나섰더니, 다른
KAEC 직원들과 컨설턴트들이 그곳에서 담배를 피우고, 이야기를
나누고, 차와 커피를 마시고 있었다.

"계단 조심하세요." 그녀가 말했지만 이미 늦어버렸다. 앨런은 문간의 홈에 발이 걸렸고, 마치 날아보기라도 하려는 듯 두 팔을 앞으로 펼쳤다. 여남은 쌍의 눈이 그 장면을 보았고, 여남은 개의 입이 웃음을 지었다. 단순히 발이 걸린 정도가 아니었다. 우스꽝스럽고, 단정치 못하고, 극적이었다. 땀을 뻘뻘 흘리는 남자가 들어와, 눈에 보이지 않는 꼭두각시 조종사가 끈을 휙 잡아당긴 것처럼 두 팔을 사방으로 휘젓다니.

하네는 딱하다는 표정으로 웃으며 맞은편에, 검은 가죽 재질의 낮은 소파에 앉으라고 손짓했다. 추파를 던진다는 느낌이 들었지만, 있을 수 없는 일이었다. 그가 그렇게 꼴사나운 짓을 한 뒤 이렇게 금방은. 아마 앞으로도 그런 일은 없을 것이다.

"릴라이언트에서 일하시는 거죠?" 그녀가 물었다.

"네, 얼마 전부터."

앨런은 발목을 문질렀다. 전보다 더 뒤틀려 있었다.

"여기에는 프레젠테이션을 하러 오셨고요?"

"이 도시에 IT를 공급하자는 거죠, 맞습니다."

이런 식으로 잠깐 이야기를 나누면서 앨런은 주위를 흘끔거렸다. 사우디 여자건 아니건, 어떤 여자도 머리를 가리고 있지 않았다. 발코니 양쪽에 있는 검은 플라스틱 장애물이 앞쪽 바다 외의 다른 곳은 보이지 않게 막고 있었다. 밑에 있는 사람이 구속으로부터 자유로운 블랙박스 내의 평등한 세계를 흘끔거리는 것도 막기 위해서일 거라고 앨런은 생각했다. 이것이 이 왕국에서 벌어지는 고양이와 쥐 놀이였다. 이 나라 사람들은 부모라는 어둠의 군대로부터 자신의 악덕과 성향을 감추는 십대의 역할을 억지로 떠맡고 있었다.

"그래, 릴라이언트는 어때요?" 그녀가 물었다.

앨런은 그녀에게 자신이 아는 것을 말해주었지만, 사실 아는 게 거의 없었다. 그저 몇 가지 프로젝트, 몇 가지 혁신이나 언급하는 정도였는데, 그 정도는 그녀도 이미 다 알고 있었다. 나중에 알고 보니, 하네는 그의 업무나 그것과 관련된 다른 모든 일에 관해 그가 아는 것을 이미 속속들이 알고 있었다. 몇 분 동안 서로 소개를 하고, 그들이 과거에 얽혔을 수도 있는 부분들을 살피면서, 그들은 컨설팅 회사 몇 군데와 대만의 플라스틱 업계, 그리고 앤더슨 컨설팅의 몰락과 액센츄어의 상승세를 짚어갔다.

"그러니까 여기 지형을 살피러 온 거군요." 그녀가 말하며 담배를 끄고 새 담배에 불을 붙였다.

"정말이지 그냥 예정이 어떻게 되나 감이라도 잡아보려는 것뿐입니다. 왕에 관한 소식을 언제 알게 될까, 뭐 그런 게 궁금해서."

"어떤 얘길 들었는데요? 무슨 약속 같은 걸 받은 게 아니어야 할 텐데."

"아니, 그런 건 없어요." 그가 말했다. "아주 분명하게 상황 설명을 들었습니다. 하지만 빨랐으면 좋겠다는 희망은 여전히 갖고 있지요. 아무래도 우리 회장이 왕을 아는 것 같다는 느낌을 받게 되었거든요. 이게 그 둘 사이의 일이고, 그래서, 뭐랄까, 급행으로 처리될 수도 있겠다는 생각이 든 거죠."

그녀의 눈이 새로운 정보를 입력했다. "뭐, 그럼 우리 모두 좋죠. 하지만 왕은 여기 안 온 지 좀 됐어요."

"좀이 얼마나입니까?"

"그게, 제가 여기 일 년 육 개월 있었는데, 아직 한 번도 온 적이 없다는 얘기예요."

XIV

하네는 앨런의 얼굴이 어두워지다가 눈에 띄게 침울해지는 걸 본 것이 분명했다.

"하지만, 보세요." 그녀가 말했다. "클레이 씨는 릴라이언트에서 일하잖아요. 그쪽 사람들이 나보다 틀림없이 많이 알 거예요. 나는 컨설턴트에 불과해요. 급여 관리나 하는 거죠. 틀림없이 클레이 씨 프레젠테이션 때문에 왕이 빨리 오실 거예요, 안 그래요? 설사 왕이 내일 온다 해도, 나는 그걸 알 만한 위치에 있지 않아요."

그녀는 두번째 담배를 끄더니 일어섰다. "갈까요?"

하네가 앨런을 안으로 이끌었다. 그들은 로비를 지나 유리 상자 같은 사무실과 회의실이 늘어선 복도로 들어섰다. 남자들과 여자들 수십 명이 여러 방향에서 그들을 스쳐지나갔다. 서양식 비즈니스 정장과 전통 복장 차림으로 반반 나뉘었다. 사무실이든 일인용 사무 공간이든 거의 텅 빈 것이나 다름없었고, 누군가 뿌리를 내렸다거나 오랜 기간 머물 것을 예상하고 있다는 흔적은 전혀 없었다. 어떤 책상에는 컴퓨터 본체를 뽑고 치워버려서 모니터만 있었다. 주인 없는 전화기들과 창문을 향하고 있는 프로젝터들이 있었다. 전체적으로 이제 막 문을 연 듯한 느낌을 주었는데, 실제로 그런 건지도 몰랐다.

하네의 사무실은 가로 3미터 세로 3.5미터 크기의 유리 공간으로, 마치 몇 분 전에 입주한 듯한 인상이었다. 건축용 합판과 호두나무 베니어판을 붙여 만든 싸구려 책상, 은색 서류 캐비닛 두 개가 있었다. 벽에는 아무것도 없고, 책상 뒤쪽에 'STE 컨설팅'이라고 적힌 종이 한 장이 테이프로 붙어 있을 뿐이었다. 하네가 그의 생각을 읽고서 이렇게 말했다. "나는 고용계약서 작업을 하고, 모든 계약자의 급여를 다뤄요. 여기저기 서류를 늘어놓을 수 없죠."

가족사진 같은 것, 인간적인 느낌을 주는 부착물은 전혀 없었다. 하네가 자리에 앉아 두 손을 앞에서 마주잡자 판사의 모습이 완성되었다.

"바깥에는 아무 문제가 없나요?" 그녀가 창 쪽을 향해 고개를 까닥였고, 이제 앨런은 저멀리, 텐트를 볼 수 있었다.

"아, 그렇지 않아도 그 얘기를 하고 싶었습니다. 왜 왕이 텐트에서 프레젠테이션을 하기를 바라는 거죠? 이게……"

"그게, 이 건물에는 마무리가 끝난 방이 많지 않아요. 그래서 시간이 얼마나 걸릴지도 모르는데 프레젠테이션 하는 사람들이 그

방들을 차지하고 있게 할 수 없는 거예요. 만일 그 사람들이 회의실 한 곳에 장비를 설치하게 되면, 우리는 그 회의실을 몇 주 혹은 몇 달 동안 사용할 수가 없게 되잖아요."

"그럼 와이파이는요? 신호가 약하거나 아예 안 잡히는데."

"그건 꼭 알아볼게요."

"프레젠테이션에 필수입니다."

"알겠어요. 그건 분명히 해결할 수 있을 거예요. 오늘이 첫날인가요?"

"둘째 날입니다."

"사우디에 와보신 적 있어요?"

"아니요."

"음, 여기에서 일이 진행되는 어떤 속도가 있어요. 게다가 클레이 씨는 지금 아무것도 없는 곳에 계시고요. 좀 둘러보셨나요?"

"네."

"와이파이는 사실 문제라고 할 수도 없어요."

앨런은 간신히 웃어 보였다. 이 모든 것이 그들 전부를 가지고 노는 어떤 정교한 장난인지도 모른다는 생각이 들었다.

"나중에 다시 와야 하나요?"

"왜 다시 오시는데요?"

"카림 알 아마드가 나중에 돌아올 거라고 했으니까요."

"그럴 수도 있고, 아닐 수도 있어요. 내일 확인해보시는 게 좋을 거예요."

그 제안은 약이 오르는 동시에 유혹적이었다. 오늘 남은 시간 동안 아무런 할일이 없다는 것을 알게 되었기 때문이다.

하네가 웃었다. "동부 출신이신가요?"

앨런은 고개를 끄덕였다. 아까부터 줄곧 그녀의 얼굴과 억양이 어느 쪽인지 파악하려 했는데 이제 답을 얻은 것 같았다. "그쪽은 덴마크 출신이시고요."

그녀는 눈을 가늘게 뜨고, 고개를 살짝 기울였다. 그를 재평가하는 듯했다.

"나쁘지 않네요." 그녀가 말했다. "이제 적응이 되셨나요? 시차에?"

"예순두 시간 동안 잠을 못 잤습니다."

"비극이네요."

"어서 박살내주기를 바라는 유리창이 된 느낌입니다."

"약은 있어요?"

"아니요. 다들 그걸 묻더군요. 있으면 좋겠건만."

그녀가 의미심장하게 눈을 깜빡였다. "나한테 뭐가 좀 있어요."

그녀는 열쇠를 꺼내고, 책상 서랍을 열더니, 바닥에 뭔가를 내려놓았다. 그녀가 발로 그것을 밀었고, 그것이 마침내 그의 정강이에 닿았다.

"아래를 보지 마세요."

그러나 앨런은 이미 슬쩍 보았다. 책을 넣는 봉투 안에 가느다란 녹색 병, 기다랗고 양옆이 납작한 병이 있는 것 같았다.

"올리브유인가요?" 그가 물었다.

"맞아요. 누가 물어보면 꼭 그렇게 말하세요. 호텔로 돌아가면 그냥 맛 한번 보세요. 틀림없이 그 유리창을 박살내줄 거예요."

"고맙습니다."

그녀가 일어섰다. 면담은 끝이 났다.

"여기 제 전화번호요." 그녀가 말했다. "무슨 일이든 도움이 필요하면 전화 주세요."

텐트로 돌아가 안으로 들어가자 젊은 사람들이 각자 세 모퉁이를 차지하고 있었다. 모두 다리를 꼬고, 컴퓨터를 허벅지에 올려놓고서 신호를 확인하고 있었다.

"새로운 소식 있나요?" 브래드가 물었다.

앨런은 병을 텐트의 주름 뒤에 감추었다.

"확실한 건 없네."

그는 그들의 담당자 알 아마드가 오늘은 없지만, 내일은 올 거라고 설명했다. "내일이면 모든 걸 알게 될 거야." 그가 말했다.

"뭐 좀 드셨어요?" 케일리가 물었다. 그 말투에는 그가, 앨런이 블랙박스에서 막 훌륭한 식사를 하고서도 텐트에서 고생하고 있는 그들에게 아무것도 들고 오지 않은 거 아니냐는 물음이 담겨 있었다.

앨런은 아침식사 이후로 먹은 게 없었다. 젊은 사람들은 앨런이 그들이 이전에 생각했던 대로 아무런 힘이 없다는 사실에 만족한 듯했다.

"그러니까 오늘, 설치를 해야 하나요?" 레이철이 물었다.

앨런도 알 수 없었다.

"내일까지 보류하지." 그가 말했다.

　그들은 이 설명에 만족을 한 듯, 텐트의 여러 구석으로, 자기들의 화면으로 돌아갔다. 앨런은 텐트 한가운데 선 채로, 어떻게 해야 좋을지 알 수가 없었다. 특별히 할일도 없고, 전화할 데도 없었다. 그는 남아 있는 구석으로 물러나 자리에 앉아서 아무것도 하지 않았다.

XV

일곱시 삼십분이 되자 앨런은 정신을 놓을 때가 되었다고 생각
했다. 여섯시에 힐턴에 돌아와, 식사를 했고, 이제 하루의 반을 잘
준비가 되어 있었다. 그는 올리브유 병을 열었다. 약냄새가 났고,
독했다. 한 모금 마셨다. 타는 듯한 산酸이 입안을 가득 채우고, 잇
몸, 목구멍을 불태웠다. 하네가 그를 함정에 빠뜨린 것이다. 그를
죽이려는 것이었을까?

그는 그녀에게 전화를 했다.
"나한테 무슨 짓을 하려는 겁니까?"
"누구시죠?"
"앨런입니다. 댁이 죽이려고 하는 사람."
"앨런! 무슨 소리를 하는 거예요?"

"이거 가솔린인가요?"

"호텔 전화로 건 거예요?"

"네. 왜요?"

"연결이 별로 좋지 않네요. 휴대전화로 해주세요."

그래서 그는 그렇게 했다.

그녀의 목소리에서 짜증이 묻어났다. "앨런, 그 물건은 여기에서 불법이에요. 그러니 호텔 전화로 나한테 전화를 걸어서 그런 이야기를 하면 안 된다고요."

"정말로 듣는 사람이 있다고 생각하는 겁니까?"

"아니, 그렇지는 않아요. 하지만 사우디에서 잘 해내고 있는 사람들은 조심하는 법, 그러니까, 불필요한 위험을 피하는 법을 배운 거예요."

"그러니까 이게 가솔린이 아니라는 겁니까? 독도 아니고?"

"아니에요. 곡물에서 얻은 알코올과 별로 다르지 않아요."

앨런은 병 입구에 코를 대고 킁킁거렸다.

"의심해서 미안합니다."

"괜찮아요. 전화해줘서 좋네요."

"정말이지 잠을 좀 자야 할 것 같습니다."

"두어 모금 들이켜면 잠이 올 거예요."

그는 전화를 끊고 한 모금 더 마셨다. 몸이 떨렸다. 한 방울 한 방울이 목구멍의 피부를 벗기는 듯했지만, 일단 뱃속에 이르자, 고통을 상쇄할 만한 온기가 피어올랐다.

그는 병을 들고 발코니로 갔다. 해변에서 바람이 불어오지 않았다. 오히려 아까 호텔에 도착했을 때보다 더웠다. 그는 앉아서 두 발을 난간에 올렸다. 한 모금 더 마셨다. 키트 생각을 했다. 안으로 들어가서, 호텔에 비치되어 있는 필기구를 찾은 다음 백지 석 장을 들고 발코니로 돌아갔다.

그는 두 발을 난간에 걸치고, 허벅지에 종이를 대고 편지를 썼다.

키트에게, 너는 네 엄마가 늘 '감정적으로 의지할 만하지 못했고', 지금도 그렇다고 했지. 어느 정도는 사실이지만, 우리 중에 사시사철 똑같은 사람이 어디 있겠니? 나 역시 몇 년 동안 움직이는 과녁이나 다름없었어. 너도 그렇게 생각하지 않니?

아니, 더 건설적으로 이야기할 필요가 있었다.

키트, 네 엄마는 너나 나와는 다른 재료로 만들어진 사람이야. 휘발성과 가연성이 더 강한 재료야.

그는 줄을 쭉 그어 그 말을 지웠다. 루비에게 가장 비극적인 일은 그녀 이야기를 할 때면 그가 꼭 나쁜 새끼처럼 말을 하게 된다는 것이었다. 루비는 그에게 연거푸, 엄청난 해를 입혔다—그를 찢어서 열고, 내부에 온갖 파괴적인 것들을 집어넣은 다음 다시 꿰매놓았다—하지만 키트는 그것을 알 수 없었다. 그는 다시 한 모금을 마셨다. 얼굴이 저릿저릿했다. 그는 다시 길게 한 모금 마셨다. 이런, 그는 생각했다. 두 잔 정도 마셨는데, 벌써 몸에 무게가 사라진 느낌이었다.

앨런은 안으로 들어가 노트북을 열었다. 딸이 보고 싶었다. 아이는 최근에 이메일로 사진 한 장, 친구 두 명과 함께 정장을 입고 보스턴의 하계 일자리 박람회에 참가한 사진을 보내왔다. 키트는 지금도 완전히 어린아이로, 아기 천사 같은 얼굴 때문에 앞으로도 보통 사람들이 누리는 것보다 더 오래 어린 모습을 유지할 것 같았다. 그는 사진 파일을 열었고 그가 찾고 있던 것을 발견했다. 사진에서 아이의 얼굴은 분홍빛에 동그스름하고 주근깨가 많았으며 반짝반짝 빛이 났다. 아이의 친구들, 마땅히 이름을 알아야겠지만 도저히 기억해낼 수 없는 친구들이 머리가 맞닿을 정도로 서로 바싹 기대고 있었다―청춘의 희망과 순진함으로 이루어진 피라미드.

그는 이미 사진 프로그램, 손톱 크기의 사진이 점점이 박혀 거대한 격자를 이루고 있는 그의 인생 안으로 들어가 있었기 때문에, 뒤로 훑어나갔다. 모든 것이 거기 있었고, 그 사실이 무시무시했다. 앨런의 지난 생일에 키트는 차고에서 앨범 수십 권을 꺼내, 안에 든 모든 사진을 스캔해서 디스크 한 장에 담아주는 서비스를 하는 회사로 보냈다. 그는 그 사진들을 몽땅 노트북에 담았고, 이제 그 모든 게, 앨런이 어렸을 때 사진들, 루비와 살던 시절의 사진들, 키트가 태어나고 자란 시절의 사진들이 전부 거기 있었다. 누군가가, 키트 혹은 디지타이저*가 사진들을 거의 연대순으로 정리해놓

왔기 때문에, 그는 이제 그 수많은 사진들, 그의 삶의 기록들을 몇 분이면 훑어볼 수 있었고, 또 종종 훑어보았다. 손가락을 왼쪽 화살표 위에 올려놓고만 있으면 되는 일이었다. 너무 쉬웠다. 좋지는 않았다. 향수와 회한과 공포로 이루어진 위험한 정체停滯 상태에서 빠져나오기 힘들었기 때문이다.

앨런은 한 모금 더 마셨다. 컴퓨터를 닫고 욕실로 걸어가서, 면도를 할까 생각했다. 샤워를 할까도 생각했다. 목욕을 할까도 생각했다. 대신 목덜미를 움켜쥐었다. 종양은 단단하고 동그랬지만 반으로 나뉘어 있었고, 등뼈에서 작은 주먹처럼 솟아 있었다.

꾹 눌러보았으나 아무런 통증을 느낄 수 없었다. 그건 그의 몸의 일부가 아니었다. 거기엔 신경 말단이 없었다. 심각한 것일 리 없었다. 그러나, 그러면 뭐란 말인가? 그는 더 세게 눌렀고, 그러자 통증이 등뼈를 타고 쏜살같이 뻗어내려갔다. 연결되어 있었다. 종양은 척수와 연결되어 있었고, 이제 곧 암세포가 신경의 회랑을 타고 뇌까지, 발까지, 모든 곳을 오르내릴 터였다.

모든 것이 맞아떨어졌다. 한때 생기 넘치던 사람이 이것으로 인해, 그를 잔뜩 위축시키며 천천히 커가는 종양으로 인해 비틀거리고 있었다. 의사가 필요했다.

---

* 데이터를 디지털 형식으로 변환하는 장치.

그는 TV를 켰다. 소함대가 터키를 떠나 가자로 향한다는 뉴스가 나오고 있었다. 인도적 원조, 그렇게 말했다. 재난이로군, 그는 생각했다. 잔에 따른 술을 한 모금 더 마셨다. 마지막 몇 모금 때문에 감미로운 상태에서 어지러운 상태로 바뀌었다는 걸 깨달았다. 저릿저릿한 느낌이 코 둘레를 에워싸고 있었다. 그는 잔을 집어들고, 마지막 방울까지 털어서 목구멍 아래로 내려보냈다.

　루비는 큰 소리로 웃고, 큰 소리로 싸웠다. 그녀가 가장 두려움 없이 힘을 발휘하던 곳은 보도였다. 그 아이 때리지 말아요. 그녀는 토이저러스*를 나서며 낯선 사람에게 그렇게 말했다. 키트는 다섯 살이었다. 루비는 어떤 독특한 억양도 없는 사람이었지만, 그 말은 비음을 섞어 말했다. 앨런으로서는 루비가 그런 식으로 어떤 나라의 혈통을 가장해 말하면 남의 일에 끼어들 권리를 얻을 수 있고, 그들 사이의 계급 구별이 사라질 거라 느낀다고 추측할 수밖에 없었다.
　앨런은 루비가 그 말을 하는 걸 듣고 키트와 함께 자리를 떴다. 곧 문제가 생길 거라는 걸 알았기 때문이다. 곧 그는 차에 탔고, 키트에게 안전띠를 매주고, 주차장에서 기다렸다. 그는 자기 아이를 찰싹찰싹 때리는 여자를 지나칠 때 루비가 가만히 있지 않을 거라는 걸 알았고, 그 여자가 응수할 것도 알았으며, 그렇게 오가는 얘기를 전혀 듣고 싶지 않았다. 그러나 일이 그 이상으로 커질 줄은

---

* 미국의 장난감 전문 소매점.

몰랐다. 차에 왔을 때 루비는 울고 있었고, 얼굴이 새빨갰다. 따귀를 맞은 것이었다. 저 나쁜 년이 나를 때렸다는 게 믿어져?

그는 믿을 수 있었다. 그 여자는 딱 누군가를 때릴 여자로 보였다. 실제로 자기 아들을 때리고 있지 않았던가―그 행동과 아이를 때린다고 자신을 야단치는 낯선 사람을 때리는 것까지는 그리 멀지 않았다. 이런 이야기가 너무 많았다. 식료품점에서 무른 당근 때문에 벌어진 말다툼은 비명과 욕으로 이어지더니 그 작은 도시에서 아무도 잊을 수 없는 큰 소동으로 번졌다. 이내 그들은 1킬로미터를 더 가서 다른 슈퍼마켓에 다녀야 했다. 그녀는 당면한 쟁점에 초점을 맞춘 단순한 대화에서 상대의 삶과 목적에 관한 일반화된 진술로 넘어가곤 했다. 이 좆같은 패배자들! 이 위선자들! 이 좆같은 식료품 좀비들!

목의 종양이 그를 다시 불러냈다. 그의 몸의 일부가 아니라면, 찔러도 아프지 않을 터였다. 그게 그것을 시험해볼 수 있는 유일한 방법이었다. 알 수 있는 유일한 방법. 만약 그것이 그라면―그의 기형이 된 등뼈의 일부라면―어떤 날카로운 걸로 찔렀을 때 아플 터였다.

그는 병을 들고 쭉 들이켠 다음 몇 초 후 거울 앞에 섰다. 저녁 식탁에 놓여 있던 톱니 모양 칼을 쥐고 있었다. 이 일을 후회할 것 같다는 막연한 예감이 들었다. 그는 성냥을 켜 가능한 대로 칼날을 소독했다. 그런 다음 칼을 들어 천천히 종양 쪽으로 비틀어넣었다.

통증이 있었지만, 살갗을 찌를 때 보통 느껴지는 통증에 불과했다. 칼은 종양에 닿았고, 곧 그도 닿았다는 것을 알았지만, 특별한 것은 전혀 없었다. 그저 통증뿐. 일반적이면서 매혹적인 통증. 피는 조금밖에 나지 않았다. 타월로 지혈을 했다.

그가 알아낸 것은 무엇일까? 그게 일종의 낭종이고, 신경이 없는 무언가라는 사실. 이걸로 죽지는 않을 것이라는 사실. 칼을 제대로 소독하지 않았다는 사실.

그건 문제가 될 터였다. 그럼에도, 그는 자신의 수술 기술에 만족해하며, 발코니로 걸어가 창밖을, 간선도로와 아주 작은 여행자들을 내다보았다. 홍해가 그 너머에 있었지만, 생기가 없었고, 그 전체가 불길한 운명에 사로잡혀 있었다. 사우디 사람들이 식수로 쓸 물을 빨아들여 홍해를 바닥내고 있었다. 칠십 년대에 그들은 물 수십억 갤런을 끌어올려 담수화한 뒤 목적도 불분명한 밀 산업에 퍼부었다—지금은 그 프로젝트 전체를 포기했다. 이제는 그 바다를 마시고 있었다. 어이쿠, 그는 생각했다, 사람들이 이 지역에 살 자격이 있을까? 지구는 너무 깊이 파고들거나 너무 세게 무는 벼룩들을 떨쳐내버리는 짐승이다. 지구가 몸을 들썩이면 우리 도시들이 무너지고 한숨을 쉬면 해안이 물에 잠긴다. 정말이지 우리는 이곳에 있으면 안 된다.

키트에게, 핵심은 세상과 역사 속에서 네 역할을 자각하고 관리하는 거다. 생각을 너무 많이 하면 네가 아무것도 아니라는 것을 알게 돼. 딱 적당히 생각하면 네가 작기는 해도 몇 사람에게는 중요하다는 걸 알게 되지. 그게 네가 할 수 있는 최선이야.

이런 젠장, 그는 생각했다. 이걸로는 아무런 감동을 줄 수 없겠어. 이런 걸 굳이 종이에 적을 필요는 없을 것 같았다.

키트, 너는 편지에서 우리가 네 엄마를 유치장에서 데려왔을 때 얘기를 했지. 나는 네가 그걸 아는지 몰랐다.
그녀가 키트에게 음주운전 이야기를 한 것이었다.
너는 겨우 여섯 살이었어. 우리는 그 일이 일어난 뒤로 한 번도 그 이야기를 한 적이 없지. 그래, 네 엄마는 음주운전을 했어. 차를 몰고 가게 진열창을 들이받은 뒤 차에서 잠든 채 발견되었다. 네가 어떻게 그걸 다 알게 되었는지 모르겠구나. 네 엄마가 얘기했니?
키트는 바로 그런 것에서 달아나고 있었다. 너무 부담을 주는 것. 엄마가 쉽없이, 걸러내지도 않고 아이에게 자기 마음의 짐을 덜어놓는 것.
만일 네 엄마가 네게 그런 이야기를 했다면, 하지 말았어야 할 일을 한 거야.
앨런이 자고 있을 때 전화가 왔다. "앨런 클레이 씨인가요, 루비의 남편? 부인이 뉴턴의 유치장에 있습니다." 그는 키트를 이불에 둘둘 싸서 차에 싣고 루비를 데리러 갈 수밖에 없었다. 그가 데리러 갔을 때도 그녀는 여전히 취한 상태였다. "당연히 와야지." 그녀가 그에게 말했다. 그것은 일종의 질책으로, 일종의 폄하로 한

말이었다. 그녀는 키트에게, 안녕, 아가야, 하고 말하고는 집으로
가는 길에 곯아떨어졌다.

키트에게, 네 엄마 같은 흥미진진한 여자가 차라리 낫지 않을까,
어떤 예측 가능한 사람보다는……
네 엄마는 드문 유형이야. 흥미진진하고, 일을 아주 잘하고……

이제 그는 스포츠카를 묘사하고 있었다. 아이들이 스포츠카 같
은 부모를 원할까? 아니다. 아이들은 혼다를 원했다. 사시사철 언
제나 시동이 걸리는 차라는 걸 믿을 수 있어야 했다.

키트, 네가 부모와 맺는 관계의 핵심이 뭔지 이제 알겠니? 그건 자
비야. 아이들은 십대가 되고 성인이 되어가면서 점점 용서를 하지 않
는 사람이 돼. 완벽하지 않은 것은 전부 한심해 보이는 거야. 아이들
은 구약성서 수준으로 심판을 하지. 어떤 잘못도 용서받을 수 없어.
마치 완벽을 약속한 계약이 깨진 것처럼. 하지만 부모에게도 다른 인
간들에게처럼 자비를 베풀어주고, 감정이입을 해준다면 어떨까? 아
이들은 그들 안에 예수 같은 태도가 더 필요해.

등에서 뭔가 축축한 것이, 작은 개울이 허리로 흘러내리고 있었
다. 그는 비가 오나 싶어 고개를 들었다. 그리고 그게 무엇인지 알
았다. 피였다. 수술 부위를 닦아내거나 반창고를 붙이는 걸 잊은
것이다. 그는 안으로 돌아가, 셔츠를 벗고 거울 앞에서 몸을 틀었

다. 생각한 것만큼 나쁘지 않았다—주홍색 덩굴이 세 갈래로 허리로 내려오고 있었다. 그는 새 수건으로 닦아냈다. 이 하얀 셔츠에서 피를 지워줄 세탁소가 있을까 생각을 해보았다. 아무런 질문을 하지 않을 세탁소들.

여기에는 노동조합이 없어요. 필리핀 사람들이 있죠.

다시 잔을 채울 시간이었다. 여기서는 아무도 그를 볼 수 없었다. 남의 눈에 띄지 않는다는 게 정말 좋았다. 그는 낮에 하루종일 젊은 팀원들 사이에 있었고, 간헐적으로 눈에 띄었고, 존경받을 위치에 있어야 하는 사람, 연장자 역할을 해야 했다. 귀에서 귀지를 파내는 것조차 작전을 수행하듯 아주 섬세하고 빠르게 해내야 했다. 하지만 지금은 이 방이 있었다. 아무도 그가 수건으로 등에 묻은 피를 닦아내는 걸 볼 수 없었다. 아무도 그의 비밀 수술을, 그의 여러 발견을 알지 못했다. 그는 이 방을 사랑했다. 이 말이 진실일 수 있을까? 하지만 그는 정말로 이 방을 사랑했고, 그것을 증명하기 위해 벽을 어루만졌다.

그는 또다시 그 맑은 액체를 잔에 따랐다. 그렇게 많지는 않았다. 그렇게 많지 않아. 병은 여전히 반이 차 있었다. 한 모금 더 홀짝이고서, 그는 훌륭하다는 결론을 내렸다. 훌륭한 수준을 넘어섰다. 취하는 것은 보람 있는 일이었다. 그 매혹이 뭔지 알 수 있었다. 다시 따랐다. 침착함을 잃고 맞부딪히는 유리와 유리의 딸깍거림. 뭐든 쓸어버리는 큰물처럼 컵으로 흘러드는 액체.

그는 일어섰다. 호텔방이 흔들리는 것 같았다. 몸에 감각이 없었다. 바닥이 닳아서 끊어질 듯한 뒤틀리는 밧줄다리였다. 토하려는 것일까? 아니, 아니. 사우디 사람들이 그 같은 사람, 이런 방에서 토하는 사람을 어떻게 생각할까? 그는 비틀거리며 침대로 가서, 자세를 바로잡고 거울을 보았다. 그는 웃고 있었다. 멋진 웃음이었다. 생생한 꿈을 꾼 다음날 같았다—하루종일 뭔가 특별한 일을 해냈다는 느낌을 가지고 사는 하루, 어젯밤의 모험 때문에 꼭 필요하고 당연히 누려야 할 휴식의 날이라는 느낌을 가지고 살게 되는 하루. 그런 꿈은 삶을 풍부하게, 두 배로 만들어주었다. 그가 지금 느끼는 것과 비슷했다. 그는 원래의 자신보다 큰 사람이 되었다는 느낌을 받았다. 뭔가 특별한 일을 하고 있다고 느꼈다. 거리의 색깔들이 고동치고, 바닥이 실제로 흔들리니 정말이지, 그날 하루에 멋진 일이 하나 추가된 셈이었다.

벽은 그의 친구들이었다. 여기에는, 이렇게 자기 방에서 혼자 마시는 것에는 뭔가가 있었다. 왜 전에는 한 번도 이렇게 해보지 않았을까? 이렇게 마음대로 해도 아무도 야유를 보낼 수 없는데. 모든 게 그의 것이었다. 이 침대들은 그의 것이었다. 책상, 벽, 전화기와 비데가 있는 저 커다란 욕실도. 그는 두번째 침대로 가서 그의 소지품들을, 전기면도기와 여행일정표와 바인더와 펼쳐진 채 준비되어 있는 서류철들을 보았다.
그는 침대 머리 쪽에 있는 베개를 보았다. 너는 너무 하얘, 그는 생각했다. 그는 그 말의 소리가 마음에 들었고, 베개가 듣기를 바랐다. "너는 너무 하얘." 그가 말했다. "이제 그만 째려봐."

그는 잔에 남은 것을 다 들이켜고 다시 잔을 채웠다. 이건 모험이야, 그는 생각했다. 문샤인* 때문에 난 모험가가 되었어. 그러다가 마침내 사람들이 왜 혼자 마시는지, 왜 혼자 마셔야 하는 양 이상으로 많이 마시는지 이해했다. 매일 밤 모험을 하는 것이다! 정말이지 말이 되는 이야기였다.

키트에게 전화를 해야 했다. 아니, 키트가 아니다. 하지만, 누군가에게는 해야 했다. 그는 휴대전화를 들었다. 메시지가 있었다. 온 지 한 시간도 지나지 않았다. 보스턴은 아침이었다. 그는 그 음성 메시지를 들어보았다. 첫번째는 에릭 잉볼이었다. "어이, 잘 지내고 있나. 소식이 없는 걸 보니 모든 게 잘되고 있다는 뜻이겠지. 시간 있으면 아침에 연락 한번 해요. 현황 보고를 듣고 싶으니까."

두번째 메시지는 키트에게서 온 것이었다. "연락 주세요. 나쁜 일 아니에요."

그것을 들으니 더욱더 키트에게 전화를 걸고 싶었지만, 아이의 아주 말짱하고 아주 작은 목소리—아이는 몸집이 자그마하고 목소리가 높았지만 늘 확고하고 늘 명료했다—를 듣자 오늘밤에는 자기 목소리가 괜찮게 들리지 않으리라는 걸 깨달았다. 그는 피곤했고, 취했으며, 이제 자신이 취했다는 것을 분명하게 알고 있었

---

* 밀조 위스키나 저렴한 위스키를 가리킨다.

다. 딸아이에게 아빠의 부양 능력에 대한 확신을 심어주려고 애쓰는 사람이 그런 상태로 전화를 걸어서는 안 될 일이었다.

그는 책상에 앉아서 편지를 썼다.

키트에게, 부모 노릇은 인내력 시험이야. 부모는 철인삼종 경기에 나간 사람처럼 참을성이 강해야 하지. 사람들은 말해, **아주 빨리 지나가. 애들은 아주 빨리 자라.** 하지만 나는 한 번도 빨리 지나간다고 느낀 적이 없단다. 키트, 군대의 질서와 정확성에 대한 감각으로 하루를 만 번 보내야 하는 거야. 너는 학교든, 연습이든, 무엇이든 한 번도 지각한 적이 없었지. 그걸 생각해보렴! 이건 매일 식사를 하고, 약속을 잡고, 확인하고, 규칙을 정한 뒤 그걸 강요하고, 공감해달라고 간청하고, 또 공감해주고, 감당할 수 없을 만큼 좌절감을 느끼면서도 그것을 딛고 일어서는 일들로 이루어진 복잡한 구조물이야. 그렇다고 느리게 간다거나, 너무 길게 느껴진다는 말은 아니란다. **빠르지 않다는 거야.**

어쩌면 이 부분은 잘라내야 할지도 몰랐다. 어떻게 표현해도 맞는 소리로 들리지 않았다. 하지만 사실이었다. 아이를 기르는 것은 성당을 짓는 것이다. 원칙을 무시하고 대충 갈 수는 없는 일이다.

그러니 내가 좀 자유롭게 말해도 될까? 우리 둘 다 여유를 좀 가져보자. 내 부모가 다른 모든 사람들과 마찬가지로 위선자라는 걸 깨달았던 때가 기억나네. 난 열여덟이었지. 그뒤로 나는 그 깨달음이 가

저다준 힘에 취해 있었어. 하지만 내가 뭘 알았겠니? 아마 내 부모도 가끔 거짓말을 한다는 걸 깨달았던 것 같아. 그리고 엄마가 약을 먹는다는 것, 내가 어렸을 때 엄마는 한동안 모르핀에 중독되어 있었다는 것. 그래서 그걸 가지고 부모를 좌지우지하려 했지. 나는 부모의 완벽해진 모습이다, 그렇게 생각했어. 히틀러 청년단이나 크메르 루주가 생각나지 않니, 응? 애들, 자기들끼리만 모여 순수한 상태를 유지하면서, 논에서 어른들을 쏴 죽이는 애들."

그는 펜을 내려놓았다. 편지지가 잘 보이지 않았다.
일어서자 위에서 천장이 빙글빙글 돌았다. 그는 침대에 쓰러져 벽을 보았다. 문샤인을 과소평가했다. 그 힘을 깨닫고서도 과소평가했다. 하네, 이 악마! 그는 생각했다. 나는 정말 이 세상을 사랑해, 그는 생각했다. 이런 벽을 만들다니. 이 벽을 만든 사람들을 사랑해. 일을 아주 잘해냈어.

XVI

앨런은 눈을 떴다. 열시 팔분. 셔틀을 또 놓쳤다. 유세프에게 연락을 해야 했다.

그는 두 다리를 침대 아래로 내리고 어두운 방에 섰다. 묵직한 커튼 너머로 날이 환하다는 것을, 자신이 끼어들기에는 너무 환하다는 것을 알았다. 목덜미를 찌르는 통증이 느껴졌다. 샤워할 때 살펴봐야겠다고 머릿속에 새겨두었다.

그는 선 채로 책상 위의 거울을 찾고, 자기를 비춰 보았다. 얼굴이 취기로 엉망이고, 뺨이 턱까지 내려앉고, 턱살은 약간 으스대는 듯한 느낌으로 그의 셔츠 안으로 가라앉고 있었다.

그는 샤워부스에 들어가 머리를 감고 몸을 씻어내며 생각했다.

사흘 동안 셔틀을 한 번도 아니고 두 번이나 놓칠 수 있는 이 인간은 누굴까? 틀림없이 휴대전화로 걸려왔을 전화들과 문 두드리는 소리를 못 듣고 오전 열시에 잠에서 깰 수 있는 이 인간은 누굴까?

그 순간 어떤 여자가 문을 두드리며, 앨런? 앨런? 하고 부르던 것이 또렷이 기억났다. 그는 그 여자가 청소부인 줄 알고 소리를 질러 쫓아버렸다. 하지만 지금 생각해보니, 청소부였다면 그의 이름을 불렀을 리 없었다. 레이철 아니면 케일리였던 게 분명했다. 레이철이었다. 이제 분명히 알았다.

그는 몸의 물기를 닦아내고 호텔 전화 수화기를 집어들었다. 연결이 끊겨 있었다. 언제 그랬을까? 어젯밤 일 가운데 많은 부분이 기억에 남아 있었지만, 어느 시점부터는 절벽에서 떨어져버렸다. 욕실 문에 움푹 들어간 곳이 있었다. 발로 걸어차면 닿을 만한 높이였다. 노트북은 침대 밑에 있었다. 번쩍 떠오르는 생각이 있었다. 누가 방을 뒤진 걸까? 어쩌면 하네의 비밀경찰 걱정은 근거가 있는 것인지도 몰랐다. 무타와*가 여기 왔다 간 것이다. 무타와가 그들의 대화를 들었고, 그래서 그가 자는 동안 조사하러 온 것이다. 아니다. 무엇보다도, 문샤인이 그대로 있었다. 반쯤 남은 채로.

그는 유세프에게 전화를 걸었다.
"올 수 있어요?"

---

* 이슬람 종교 경찰.

"앨런? 목소리가 엉망이네요. 습격이라도 당했어요?"

"KAEC까지 태워줄 수 있어요?"

"물론이죠. 하지만 먼저 물어봐야 해요. 셔틀을 일부러 놓친 거예요? 이 유세프하고, 가이드이자 영웅과 시간을 더 보내려고?"

"말이 너무 많네." 앨런이 말했다.

"이십 분 뒤에 갈게요."

앨런은 묵직한 두 팔을 깨끗한 셔츠에 꿰며, 자신의 몸이 그 흠하나 없는 면綿을 훼손하고 있다고 느꼈다. 단추를 채우자 칼라에 목이 쓸리면서 엄청난 통증이 엄습했다. 욕실 거울로 가서 몸을 돌려보았지만 아무것도 보이지 않았다. 거울 두 개의 각도를 잘 맞추어 살펴야만 총상 같은 그것이 보였다. 아니 그보다는 쥐에 물어뜯긴 상처, 쥐가 앨런의 등에 구멍을 파려다 낸 상처에 더 가까웠다. 희미한 기억이 헤엄치듯 그의 눈앞에 나타났다. 내가 목의 종양에 칼을 댔던가? 그게 가능한 일일까? 다시 그가 오늘 아침에 알게 된 책임감 있는 자아, 바닷가 사막의 미래 도시에서 자기 의무를 이행하기 위해 큰 비용을 들여서 운전사를 고용하는 자아와 호텔방에서 술을 마셔대고, 상상 속의 종양을 찔러대고, 문을 걷어차고, 보낼 수도 없는 편지를 쓰는 자아 사이에 다시 전투가 벌어졌다. 두 자아 중 어느 것이 희생해도 좋은 쪽일까? 늘 이것이 문제였다.

앨런은 반창고나 소독약 같은 게 있나 욕실을 두리번거렸다. 아무엇도 없었다. 그는 셔츠 단추를 채우며 아무도 그가 한 짓을 보지 않기를 바랐다.

그는 아래층으로 내려갔다. 아트리움에 앉아 커피를 주문했다. 안내 데스크 옆에 그날 호텔에서 열릴 행사를 알리는 전자 안내판이 있었다.

새로운 미래들: 메디나 룸

아라비안 트레이딩 서플라이즈: 중2층

금융의 원리: 힐턴 홀

성공의 단계 1부: 오전 10:00

성공의 단계 2부: 오전 11:00

여기 힐턴에 있는다면, 정오에는 성공을 거둘 수 있었다. 그런데, 왜, 바닷가의 텐트로 가야 하는가?

앨런이 커피에 처음 입을 대는데 유세프가 나타났다.

"앨런."

앨런은 웃어보려 했다. "어이." 그가 말했다.

"생각보다 안 좋아 보이네요. 무슨 일이에요?"

"그냥 밤에……" 앨런은 말이 나가는 것을 멈추었다. 둘은 친했지만, 유세프가 알코올 문제에 어떤 입장인지는 알 수 없었다.

"그냥 시차 때문에요. 이렇게 심한 적은 없었는데."

유세프가 능글맞게 웃었다. "나는 앨라배마에서 대학을 다녔습니다. 숙취를 알아볼 수 있어요. 술은 어디서 났어요?"

"말하지 않는 게 좋을 것 같군요."

유세프는 웃음을 터뜨렸다. "말하지 않는 게 좋을 것 같다? 뭡니까, 진귀한 물건이라도 얻어걸렸다고 생각하는 거예요? 출처를 위험에 처하게 할 수 있는?"

"이게 재미있다고 생각하는 것 같군요."

"재미있죠."

"약속을 했거든."

"말 안 하기로?"

"난 약속은 깨지 않아요."

"오, 이런. 좋아요. 하지만 잘 들으세요. KAEC에는 갈 필요 없어요. 왕은 오늘 절대 오지 않을 거예요. 예멘에 있거든요. 보세요."

유세프는 앨런의 신문을 잡아채 3면을 보여주었다. 예멘 공항 활주로에 선 압둘라의 사진이 있었다. 앨런은 이런 이야기를 들은 적이 없었다.

"그래도 가야 해요, 체면 때문에."

"우선 뭘 좀 먹고 싶지 않아요? 이미 늦었는데."

그들은 밖으로 나갔다. 햇빛, 앨런이 두려워하던 햇빛이 널리, 너그렇게 퍼져 있었다. 그는 돌봄을 받는 느낌, 마치 하늘과 해가 그를 깨끗하게 해주는 듯한 느낌, 어젯밤의 방탕을 씻어내주는 듯한 느낌을 받았다.

사환이, 해마 모양 콧수염을 기른 거대한 남자가 유세프를 보고 싱글거렸다.

"살람."* 유세프가 그에게 인사를 건네고 악수를 했다. "우리 아버지 가게 단골이에요." 유세프가 설명했다. "샌들을 많이 사요."

앨런이 차에 탔고 유세프는 보닛 밑을 살폈다. 잠시 후 앨런은 다시 차에서 내려 그를 도와주러 갔다.
"뭘 찾는 겁니까? 빨간 다이너마이트?"
"나도 잘 모르겠어요." 유세프가 말했다. "뭐 특이한 전선 같은 거?"
앨런이 했던 말은 농담이었다. "정말 몰라요?" 그가 물었다.
"내가 어떻게 알겠어요? 나도 앨런하고 똑같은 TV 드라마를 보는데."
두 남자 모두 폭탄이라고는 본 적도 없었지만, 폭탄이 들어 있는지 확인하려고 함께 유세프의 엔진을 살폈다.
"아무것도 안 보이는데." 앨런이 말했다.
"나도요."

그들은 차에 탔다. 유세프가 키를 꽂았다.
"준비됐나요?"
"드라마는 그만 찍자고."
유세프는 키를 돌렸다. 엔진이 굉음을 냈다. 앨런은 심장이 펑 터질 것 같았다.

---

* 이슬람교도 사이의 인사말.

그들은 호텔을 떠나, 그때처럼 험비에 올라탄 사우디 병사를 다시 지나갔다. 그의 얼굴은 위쪽의 파라솔 그림자에 가려져 있고, 두 발은 아기용 풀에 잠겨 있었다.

"그러니까 아버지가 가게를 하시는 거요?"
"구시가에서요. 샌들을 팔아요."
"잠깐. 아버지가 신발을 판다고?"
"넵."
"우리 아버지도 그런데. 믿기지 않는군."
앨런은 유세프를 건너다보았다. 혹시 무슨 장난을 하는 건가 반쯤 의심하는 표정이었다. 우연의 일치가 너무 과했다.
"내 말을 안 믿는 거예요?" 유세프가 말했다. "여기 계신 동안 가게를 한번 구경시켜드리죠. 나도 크면서 거기서 일했어요. 다 그래야 했죠, 형제들이 다. 하지만 아버지는 독재자예요. 우리 얘기는 들으려고 하지도 않죠. 특히 내 얘기는. 나는 그 가게에 많은 도움을 줄 수 있어요. 현대화할 수 있다고요. 하지만 아버지는 이제 늙었어요. 새로운 건 아무것도 듣고 싶어하지 않아요."
유세프의 형제들은 모두 다른 직업을 택했다. 한 형제는 요르단에서 의사로 일했다. 또 한 형제는 리야드에서 이맘*으로 일했다. 막내는 바레인에서 대학에 다니고 있었다.

------

* 이슬람교의 성직자.

144

그들은 이제 간선도로를 달리고 있었다.

"우스개나 하나 하시죠." 유세프가 말했다. "행운을 위해서."

"그게 사우디 관습인가?"

"모르겠습니다. 나는 우리 관습에 대해 전혀 몰라요. 아니, 사람들이 뭘 보고 우리 관습이라고 하는지도 모르겠어요. 우리에게 관습이 있는지조차 모르겠네요."

"오늘은 우스개가 없어요." 앨런이 말했다.

그러나 그 순간 하나가 떠올랐다.

"좋아요. 남편과 부인이 잘 준비를 하고 있었어요. 그런데 부인이 전신 거울 앞에 서서 자기 모습을 열심히 살피는 겁니다. '있잖아요, 여보. 거울을 보면 늙은 여자가 보여요. 얼굴은 온통 주름투성이이고, 머리카락은 하얗고, 어깨는 구부정하고, 다리는 굵고, 팔의 살들은 축 늘어졌어요.' 부인은 남편을 돌아보고 말했지. '내 기분이 나아지게 긍정적인 얘기 좀 해줘요.' 남편은 부인을 잠시 뚫어져라 살피고 생각을 해보더니, 사려 깊고 부드러운 목소리로 말했어. '그래, 당신 시력에는 아무 문제가 없네.'"

유세프는 큰 소리로 웃음을 터뜨렸다. 너무 컸다.

"좀 작게 웃어요."

"머리가 그렇게 아파요? 나쁜 시디키였나 보네요."

"시디키가 뭐죠?"

"내 친구라는 뜻이에요. 손님이 마신 걸 가리키는 말이죠."

"부인하겠어요."

"앨런, 나는 무타와가 아니에요. 그리고 앨런이 내가 차에 태운 첫 비즈니스맨도 아니고요. 잠깐만요."

앞쪽에 검문소가 있었다. 젊은 군인 두 명이 중앙분리대에 서서 차를 세웠다. 도로 가장자리의 경찰차 안에 군복을 입은 사람 셋이 더 있었다. 유세프가 차창을 내렸다. 군인이 유세프에게 웅얼웅얼 질문을 했고, 유세프가 답을 하자 군인이 손을 흔들어 그를 통과시켰다. 그것으로 끝이었다. 유세프는 계속 차를 몰았다.

"그게 다인가요? 뭘 보자고 하지도 않았잖아요?"

"가끔 보자고 하죠."

"누굴 찾는 건가요?"

"어쩌면요. 저거 다 쇼예요. 여기서는 아무도 군인이 되고 싶어 하지 않아요. 할 수만 있다면 그 일도 외국 노동자들에게 줘버릴 거예요."

그들은 그 도시를 빠져나왔고 곧 전처럼 황량한 간선도로를 탔다. 야자수를 실은 트럭이 먼지를 뿌리며 그들 옆을 지나갔다.

"배고파요, 안 고파요?" 유세프가 물었다.

"잘 모르겠네요."

"조금 늦는 것보다는 많이 늦는 게 나아요. 작년에 텍사스 사람을 몇 주 동안 태우고 다닌 적이 있어요. 그 사람이 그러더라고요. 삼십 분 늦으면 실수처럼 보인다. 하지만 두 시간 늦으면 의도로 보인다."

유세프는 길을 따라 몇 킬로미터 더 가다가 길가의 한 곳을 골라 차를 세웠다. 벽이 낮은 방들이 늘어선 야외 레스토랑이었다. 중앙의 건물로 들어가자 생선 냄새가 코를 찔렀다. 문샤인으로 술잔치를 벌이고 앨런이 첫 식사로 떠올린 것은 해물이 아니었다. 그는 빵과 베이컨을 먹고 싶었다.

유세프가 얼음 위에 생선 수백 마리를 늘어놓은 널찍한 진열장으로 그를 이끌었다.

앨런은 구역질을 할 뻔했다.

"좋아하시는 거 있어요?" 유세프가 물었다.

앨런은 여기만 아니면 다 좋을 것 같았다. 여기서 나가 뭔가 마른 것을 먹고 싶었다. 크래커, 감자칩. 하지만 그는 앞에 무엇이 놓이든 그것을 먹는 데 익숙해진 사람이었다. "알아서 골라요."

"이걸로 두 마리 하죠. 유세프가 30센티미터 정도 되는 생선 한 쌍을 향해 고개를 까닥였다. 은색과 분홍색이 섞여 있었다. "나젤이라고 하는 생선이에요. 영어로는 뭐라고 하는지 모르겠네요." 유세프가 두 사람 몫을 다 주문했다.

그들은 밖에 앉았지만, 의자는 없었다. 바닥에 눕듯이 몸을 뒤로 기대는 게 관습이었다. 각자 몸을 기댈 딱딱한 쿠션이 하나씩 있었다.

파리가 그들의 무릎과 팔에 내려앉았다. 앨런이 손을 휘저어 쫓아냈지만, 파리는 오래 물러나 있지 않았다. 야외에서 이렇게, 이 더위 속에서, 생선을 먹는다고 생각하자 식욕이 싹 달아나버렸다.

동물 소리가 들려 그는 고개를 돌렸다. 그들을 둘러싼 낮은 담 위에 고양이 한 마리가, 천 살은 되어 보이는 고양이 한 마리가 웅크리고 있었다. 왼쪽 눈은 구름이 낀 듯 뿌옜고 아래쪽 이빨 하나가 위로 튀어나와 있었다. 아래턱에 난 송곳니인 셈이었다. 그런 생물이 하루라도 더 목숨을 이어간다는 건 불가능해 보였다. 유세프가 급사장에게 소리치자, 급사장이 작은 비를 들고 와 고양이를 쫓았고, 고양이는 다른 담으로 뛰어갔다가 골목으로 사라졌다.

유세프의 전화 진동이 울렸다. 그의 두 엄지손가락이 바쁘게 움직였다.

"여자친구예요." 그가 말했다.

앨런은 유세프의 여자들 이야기가 정리가 안 되었고, 그래서 그렇다고 이야기했다.

"설명해드릴게요." 유세프가 말했다.

그는 한 아가씨, 아미나라는 아가씨와 약혼한 적이 있었는데, 십대 때부터 알던 사이였다. 그들이 여자의 부모에게 결혼 의사를 밝혔으나, 여자의 아버지는 허락하지 않았다. 반대하는 이유는 유세프가 넘기 힘든 것이었다. 바로 그의 가족이 베두인족이라는 이유였는데, 사우디의 일부 상층 계급에게 그건 용납할 수 없는 것이었다. 그 사람들은 우리가 야만인이라고 생각하죠, 유세프가 설명했다. 유세프의 아버지는 상점 주인이고, 촌사람이고, 교육받지 못한 사람이었다. 상점 일은 잘했다—수백만 디나르를 벌었으니까. 유세프는 그렇게 말했다. 고향 마을에 커다란 집도 지었다. 그걸 지

148

으려고 산을 깎았다—하지만 다 소용없었다.

"그래서 그걸로 끝난 겁니까?"

여러 가능성들이 앨런의 마음에 흘러넘쳤다. 그냥 이 나라를 떠날 수는 없었을까? 사랑의 도피는?

"할 수 있는 일이 없었어요. 하지만 괜찮아요. 이제 그녀에 대해 별로 생각하지 않으니까요. 어쨌든, 우리 부모가 다른 여자를 골라주기도 했고요."

부모가 골라준 여자 자밀라는 눈부셨다. 그가 본 여자 중 가장 아름다운 여자였는데 그런 여자가 갑자기 그의 것이 되었다고, 유세프가 설명했다. 그들은 몇 달 뒤 결혼했고, 그는 그 여자를 보는 것을, 그 여자가 방을 가로질러서 걸어오는 모습을 지켜보는 것을 아주 좋아했지만, 어느 모로 보나 그들은 서로 맞지 않았다.

"염소처럼 멍청했어요."

일 년 뒤 그들은 이혼했고, 그는 다시 독신이 되었다.

"나는 늘 여자들과 드라마 같은 일을 벌여요. 하지만 누르하고는 아니에요."

누르는, 그런 게 어디까지 허용되는지는 모르지만, 유세프의 여자친구였다. 그녀는 스물셋으로, 약간 어렸고, 대학원생이었다. 두 사람은 온라인으로 만났다.

"아주 똑똑해요." 그가 말했다. "매일 깜짝깜짝 놀라죠. 게다가 예언자 무함마드의 후손이에요. 진실이라고 맹세합니다."

누르하고는 잘되어가고 있다고, 그가 말했다. 그래서 둘이서 양쪽 부모에게 그들의 계획을 이야기할 방법을 모색하고 있었는데,

그의 전처 자밀라가 문자를 보내기 시작했다. 그녀는 사십대의 부유한 남자와 결혼한 몸이었지만, 유세프는 그 남자가 극단적 유형의 국제적인 난봉꾼이라고 의심하고 있었다.

"그 남자는 유럽에 가서 남자애들하고 섹스를 해요."

"게이라는 겁니까?" 앨런이 물었다.

"게이요? 아니요. 그게 게이라는 뜻이라고 생각하세요?"

앨런은 그 지류까지 따라 들어갈 만큼 정신이 맑지 않았기 때문에 더 따지고 들지 않았다.

음식이 나왔다. 접시에는 잘게 썬 상추, 오이, 토마토, 현미, 코베즈—난 같은 빵—가 그득했고 또 생선이 있었다. 유세프가 손가락으로 음식을 집었다. "시야디야." 그가 말했다. 생선은 속까지 튀겨졌지만, 그 점을 빼면 그들이 유리 너머로 본 생선과 똑같았고, 눈과 뼈 등 모든 것이 그대로였다. 앨런은 빵을 조금 뜯어서 그것으로 생선살을 집었다. 한입 먹어보았다.

"괜찮아요?" 유세프가 물었다.

"최고네. 고마워요."

"뭐든 튀기면 맛이 제대로 나와요."

고양이가 다시 나타났다. 유세프가 늙고 눈먼 고양이 쪽으로 발길질을 하자 고양이가 야옹 하며 버럭 화를 냈다. 그리고 종종걸음으로 사라졌다.

"그런데 자밀라는 나한테 하루에 열 번쯤 문자를 보내요. 어떤 문자는 그냥 '뭐해' 어쩌고저쩌고 하는 식이고 따분한 내용이죠. 하지만 어떤 거는, 음, 정말 섹시해요. 몇 개 보여드릴 수 있으면 좋겠는데."

유세프가 휴대전화의 메시지들을 넘겨보았고, 앨런은 권태에 사로잡힌 사우디 주부가 보낸 섹시한 문자가 보고 싶어졌다.

"하지만 받는 즉시 지워버려야 해서요."

결혼한 뒤 자밀라는 거의 매 순간 자기가 어디 있는지 증명할 수 있어야 했다. 남편이 아내의 문자 자체를 읽은 적은 없었지만, 그럼에도 의심은 이미 걷잡을 수 없는 상태였다.

"만일 남편이 문자를 읽는 날에는 난 죽은목숨입니다. 자밀라도 분명히 죽은목숨이고요. 자밀라가 늦지 않게 지웠죠. 그 남편은 그걸 보려고 전화회사에 연락을 했습니다. 웃겼죠."

앨런은 경악했다. 그가 사우디의 사법 체계를 잘 아는 것은 아니었지만, 그래도 그건 얻을 수 있는 이득이 거의 없는 일을 두고 엄청난 모험을 하는 것으로 보였다.

"정말로 그 여자가 그 문자들 때문에 목숨을 걸고 있다 그 말입니까, 그래요? 정부나 아니면 누군가에게 돌을 맞지 않나?"

유세프는 그를 똑바로 보았다. "여기서는 사람을 돌로 치지 않아요, 앨런."

"미안해요." 앨런이 말했다.

"목을 잘라 죽이죠." 유세프가 그렇게 말하고는 입안 가득 밥알을 넣은 채 웃음을 터뜨렸다. "하지만 자주 그러지는 않아요. 어쨌

든. 지금 자밀라는 다른 전화기를 갖고 있어요. 휴대전화가 두 개
죠—하나는 보통 전화할 때 쓰는 것이고, 그건 남편이 감시할 수
있어요. 또하나는 나한테 걸 때 쓰는 거죠."

"유부녀들은 모두 전화기를 두 개 갖고 있어요." 유세프가 설명
했다. "사우디아라비아에서는 그게 큰 사업이에요."
나라 전체가 두 차원에서 움직이는 것 같았다. 공식적 차원과 실
제적 차원.
"자밀라는 시간이 많아요. 인도네시아 사람들한테 집안일을 시
키기 때문에 자밀라가 하는 일은 쇼핑을 하고 TV를 보는 것뿐이
에요. 자신을 낭비하고 있죠. '당신은 내 인생의 사랑이에요.' 지난
주에는 그렇게 썼더라고요. 어디서 그런 표현을 배우는지 모르겠
어요. 그래서 자밀라의 남편은 내가 죽기를 바라고, 나는 이런 상
황을 견디며 사는 거죠. 하지만 얼마나 심각한 건지는 모르겠어요.
가끔 밤에 자밀라의 남편이 나를 진짜로 죽일 거라는, 그러니까,
당장이라도 죽일 것 같다는 생각에 잠에서 깨요. 또 어떤 날은 그
냥 웃어넘기고요. 별로 좋은 상황은 아닌 거죠."
갑자기 앨런은 그의 아버지가 된 듯한 느낌이 들었다. 어쩔 도리
가 없었다. 그 남편과의 문제라는 건 정말이지 아주 간단했다. 간
단한 해법이 있는 간단한 문제였다.
"그 사람하고 자리를 만들어."
"네? 안 돼요." 유세프는 고개를 저으며, 생선 조각을 하나 더
입에 쑤셔넣었다.

"자리를 만들어." 앨런은 말을 이어갔다. "그 사람 눈을 똑바로 보고 그 사람 부인과 아무 짓도 한 적이 없다고 말해. 한 적이 없으니까, 그렇잖아?"

"없죠. 아무 짓도. 심지어 결혼했을 때도 마찬가지였어요."

"그러니까 그렇게 말을 해. 그러면 그 사람도 자네가 진실을 말한다는 걸 알 거야. 자네가 그 사람 눈을 똑바로 볼 거니까. 그게 아니라면 자네가 그 사람과 대면하려고도 하지 않을 거 아닌가, 안 그래? 자네가 정말로 그 사람 마누라하고 떡을 치고 있다면, 절대 그 사람을 마주보지 못할 거야."

이제 유세프는 고개를 끄덕이기 시작했다. "나쁘지 않네요. 그것도…… 그것도 한 가지 방법이군요. 마음에 들어요. 하지만 그 사람이 합리적인 사람일지 모르겠어요. 지금쯤 돌아버렸을지도 모르거든요. 그 사람이 내 전화에 남기는 그 메시지들, 그건 합리적인 사람이 보낸 게 아니에요."

"이게 그 일을 푸는 방법이야." 앨런이 말했다. "나도 살 만큼 산 사람이라 이런 문제에는 약간 경험이 있어. 그렇게 하면 모든 게 정리될 거야."

유세프는 진실되고 분별력 있는 이야기를 듣고 있는 듯한 표정으로 앨런을 보았다. 마치 앨런이 오랜 세월에 걸쳐 실제로 지혜를 얻은 사람이라는 듯한 표정으로. 앨런은 자신에게 있는 것이 과연 지혜인지, 자신이 없었다. 그에게 있는 것은 정말 중요한 건 거의 없다는 느낌이었다. 두려워할 사람은 거의 없다는 느낌. 그래서 이제 그는 진이 다 빠진 사람만이 발휘할 수 있는 단호함으로 그런 모든 상황에 직면했고, 모든 것을 정면으로 돌파했다. 루비는 예외였는데, 그녀는 어지간하면 늘 피하게 되었다. 앨런은 유세프에게 자신이 대체로 사랑 문제에는 미숙하다는 이야기, 현재 독신이고 혼자라는 이야기는 하지 않기로 했다. 오랫동안, 너무 오랫동안 어떤 의미 있는 방식으로 여자의 몸을 어루만져본 적이 없다는 이야기는. 자신은 예나 지금이나 섹스에 푹 빠진 미국 도시에서 흥청거리며 살아가는 성공한 남자라고 유세프가 믿게 두기로 했다. 엄청난 식욕과 무제한의 선택지를 손에 쥔 의기양양한 남자라고.

XVII

현장에 도착했을 때는 정오였다. 유세프는 텐트 근처 막다른 골목에서 그를 내려주었다.

"다시 볼 것 같다는 생각이 드네요." 유세프가 말했다.

"그럴 것 같군."

앨런이 몸을 돌리자 유세프가 헉 하는 소리를 냈다.

"앨런. 목이."

앨런은 순간적으로 자가 수술을 잊고서, 손을 뒤에 갖다댔다. 손가락에 축축한 피 얼룩이 만져졌다.

유세프가 가까이 다가왔다. "그게 뭐예요?"

앨런은 어디에서부터 이야기를 해야 할지 알 수 없었다. "딱지를 뗐어. 심한가?"

"등으로 흘러내리고 있어요. 그게 어제도 있었나요?"

"그런 셈이지. 좀 다르기는 했지만."

"의사를 만나야겠어요."

앨런은 사우디아라비아 왕국의 의료 체계가 어떻게 돌아가는지 전혀 알지 못했지만, 그래, 의사한테 보여야겠다, 하는 생각은 했다. 그래서 앨런과 유세프는 다음날 아침에 가보기로 약속을 했다. 준비는 유세프가 해놓기로 했다.

"계속 날 만날 이유를 생각해내시는군요." 유세프가 말했다. "기분좋네요."

그러고 나서 그는 떠났다.

텐트에 들어가보니, 이제는 세 젊은이가 모두 건너편, 바다에서 먼 쪽의 어둠으로 들어가 자기 화면을 보고 있었다.

"어이!" 앨런이 우렁차게 말했다. 이상하게 유쾌한 기분이었다.

그는 젊은이들에게 성큼성큼 걸어가 러그 하나에 앉았다. 둘러보니, 모든 것이 어제 그대로인 듯했다.

"또 늦게 출발하신 건가요?" 브래드가 말했다.

받아들여질 만한 변명이 없었다. 앨런은 아무런 변명도 하지 않았다.

"아직도 와이파이를 기다리는 중이에요." 레이철이 말했다.

"더 알아볼게. 두시 사십분에 약속을 잡아놨어."

그런 것은 없었다. 이제 그는 가상의 약속을 만들어내고 있었다.

어쨌든 그렇게 하면 텐트를 떠날 구실이 생겼다. 그것도 곧.

"하지만 좋은 소식이 있어." 그가 말했다. "왕이 예멘에 있어. 그러니까 왕이 갑자기 올 거라는 걱정은 하지 않아도 돼."

젊은 사람들은 만족한 듯하다가, 이내 풀이 죽었다. 왕이 다른 나라에 있다면 일을 할 이유가 없었다. 일을 할 이유가 있다 해도, 와이파이가 없으면 어차피 그들의 홀로그램은 시험해볼 수 없었다.

"카드 게임이나 할까요?" 레이철이 물었다.

앨런이 원하는 것은 해변에 나가서 물에 발을 담그고 있는 것이었다. "좋지." 그는 말했다.

그들은 포커를 쳤다. 그는 아버지에게 변형 포커를 여남은 가지 배웠고, 실력도 좋았다. 하지만 이 젊은이들과 치고 싶지는 않았다. 하지만 그는 쳤고, 그러면서 그들의 대화에 귀를 기울였고, 그래서 어젯밤 케일리와 레이철이 레이철의 방에서 아주 늦게까지 이야기를 나누었다는 것을 알게 되었다. 브래드는 부인과 연락이 잘 안 돼 애를 먹었고, 마침내 연락이 되었을 때는 조카딸이 백일해에 걸렸다는 걸 알게 되었다. 요즘 누가 백일해에 걸립니까? 그들은 그 이야기와 더불어, 수 세기 전에 사라졌다가 다시 기승을 부리는 다른 병들 이야기를 했다. 구루병과 대상포진이 다시 나타났다. 소아마비도 돌아오는 것 같았다. 그러자 레이철의 주도로 긴 토론이 시작되었고, 그녀는 무시무시한 출산 경험을 한 친구들이 있다고 밝혔다—성급한 의사들이 아기를 너무 빨리 끌어내는 바람에 생긴 기형, 사산, 흡입과 관련된 사고. 그 모든 게 다른 시대에서 벌어진 일처럼 보였다.

그들은 말없이 앉아 있었다. 바람이 강하게 불어와 텐트 벽에 물결이 일었고, 네 명 모두 바람이 점점 거세져 모든 것을 무너뜨리기를 바라기라도 하듯 그것을 지켜보았다. 그렇게 된다면 그들도 뭔가 할일이 생길 터였다. 아니면 집에 가거나.

슈윈에서 일하던 시절, 어쩌다 캔자스시티 이곳저곳의 호텔에서 젊은 영업사원 대여섯 명과 같이 있을 때면, 앨런은 그들이 크리스마스 시즌 신제품 첫 공개 때 뭐가 먹히고 안 먹혔는지, 왜 스팅-레이는 성공했는데 타이푼은 성공하지 못했는지, 공장은 어떻게 돌아가는지, R&D에서는 무슨 작업을 하고 있는지 듣고 싶어한다는 것을 알았다. 그들은 그의 우스개에 웃음을 터뜨렸고, 그의 말 한마디 한마디에 귀를 기울였다. 그들은 그를 존경했고 그들에게는 그가 필요했다.

하지만 지금 그는 이 사람들에게 가르칠 것이 없었다. 그들은 사막의 텐트에서 홀로그램을 설치할 수 있었고, 그는 세 시간 늦게 도착했으며 뭘 어디에 꽂아야 하는지도 몰랐다. 그들은 제조나 그가 평생 완벽해지려고 노력했던 대면 영업에 전혀 관심이 없었다. 그들 중 누구도 그런 것에는 간접적으로라도 관여한 적이 없었다. 누구도 그처럼 진짜 물건을 진짜 사람들에게 파는 일에서 출발하지 않았다. 앨런은 그들의 얼굴을 보았다. 케일리와 그녀의 들창

코. 브래드와 그의 야만인 같은 이마. 레이철과 그녀의 입술이 보이지 않는 아주 작은 입.

하긴, 젊은 미국인이 나이든 미국인에게서, 아니, 그 누구에게서든 뭔가를 배우고 싶어한 적이 있었던가? 아마 없었을 것이다. 미국인들은 태어날 때부터 모든 것을 아는 동시에 아무것도 모른다. 태어나면서부터 앞으로, 빠르게 움직인다. 혹은 자기들이 그렇다고 생각을 한다.

"보쇼, 자유의 여신상은 움직이고 있어요!"

비행기에서 만난 남자가 한 말이었다—어쩌면 그게 앨런이 타당성이 있거나 계시적이라고 느낀 유일한 말이었을지 모른다. 그 사람은 직전에 뉴욕에 있었고, 엘리스아일랜드를 다녀왔다.

"모두가 그 상이 가만히 서 있다고 생각하지만, 사실은 걷고 있는 중이죠!"

남자가 침을 튀기며 말했다. 앨런은 알지 못했고 관심도 없었다.

"자유의 여신상을 직접 보았을 때 나는 완전히 넋이 나갔습니다. 다음에 뉴욕에 가면 확인해보세요. 농담하는 게 아닙니다, 여신상은 앞으로 걷고 있어요. 가운도 따라서 휙휙 움직이고, 샌들은 완전히 휘어 있다니까요. 막 대양을 건너려는 것처럼, 프랑스로 돌아가려는 것처럼. 나는 완전히 넋이 나갔어요."

포커를 몇 판 치고 나자 앨런은 자리를 뜨고 싶은 마음이 간절했다. 그는 어두운 텐트 안에, 시간이 갈수록 사람들과 그들의 물건

냄새가 강해지는 텐트 안에 있었고, 반면 밖에는, 불과 50미터 떨어진 곳에는, 홍해가 있었다.

"자, 이제 나는 가보는 게 좋겠군." 그가 말했다.

그들은 아무런 반론을 제기하지 않았다. 그는 일어서서 텐트 문으로 갔다.

"나는 이쪽으로 갈 거야." 그가 북쪽을 가리켰다. "혹시 왕이 보이면, 이 위에서 나를 찾아." 그가 웃었고, 젊은 사람들도 웃었다. 그는 그들이 자신을 쓸모없다고 생각한다는 것을 알았고, 텐트를 나섰다.

그는 텐트 밖으로 나가 분홍색 콘도미니엄을 올려다보다가 창에서 그림자를 보았다. 처음에는 믿지 않았다. 하지만 그 형체는 사람이었고, 사층 창에서 움직이고 있었다. 이윽고 또하나의 형체가 나타났다. 그리고 곧 둘 다 사라졌다.

그는 건물로 가서 들어가는 길을 찾고 사람들 목소리를 찾아 귀를 기울여보는 게 좋을지 모르겠다는 생각을 했다. 하지만 그 이상으로 생각을 밀고 나아갈 수가 없었다. 그는 건물 둘레를 걷다가 하마터면 구덩이에 빠질 뻔했다. 구덩이는 채석장만큼이나 컸다─틀림없이 4000제곱미터는 될 만한 크기였다. 플로리다 콘도미니엄 옆에 다른 구조물을 세우려고 기초 공사를 해놓은 것 같았다. 15미터 정도의 깊이였는데, 하마터면 그의 무덤이 될 뻔했다.

기둥, 거대한 관, 나중에 물과 열을 실어나를 파이프 등을 설치하기 위한 철망 틀이 있었다. 나무와 진흙으로 만든 임시 계단이 있었다. 이렇다 할 이유는 없었지만 그는 아래로 내려가보기로 했다. 내려가자 공기가 서늘해졌다. 기분이 좋았다. 15미터를 내려갈 때마다, 그러니까 한 층 정도로 보이는 높이를 내려갈 때마다, 온도가 약 섭씨 5도씩 떨어졌다. 그는 바닥까지 계속 내려갔다. 공기가 확실히 안락해졌다. 바닥은 시멘트였지만, 모래가 흩어져 있고 흙도 쌓여 있었다. 한쪽 구석에 수수한 플라스틱 의자가 있었다. 그를 위해, 지금 이 순간의 그를 위해 만들어진 것처럼 보였고, 그래서 그는 의자에 앉았다. 그는 홍해 옆 도시의 건물 토대에 놓인 플라스틱 의자에 앉아 있었고, 공기는 서늘했고, 만물의 색깔은 회색이었고, 그는 깊이 만족했다.

그는 앉아서 콘크리트 벽을 물끄러미 바라보았다.

자신의 숨소리에 귀를 기울였다.

아무것도 생각하지 않으려 했다.

"자네를 용서하네." 찰리 팰런이 말했다.

그는 그 말을 여러 번 했다. 그는 애네트가 집을 나가는 걸 도와준 앨런을 용서하고 있었다. 그들은 너무 많이 싸웠고, 찰리가 협박을 했다고, 애네트가 말했다. 앨런은 매일, 두 사람 모두에게서 그 이야기를 들어야 했다. 도무지 정리가 되지 않았다. 그러나 애네트가 떠나기로 결심했을 때, 어느 주말 찰리가 집을 비우고 없을 때, 그녀는 앨런에게 도움을 청했고, 앨런은 도와주었다. 그는 애네트가 집안이 거의 텅 비도록 짐을 빼내는 것을 도왔다.

다음날 찰리가 전화를 했다. "그 미치광이가 우리 물건을 다 가져갔어."

앨런은 그곳으로 갔고, 집안을 둘러보았다. 마치 폭풍이 종이, 테이프, 베개 몇 개만 남기고 물건들을 싹 쓸어간 것처럼 보였다.

"이 여자한테는 두 손 다 들었어." 찰리가 말했다. "이런 일이 닥칠 줄은 몰랐네. 이 여자가 얼마나 능률적인지 믿어져? 집을 하루 비웠을 뿐인데 싹 쓸어가버리다니. 좆나게 똑똑한 여자야, 늘 그랬지만."

찰리는 앨런이 도와주었다는 것을 몰랐고 앨런은 그에게 말할 적당한 방법을 찾을 수 없었다. 그래서 한동안 말하지 않았다. 말해봐야 무슨 소용이 있겠는가?

결국 그는 알아냈다. 아마 애네트가 이야기했을 것이다. 찰리는 한동안 화를 냈다. 하지만 그러다가 앨런을 이해했고, 용서했다.

"자네나 나처럼 약한 남자는 그 여자한테 꼼짝 못하지." 찰리가 말했다.

앨런은 의자에서 일어섰다. 그 둘레를 돌아다니며 걸음 수를 셌다. 다 지으면 엄청나게 큰 건물이 될 터였다. 한 변이 이백 걸음, 다른 변은 백이십 걸음이었다. 앨런은 거기에 있으니 기분이 좋았다. 이 프로젝트의 일부가 되는 것이. 이것만큼, 어떤 것의 시초에 있는 것만큼 좋은 것은 없었다. 이 도시가 또하나의 두바이, 또하나의 아부다비나 나이로비가 되었을 때, 그는 자신이 그 건물들의 토대를 걸었다고, 이 염병할 곳 전체에 깔린 모든 IT의 기반 작업을 했다고 말할 수 있었다. 하지만 생각이 너무 앞서나가는 것은 피해야 했다.

그는 하얀 플라스틱 의자에 다시 앉았다.

테리 렌은 생각이 너무 앞서나가는 사람이었다.

"어이쿠, 앨, 기분좋은데."

앨런은 몇 년 전, 피츠버그를 지나가면서 테리를 보았다. 앨런은 테리를 일리노이주 올니 시절부터 이십 년 동안 알고 지냈다. 테리는 자전거에서 강철로, 그리고 유리로 넘어가, 피츠버그 외곽에 있는 규모가 큰 유리 제조업체인 PPG 인더스트리즈에서 일하고 있었다. 똑똑하게 움직인 것 같았다. 유리보다 불황에 잘 견디는 사업이 뭐가 있겠는가? 주택 착공은 기복이 있지만, 깨진 창문이야 늘 나오기 마련이니까.

그들은 하인즈 필드*에서 저녁을 먹었고, 테리는 의기양양했다. PPG는 새 세계무역센터 건물의 일층부터 이십층까지 유리를 공급하는 계약을 체결했다. 폭발에도 깨지지 않는 유리로 된 이십층, 바로 그곳 펜실베이니아에서 공들여 개발한 기술의 결과물.

"꼭 우리가 바로 이 일 한 가지를 하기 위해 태어난 사람들 같네." 테리가 말했다. 그의 입에는 리브아이**가 가득했다. 손의 포크는 승리를 거둔 뒤 들어올린 검 같았다.

---

* 미국 펜실베이니아주 피츠버그에 있는 미식축구 경기장.
** 스테이크용 소갈비살.

테리는 이 계약을 따내기 위해 죽어라 일했고, 이제 어서 일을 시작하고 싶어서 안달이 나 있었다. 공장 사람들도 어서 시작하고 싶어 안달이 나 있었다. 프리덤 타워 건설에 참여하는 것! 그것이 아침에 출근하는 이유였다.

"우리가 해낸 최대의 사업이야." 그가 말했다. 조심스러우면서도 긴급하게 일을 처리할 계획이었다. 테리는 옷깃에 성조기 배지를 꽂고 있었다. 그 모든 것에 뭔가 의미가 있었다. 그 의미가 사라지기 전까지는.

다음에 앨런이 그를 보았을 땐 끝이 난 뒤였다. 그들 둘 다 뉴욕에 있었고, PPG는 막 경쟁에서 밀려났다. 테리는 무너져내리고 있었다. 그들은 술을 마시려고 만났다. 앨런은 테리가 울 거라고 생각했다.

그 모든 엉킨 일들을 푸는 건 불가능에 가까웠다. 뉴욕 항만관리위원회는 다른 회사, 솔레라 컨스트럭션의 입찰을 받아들였다. 겉으로는 공평해 보였다. 그곳 입찰가가 더 낮았고, 뉴욕에 있는 회사였기 때문이다. 테리의 눈에는 단순해 보였다—더 깊이 파고들기 전에는.

"아, 젠장, 정말 좆도 역겨워, 앨런!"

테리는 앨런의 팔을 잡았다.

솔레라가 라스베이거스에 있는 회사에 유리 제작 하청을 주고 있다는 사실이 드러난 것이다. 테리는 약이 올랐지만, 여전히 자신들이 질 만해서 진 거라고 느꼈다. 그는 라스베이거스 사람들을 몰랐지만, 그들이 네바다 사막의 값싼 부지에 공장을 세웠을 거라고 짐작했고, 아마도 밀입국 노동자들을 좀 고용해서 단가를 낮게 유지하고 있을 거라고 생각했다.

"그럼 공정한 거지, 안 그래?" 테리가 말하다 셔츠에 술을 쏟았다.

하지만 라스베이거스 사람들은 유리를 만들지 않는다는 것이 드러났다. 거긴 간판이었다. 유리는 중국에서 만들고 있었다. 새로운 세계무역센터에 들어갈, 폭발을 견딜 수 있는 세로 약 18미터의 유리를 중국에서 만들고 있었던 것이다.

우리는 신뢰할 만한 최저 입찰자를 선정했다. 그것이 항만관리위원회 대변인의 말이었다.

"염병할." 앨런이 말했다.

"씨발 이게 믿어져?" 테리가 말했다.

하지만 반전, 엄청난 반전이 있었다. 중국의 유리 제조업자가 PPG의 특허를 사용하고 있었던 것이다. PPG는 유리를 개발한 뒤 특허를 신청해 획득했고, 입찰이 시작되기 직전에 전 세계 회사들에게 그 특허를 사용할 수 있게 했다. 그런 회사 중 하나가 남중국해에 근거를 둔 상신 파사드였다. 그리고 그 상신 파사드가 프리덤 타워의 유리를 만들게 될 회사였다. 그러니까 PPG가 폭발에 견디는 새로운 유형의 유리를 발명했지만, 결국 중국 회사가 그 기술로 유리를 더 싸게 제작해 거꾸로 미국 항만관리위원회에, 어쨌든 간에 미국적인 모든 것의 가장 뜨거운 중심 한가운데에서 자존심과 회복력 같은 것을 소생시키려 노력하는 조직에 팔게 된 꼴이었다.

이제 앨런은 어슬렁거리고 있었다. 새로운 건물의 바닥을 걸어다니다보니 땀이 났고, 주먹으로 벽을 치고 싶어졌다.

어느 쪽이 되었든 테리는 아마 은퇴를 했을 것이다. 예순둘이었
으니까. 그러나 세계무역센터 일이 그를 끝장내버렸다. 이제 일이
재미없었다.

"나를 바보라고 하게." 테리가 말했다. "하지만 난 그 프리덤 유
리가 좋았어. 씨발 우리가 그 건물에 참여하는 게 좋았다고."

테리가 그만두자, 그것으로 앨런의 인내심도 끝이 났다. 그 모
든 것이 준 치욕. 사업적인 측면, 즉 항만관리위원회가 PPG를 질
질 끌고 다니면서 당연히 그 기술의 개발자인 PPG가 공급자가 될
것이라고 여남은 번이나 암시했다는 사실만 문제가 아니었다. 그
들이 그런 것조차 해외에 의지한다는 사실, 뻔히 알면서도 PPG를
꾀어냈다는 사실도 문제였다―그 바람에 PPG는 유리를 제작하
기 위해 수백만을 들여 장비의 질을 높이고 설비를 교체했다―젠
장, 모든 것이 불공정했고 비겁했으며 원칙이라고는 찾아볼 수 없
었다. 치욕이었다. 그것도 그라운드 제로*에서. 앨런은 주먹을 불
끈 쥐고 어슬렁거리고 있었다. 치욕! 그라운드 제로에서! 잿더미
사이에서! 치욕! 잿더미 사이에서! 치욕! 치욕! 치욕!

"이봐요!"

앨런은 주위를 둘러보았다. 걸음을 멈추었다. 누가 나를 부르지?

---

*9.11 테러로 폭파된 세계무역센터가 서 있던 곳.

"이봐요! 당신!"

그는 고개를 들었다. 파란색 작업복을 입은 노동자 둘이 그를 굽어보고 있었다. 이봐요 거기! 안 돼! 안 돼! 그들이 못마땅한 표정으로 말했다. 마치 위로, 위로, 위로, 하고 그를 재촉해 지하세계로부터 불러내려는 것처럼, 크게 삽질하는 모양으로 손짓을 하고 있었다. 그들의 얼굴이 말하고 있었다. 당신은 거기에, 지하 15미터에 있으면 안 돼, 그렇게 걸어다니면 안 돼. 어슬렁거리고, 화를 내고, 당신 자신의 과거뿐 아니라 나라 전체의 과거에 벌어진 돌이킬 수 없는 사건들을 이야기해서는 안 돼.

하지만 앨런도 알았다. 그는 지상으로 통하는 계단을 오르기 시작했다. 그는 자신이 해서는 안 되는 모든 것을 아주 잘 알고 있었다.

XVIII

하루가 끝나고, 앨런은 젊은 사람들과 밴을 타고 제다로 돌아갔다. 그들은 가는 길에 모두 잤거나 아니면 자는 척했다. 조용한 귀갓길이었다. 호텔에 도착하자 그들은 대체로 말없이 차에서 내렸고, 일곱시에 앨런은 혼자, 방으로 돌아와 있었다. 그는 스테이크를 주문하고, 먹고, 발코니로 걸어갔다. 수십 미터 아래로, 간선도로를 건너 해변으로 향하는 사람 형체 몇이 보였다. 그들은 길을 건너려다가, 물러섰다. 차들이 너무 빠르게 달렸다. 마침내 그들은 빠르게 요리조리 피하며 달려 길을 건넜고, 앨런은 아무것도 배운게 없었다.

그는 호텔 안내 책자를 넘기다 레이철이 말한 헬스클럽 사진을 보았다. 운동에는 전혀 관심이 없으면서도 그는 엘리베이터를 타고 지하로 내려갔고, 초승달 모양 책상 뒤에 앉은 헬스클럽 직원이 솜털이 덮인 듯한 하얀 타월을 목에 걸고서 그를 맞이했다. 앨런은 그 남자에게 그냥 둘러보러 왔다고 말했다. 운동 계획을 좀 짜보려고요, 하고 그가 진지하게 말하자, 양복을 입은 채로 들어가게 해주었다.

다섯 명이 운동을 하고 있었는데, 모두 남자였고, 트레드밀에서 달리거나 나우틸러스 운동기구들과 씨름을 하고 있었다. 청소 세제 냄새가 났고, CNN을 틀어놓은 TV는 시끄러웠다. 헬스클럽 직원이 앨런 쪽을 흘끗 보았고, 앨런은 기구 하나를 보며, 마치 네, 내일은 운동복 차림으로 이 기구에서 운동을 좀 할 겁니다, 하고 말하듯 진지한 표정으로 고개를 끄덕였다.

이윽고 그는 그곳을 나왔다. 그는 잠시 로비를 어슬렁거리다, 앉아서 구경을 하기로 했다. 그는 아이스티를 주문하고, 사우디인과 서양인들이 유리처럼 빛을 반사하는 바닥을 가로질러 미끄러지듯 걸어가는 것을 지켜보았다. 그는 분수 소리, 이따금씩 아트리움 안으로 약 30미터 위까지 울려퍼지는 높은 목소리에 귀를 기울였다. 호텔은 정말이지 특징이라고는 찾아볼 수가 없었다. 그게 정말 마음에 들었다. 하지만 술을 파는 바가 없는 호텔이기도 했기 때문에, 거기 내려와도 할일은 거의 없었다. 위층에서는, 술병이 기다리고 있었다. 그래서 그는 다시 유리 엘리베이터로 돌아가 그의 방이 있는 층까지 둥둥 떠올라갔다.

방안에서, 그는 몇 모금 분량을 잔에 따르고 시작했다.

키트에게, 나한테 좀 달라진 게 있어. 내 목에 있는 이것 때문에 내가 제정신을 잃고 있거나, 아니면 이미 잃어버렸다.

아니야. 그는 혼잣말을 했다. 우는소리 좀 그만해. 뭔가 쓸모 있는 일을 해야지. 한 모금 마셨다. 혀가 타고 잇몸이 팽팽해졌다. 눈에 눈물이 고였다. 길게 한 모금 더 들이켰다.

키트에게, 내가 몇 가지 실수를 했어. 그래서 네가 올가을에 학교에 못 다니는 거야. 간단해, 그게 사실이야. 내가 개같이 망쳐버렸단다. 나 같은 사람한테 세상은 쉽지가 않구나.

그는 다시 시작했다.

무엇보다도 좋은 소식을 먼저 전하고 싶구나. 이 사우디 일이 제대로 되고 있는 것 같아. 넌 가을에 등록을 할 수 있어. 돈이 생길 거거든. 네 학비를 전부 댈 만큼 생길 거야. 일 년치를 몽땅 선불로 내도 돼. 그 새끼들이 그런 방식을 원한다면 말이야.

이제 그는 거짓말을 하고 있었다. 그러나 키트는 그래도 되는 아이가 아니었다. 그애는 잘못한 게 전혀 없었다. 그래, 경제가 이 모양이고, 세상은 저 모양이고, 그 학교들은 너무 비쌌다. 터무니없이 비쌌다—맙소사, 그 새끼들은 그냥 아무렇게나 학비를 매긴 뒤에 거기에서 십 퍼센트를 올리는 걸까?—하지만 그렇다 해도, 그가 계획을 더 잘 세웠다면, 그렇게 무능하지 않았다면, 아이에게 필요한 것을 다 갖고 있었을 것이다. 20만 달러를 모을 기회가 이십 년은 있었다. 그게 얼마나 어려운 일이었을까? 일 년에 1만 달러만 모았으면 되는데. 하물며 이런저런 이자가 붙을 걸 생각하면. 6만 달러만 저축하고 그대로 놓아두었으면 되는 일이었다. 하지만 그는 그걸 그냥 내버려두지 못했다. 그걸 가지고 장난을 쳤다. 그는 그 돈으로 투자를, 자신과 다른 사람들에게 투자를 했다. 20만 달러는 마음만 먹으면, 어느 해에라도 만들 수 있을 거라고 생각했다. 세상이 그와 같은 사람들에게 관심을 잃을 것이라고 어떻게 예측이나 할 수 있었겠는가?

일 년 전, 그는 자신이 새로운 유형의 자전거—수집가들과 개조가들과 그저 부서지지 않는 제품을 원하는 가족들을 위한 고전적이고 내구성 있는 자전거—로 나아가는 문을 연다고 생각했다. 그래서 대출금을 구하러 다녔다. 그는 50만 달러면 작은 창고와 기계들을 구하고, 엔지니어와 디자이너 몇 명을 고용하고, 시제품 몇 대를 만들고, 트럭 몇 대를 살 수 있을 거라고 생각했다. 그는 자신이 원하는 게 무엇인지 알았다—선이 깨끗하고, 크롬이 엄청나게 들어가고, 모든 부품을 천년이 가도 버틸 수 있게 만든, 천년이 지나도 전혀 낡아 보이지 않는 강하고 단순한 자전거.

그는 실행 가능한 사업 계획을 제시했으나, 은행들은 그를 비웃고 쫓아냈다. 뭘 만들고 싶다고요? 어디서요? 자전거를 만들고 싶습니다, 그가 말했다. 매사추세츠에서요. 모두들 그 말을 재미있어 했다. 돈을 쥔 사람들이 특히 재미있어했다. 벤처 캐피털 쪽에 있던 사람은 전화를 하다가 웃음, 진짜 큰 웃음을 터뜨렸다―오랫동안 껄껄 웃었다. 앨런, 내가 당신에게 50만은커녕 5천 달러만 줘도 우리 둘 다 그걸로 망할 겁니다! 둘 다 감옥에 갈 거예요!

돈키호테에게나 어울릴 것 같은 프로젝트를 가지고 은행에서 돈을 빌리기 적당한 때가 아니었다. 대출 담당자 가운데 가장 친절했던 사람은 그에게 정부에 문의해보라고 했다. 중소기업청이라고 들어보셨나요? 그가 물었다. 거기 웹사이트를 확인해보세요. 정보도 많고 이용하기도 쉬워요.

그래서 앨런은 점점 더 작은 은행을 찾아가게 되었고, 그런 은행의 담당자들은 도대체 앨런이 무슨 소리를 하는지 모르겠다며 점점 더 어리둥절한 표정을 지었다. 그들은 그런 이야기를 들어본 적이 없었다. 은행 직원 가운데 일부는 너무 어려서 매사추세츠주에서 뭔가를 제조하겠다고 제안하는 사업제안서를 본 적도 없었다. 그들은 자기들이 땅속에서 고대의 샤먼, 잊힌 세계의 실마리를 가득 품고 있는 샤먼을 발굴해냈다고 생각했다.

이제야 노동조합원이 되고 싶어하다니! 론은 껄껄 웃었다. 앨런이 아버지에게 자기 계획을 이야기하는 실수를 한 것이다. 그는 아버지가 감동할 줄 알았다. 어쩌면 구원을 얻으려는 시도였을까?

그러나 론은 도와주지 않았다.

"너무 늦었다, 얘야."

그가 얘야, 하고 부를 때는 무가치한 인간아, 라는 뜻이었다.

"저는 그렇게 생각하지 않아요."

"너는 모든 게 중국으로 옮겨가는 데 기여했어. 그 지니를 다시 병에 담을 수는 없는 거야. 그런데 왜 내 얘기를 듣는 거냐? 컨설턴트들한테 가서 어떻게 하면 좋을지 물어보지 않고."

론은 늘 컨설턴트를 경멸했다. "그 사람들이 내 사업에 관해서 무슨 말을 해줄 수 있다는 거냐? 자료를 엉터리로 읽는 대가로 엄청난 돈이나 받아 챙기면서."

앨런은 아버지에게 조언을 청하는 것을 그만두었다.

몇 번 되지도 않지만, 와서 대출 서류를 작성하라는 권유를 몇 번 받으면서 앨런의 희망적인 태도는 비극적인 태도로 급전직하했다. 그의 제안이 위험한 수준에서 유독한 수준으로 바뀌게 된 요인은 미국의 기반 시설이나 미국에서 만든 제품의 시장, 혹은 중국과의 경쟁이 아니었다. 바나나 리퍼블릭*이었다. 바나나 리퍼블릭이 이 나라를 전진하게 하려는 앨런과 같은 기업가들의 능력을 죽이고 있었다. 바나나 리퍼블릭이 그의 신용을 죽였고, 그것이 미국을 죽였다.

---

* 원래는 과일 수출이나 외자(外資)로 경제를 유지하는 라틴 아메리카의 가난한 나라를 가리키는 말이고, 의류 브랜드 이름이기도 하다.

앨런은 자신의 신용 점수를 확인하거나 알았던 적이 없는데, 모든 은행으로부터, 심지어 몇 군데 벤처 캐피털 회사로부터 그 점수 때문에 그가 불가촉천민이 되었다는 이야기를 들었다. 그의 점수는 698점으로, 신뢰할 만한 인간, 심지어 그냥 인간의 기준에도 50점 이상 미달이었다.

며칠 조사를 해본 끝에 그는 현재 자신의 재정 상태를 규정하는 순간, 그가 대출을 받는 데 장애가 되는 사건이 육 년 전 바나나 리퍼블릭에서 물건을 구매한 것이라는 사실을 알게 되었다.

그는 새 재킷이 필요했는데, 판매원이 바나나 리퍼블릭 점포 카드를 신청하면, 당일에 십오 퍼센트를 할인받을 수 있고, 카드는 바로 취소할 수 있다고 말했다. 그러나 어떻게 된 일인지, 그가 카드를 취소한 뒤에도 카드는 취소되지 않았고, 계속 청구서가 날아왔다. 하지만 그는 카드를 취소했기 때문에 광고 우편물이겠거니 생각하고 봉투를 뜯지도 않았다.

그래서 그는 대금 납부를 삼십 일, 결국 구십 일까지 연체하게 되었고, 이윽고 백이십 일이 되자 징수 대행사에서 전화가 왔고, 그때서야 그는 수수료 같은 걸로 32달러를 지불하고서 카드를 다시 죽였다.

그러나 그 모든 것 때문에 그의 신용 점수가 700 밑으로 내려갔다. 그 결과 세번째 주택 융자—바나나 리퍼블릭 사건 전에 두번째 융자를 받았다—는 말할 것도 없고 그 어떤 대출도 받을 수 없게 되었다.

은행 사람들은 점수를 가리키며 두 손을 들어올리곤 했다. 그가 주택 융자금과 진짜 신용카드 대금은 모두 삼십 년 동안 꼬박꼬박 냈다고 설명하자, 관심을 가지는 척하며 그것을 평가해주었지만, 큰 도움은 되지 않았다. 그 점수 때문이었다.

앨런은 그들을 설득하려 했다.

"지금 내 진짜 신용 보고서를 보고 있는 거지요."

"네, 고객님."

"그럼 내 유일한 흠이 이 바나나 리퍼블릭 카드라는 게 보이겠네요."

"넵. 그게 주된 거네요. 분명히 그런 것 같습니다."

"그러면 내가 청구서와 융자 할부금을 삼십 년 동안 완벽하게 낸 것에 비하면 육 년 전 바나나 리퍼블릭 카드의 72달러 수수료가 그다지 의미 있는 수치가 아니라는 것도 알겠네요?"

"네, 동의합니다."

앨런은 돌파해냈다고 생각했다.

"그러니까 이건 처리가 되는 거죠?"

직원은 웃음을 터뜨렸다. "아, 안 됩니다. 죄송합니다, 손님. 이 점수는 저희 기준 아래여서요. 신청자의 점수가 700 이하면 대출이 안 됩니다."

"내 점수는 698인데."

"네. 하지만 740 이하도 초고위층의 검토를 받아야 합니다."

"하지만 여기서 직접 그 점수를 뽑은 것도 아니잖아요."

"그렇죠."

"외부 대행사가 하는 거잖아요. 익스피리언."

"맞습니다."

"그쪽에서 카드나 할부금을 평가하는 방식이 여기 신용 점수에 어떻게 영향을 주는지 아나요?"

"아니, 모릅니다. 그건 독점 정보예요." 직원은 그들 둘이 신의 의도를 추측하고 있기라도 하다는 듯 웃음을 터뜨렸다. "그 회사는 그걸 아주 잘 보호하고 있습니다." 그가 말했다.

앨런은 바나나 리퍼블릭에 연락을 해보았다. 그들도 몰랐다. "우리는 신용카드의 그런 문제는 잘 모르는데요." 영업사원이 말했다. 그녀는 애리조나의 한 회사에 연락해보라고 알려주었다. 애리조나의 그 번호는 계속 그의 전화를 끊었고, 고의적이라는 느낌이 들 정도였다.

기계가 인간을 지배하는 시대가 왔다. 한 나라의 몰락이었고, 모든 인간 접촉과 인간 이성, 개인적 재량과 결정을 저지하기 위해 설계된 시스템의 승리였다. 대부분의 사람들은 결정을 내리고 싶어하지 않았다. 그리고 결정을 내릴 수 있는 너무 많은 사람들이 기계에 그 결정을 양도했다.

앨런은 일어섰다. 방을 이루는 선들이 사방으로 뻗어 있어, 마치 막대기 집기 놀이*를 하는 것 같았다. 그는 침대를 찾아냈고, 그것

---

* 아무렇게나 쌓인 막대기들에서 다른 막대기를 건드리지 않고 막대기를 집어드는 놀이.

이 자신을 삼키게 두었다. 침대가 팔랑개비처럼 돌아갔다. "술을 너무 많이 마셨나보군." 그는 말하며 껄껄 웃었다. 두 손을 벽에 갖다대자 회전이 느려지다 멈추었다.

나쁘지 않군, 하고 그가 말했다. 자신이 아주 재미있고 유능하다는 생각이 들었다. 그는 회전을 멈추고 싶었고 실제로 멈출 수 있었다. "축하하네, 젊은이!" 그가 말했다.

앨런은 책상 위의 거울을 보았다. 이어 전화기를 보았다. 그렇게 보고 있는데 전화벨이 울렸다.

"여보세요?"

"하네예요.

"잘 지냅니다. 전화를 주시다니 믿어지지 않네요. 어떻게 지냅니까?"

그녀는 웃음을 터뜨렸다. "난 어떻게 지냈는지 안 물어봤는데요."

"꼭 알려드려야 한다고 생각했나보죠 뭐."

그녀는 다시 웃음을 터뜨렸다. 기타의 낮은 줄들을 튕기는 듯한 웃음소리였다. "벌써 잠자리에 드셨나요?"

"아뇨. 왜요?"

"오늘밤에 대사관에서 파티가 있어요."

"덴마크 대사관에서요?"

"네. 흥청망청 마셔댈 거예요."

"나는 벌써 취했는데요. 그 문샤인으로."

"잘됐네요. 딱 맞는 조건이에요. 오실래요?"

XIX

그는 택시를 타고 대사관으로 갔고, 이십 분이 안 되어 두 여자
가 야만인 왕비들처럼 가랑이를 벌리고 한 남자 위에 걸터앉아, 피
어싱을 한 그의 젖꼭지를 핥고 있는 것을 보게 되었다. 속옷만 입
은 사람들도 있었고 알약이 아주 많았다. 문샤인이 몇 통이나 있었
다. 분위기는 될 대로 되라는 식에 제정신이 아니었고, 간헐적이기
는 해도 즐길 만했다.

수영장 옆에서 뚱뚱한 남자가 춤을 추고 있었다. 잘 추었다. 저
렇게 큰 남자가 저렇게 꼭 끼는 바지를 입다니. 하네는 바에 가고
없었다.

앨런은 혼자서 이리저리 어슬렁거렸다. 술은 필요하지 않았다.

뚱뚱한 남자의 바지가 물고기 비늘처럼 반짝거렸다. 앨런은 그

남자를 수상쩍게 보았고, 왜 여자들이 그 남자에게 그렇게 가까이 있고 그에게 흥미를 느끼는지 궁금했지만, 뚱뚱한 남자가 춤을 추기 시작하자 그 모든 것이 정당화되었다. 남자는 환상적이었다. 그리고 캐나다 사람이었다. 뚱뚱한 댄스 천재 캐나다인.

수영장 안에서는 게임을 하고 있었다. 사람들이 알약을 찾아 다이빙을 했다. 파티에 대마초는 없었다―대마초 냄새가 바람에 실려가면 이웃들이 알아채기 너무 쉬워서 그런지도 몰랐다―그 대신 알약이 있었다. 알약이 아주 많았고, 상표가 붙어 있지 않은 병에 와인과 증류주가 담겨 있었다. 주류 밀매자들의 낙원이었다.

밀짚 색깔 머리를 하나로 묶은, 키가 크고 몸집이 바이킹 같은 남자가 수심이 깊은 쪽에 알약을, 수백 알을 던졌다. 그가 물에 알약을 던졌고 사람들은 다이빙을 했다. 내가 볼 수 있도록 먹어야 해요. 그가 속옷 차림으로 물에 뛰어드는 파티 참가자들에게 말했다. 다시 물위로 올라올 때까지 기다렸다가 그의 앞에서 알약을 삼켜야만 게임을 할 수 있었다. 그래서 사람들은 펄쩍 뛰어서, 속옷 차림으로, 물속으로, 약을 찾아 다이빙을 했다―밤에 수영장 바닥에서 하얀색과 파란색 알약을 찾는 건 아주 어려운 일이었다. 그 약이 뭐기에?

어떤 사람은 비아그라라고 했고, 어떤 사람은 앰비언*이라고 했지만, 그럴 리는 없었다. 곧 누군가 수영장에서 벌거벗은 채 떠올

---

* 불면증 치료제.

랐고, 이로 인해 소동이 벌어졌다. 수영장 안에는 남자와 여자들이 엉켜 있었고, 굴절되는 살이 박자에 맞추어 움직였고, 알약이 있었고, 문사인도 있었지만, 수영장에서 벌거벗은 채 떠오른 남자는 선을 넘은 것 같았다. 곧 누가 수건으로 그의 몸을 가리고 안으로 안내했다.

하네는 어디 있지?
그는 이런 짓을 하는 사람들을 여러 번 봤지만 이렇게 나이들이 많은 경우는 처음이었다. 속옷만 걸친 늙은 사람들, 그의 나이쯤인 사람들. 알약을 즐기는, 입에 알약을 던져넣고, 거대한 사제 증류주로 약을 삼키는 늙은 사람들. 뭔가 갇혀 있던 것이 풀려나 있었다. 가슴골을 훤히 드러낸 여자는 어떤가? 마치 그것을 쟁반에 올리고 돌아다니는 것 같았다. 그냥 파티장을 돌아다니는 것, 다른 계획이나 목적 없이 돌아다니고 또 돌아다니는 것 같았다. 누구하고도 전혀 이야기를 하는 것 같지 않았다. 그렇게 하라고, 돌아다니라고, 감탄을 자아내라고 고용된 것 같았다. 뉴욕과 라스베이거스에서는 그럴 만했지만, 여기서?

앨런은 투명한 병에 담긴 술 여남은 병을 마셨다. 내용물은 늘 물처럼 보였고 부서진 기계 같은 맛이 났다.

앨런은 우연히 미국인 건축가와 마주쳤다. 그는 자신이 KAEC의 한 부분, 파이낸셜센터를 설계했다고 말했다. 그는 그전에 세계에서 가장 높은 건물들 중 적어도 몇 개를 설계했다. 그는 어딘가 아주 놀라운 곳, 아주 평평한 곳 출신이었다. 아이오와던가? 그는 따뜻하고 겸손했으며, 어쩌면 약간 초췌하다고 할 수도 있었다. 그들은 수면 부족에 관한 정보를 교환했다. 건축가는 막 상하이에서 왔는데, 그곳에서 새로운 타워, 그가 지은 어느 것보다도 높은 타워를 짓고 있었다. 그는 십 년 동안 두바이, 싱가포르, 아부다비, 중국 전역에서 일했다.

"미국에서 일을 안 한 지가, 우와, 마지막으로 언제 했는지 생각도 안 나네요." 그가 말했다.

앨런은 답을 알면서도, 이유를 물었다. 그것은 물론 돈 문제였지만, 비전, 용기, 심지어 약간 경쟁을 하고 싶은 자존심의 문제이기도 했다.

"가장 크거나 가장 높은 게 꼭 중요한 건 아닙니다만, 아시다시피, 미국에는 지금 그런 꿈을 꾸는 일이 없습니다. 보류중이죠. 지금은 다른 곳에서 그런 꿈을 꾸고 있습니다." 건축가가 말했다. 그리고 그는 파티장을 떠났다.

"와서 나랑 이야기해요."
하네였다.
"어디 있었어요?" 그녀가 물었다.
앨런은 답을 알지 못했다.

그녀는 앨런의 손을 잡아끌었다. 그는 따라갔다.

"우리 실수해요." 그녀가 말했다.

그들은 차고로 갔다. 상자에서 꺼내지도 않은 냉장고 세 대가 있었다.

그녀의 얼굴이 그의 가슴에 다가와 있었고, 그 작은 두 눈이 그를 올려다보며 관능적인 빛을 띠려고 애쓰고 있었는데, 그보다는 탐색에 가까운 느낌이었다. 그는 들킨 기분이 들어 고개를 돌렸다.

그러나 그들은 잠시 키스를 했고, 잠시 후 그가 먼저 멈췄다. 그는 그것이 신사적인 태도의 문제인 척했다. 품위의 문제인 척.

"좀 바보 같은 느낌이 드네요, 이렇게 서두는 건, 안 그래요?" 그가 말했다.

그녀가 뒤로 물러나더니, 그가 끔찍한 비밀이라도 밝힌 것처럼, 젊은 시절 나치 친위대원이었다고 이야기하기라도 한 것처럼 그를 바라보았다. 그러더니 웃음을 터뜨렸다. "그 나이에 감탄할 만한 조심성이네요, 앨런!"

그는 그녀를 가까이 끌어당겨, 오랫동안 안고 있었다. 그녀의 정수리에 키스를 했다. 그건 너무 심했고, 그도 알았다. 이제 그는 그녀의 아버지였다. 아니, 그녀의 사제인가? 그는 멍청이였다.

그녀가 몸을 떼어냈다. "어린애 대하듯 하지 마세요."

그는 사과했고, 얼마나 그녀를 좋아하는지 말했다. 실제로 그랬으니까.

"저기요, 당신은 내게 상처를 주지 못해요." 그녀가 말했다. "나는 부서지지 않는 사람이라고요."

어서 전진하라는 허락이었다. 한 사람이 다른 한 사람에게 자신이 눈을 뜨고 있다고, 그와 사랑에 빠지거나 심지어 그를 기억할 거라는 걱정은 할 필요가 없다고 말하고 있었다.

그녀가 잔인하게 굴고 있는 것일까? 사람들은 자신이 원하는 것에 손을 대지 못하게 할 때 좋아하지 않는다. 특히 그게 자신의 손이 닿는 범위 안에 나타났을 때는. 그럼 두 배로 화를 낸다. 하네는 분명 자신이 앨런에게 호의를 베풀고 있다고 느꼈다. 그런데 그는 그녀를 맛보고는 싫다고 했다. 그녀는 그 이후로 그날밤 내내 그와 말을 하지 않았다.

하지만 그즈음에는 어차피 파티가 거의 끝나가고 있었다. 그 일은 끝에, 끝 무렵에, 적어도 그가 거기 있는 시간이 끝나갈 즈음에 일어났다. 우주인! 우주복을 입은 남자. 의상이었지만, 아주 훌륭했고, 아주 사실적이었다. 군데군데 각이 지고, 팔과 다리에 골이 져 있는 게, 꼭 아폴로 우주복과 큐브릭의 〈2001〉을 섞어놓은 것 같았다. 그는 그런 옷을 입고, 몸무게가 없는 척 그냥 걸어다니다가, 다시 안으로 들어갔다. 나중에 그가 헬멧을 벗고 나타났는데, 그때 보니 육십대 중반이었다. 도대체 뭘 마셨을까? 아니면 어떤 약을 먹은 걸까? 육십대 남자가 슬로모션으로 파티장을 돌아다니고, 사람들과 팬터마임을 하고, 가슴골이 파인 여자의 젖가슴을 쥐는 척하다니.

지하실엔 음악이 흘러서 댄스 플로어 역할을 했고, 은종이로 만든 디스코 볼도 있었다. 모타운 음악만 흘러나왔다. 다이애나 로스, 슈프림스, 잭슨파이브. 사십대 남자와 여자 들이 엉덩이를 다른 사람의 사타구니에 대고 허리를 꿈틀거리고 있었다. 그들이 그러고 있는 것은 심란한 광경이었다. 앨런은 지하실을 떠날 수밖에 없었다.

빛나는 젊은이들도 있었다. 바깥 수영장 옆이었다.
그들은 빨간 컵에 담긴 문샤인을 들고 있었고, 댄스 플로어로 가서 노래를 한두 곡 듣기도 했는데, 앨런은 자기도 모르게 그들 옆에, 접의자에 앉아, 약 찾기 다이빙을 지켜보았다. 젊은이는 세 명이었다. 한 명은 젊은 여자로, 에티오피아 출신이었지만 미국 사람처럼 영어를 했다. 마이애미에서 태어나, 지금은 에티오피아 대사관에서 일하고 있었다. 그녀의 머리카락은 사방으로 날뛰고 있었고, 코는 가늘고 곧게 뻗어 있었고, 눈은 커다랬고, 눈꺼풀에는 파란 연기가 피어오르는 것처럼 칠을 해놓았다. 그녀 옆에 진지한 젊은 남자 둘이 있었다. 남자들은 열여섯 살짜리들처럼 보였고, 얼굴은 잘 익은 과일 같았고, 눈은 작지만 불타오르고 있었다. 한 남자는 네덜란드인, 또 한 남자는 멕시코인이었다. 그들은 앨런에게, KAEC에, 모든 것에 관심을 보였다.
"이곳은 곧 펑 터질 거예요." 에티오피아 여자가 말했다.
"이곳이 곧 펑 터진다고?" 앨런은 무슨 전쟁이 난다는 뜻인 줄 알았다. 무슨 테러가. 순례자들이 다 죽은 그 1979년 메카의 대학살 같은.

"아니, 아니에요." 그녀가 말했다. "여자들 얘기예요. 사우디 여자들은 당할 만큼 당했어요. 이 쓰레기 같은 짓에 질렸다고요. 압둘라는 문호를 개방하면서, 여자들이 노력해서 앞으로 나아가기를, 그걸 바탕으로 또 계속 해나가기를 바라요. 압둘라는 자기가 고르바초프라고 생각해요. 도미노를 쌓고 있죠. 남녀공학 대학이 첫번째였어요. KAEC가 그다음이고요."

앨런은 다른 두 남자에게 고개를 돌렸다. "두 사람도 동의해요?"

두 남자는 고개를 끄덕였다. 그들은 앨런보다 많이 아는 것 같았다.

푸스볼*이 열렸다. 일종의 시합으로, 아주 진지한 분위기였고, 칠판에 이름을 써놓고 토너먼트식으로 진행했다. 커다란 평면 TV에서는 러스 마이어의 영화가 나왔다. 우주인이 헬멧을 허벅지에 내려놓은 채, 몸을 앞으로 기울이고 그걸 보고 있었다.

---

* 테이블 축구.

XX

다음날 아침 샤워를 하고 옷을 입고 〈아랍 뉴스〉를 읽는 내내 뒤죽박죽된 기억과 계시가 앨런을 습격했다. 싱크 옆의 저건 뭐지? 또 한 병의 불법 알코올. 하네가 그에게 한 병 들려 보낸 것이다. 하네는 그를, 바보를 배려하고 있었다. 그는 그녀의 정수리에 했던 키스를 생각했다. 끔찍한 짓이었다. 수면 부족에 여전히 덴마크 대사관의 밤의 세계에 한 발을 들여놓고 있어서, 오늘 그는 아주 예민한 상태로 지낼 게 뻔했다. 그는 커피를 마시며 신문을 넘기다가, 압둘라왕의 작은 사진과 그가 왕국에 돌아와 있다는 사진 설명을 보았다.

왕이 진짜 KAEC를 방문할 수도 있는 첫날을 맞이한 셈이었다. 그가 도시를 찾아올 가능성이 아무리 적다 해도, 또 앨런 자신이 차 트렁크에서 밤을 보낸 기분이라 해도, 그와 릴라이언트 팀은 시간을 어기지 않아야 했고, 준비를 하고 손님을 맞이할 수 있는 모습을 갖추어야 했다.

"유세프?"

"이 시간에 깨어 있다니 믿어지지 않는군요. 아직 열시도 안 되었는데. 겨우 일곱시인데!"

"KAEC까지 운전하고 싶나?"

"언제요? 지금이요?"

"여덟시 반까지 거기 가 있고 싶거든."

"아홉시 반으로 하죠. 아홉시 전에는 거기 아무도 없을 테니까. 그러면 의사한테 가서 목의 그것도 보여줄 수 있어요."

앨런은 호텔을 둘러싼 원형도로에서 유세프를 만나 커프리스에 올라탔다.

"잠자는 시간이 왔다갔다해서 걱정이네요."

"괴상한 밤을 보냈거든."

대사관 파티에 다녀온 일을 입 밖에 내면 안 된다는 걸 알았지만, 앨런은 유세프한테 이야기하고 싶은 마음이 간절했다. 유세프는 그것을 재미있다고 여길 것이고, 그런 일이 벌어졌다는 것 자체에 놀라거나, 아니면 아, 늘 벌어지는 일이죠 뭐, 하고 대꾸할 터였다. 어느 쪽이든 만족스러울 것 같았다. 하지만 그는 그 모든 사람들에게, 우주복을 입은 남자를 포함한 모든 사람들에게 약속을 했고, 평생 그는 그런 약속을, 아무리 사소한 것이라도 깨본 적이 없었다.

그들은 탱크 위에서 파라솔을 쓰고 있는 병사를 지나갔으나, 이번에 유세프는 좌회전이 아니라 우회전을 했다.

"의사가 어디 있는데?"

"3킬로미터 정도 가면 돼요. 누르가 접수대에서 일하는 여자를 알아요."

"이렇게까지 해주니 고맙군." 앨런이 말했다.

"별것 아니에요." 유세프가 말하며 담배에 불을 붙였다.

"그런데 어젯밤에 재미있는 우스개를 들었어."

"잘됐네요."

"외인부대가 뭔지 알아?"

"그럼요. 프랑스 외인부대 할 때 그 외인부대 아닌가요?"

"맞아. 그 외인부대에 대위가 한 사람 있었는데, 이 대위가 사막의 전초기지로 배치를 받았어. 상황도 익힐 겸 한 바퀴 돌다가 사병 막사 뒤쪽에 아주 지친 몰골의 더러운 낙타 한 마리가 묶여 있는 걸 봤지. 그는 안내를 하는 하사관한테 물었어. '어이, 이 낙타는 뭔가?' 그러자 하사관이 대답했어. '아, 대위님, 이런 외딴곳에 나와 있어도 사병들은 당연히 성적 충동이 있어서, 그럴 때 이 낙타를 이용합니다.' 대위는 깜짝 놀랐지만, 새로 부임했으니 기존의 관행을 흔들어놓고 싶지는 않았어. 그래서 이렇게 말했지. '그래, 뭐, 그게 사기에 좋다면, 나야 상관없네.' 그리고 자기 할일을 했는데, 요새에 여섯 달 정도 있다보니 그 자신도 더는 견딜 수가 없었네. 그래서 하사관한테 말했지. '낙타를 데려와!' 하사관이 어깨를 으쓱하더니 낙타를 대위 숙소로 데려왔어. 대위는 발판을 꺼내고 올라서 서 바지를 내린 다음 낙타와 힘차게 섹스를 했어. 일을 마치고 발 판에서 내려와 바지 단추를 채우며 하사관한테 이렇게 말했어. '사 병들이 이렇게 하나?' 하사관은 발만 보고 있었어. 무슨 말을 해야 좋을지 알 수 없었거든. 마침내 하사관이 이렇게 말했네. '어, 대위 님, 보통 여자를 찾으러 시내에 갈 때 이 낙타를 이용합니다.'"

"어이쿠야!" 유세프는 웃음을 터뜨리며 운전대를 쾅쾅 두드렸 다. "잠깐 걱정을 했습니다…… 혹시나 반아랍적인 얘기가 나오 면 어쩌나 하고요. 있잖아요, 낙타하고 씹질하고 뭐 그런 거 말이 에요. 하지만 이건 좋은데요. 지금까지 들은 것 중에서 최고예요. 누르도 아주 좋아할 거예요."

유세프는 높은 담으로 둘러싸인 커다란 병원으로 다가갔다. 그 는 정문에 차를 세웠다.

"정문은 나한테만 문제이지 앨런에겐 아니에요."

유세프가 경비원에게 인사를 한 뒤, 평소처럼 앨런을 향해 고개 를 끄덕였다. 암리카*라는 말을 몇 번 하자 마침내 경비원이 손짓 을 해 통과시켜주었다.

그들은 차를 세우고 병원으로 걸어들어갔고, 곧 앨런은 아보카 도색으로 칠한 방에 앉아 있게 되었다. 미국 잡지와 사우디 잡지가

---

* 아랍어로 '미국'.

섞여 있었다. 곧 간호사가 혼자 들어와, 맥박을 비롯해 다른 활력 징후들을 측정했다. 그녀는 방을 나가면서, 곧 의사가 들어올 거라고 알렸다.

앨런은 물끄러미 바닥을 보면서, 스테이크용 칼로 자가 수술을 시도하겠다고 결정한 것을 어떻게 설명해야 할지 궁리했다. 거짓말을 해봤자 소용없다는 건 알았다. 짐승만이 그런 상처를 낼 수 있었다.

그림자 때문에 그의 아래쪽 바닥이 어두워져서 고개를 드니, 하얀 가운을 입은 키가 작은 여자가 보였다.

"클레이 씨?"

"네."

"닥터 하켐이에요."

그녀는 손을 내밀었다. 그는 악수를 했다. 152센티미터를 약간 넘을 것 같은 키였다. 히잡을 꽉 조이게 써서 머리카락을 가렸지만, 빠져나온 한 가닥이 뺨 아래로 대담하게 흘러내리고 있었다. 그녀의 얼굴 대부분을 차지한 눈이 방까지 가득 채우는 느낌이었다. 이번에도 여행 안내서는 부정확했다. 안내서는 왕국에 여자 의사가 많지만, 그들은 아바야를 입고, 남자 환자를 치료하는 일이 거의 없다고 단정적으로 이야기하고 있었다. 오직 응급 상황일 때만, 생사가 달린 상황에서 근처에 남자 의사가 없을 때만 치료한다고 했다. 어쩌면 이 의사가 나타났다는 게 내가 죽어가고 있다는 뜻인지도 모르지, 그는 생각했다.

190

"등에 무슨 종양이 있다고요?"

"실은, 목입니다. 확실하지는 않지만⋯⋯"

그가 말을 하는데, 그녀가 가까이 다가오더니 그의 뒤로 갔고, 그가 말을 맺기도 전에 그녀의 두 손이 그의 몸에 닿았다. 그녀가 손가락으로 상처를 에워쌌다. 그의 침착성이 절벽에서 툭 떨어졌다.

"이런." 그녀가 말했다. "여기에 무슨 짓을 한 거예요?"

그녀의 억양은 딱히 사우디 쪽이라고 할 수는 없었다. 프랑스에서 러시아까지, 대여섯 개가 뒤섞여 있는 느낌이었다.

그는 거짓말은 하지 않기로 했다. "조사를 좀 해봤습니다."

"뭘로요?"

"칼로."

"자기 목숨을 빼앗으려 하신 건가요?"

앨런은 웃음을 터뜨렸다. 놀리려고 하는 말인지 아닌지 알 수가 없었다.

"아니요." 그가 말했다.

"약 드시는 것 있나요? 프로작이나⋯⋯"

"우울증은 없습니다. 호기심이었어요. 그냥 혹시⋯⋯"

"톱니가 있는 날이었던 것 같네요."

"맞습니다."

"소독은 했나요?"

"하려고 했습니다."

"흠. 약간 감염이 되었어요."

그녀는 뒤로 물러나 그의 눈을 보았다. 그녀의 얼굴은 하트 모양이었으며, 턱은 작았고, 풍만한 입술은 분홍빛이었다. 그는 그녀를 보며 그러면 안 될 것 같은 느낌이 들었다. 그는 그녀에게 너무 많은 것을 바라고 있었다.

"뭐, 그냥 지방종일 거예요, 아마도."

"그럼 나쁜 게 아닌가요?"

그는 그녀의 이름표를 물끄러미 보았다. 닥터 자라 하켐.

"아니에요. 그냥 혹이에요. 낭종처럼요."

"그럼……"

"양성이에요."

"확실한가요?"

그는 이제 그녀의 손을 보면서, 물어뜯어서 짧아진 손톱이 달린 작은 손을 보면서, 그것이 그의 등뼈와 얼마나 가까운지, 그것 때문에 그의 동작이 어색하거나 굼뜨거나 에너지가 부족한 게 아닌지, 그 외에 그가 느끼는 다른 모든 병적 상태나 허약함이 그것 때문에 생기는 것은 아닌지 물었다.

"아니에요. 그런 것과는 전혀 관계가 없다고 봐요."

"그냥 확인하고 싶었습니다. 그러면 몇 가지가 설명되니까."

그는 자신의 질병, 이런저런 수많은 걱정을 나열했다.

"그러니까 이 혹이 그 모든 것의 원인이라는 느낌이 든다는 거죠?"

그녀가 그를 보고 있었다. 그를 살펴보며 따뜻한 웃음을 짓고 있었다.

"그럴 가능성은 없나요?"

"그럴 가능성은 없다고 말할 수 있어요."

"그냥 누군가 나에게 아무런 문제가 없다고 말해주기를 바라는 거죠."

"환자 분한테는 아무 문제가 없어요."

"하지만 아직 자세히 보지 않았잖아요."

"그래요. 그래도 그게 뭔지는 알아요."

그의 근심을 존중한다는 듯 그녀는 다시 한번 혹을 보고 찔러보았는데, 손가락으로 크기를 재는 것 같았다.

"이건 정말이지 지방종 외에 다른 것일 수가 없어요."

"알겠습니다." 그가 말했다.

그녀는 그의 앞으로 돌아나와 자리에 앉았다. 그녀가 그를 똑바로 쳐다보았다. 눈을 크게 뜨고 그를 살폈다.

"정말 이것 때문에 걱정하신 거예요? 네?"

그는 헛기침을 했다. 갑자기 뭔가가 꽉 막히는 느낌이었다.

"나는 여러 가지로 걱정이 많습니다." 그가 말했다.

그녀는 일어서더니 차트에 몇 가지 메모를 했다.

갑자기 어떤 생각이, 지금까지 떠오르지는 않았지만 그래도 쭉 그곳에 있었던 게 틀림없는 생각이 앨런을 찾아왔다. 만일 혹이 암이라면, 그래서 그가 지금 죽어가고 있는 것이라면, 이제 그는 걱정할 필요가 없었다. 파산도 걱정할 문제가 아니었다. 키트의 학비와 미래도 걱정할 문제가 아니었다. 아버지가 죽으면 틀림없이 학비가 면제될 것이다.

닥터 하켐이 서랍에서 몇 가지 물건을 꺼내더니 그의 목으로 돌아왔다. 그녀는 그의 뒤에 있었고, 그는 숨을 깊이 들이마셨다. 그는 가볍고 화창한 냄새를 바랐지만, 그녀의 냄새는 달랐다. 무슨 냄새인지 알 수 없었다. 그는 나무, 땅이 떠올랐다. 사향 비슷한, 진한 냄새였다. 비 온 뒤의 숲이 떠올랐고, 어렴풋이 야생화가 떠오르기도 했다.

"나도 몇 년 전에 똑같은 게 있었어요." 그녀가 말했다. "가슴이 죄어왔죠. 공황에 사로잡힌 것처럼, 심장마비 같은 느낌이 찾아왔어요. 심전도 검사 같은 걸 해보면 잡음이나 불규칙한 박자 같은 것, 내가 느끼는 피로나 그 모든 걸 다 설명해주는 뭔가가 있을 거라고 확신했죠."

그녀는 반창고에 어떤 연고를 바른 뒤 그의 목에 붙이고, 그의 앞의 등받이 없는 의자로 돌아왔다.

"그런데요?" 그가 물었다.

"그런데 아무것도 아니었어요."

"그거 정말 안된 일이네요." 앨런이 말했고, 둘 다 웃음을 터뜨렸다.

"우리 둘 다 몸이 너무 바보처럼 멀쩡해서 영 도움이 안 되는 사람들이로군요." 그녀가 말했다. 그는 더 크게 웃음을 터뜨렸다.

"하지만 사실, 그게 왜 걱정이 되는지 알 것 같아요. 그 위치라면 누구라도 걱정이 좀 될 거예요. 그러니 그걸 없애버리기로 하죠. 그럼 확실해질 것 아니에요. 어때요?"

그는 여전히 벽을 보고 있었다. 고개를 돌려서 그녀를 마주보아야 하는 건지 알 수 없었다. 그는 그녀 쪽을 흘끗 보다가 그녀가 자신을 똑바로 보고 있다는 것, 아주 큰 눈이 조금도 흔들리지 않고 그를 보고 있다는 것을 알았다. 눈은 갈색이었고, 그 안의 바퀴살은 녹색과 회색과 황금색이 섞여 있었다. 나이는 알아맞히기 힘들었다. 마흔에서 쉰 사이 어디일 수도 있었고, 어쩌면 조금 더 많을지도 몰랐다. 그는 그녀의 눈길을 감당할 수 없어서 눈을 내리깔았다. 그녀의 구두는 세련되었고, 굽이 낮고 끈이 달려 있었다. 그는 다시 고개를 돌려, 이제 벽에, 핏줄처럼 엉킨 채 방에서 나가 복도를 따라 내려가는 그곳의 전선들에 초점을 맞추었다.

"한 일주일 뒤에 수술을 할 수 있어요. 그럼 되나요?"

앨런은 일주일 안에 이 나라를 떠날 수 있기를 정말 간절히 바랐지만, 자기도 모르게 동의하고 있었다. 그들은 약속을 했고, 그녀는 일어섰다.

"곧 봐요, 앨런."

"고맙습니다."

"걱정 마세요."

"알겠습니다."

"만나서 반가웠어요."

"저도 반가웠습니다."

로비로 돌아오니, 유세프가 아기를 기다리는 아버지처럼 서성이
고 있었다. 앨런을 보자 그의 눈이 커졌다.

"그래서, 뭐랍니까?"

"양성이래. 아무것도 아니라는군. 지방종이라네."

"암이 아니군요."

"저 여자는 그렇게 봤어."

유세프가 앨런의 손을 잡고 흔들었다. "정말 다행이에요."

"나도."

"압둘라는 리야드에 있어요. 라디오에서 들었어요."

앨런은 자신이 안도하는 것인지 아닌지 알 수 없었다.

그들은 그 건물을 나왔다.

"그런데 의사가 여자였어요? 어디 출신이에요?"

"모르겠는데."

"사우디?"

"안 물어봤어."

"아랍인이에요?"

"그런 것 같아. 잘은 모르겠지만."

"어쨌든 아랍인인 것 같다?"

"내 추측으로는 그래."

유세프는 이것이 흥미롭다고 생각했다. "여자 의사들은 많아요."

그가 설명했다. "하지만 앨런이 처음 의사를 찾아갔는데 여자 의

사를 만날 확률은 낮죠."

"베일을 썼던가요?"

"히잡만."

"혼자 진료를 해요?"

"응." 그가 말했다.

그들은 차에 이르렀다. 유세프가 키를 빙글빙글 돌렸다. 기분이
좋아 보였다.

"재미있네요. 재미있어."

XXI

텐트 안으로 들어가니, 젊은 사람들은 가스에 취한 것처럼 보였다. 다리는 서로 겹치고, 팔은 제멋대로 펼친 채 텐트 한가운데 뻗어 있었다. 존스타운*처럼 보였다.

앨런은 그들에게 달려갔다.

"케일리? 레이철? 브래드?"

그러자 그들은 천천히 눈을 떴다. 살아 있었다.

"에어컨이 멈췄어요." 레이철이 간신히 말했다.

그들은 천천히 일어나며 신음을 토했다.

브래드가 손목시계를 확인했다. "한 시간쯤 잤네요. 죄송합니다."

---

* 인민사원 신자들의 집단 자살 사건이 벌어졌던 곳.

케일리가 고개를 들고, 뿌연 눈으로 쳐다보았다. "잠깐. 목은 왜
그래요?"

앨런은 병원에 갔다 왔다고 설명했다. 그는 그들에게 반창고를
보여주고 예후에 대해 토론했는데, 그들 역시 그와 마찬가지로 희
망을 가지는 것 같았다—그를 괴롭히는 게 무엇이든 거기에 어떤
의학적 설명이 있을지 모른다고.

"그러니까 그걸 제거하고 나면 나아질 거라고 생각하시는 거예
요?" 케일리가 물었다.

불편한 정적이 흘렀다.

"오늘은 신호가 강했어요." 레이철의 말이 케일리를 구했다. 그
녀가 노트북을 열었지만, 곧 역겹다는 듯 비웃음을 날렸다. "지금
은 전혀 안 잡히네요."

"오늘 왕이 나타날 가능성이 있나요?" 브래드가 물었다.

"안됐지만 없네. 지금 리야드에 있어." 앨런이 말했다.

브래드는 러그에 드러누웠다. 레이철과 케일리도 따라 했다. 앨
런은 잠시 그들을 굽어보며 서 있었다. 그들 모두 서로에게 해줄
수 있는 말을 생각했지만, 아무도 그런 말을 찾지 못했고, 아무도
말을 하지 않았다.

앨런은 그들이 잠으로 하루를 보내도록 허락하기로 했다. 그는
밖으로 나와 주위를 둘러보았지만, 뭘 해야겠다는 생각은 딱히 없
었다.

그는 산책로를 따라 걸었고, 길은 모래언덕을 만나면서 끝이 났

다. 그는 바다 쪽으로 몸을 돌렸다. 모래 위로 가고 싶은 마음이 간절했지만 직원들이 볼까봐 걱정되었다. 텐트에 거즈처럼 된 창문들이 있었기 때문이다.

해변을 따라 더 내려가자 높은 모래언덕이 있었다. 그리고 그 옆에 사람 없는 트랙터와 버킷 로더가 보였다. 언덕을 지나갈 수 있다면, 그 뒤로 몸을 감출 수 있다면, 들키지 않고 바닷물에 손을 담글 수 있었다.

그는 서둘러 해안으로 내려가, 언덕을 돌아서, 그 그늘 밑에 앉았다. 그곳에 이른 앨런은 뒤쪽으로 모래더미 너머를 살피며 하얀 텐트, 블랙박스, 분홍색 콘도미니엄에 있는 누구에게도 자신의 모습이 보이지 않는다는 것을 확인했다. 그는 바다의 물고기 외에는 그 누구의 눈에도 보이지 않는 존재였다.

앨런은, 계속, 자신의 행동이 궁금했다. 뭔가를 하자마자, 홍해 옆의 모래더미 뒤에 숨는 짓 같은 것을 하자마자, 그는 궁금했다. 프레젠테이션 텐트를 떠나 모래더미 뒤에 숨는 이 사람은 도대체 누구인가?

그는 구두를 벗고 허겁지겁 물에 다가갔다. 가벼운 바람이 불면서 바다에 머리카락처럼 가는 파문이 일었다. 모래, 흰색보다 약간 짙은 모래는 누가 백년 동안 접시를 떨어뜨리기라도 한 것처럼, 조개껍질 조각들로 지저분했다.

200

해변은 좁았고, 곧 발등에서 아주 작은 물결들이 가벼운 물보라를 일으키는 것이 느껴졌다. 앨런은 바짓단을 걷어올리고 두 발을 물에 담갔다. 물은 위의 공기만큼 따뜻했지만, 깊이 들어갈수록 시원해졌다. 그는 이제 자기 모습이 너무 드러나지 않도록 조심하며, 몸을 일으키고 섰다. 그는 다시 선을 넘었고, 자신이 제정신인지 의심스러웠다. 단지를 어슬렁거릴 수는 있었다. 그러나 해변까지 오는 건 다른 문제였다. 하물며 구두를 벗고 바짓단을 걷고서 물에 들어오는 것은?

그의 앞에 있는 바다는 어떤 범선의 돛대에도, 어떤 종류의 배에도 그 잔잔함이 깨지지 않았다. 놀라울 정도로 이용률이 낮은 바다 같았다. 적어도 그가 본 바로는. 그들은 이곳에 오기 위해 차를 타고 약 130킬로미터를 달려왔지만, 앨런은 뭔가가 개발되는 듯한 조짐은 거의 보지 못했다. 이렇게 넓은 해안선이 어떻게 이 정도로 개발이 안 될 수 있을까? 그는 이곳의 부동산을 살까 생각했다. 한두 곳을 산 다음 일 년의 반은 세를 주어도 결국은 이득을 볼 수 있었다. 그는 한참 계산을 하다가 자신은 그런 일을 할 수 있는 사람이 아님을 깨달았다. 그에게는 쓸 수 있는 돈이 없었다.

그는 부서지지 않은 것처럼 보이는 조개껍질을 살피려고 손을 물속으로 뻗었다. 온전했고, 자연 그대로였다. 가리비 같았다. 그는 그것을 호주머니에 집어넣었다. 하나를 또 찾아냈는데, 이번 것

은 고동이었고, 글라신* 같은 느낌이었으며, 황갈색에 하얀 점이
수십 개 찍혀 있어 표범 같기도 했다. 그는 전에 고동을 소유한 적
이 있었고, 지금도 어딘가 상자에 대여섯 개 들어 있을 터였다. 하
지만 이런 물에서 고동을 발견한 적은 없었다. 게다가 완벽했다―
그는 그것을 손에서 계속 굴려보다, 부서지지도 않고 긁힌 데도 없
다는 걸 알아차렸다. 톱니가 부드럽고, 알록달록했다. 고동이 이렇
게 아름다울 이유가 없었다.

어릴 적에 그는 조개껍질 수집가였다. 진지하게 해보지는 않았
지만, 가장 기본적인 종 몇 개의 이름은 알았다. 세상에서 가장 귀
하고 가치 있는 조개껍질을 다 수록해둔 책도 있었는데, 그 외관과
무게가 지금도 기억났다. 코누스 글로리아마리스, 그러니까 '바다
의 영광'이라는 이름의 조개껍질은 가격이 수천 달러나 나간다고
했다. 지금도 그것을, 강박에 사로잡힌 채 일일이 손으로 그린 듯
한, 작은 반쪽짜리 고리 수천 개로 장식된 긴 원뿔을 눈앞에 떠올
릴 수 있었다. 그 조개껍질은 믿을 수 없을 정도로 귀했다. 전설에
따르면 1792년에 한 수집가가 세계에 몇 개 안 되는 그 조개껍질
을 하나 소유하고 있었는데, 경매에 나온 것을 하나 더 사서 부숴
버림으로써 자신이 처음 소유한 것의 가치를 더 높였다고 한다. 앨
런이 그 책을 꼼꼼히 들여다보자, 그의 어머니는 그렇게 수집하고,
수치를 외우고, 시장 가격의 오르내림에 집착하는 것이 사업 감각
을 예리하게 가다듬어준다고 생각해 다른 책들도 사다주었고, 그

---

* 얇은 반투명 종이.

러면 그는 또 그 이름들을, 그것들이 발견된 바다들을 외웠다.

그는 바짓단을 무릎까지 걷어올렸다. 그는 허리를 굽힌 채 물을 얼굴에 끼얹었다. 혀로 입술을 핥아 소금맛을 보았다.

키트가 아주 어렸을 때 그들은 케이프에, 메인 해안가에, 때로는 뉴포트에 나가 해변에 앉아 있곤 했다. 아이는 그의 무릎에 앉아 있고, 그들은 바다 유리와 눈에 띄는 조개껍질이나 성게를 찾아 돌과 모래 사이를 손으로 헤집곤 했다. 그들은 각자 찾은 것을 비교했고, 가장 마음에 드는 것은 1센트짜리와 5센트짜리를 비우고 가져온 단지에 넣었다. 그는 그 나이 때의 키트가 그리웠다. 그때의 아이 몸집, 그의 무릎에 앉았을 때의 무게. 아이는 그때 서너 살이라 그는 아이를 가볍게 들어올릴 수 있었고, 몸으로 아이를 완전히 감쌀 수 있었다. 꽉 안을 수 있었고, 울면 몸으로 완전히 덮어줄 수 있었으며, 헝클어진 머리카락 냄새를 맡을 수 있었고, 귀 뒤에 코를 들이댈 수 있었다. 그는 너무 자주 코를 들이댔고, 그도 그것을 알았다. 아이가 일곱 살이 되었을 때도 열 살이 되었을 때도, 그는 멈추지 않았다. 루비는 못마땅한 표정을 짓곤 했지만, 멈출 수 없었다. 아이가 열네 살이 되었을 때도 그는 아이 목에 코를 묻고, 아이의 살냄새를 맡고 싶었다.

그는 키트에게 쓸 편지를 생각했다. 아이가 엄마에게 기대하는 것에 무리가 있다고 말할 생각이었다. 키트는 루비가 자기를 자연

분만했다는 것, 약을 사용하지도 않고 경막 외 마취제를 사용하지도 않았다는 걸 알지 궁금했다. 키트가 그것에 감동을 받을까? 아마 자기가 직접 해보기 전에는 모를 것이다.

키트, 너는 네 엄마가 변하지 않았다고 말하지만, 사실은 변했어. 수도 없이 변했어. 어른이 되면, 계속 발전하기는 해도 그게 늘 개선은 아니라는 걸 아는 게 중요해. 변화는 있지만, 그게 반드시 성장은 아니야.

이건 도움이 되지 않을 것 같았다. 어쩌면 그가 틀린 건지도 몰랐다. 루비는 별로 변한 게 없었다. 늘 대책 없는 사람이었다. 너무 강하고 너무 똑똑하고 너무 잔인했다. 내내 너무 들떠 있어서 자전거 파는 남자에게 만족하지 못했다. 그들의 첫 만남 이후로 모든 게 실망스러웠다.

그는 상파울루에 출장을 가 있었다. 슈윈에 다닐 때였다. 그곳에 공장을 열고, 대여섯 개 모델을 출시하고, 그걸 남아메리카에서 팔아서 관세를 피하자는 구상이었다. 하지만 출장은 실패였다. 현지 거래처는 미치광이였고 도둑놈이었다. 거래처는 슈윈이 천문학적 수수료를 선불로 줄 거라고 생각했고, 앨런은 수표를 현금으로 바꾸는 즉시 거래처 사람이 사라질 거라고 확신했다. 그래서 시카고에 전화를 걸어, 본사 사람들에게 이곳에서는 맨땅에서부터 시작을 해야 한다고 말했다. 본사 사람들은 어깨를 으쓱하더니 모든 걸 보류해버렸다. 하지만 앨런의 귀국 비행기 예약일은 여드레 뒤였다.

　그냥 떠날 수도 있었다. 하지만 앨런은 이 년 동안 휴가를 쓴 적이 없었고, 슈윈 쪽에서는 어차피 그가 일주일 정도는 더 지나야 출근할 거라고 생각하고 있었기 때문에 앨런은 호텔로 돌아갔다. 그리고 호텔 로비에서 리오네그루강을 따라가는 선박 여행 안내문을 보고, 그 자리에서 신청해버렸다. 그는 방으로 올라가 남은 밤 시간을 발코니에서 보내며 도로와 보도의 차와 사람들, 교복을 입은 채 열한시까지 거리에 나와 있는 아이들을 구경했다. 한 시간 동안 그는 어느 여자아이를 지켜보았다. 나이는 여덟 살 정도에 시골 고양이처럼 말랐고, 하얀 장미가 가득한 유모차를 끌고 혼자 아무 탈 없이 배회하고 있었다. 장미는 한 송이도 팔지 못했지만.

　아침에 그는 잠깐 비행기를 타고 강어귀인 마나우스로 갔고, 처음 둘러보았을 때 그곳은 미시시피강 하류와 별로 다를 게 없었다. 사실 어느 강과도 다를 게 없었다. 강은 넓었고, 갈색이었다. 여행을 신청할 때는 빽빽하고 하늘이 보이지 않는 정글, 구불구불 흐르는 좁은 강, 강에서도 보이는 원숭이, 금방이라도 달려들어 물 것 같은 악어와 피라니아, 펄쩍 뛰는 분홍색 돌고래를 기대했다. 하지만 그 대신 그는 강변에 도착했고, 짚으로 만든 임시 다리를 이용해 넓은 진흙 밭을 가로질러, 곧 널판지로 덮인 낡은 교회처럼 당장이라도 가라앉을 것 같은 삼층짜리 낡은 나무 외륜선에 이르렀다.

하루하루가 단순했고, 그런 단순함 때문에 유쾌했다. 승객들은 해가 뜨면 잠에서 깨어 한 시간 동안 졸았고, 그런 뒤에 갑판에서 원하는 만큼 빈둥거렸다. 지나가는 풍경을 멍하니 바라보고, 한가하게 잡담을 나누고, 카드놀이를 하고, 일기를 쓰고, 장식용 가지치기에 관한 책을 읽었다. 여덟시 정도에 아침식사가 나왔는데, 늘 신선했다―달걀, 요리용 바나나, 멜론, 신선한 빵, 오렌지주스와 망고주스. 아침을 먹으면 다시 자유로운 시간대와 마주하게 되었고, 열시나 열한시에는 배가 흥미로운 항구에 이르렀다. 어떤 날은 범람원 위로 높이 지은 초가집들이 모여 있는 오래된 마을을 구경했고, 어떤 날은 뱀과 도마뱀과 거미를 찾아 숲 하이킹에 나섰다.

배에서 앨런은 이럴 수 있을까 싶을 만큼 오래 잤다. 공기에 산소가 많아서 그래요, 하고 승무원들이 말했다. 북쪽에서 온 사람들은 처음 며칠 동안 많이 잡니다. 그들이 말했다. 그는 어디를 가나 졸았다―선실에서도, 이층 갑판에서도, 의자에 앉아서도, 어디에서도. 그리고 늘 그가 이제껏 알았던 어떤 잠 못지않게 달콤했다.

배에는 파충류학자 열두 명이 타고 있었는데 대부분 나이가 예순이 넘었고, 그 외에 앨런과 그의 나이 또래의 젊은 여자가 있었다. 그 여자가 루비였다. 그녀는 키가 크고 여위었으며, 짧고 검은 머리카락이 매우 곱슬곱슬했다. 승무원들 모두 그녀와 사랑에 빠졌고, 유부남이었음에도 모두 그녀에게 접근했으며, 그녀는 그들 모두에게 상처를 주었다. "댁의 부인이 불쌍하네요." 그녀는 그들

가운데 한 사람, 페루 유부남이 저녁을 먹을 때 그녀의 손을 잡자 그렇게 말했다. "댁은 댁의 부인과 살 자격이 없어요." 루비는 그렇게 말을 이어갔다. "부인이 누구든, 지금 어디에 있든."

그후 앨런은 그저 그녀가 하는 말이 듣고 싶어 그녀 옆에 가까이 머물렀다.

그날의 소풍을 마치면 배는 다시 출발했다. 천천히 강을 따라 내려가면 앞에는 아무런 계획도 의무도 없는 오후가 펼쳐져 있었다. 저녁식사는 언제나 화려했고, 맥주와 함께 씹어 삼켰다. 저녁식사 뒤에는 갑판에 앉아 카드나 도미노를 하고, 부인이 둘인 선장 랜디의 이야기를 듣거나, 그보다도 부인이 훨씬 많은 부선장 리카르도의 이야기를 들었다. 시간이 지나 모였던 사람들이 자기 선실로 흩어져도 앨런은 맨 위 갑판에 그대로, 거의 언제나 혼자 앉아 있곤 했다. 그곳에서는 상상할 수 없는 넓은 돔 같은 하늘, 왼쪽과 오른쪽에서 지나가는 우듬지, 새와 숨은 원숭이들이 딱딱 소리를 내며 획획 움직이는 것을 볼 수 있었다.

앨런은 그 배에서 무슨 로맨스가 생길 거라고는 기대하지 않았지만, 식사 때면 자기도 모르게 루비 근처에 앉게 되었고, 하이킹을 할 때면 그녀와 함께 걸었으며, 곧 그들은 친구, 일종의 짝꿍이 되었다. 아주 간단하게 보자면, 나이든 사람들로 가득한 배에서 그들 둘이 나이가 같았기 때문이었을지도 모른다. 하루에 몇 시간씩 그녀가 이야기하는 데 기꺼이 귀를 기울이는 사람은 그가 유일하지 않았을까? 뭔지 모르겠지만 강의 공기, 넓게 펼쳐진 하늘 그런 것들 때문에 이상하게 거들먹거리며 얘기를 하게 된다며, 그녀가 웃음을 터뜨렸다. "내가 수다떠는 걸 듣는 게 괜찮아요?" 그녀가 물었다. 그는 괜찮아요, 괜찮아요, 하고 대답했다.

그들은 정글을 가로질러 걸었고 그녀는 자기가 하고 싶은 일을 이야기했는데, 꼭 세상을 구하는 일처럼 들렸다.
"아니, 아니에요!" 그녀는 말했다. "그건 내가 말하는 것과 정반대라고요. 괴짜들이나 그렇게 행동하고 말하죠. 나는 훨씬 진지한 걸 얘기하는 거예요."
그녀는 뛰어난 기술과 공감 능력이 있음에도 지엽적인 문제, 사소한 쟁점, 하찮은 일에 시간을 낭비하는 사람들에 분개했다. 그녀는 동물의 권리 문제에 할말이 많았다. 그녀를 그렇게 열받게 하는 것은 팬더나 고래 문제가 아니라 고양이의 난소를 떼주는 사람들, 햄스터를 구해주는 사람들이었다.
"좋아요, 좋아. 잘 대해주는 건 좋지요." 그녀는 씩씩거렸다. 동물 얘기를 하는 거였다. "하지만 실험실의 토끼와 쥐를 위해 쓰는 그 모든 돈, 그 모든 변호사와 캠페인과 시위라니! 그 에너지로 이 세상에서 영양 부족으로 고생하는 사람들의 생명을 구할 수 있다면!"
앨런은 고개를 끄덕였다. 그는 여기에도 제로섬 방정식이 작동하는지 몰랐다. 하지만 그것이 그녀 이야기의 핵심이었다. 비본질적인 문제에 쓰는 에너지가 가장 다급한 문제들의 해결을 막고 있다는 것이었다. 앨런은 그녀의 분노에는 아니었지만, 그녀의 총명

함과 에너지에는 경외심을 품었다. 그녀는 자신이 보기에 당장 해결 가능한 지구의 위기들이 끈질기게 이어지는 것에 격분했다. 그녀는 상원의원, 주지사, IMF의 영향력 있는 사람들에게 편지를 썼다. 그녀는 그에게 그 편지들을 모두 읽어보라고 고집을 피웠고, 그러는 동안 방 건너편에 앉아 있었는데, 그 얼굴에 나타난 표정은 틀림없이 성교 후의 표정이었다. 그녀는 매번, 자신이 '마그나카르타'*를 썼다고 생각했다. 나중에는 그녀의 추론의 논리를 파악하지 못하다니 Y나 Z 상원의원이 제정신이 아니라고 말하면서 한편으로는 그녀의 기대감을 억누르려고 노력하는 게 그의 일이 되었다.

하지만 그것은 불가능한 일이었다. 그녀가 세상에, 자기 자신에게, 남편에게 원하는 것에는 중간이 없었다.

기계가 굉음을 내며 살아났다. 앨런이 고개를 돌리니 작은 불도저에 사람이 보였다. 근처에 다른 사람이 둘 더 있었다. 그들은 근처의 산책로 한 구역에서 작업을 시작하려는 참이었다.

앨런은 장차 KAEC의 노동자들 사이에 전해질 전설, 미국인 남자가 양복을 입고서 정처 없이 해변을 배회하다가, 모래언덕 뒤나 건물의 텅 빈 토대 안에 숨었다는 이상한 이야기를 상상했다. 그는 전에도 이런 적이 있었다―사라지려고 노력하면 오히려 더 드러나버리곤 했다.

텐트로 돌아오니 젊은 사람들은 비닐의 어둠 속에서 자고 있었

---

* 1215년에 영국왕이 발표한 영국 국민의 권리확인서.

다. 그는 러그 하나를 둘둘 말아 머리를 누였다.

그는 강배 꼭대기에 혼자 있었다. 자정 직전, 그때까지 본 가장 많은 별들이 하늘을 질식시킬 듯한 밤이었고, 배는 조용히 좁은 지류를 헤쳐가고 있었으며, 바람은 뜨거웠고, 멀리 떨어진 곳 여기저기서 모닥불이 타오르고 있었다. 루비가 닳아빠진 노란 셔츠를 입고 난간에 서 있는데, 앨런이 뒤에서 다가갔다. 그러나 그가 그녀에게 이르기도 전에 그녀가 뒤로 등을 기댔다. 그가 두 팔로 그녀의 가슴팍을 감싸안자 그녀가 얼른 그에게로 몸을 돌렸다. 그는 그녀 몸으로 뛰어들었고, 그녀의 입에서는 맥주 냄새가 났다. 그들은 결국 그녀의 선실로 갔고 그곳에서 남은 며칠 중 많은 시간을 보냈다.

그들은 숨가쁘도록 급하게 결혼했지만, 앨런은 일찍부터 그녀가 자신을 꿰뚫어보고 있다고 느꼈다. 그는 누구인가? 그는 자전거를 팔았다. 그들은 어울리지 않았다. 그에게는 한계가 있었다. 그는 그녀 수준으로 올라가려고, 정신을 넓혀 그녀처럼 사물을 보려고 노력했지만, 조악한 연장을 들고 작업을 하는 꼴이었다. 그의 일 가운데 도움이 되는 요소는 여행, 슈원의 일 때문에 새로운 시장을 돌아다니는 여러 가지 형태의 출장이었고, 루비는 이것을 소중하게 여겼다. 초기의 대만, 일본, 중국과 헝가리 출장에 루비도 따라왔고, 그곳에서 그녀는 멋졌다. 엄청나게 매혹적이었고, 광채가 났다. 그녀는 모든 것을 보았고, 모든 사람을 만났다. 그녀는 눈부신 귀빈이었고, 그녀를 초대한 사람들 중 누구도 이제까지 이렇게 고집스럽고, 지적 호기심이 많고, 쾌활한 미국인을 만난 적이 없었다.

그러나 그녀는 앨런 때문에 당황하곤 했다. 그는 그녀가 입에 올리는 사람들 가운데 반은 몰랐다—반체제 인사들과 철학자들과 망명 지도자들. 그는 식탁에 앉은 사람들 중에서 산업가를 찾으려고, 남편들 가운데 단가와 발송 날짜는 알지만 스리랑카 시민 사회의 잠재력에 관해서는 별로 아는 게 없는 사람을 찾으려고 했다. 가끔 운좋게 그런 사람을 찾아, 실행 불가능한 계획과 자금 동원이 불가능한 과제의 세부 사항에 대해 전쟁을 벌이는 이상주의자들의 빛을 피해 함께 숨곤 했다.

앨런은 그때 케네디나 록펠러 같은 사람이라면 그녀의 이상적인 짝이 될 수 있을 거라고 생각했다. 아니면 아리스토텔레스 오나시스나 조지 소로스 같은 사람. 그녀에게는 정치적 영향력이 있고 권력의 장막을 걷어내 그녀에게 그 안의 레버와 손잡이를 보여줄 수 있는 부유한 후원자가 필요했다. 그녀의 계획에 자금을 댈 수 있는 사람. 그녀는 좌절감에 사로잡힐 때, 그가 자신의 기어에 낀 모래로 보일 때면 못되게 굴었다.

"'단 한 사람' 같은 것은 없어요." 그녀는 그렇게 말한 적이 있었다. 그들은 타이베이에서, 부품 공급업자 부부와 함께 저녁을 먹고 있었다. 사십 년 동안 함께 산 부부였다. "나와 함께할 운명인 사람이 세상에 단 한 명 존재한다는 생각, 그건 비논리적이에요." 그녀가 말했다. 그녀는 술을 몇 잔 했고 자신의 생각을 떠벌리는 것을 즐기고 있었다. "수학적으로 말이 되질 않아요! 누구와 끝까지 함께하게 되느냐, 정말이지 그건 그저 누가 그때 우연히 근처에 있느냐 하는 문제일 뿐이라고요."

앨런은 바닷가의 텐트 안에서 눈을 떴다. 젊은 사람들은 자고 있었다. 그들은 그가 아무것도 아니라고, 관계없는 사람이라고 생각했다. 그들은 그가 리오네그루강에서 악어들과 헤엄을 친 사람이라는 걸 알까? 어느 날 아침 갈기갈기 찢길 뻔했다는 것, 늘 잔인하던 전부인이 그때건 다른 어느 때건 그를 위해 싸워준 유일한 사람이라는 걸?

앨런은 승무원들 몇 명이 이따금씩 강으로 뛰어드는 것을 보았고, 그래서 악어에 관한 토론이 시작되었다. 그런 토론 뒤에는 누군가 악어의 공격은 매우 드문 일이고, 악어는 물이 아주 얕지 않으면, 또 특별한 조건에서 평소에 그들이 먹던 먹이가 줄거나 사라진 경우가 아니면 인간의 살에 전혀 관심이 없다는 일장연설을 늘어놓았다.
그래서 배가 마을에 정박해 있을 때, 승객 몇 명이 유혹을 못 이기고 물에 들어가 아무 걱정 없이 헤엄을 쳤다. 괜찮은데요, 그들이 말했다. 그들은 얕은 물에 서 있었고, 마을 아이들이 근처에서 물을 튀겼다. 모두 강에 있었지만 거대한 파충류는 아무도 삼키지 않았다. 강의 그 구역에는 악어가 있는 것 같지도 않았다. 그러다 몇 분 뒤, 배 건너편에서 소동이 일어났다. 승무원 한 명이 낚시를 하다가 신발만한 크기의 새끼 악어를 잡은 것이다. 앨런과 루비는 얼른 그것을 보러 갔고, 실제로 그것은 그가 책에서 본 악어와 모든 면에서 똑같았다. 거짓말처럼 앞니가 반대 교합咬合 상태였고, 몹시 흥분한 모습이었다.

그는 수영을 할 의향이 없었다. 그러나 루비는 거기서 그것을 보자, 갑판 위에서 퍼덕거리는 것을 보자, 그것이 얕은 물에 있는 승객이나 아이들과 그렇게 가까운 데서 공존했다는 것을 알게 되자, 위험이 없다는 것이 증명되었다고 생각했다. 그래서 그녀는 뛰어들었고, 물을 튀기며 돌아다녔으며, 앨런도 끌어들이려 애를 썼다. 그는 사양했고, 나중에, 그녀는 어깨에 타월을 두르고 그에게 몸을 기댄 채 갑판에 서서 말했다.

"꼭 해봐요."

그 말이면 충분했다. 그러나 그는 그 이상으로 나아가기로 결정하고, 배에서 노 젓는 보트를 찾아내 강에 띄우고 거기에 탔다. 노를 저어 강 깊은 곳으로 가, 보트에서 깊은 물속으로 뛰어내릴 생각이었다.

노 젓는 보트는 아주 작았고, 수면에서 뱃전에 이르는 높이가 아주 짧다는 점에서 카약과 비슷했다. 그는 두 발을 앞으로 쭉 뻗고 노를 젓고 있었으며, 이것은 누가 봐도 특별할 것 없는 모습이었다. 그러나 곧 사람들이, 승무원 전부가 모여들어, 루비가 있는 곳 밑의 갑판에서 그를 지켜보았고, 그가 앞으로 나아가는 것을 무척 재미있게 여기는 듯했다. 그러자 루비도 흥미를 갖고 지켜보기 시작했고, 곧 사람들이 무엇을 재미있어하는지 알게 되었다. 앨런이 탄 보트는 물에 띄울 만한 것이 아니었다. 여기저기 구멍이 나 있어서 물에 가라앉고 있었다. 그가 강으로 천천히 가라앉는 것을 지켜보는 승무원들의 웃음소리가 점점 커졌고, 보트가 가라앉는 것을 눈치챈 앨런이 완전히 가라앉기 전에 서둘러 보트를 돌리고 노를 저어 배로 돌아오려고 하자, 그들의 웃음소리는 더 커졌다.

앨런은 악어가 전혀 위험하지 않다는 말을, 굶주리거나 수위가 아주 낮을 때에만 인간과 관계된 걸 공격한다는 말을 들었지만, 그럼에도, 동물과 인간의 데탕트에는 어디에나 예외가 있었다—매주 동물원지기의 조수가 호랑이 아가리에 팔을 잃었고, 코끼리가 조련사를 짓밟았다—그리고 여기 앨런이 배에서 30미터쯤 떨어진 곳에서 리오네그루강으로 가라앉고 있었다. 그 정도면 꽤 먼 거리라, 뭔가가 잘못될 경우, 악어가 그를 먹이로 여길 경우, 배에 있는 사람 누구도 제때 그를 도우러 와줄 수가 없었다.

앨런은 공황에 빠진 것처럼 보이지 않으려고, 악어의 공격이 가능성이 낮은, 사실상 불가능한 일이라는 것을 기억하려 애를 썼다. 하지만 그래도, 혹시 그렇게 된다면? 그가 배에서 약 20미터쯤 떨어진 곳까지 왔을 때, 물이 솟구치더니, 깜짝 놀랄 만한 속도로 보트 안을 휩쓸며 들어왔다. 보트는 이제 앞으로 움직이지 않았고, 보트의 많은 부분이 빠르게 녹빛 물속으로 사라지고 있었고, 곧 그도 그 자리에서 그대로, 강 속으로 가라앉고 있었고, 실제로 악어들과 뭔지 모를 것들이 몰려들고 있었다.

그는 얼른 배로 헤엄쳐 돌아가고 싶은 마음이 간절했지만, 물을 튀겼다가 도리깨질하는 그의 팔다리가 악어의 이빨을 끌어들이지나 않을까 걱정이 되었다. 동시에 그는 카누를 다시 배로 가져가고 싶었다. 애초에 노를 저으며 한 바퀴 돈다는 것이 그의 생각이었기 때문이다. 이제는 그것이 놀랄 만큼 멍청한 생각이라는 걸 알았지만. 그는 보트가, 그가 지금 두 다리 사이에 끼워 붙들고 있는 보트가 바닥으로 가라앉게 내버려두고 싶지 않았다. 그러는 중에도 그는 강의 육식동물들이 그의 두 다리가 대롱거리는 것을 아주 흥미 있게 관찰하고 있을 거라는 걸 알았다. 얼굴들은 여전히 웃음을 터뜨리고 있었다. 그 얼굴들 가운데는 심지어 지겨워하는 표정도 나타나고 있었다. 그런 얼굴들은 그를 외면했다.

앨런은 한순간 배를 보며 생각했다. 그래, 정말이지 이걸로 끝인지도 모르겠군. 이게 내가 마지막으로 보는 광경일 수도 있어. 예쁜 배였고, 그 꼭대기에서는 사랑스러운 루비가 난간 위로 몸을 기울이고 있었다. 그녀가 갑자기 소리를 질렀다.

"저 사람을 도와줘!"

그녀는 정말 물로 뛰어들기라도 할 태세였다. 그녀는 맨 위의 난간 너머로 허리를 구부리고 아래 갑판에 있는 승무원들의 관심을 끌려고 했다.

"씨발 어서 저 사람 구해주라니까, 이 좆같은 새끼들아!" 루비는 다시 고함을 쳤고, 그 말을 되풀이하면서 다른 지시 사항들을 쏟아냈다. 마침내 일 분 뒤 승무원 세 명이 보트를 타고 다가와 앨런을 끌어올렸다.

XXII

앨런이 호텔방에 도착해서 보니, 그의 전화기에 빨간 불이 깜빡
거리고 있었다. 하네가 보낸 메시지였다.

"전화 주세요." 그녀가 말했다.

그는 전화를 했고, 그녀는 첫번째 신호가 울릴 때 전화를 받았다.

"오늘밤에는 뭐하고 있어요?" 그녀가 물었다.

앨런은 자기 방, 그 방에서 하게 될 무모한 모험을 생각했다. 침
대, 거울, 문샤인.

"아무 일도 없어요." 그가 말했다.

"우리집으로 와요. 내가 뭘 좀 만들어줄게요."

"그래도 되나요?"

"내가 사는 곳에서는, 아무도 상관 안 해요."

"요리를 할 필요는 없어요. 함께 저녁을 먹으러 나가면 되니까."

"아니, 아니에요. 우리집에서 먹는 게 더 재미있어요. 더 편하기
도 하고."

그는 유세프에게 전화를 했다. 음성 메시지로 넘어갔다.
"전화 주게. 여자친구 집으로 갈 건데 차가 필요해."
유세프는 아주 좋아할 것이다. 앨런은 곧바로 전화가 올 거라 기
대했지만, 삼십 분이 지나도 소식이 없었다. 유세프는 지금까지 한
번도 그가 원하는 시간에 응답하지 않은 적이 없었다. 걱정이 묵직
하게 치밀어올랐다. 문자를 보냈지만 답이 없었다.
앨런은 안내원에게 다른 기사를 알아봐달라고 하고, 호텔 로비
에서 꽃을 샀다. 한 시간 뒤 그는 하네의 집 현관 앞에 있었다.

그는 초인종을 눌렀다. 그림자 하나가 위층에서 움직이는 것이
보였다.
문이 열리자 그녀가 그곳에 있었다. 소매 없는 실크 블라우스와
검은 바지 차림이었다. 늘씬하고, 차분하고, 얼굴은 환하게 빛이
났다.
"꽃을 좀 가져왔어요." 그가 말했다.
"그러네요." 그녀가 말했다.

집은 그녀의 사무실과 다르지 않았다—몇 시간 전에 입주한 것
처럼 보였다. 가구는 다섯 점이 넘지 않는 것 같았다. 소파, 탁자,
딱딱한 나무의자 몇 개. 그들은 냄비가 보글거리고 있는 부엌을 지

나갔다.

"스튜를 만들었어요." 그녀가 말했다.

앨런은 냄새가 좋다고 말했지만, 새 페인트 냄새 말고는 별다른 냄새를 맡지 못했다.

"와인이 좀 있어요. 함께 마실래요?"

하네는 보온병과 만화에 나오는 물고기 한 쌍이 그려진 어린이용 유리 물컵을 들고 있었다. 앨런이 웃음을 지었고, 그녀는 잔이 반쯤 찰 때까지 분홍빛 액체를 따랐다.

"여기 단지에 사는 친구가 최근에 만들기 시작했어요. 남아프리카 남자예요. 거기 사람들은 와인 전문가죠."

앨런은 맛을 보고 움찔했다. 어째서인지 맛이 약하면서도 썼기 때문이다.

"그렇게 좋아요, 응?"

"아니, 좋네요. 고마워요." 그는 말하고 나서 3분의 1을 한 번에 마셨다.

"시디키가 더 있어요." 그녀가 말하며 올리브유 병을 하나 더 카운터 위로 밀었다.

"얼마나 고마운지 이루 말할 수 없군요." 그가 말했다.

그녀가 웃음을 터뜨렸다. "핀란드보다 여기 사람들이 더 마셔요."

그녀는 거실로 걸어갔다.

"와서 앉아요. 이 집에 누가 온 지도 한참 됐어요."

그들은 각자 소파의 한쪽 끝을 차지하고 앉았다.

"여기 있으면 이상하겠어요." 그가 말했다.

"아주 이상해요. 하지만 아주 조용해서 대부분은 좋아요. 사회적 책임은 전혀 없고요. 가족에 대한 책임도 없고, 진짜 친구에 대한 책임도 없어요. 손님이 한 달에 한 번 오면 운이 좋은 거예요. 수도원 같고, 그래서 마음이 놓여요."

앨런은 고개를 끄덕였다. 그는 이해했다. "그리고 대사관 파티가 있고요." 그가 말했다.

그녀는 담배에 불을 붙였다. "그게 있죠. 내가 창피한 짓을 했던가요?"

"전혀요." 그가 말했다. "모두 미친 짓을 하고 있었죠."

어쩌면 이게 효과가 있을지도 모르겠군, 그는 생각했다. 이 여자가 하려고 한 짓을 미치광이의 영역에 집어넣어서, 제정신을 가진 사람이라면 믿지 않을 일로 만드는 거야.

그의 말에, 그녀의 눈에서 어떤 빛이 꺼지는 것 같았다.

그러나 꺼지는 것만큼이나 빨리, 그녀는 회복했고, 짐짓 웃음을 지어 보였다.

"당신에게 전해줄 왕의 소식이 있어요. 다음주에는 왕이 바레인에 있을 거예요. 그러니 앨런은 자유예요."

"아." 그가 말했다. 실망감을 감출 수 없었다. 이것은 앨런이 찾던 자유가 아니었다. 그는 자유롭게 프레젠테이션을 하고, 거래를 확정하고, 짐을 싸서 집에 가고 싶었다. 그는 자유롭게 사우디아라비아 왕국을 떠나고 싶었다.

하네가 음식을 플라스틱 접시받침에 올렸다. 곧 그녀는 그에 관한 핵심적인 사실을 다 알게 되었고, 그는 그녀에 관한 핵심적인 것들을 알게 되었다. 그는 그녀가 이혼했다고 짐작하고 있었는데, 실제로 그랬다. 하지만 아이가 있을 것이라는 그의 짐작은 틀렸다. 그녀에게는 아이가 없었고, 그건 그녀와 그녀의 전남편이 결혼할 때 약속한 바였다. 하네는 아이를 원하지 않았고, 전남편도 원하지 않았다. 그랬는데, 오 년이 지나자, 남편이 아이를 원했다. 그래서 그들은 싸웠고, 멀어졌고 남편은 곧 다른 여자를 임신시켰다. 그때 그들은 여전히 결혼 상태였다.

그때부터는 모든 일이 아주 간단했어요, 그녀가 말했다. 그녀는 매킨지에 원거리 업무를 맡을 수 있다고 알렸고, 몇 달 뒤 서울로 떠났다. 그다음에는 아루샤. 그다음에는 제다와 KAEC.

곧 저녁을 다 먹고 그릇을 치웠다. 앨런은 그녀가 자신을 다시 소파로 부르거나, 아니면 하품을 하며 현관으로 유도할 거라고 예상했지만, 그녀는 이렇게 말했다. "목욕할래요?"
"뭐요?"
"목욕이요. 그냥 그런 생각이 들었어요."
"둘이 하자는 얘기겠죠."
그녀는 웃음을 터뜨리며, 없던 일로 하자는 표정을 지었다. "그냥 갑자기 머릿속에 떠올랐을 뿐이에요."

그러나 그녀는 아직 그 생각을 포기할 마음이 아니었다.

"야외 온천에 왔다고 생각하면 되죠 뭐."

그는 생각해보았지만, 깊이는 하지 못했다. 그저 혼자 있는 것보다는, 아무리 괴상해도, 그녀와 함께 있는 밤이 길어지는 게 낫겠다는 생각을 했을 뿐이다.

"뭐 그럽시다." 그가 말했다.

"좋아요!" 그녀가 환한 표정으로 말하더니 얼른 몇 걸음을 옮겨 욕실로 갔다. 욕조에 떨어지는 천둥 같은 물소리가 들렸다. 물이 채워지는 동안 그녀는 소파로 돌아와 잔을 들고 마저 마셨다.

"스노클링, 스쿠버, 그런 거 할 생각 있어요?"

그는 그런 생각은 해본 적 없다고 말했다.

"여기서는 그게 아주 좋아요. 하는 사람이 거의 없기 때문에 아직 때가 묻지 않았죠. 몇 주 전에는 KAEC 바로 옆 해변에 갔어요. 비키니를 입었는데, 사실 그러지 말았어야 했어요. 한 시간 뒤에 해안경비대 보트가 오더군요. 그렇게 벌거벗다시피 하고 거기 나와 있는 건 하람*이라면서요."

"그래서 체포되었나요? 아니면……"

"아니요. 그냥 다음번에는 자기들에게 미리 말을 좀 해달라고만 했어요. 제다 주변에서는, 아시겠지만, 서양인들한테 편의를 봐주는 편이에요. 대부분의 경우에 모른 체해주지만, 뭘 하든 어디에서

---

* 이슬람 문화권에서 종교적, 도덕적 금기사항을 의미한다.

하는지는 알고 싶어하죠. 주로 우리가 무슨 짓을 하든 다른 사람들이 우리가 그러는 걸 보지 못하게 하려는 게 목적이에요. 더 드실래요?"

그녀는 와인을 더 따른 뒤 욕조 상태를 확인하러 갔다.

"준비가 된 것 같네요."

그래서 그들은 벌거벗었고, 서로 마주보았지만, 둘 다 이제 무엇을 해야 할지 몰랐다. 먼저 옷을 벗고 조심스럽게, 이런 일에 전혀 익숙하지 않은 것처럼 욕조로 들어간 사람은 그녀였다. 그는 그녀를 지켜보며, 예쁘다고, 몸매가 풍만하다고, 피부는 창백하고, 주근깨가 있고, 등이 해에 탔다고 생각했다. 그는 그녀가 머리 뒤의 촛불에 정신을 팔 때까지 기다리다가 그녀가 그의 몸 전체를 보기 전에 얼른 욕조로 들어갔다.

곧 그들은 무릎을 세우고, 손에 와인을 들고 앉아 있었다. 이제 그는 컵에 담긴 것보다 훨씬 많이 원하고 있었다.

"목욕을 자주 하나요?" 앨런이 간신히 입을 뗐다.

"그렇지는 않아요." 그녀가 말했다.

하녀는 식기세척기용 세제를 이용해 거품을 좀 내보려 했지만, 결과는 보잘것없었고, 그나마도 곧 사라졌다.

"너무 뜨거워요?" 그녀가 물었다.

"좋아요." 그가 말했다. 진심이었다. 그는 그녀에게 고마웠고, 그녀의 용기에 감탄했고, 이 상황 전체, 새로운 친구와 안락한 욕조에 앉아 있는 것이 좋았다. 그러다가 또 이런 생각이 들었다. 씨발 내가 이 여자 욕조에서 지금 뭘 하고 있는 거야?

문제는 상대의 기분을 상하게 하는 경우였다. 그는 사람들의 기분이 상하는 것을 원하지 않았고, 그래서 이런 초대에 너무 자주 응했다. 그는 자기도 모르게 결혼식에, 세례식에 참석했으며, 아니라고 고집하면서도 실제로는 그를 친구 이상으로 생각하는 여자들과 자리를 함께하곤 했다. 그는 바보였다.

정말 목의 종양에 뭔가 있는 게 틀림없어, 그는 생각했다. 종양은 척수와 너무 가까웠고, 뇌에서 그의 몸 전체로 가는 신호의 흐름을 바꾸어놓았다. 그것이 그가 모든 인간적인 신호를 읽지 못한다는 사실을 설명해줄 것 같았다.

그녀는 이제 그의 무릎에, 부드럽게, 마치 난간에 광택을 내듯 비누칠을 하고 있었다. 그는 그녀에게 웃어 보였다. 그녀는 얼굴을 찌푸렸다.

"내가 이렇게 해도 그 정도밖에 흥분하지 않는군요." 그녀가 말했다.

그는 달아오르지 않았고, 이제 그녀가 모욕감을 느끼는 건 시간문제라는 걸 알았다. 애초에 욕조에 들어오지 않았다면 그는 지금보다 훨씬 나은 상태였을 것이다. 그랬다면 발기 문제도 없었을 것이고, 그것이 벌거벗은 채 그와 마주앉아 있는 이 사근사근한 덴마크 여자에게 어떤 식으로 비춰지는가 하는 문제도 없었을 것이다.

"아니, 아니에요." 그가 말했다. "당신 멋져요."

"내가 한번 해보면 기분 나쁠까요?"

그녀는 그의 음경으로 손을 뻗었다.

"기분이 나쁘지는 않겠지만, 그렇게 하지 않는 게 낫겠어요."

그녀는 두 손을 아래로 떨어뜨리고 몸을 축 늘어뜨렸다.

그는 없이 사는 삶의 편안함, 그가 느끼는 소박한 정결함, 지금 이런 삶이 전체적으로 더 간소하다는 것, 그런 것들을 설명하려 했다. 그녀의 얼굴이 뒤틀려 공포의 가면이 되었다.

"왜 그런 식의 단순함을 원하는 거예요?"

"유럽을 완전히 떠난 여자가 그런 말씀을 하시다니."

"남자를 포함한 인간 전체를 떠난 건 아니에요."

"나도 마찬가지입니다. 이렇게 당신과 함께 욕조에 있잖아요."

"하지만 여러 장벽들을 치고 살잖아요. 아주 많은 규칙을 두고."

"한 가지 규칙이죠."

그들은 잠시 조용한 물속에 앉아 있었다.

"이건 나한테는 큰 좌절감을 주는 일이에요." 그녀가 말했다. "이유를 꼭 집어 말할 수는 없지만."

앨런은 이유를 알았다. 그녀는 오늘밤 그에게 호의를 베풀고 있다고 생각했다. 또 며칠 전 밤에도. 그는 세상에서 가장 잘생긴 남자가 아니었고, 그래서 그녀는 그를 쉽게 낚을 수 있는 사람으로 여겼다. 하지만 이제 보니 그는 손이 닿지 않는 사람이었고, 그래서 짜증이 난 것이다. 하지만 그는 이에 대해 한 마디도 내색하지 않았다.

그냥 이렇게만 말했다. "저는 전에도 이런 일이 있었죠."

그녀는 잠깐 말없이 앉아 있더니, 짧게 비명을 내질렀다. 원시적이라기보다는 희극적인 비명이었으며, 그것으로 그녀는 좋은 기분으로 돌아온 것 같았다.

"그럼 왜 저녁을 먹으러 왔어요?" 그녀가 물었다.

"당신이 좋으니까요. 우리는 외딴곳에 있으니까요."

"그리고 당신은 외로우니까."

"그렇기도 하고."

"나는 앨런이 완전히 공허하다고 생각해요."

"내 입으로 그렇다고 말했죠."

"어쩌면 공허한 게 아닐지도 몰라요. 패배한 것에 가까울지도."

앨런은 어깨를 으쓱했다.

"어쩌다 그렇게 됐나요? 이 안에는 빛이 없어요." 그녀는 몸을 기울여 손가락으로 그의 관자놀이를 두드렸다. 그녀의 젖가슴이, 잠깐, 그의 무릎에 놓였고, 그는 속이 꿈틀하는 것을 느꼈다.

앨런은 거의 십 년 내내 바로 그 문제를 곰곰이 생각해왔다. 이혼 후 오랫동안 화가 난 상태로 지냈지만, 동시에 그는 살아 있었다. 그는 웃음을 터뜨렸고, 데이트를 했고, 즐길 만하다고 여겨지는 것들을 즐겼다. 하지만 지금은 그때와 달랐다. 지금 그는 예전 같았으면 큰 기쁨을 누렸겠지만 지금은 그렇지 못한 것 —바에서 아일랜드 민요를 부르는 사촌, 스쿠터를 타고 묘기를 보여주는 친구의 어린 딸—을 볼 때와 같은 심정이었고, 상대가 보기에 따뜻해 보이기를 바라며 미소를 짓고 있었다. 하지만 그 자신은 전혀 따뜻함을 느끼지 못했다. 그냥 집에 가고 싶을 뿐이었다. 혼자 있고 싶을 뿐이었다. 하네의 문샤인을 마시며 레드 삭스 DVD를 보고 싶었다.

"당신이 아직 전부인에게서 벗어나지 못했다는 가설을 내세우는 사람들도 있겠어요. 정체 상태에서 꼼짝하지 못하고 있다고 말이에요."

앨런은 가설에 관심이 없었고, 그래서 하네에게 그렇게 말했다.

"나를 만져보기라도 할래요?" 그녀가 물었다.

앨런은 하네를 보았고, 그녀의 눈은 흔들림이 없었다.

그녀는 욕조에서 일어나, 몸을 돌리고, 그에게 등을 돌린 자세로 다시 앉았다. 그녀가 그에게 몸을 기울였고, 그녀의 무게는 치과의 납 가슴받이 비슷한 느낌을 주었다. 그의 손이 그녀의 젖은 두 다리 사이로 내려갔고, 그녀의 손가락들이 그의 손가락을 이끌었다.

"닿아요?" 그녀가 물었다.

"완전히는 아니고." 그가 말했다.

그녀는 몸을 약간 일으켰다.

"좀 나은가요?"

"넵."

그녀는 다시 몸을 뒤로 기댔다.

그는 클리토리스를 두 손가락으로 잡았다. 급히 들이마시는 숨. 이어 신음. 그는 이제 막 시작했지만 그녀의 소리는 점점 커졌다.

226

그녀의 소리, 목구멍에서부터 올라오는 묘한 소리는 아름다웠다. 다시 그는 꿈틀하는 것을 느꼈다. 다시 자극을 느끼게 될까? 그는 쑤시는 듯한 느낌을 받았으나, 그 순간은 곧 지나갔다.

그녀가 그의 손가락들로 원을 그렸다. 이어서 8자를 그렸다. 그녀의 눈은 감겨 있었고, 그는 그녀가 멀리 가 있다는 것, 십대의 침실이나 해변에 가 있다는 것을 알았다. 그녀의 마음에서 그는 다른 사람―더 강하고, 더 젊은 남자―이었다. 활기 넘치는 남자, 원하는 대로 응해주는 남자. 그는 계속 원을 그리고 두 손가락으로 잡고 빠르게 흔들었다. 그녀의 호흡이 불규칙해지고 커지면서 그에게 기댄 몸이 점점 무거워졌다.

그는 바로 얼마 전에 미래학자들의 예측을 가득 실은 잡지를 읽은 적이 있었다. 거기에는 곧 우리가 컴퓨터 콘택트렌즈를 끼고 오직 눈으로 세상의 모든 정보에 접근할 수 있을 것이라는 확신에 찬 이야기도 있었다. 공학적으로 더 나은 장기를 만들 것이며, 나노테크놀로지 덕분에 우리 몸의 암을 파괴하는 물질을 만들어낼 수 있고, 이백 살까지 살 수 있게 될 터였다. 사람들은 우리가 어떤 로봇 같은 상태로 넘어갈 것을 걱정하지만, 프로그램이 가능하고 쉽게 조작할 수 있다는 면에서 이미 우리는 로봇과 아주 흡사하다. 우리에게는 버튼이 있고, 회로가 있으며, 그것들 모두 지도를 만들어 설명할 수 있고, 프로그램을 다시 짜거나 조정할 수도 있다. 이 기묘한 것, 클리토리스를 위아래로, 또 둥글게 움직여서 큰 쾌감을 이끌어낼 수 있다는 이 완전히 기계적인 단순함은 웃음이 나올 정도로 쉬워 보인다. 그래서 우리는 그렇게 한다. 그것이 어떤 행복을 만들어내니까. 버튼을 누르면 보상이 나온다. 여기에서도 인간의 가장 큰 효용은 쓸모가 있다는 것이다. 소비하는 것이 아니고, 지켜보는 것이 아니고, 다른 사람을 위해, 비록 잠시일지라도, 그들의 삶을 개선할 수 있는 뭔가를 하는 것.

"이제 더 빨리." 그녀는 가늘고 날카롭게 소리쳤다. 갑자기 외국인 억양이 튀어나왔다.

그는 더 빨리 움직였다. 두드리고 원을 그리자, 그녀의 호흡이 더 가빠졌다. 그녀의 손이 그의 손을 움켜쥐고, 다른 손은 자신의 젖꼭지를 쥐었다. 한쪽, 이어서 다른 쪽. 그의 손가락은 한 번 움직일 때마다 머무는 시간이 길어졌고 그녀는 거의 비명을 질렀다. 오래전, 그는 이 방면에 약간 기술이 있었다. 정신을 잃을 듯한 루비의 오르가슴. 고개를 앞뒤로 흔들고, 불분명한 발음으로 안 돼를 되풀이하고, 머리를 사납게 흔들 때마다 머리카락이 그를 때리고.

곧 하네는 힘차게 움직였고, 그래와 더 빨리가 잇따라 터져나왔다. 물이 욕조 너머로 넘쳤다. 그녀의 등이 휘었고 그녀는 절정에 올랐으며, 이윽고 끝이 났다.

그녀는 그에게로 몸을 돌려 그의 뺨과 입술을 어루만졌다. 그녀는 뜨겁게 그의 눈을 바라보며, 자신이 그를 부수고 들어갔다는, 그를 바꾸어놓았다는 증거를 찾았다. 그것을 찾지 못하자, 그녀는 다시 등을 돌리고, 타일을 바른 벽을 바라보았다. 그녀는 다시 그에게 등을 기대며 웃음을 터뜨렸다. 앞으로 세상이 그들보다 강한 사람들을 창조하는 시대가 올 수도 있었다. 이 모든 문제를 해결하는 때가. 하지만 그때까지는 하네와 앨런 같은 여자와 남자 들, 불완전할 뿐 아니라 완전함으로 가는 길마저 막힌 여자와 남자 들이 있을 것이다.

XXIII

사우디의 주말*이었고, 이렇게 짜임새 없이 펼쳐져만 있는 상태는 앨런에게 좋지 않았다. 시간은 너무 많고 할일은 없었다. 그는 거의 아침 내내 TV만 보다가 헬스클럽으로 갔다. 운동기구 세 대에 앉아 밀고 당기다가 몸이 마비되는 느낌이 들어, 삼십 분을 못 채우고 방으로 돌아왔다. 오후가 되도록 식사를 하지 않았기 때문에, 오믈렛과 자몽을 주문했다. 그는 환한 발코니에서 그것을 먹으며, 저 아래 방파제에서 아주 작은 사람 형체들이 낚시를 하는 모습을 지켜보았다.

앨런은 안으로 들어가 음성 메시지를 확인하고, 그가 4만 5000달

---

* 사우디아라비아의 주말은 원래 목요일, 금요일이었으나 2013년 6월 29일 이후 금요일, 토요일로 바뀌었다.

러를 빚고 있는 짐 웡이 변호사의 자문을 구하고 있다는 소식을 듣는 데 100달러를 더 날려버렸다.

"그냥 예방책이야." 짐이 말했다. "자네가 약속을 잘 지킬 거라는 건 알지만, 그냥 나한테 어떤 선택지가 있는지 알고 싶어서."

그것이 첫번째 메시지였다. 두번째는 더 나빴다.

키트는 가을에 자메이카 플레인의 한 식품 협동조합에서 일하기로 결정했다. 지금은 학교에 돌아가고 싶지 않다고, 아이는 말했다.

젠장. 앨런은 생각했다.

찰리 팰런의 미망인 애네트가 메시지를 남겼다. 혹시 찰리에게 받은 편지가 있다면 그 사본을 달라고 부탁하는 내용이었다. 애네트한테 그걸 다 버렸다고 어떻게 이야기한단 말인가? 나는 그 친구가 제정신이 아니라고 생각했습니다, 앨런은 그렇게 말할 수도 있었다. 아니, 그는 그녀에게 그런 말을 하지 않을 생각이었다.

그는 이메일을 확인한 뒤, 릴라이언트의 젊은 사람들이 리야드에 갔다는 것을 알았다. 괜찮다고 해주시기를 바라요!!! 레이철이 메시지에 그렇게 적었다. 이 제정신이 아닌 곳을 한번 둘러보고 싶었습니다!! 브래드는 그렇게 썼다.

곧 앨런은 벽시계를 보았고, 시계가 좋은 소식을 알려주었다. 여섯시이니 시디키를 열어도 괜찮다는 것이었다. 하네가 보급품을 다시 채워주었기에, 앨런은 욕실에서 새 잔을 가져와 첫 2.5센티미터를 따르며 따뜻한 마음으로 그녀를 생각했다.

한 모금 들이켰고, 혼합물은 쉽게 내려갔다. 며칠 전에는 쏘는 듯하고 불쾌한 맛이었는데, 이제는 거의 부드러운 느낌이었다. 첫 잔을 다 마시는 동안 그것이 그에게 나긋나긋한 목소리로 내 친구, 내 친구 하고 소곤거리는 듯했다.

일어서자 벌써 머리가 어찔하고, 팔다리가 묵직해진 게 느껴졌다. 이것이 지난번 것보다 강했다. 그가 아직 머리도 마르지 않은 채로 그녀의 포치 앞에서 작별 인사를 할 때, 하네가 그럴 거라고 주의를 주었다.

"단지에서 봐요." 그녀는 헤어지면서 그렇게 말했다.

앨런은 다시 한 잔을 따라 욕실로 가져갔다. 반잔을 마시고 닥터 하켐이 붙여준 반창고를 떼어냈다. 상처가 얼얼하고 화끈거렸고, 갑자기 의사가 틀렸을지도 모른다는 깨달음이 찾아왔다. 의사들은 이런 문제를 자주 틀린다, 안 그런가? 의사들은 주근깨 하나, 혹 하나를 보고 아무것도 아니라고 말하지만, 그게 곪고 커지고 시커메져, 죽음과 소송이 뒤따르는 것이다.

앨런은 따라놓은 시디키를 마저 마시고 한 잔을 더 따랐다. 늘 그 두번째 잔이 가장 맛있었다. 이것이 도약점이었다. 이것이 무중력이었다. 이제 일들이 움직이고 있었다. 이제 일들이 벌어지고 있었다. 그는 발코니로 돌아갔다. 몸이 비틀거렸고, 기분이 아주 좋았다.

찰리 팰런은 무너지고 있었고, 앨런은 그것을 확실히 알았다. 초절주의와 관련된 페이지들을 그의 우편함에 집어넣는 것? 그건 미치광이나 하는 짓이었다. 편지와 스크랩과 복사본 그 모든 것들은 신에 관한 것, 자연과 이루는 합일에 관한 것이었다. 그것이 찰리가 감동을 받는 것이었다. 장엄, 장엄―찰리가 좋아하는 말이었다. 장엄과 경외와 신성, 교감, 바깥 세계와 이루는 교감. "앨런, 모든 답은 공기에, 나무에, 물에 있네!" 그는 이런저런 브룩 농장 선언문 여백에 그렇게 썼다. 그러다가 곧 얼어붙을 듯한 차가운 호수에 걸어들어가, 그 호수가 자신을 죽이게 했다. 그게 그가 생각하는 교감, 그가 생각하는 합일이었을까?

찰리에게는 딸이 둘 있었다. 피오나, 그리고 앨런이 이름을 기억하지 못하는 또 한 아이. 둘 다 키트보다 나이가 위였고, 너무 나이차이가 나서 함께 놀지는 않았다. 머리카락은 곧게 뻗었고, 두 눈사이가 멀었으며, 둘 다 걸이에 걸린 모자처럼 머리를 낮게, 앞으로 쑥 내밀고 다녔다.

피오나와는 딱 한 번 그 일, 나무의 그 이상한 불 사건이 있었다. 그날 오후는 어두웠고, 가랑비와 함께 약하지만 히스테릭한 바람이 불어왔다. 앨런은 일찌감치 집으로 차를 몰고 가다가 피오나가 길에 서서 위를 쳐다보고 있는 것을 보았다. 그때 그 아이는 열여섯 살쯤이었다. 그는 차를 세우고 창문을 내렸다.

"밖에 나와 있다니 용감한데." 그가 말했다. 아이는 손에 휴대전화를 쥐고, 얼굴은 하늘을 향하고 있었다. "무슨 과학 실험이라도 하는 거니?"

아이는 웃음을 지었다. "안녕하세요, 클레이 아저씨. 저 나무에 불이 붙었어요." 아이는 말하면서 길 건너의 키 큰 오크를 가리켰다.

앨런은 차에서 내려 나무의 한쪽 구석에서, 6미터 정도 높이에서 아주 작은 불이 깜빡이는 것을 보았다. 불은 다람쥐만한 크기였고, 놓인 위치도 비슷했다.

"전신주가 쓰러졌어요." 그녀가 말했다.

나무 옆에 전신주가 둘로 쪼개져 있었다. 그 와중에 전선이 끊어져 그 속이 훤히 드러나고, 거기에서 불꽃이 일어 작은 무더기를 이루고 있던 죽은 잎들에 불이 붙은 것이었다.

아이가 이미 소방서에 전화를 했기 때문에, 둘은 그냥 바람이 조금씩 불 때마다 불이 하얗게 빛을 발하는 것을 지켜보며 서 있었다.

희미한 사이렌 소리. 도움의 손길이 다가오고 있었다.

"뭐, 됐네요." 아이가 말했다. "나중에 봬어요, 클레이 아저씨."

이제 두 딸, 피오나와 다른 한 아이 모두 성인이었다. 그들은 어디 있을까? 앨런은 장례식에서 그들을 보았고, 딸들은 어렸을 때와 거의 같아 보였다. 너무 어려 보였다. 하지만 이제 나이가 들 만큼 들었다. 그들에게는 예전에 아버지가 있었고, 그는 꽤 오래 버텨주었다. 아버지 노릇이 아버지를 죽여. 누군가, 골프를 치던 중에 농담으로 그렇게 말한 적이 있었다. 그러나 그는, 찰리는 할 만큼 했다. 그것만이 중요했다. 그들에게는 아버지가 있었고, 그들은 강하게 자랐고, 이제 그는 가고 없었다. 그 정도면 전부 공평해 보였다. 어쩌면 아닐 수도 있지만.

착한 사람, 다정한 사람, 꽁꽁 얼어붙은 채로 질척이는 호숫가에 누워 있던 사람, 제복 입은 사람들에게 둘러싸여 심폐소생술을 받던 사람.

앨런은 안으로 들어가 종이를 한 장 꺼내 왔다.

키트, 오래 살면 모든 사람을 실망시키게 돼. 사람들은 내가 자기들을 도와줄 수 있을 거라고 생각하지만 보통은 도와줄 수 없거든. 그래서 실망시키지 않으려고 무진 애를 쓰게 될 한두 사람을 선택하는 과정이 시작되지. 내 인생에서 내가 실망시키지 않겠다고 결심한 사람은 너야.

아냐, 아냐. 멍청해. 젠장. 그는 문샤인을 2.5센티미터 더 삼키고 다시 쓰기 시작했다.

키트. 아빠가 출장을 많이 다니던 때, 종종 네가 잠자리에 든 다음에 집에 들어가 아침에 네가 깨기 전에 집을 나와야 했어. 네가 세 살 때쯤 일이야. 미시시피주 그린빌에 살 때였지. 너는 한동안 그곳을 아주 좋아했어. 우리는 넓은 땅에서 살았단다. 약 4만 제곱미터 크기였어. 너희 엄마는 그곳을 싫어했어. 맙소사, 네 엄마는 미시시피를 싫어했단다. 하지만 나는 늦게 퇴근하곤 했지. 공장이 엉망이었거든. 노동자들은 자기가 뭘 하고 있는지도 몰랐어. 우리는 슈윈을 전부 그곳으로 옮겼는데, 처참한 상황이었지. 너는 여전히 기저귀를 차고 있었어. 그럴 나이가 지났다고 볼 수 있었는데도 말이야. 종종 네가 오줌을 싸서 잠을 깨면 내가 일어나서 갈아주곤 했지. 내가 그래도 될지 네 엄마에게 확인을 받고, 가서 기저귀를 갈았어. 네가 잠을 깨는 걸, 놀라는 걸 원하지 않으면서도, 나라는 걸 알 만큼 네가 눈을 오래 뜨고 있기를 바랐어. 그때는 내가 곁에 오래 있어주지 못했기 때문에, 네가 나를 봐주기를 바랐단다. 눈을 뜨고 있어줘. 나는 그렇게 생각하곤 했어. 그냥 나라는 걸 알 만큼만 오래. 그게 내가 생각하던 거야. 나라는 걸 알 만큼만 오래 눈을 뜨고 있어줘.

아냐, 아냐. 도움이 되지 않을 거야, 전부. 하지만 오늘밤엔 이걸로 됐어, 하고 앨런은 생각했다. 그리고 자신에게 상으로 길게 한 모금을 주었다.

곧 그는 만족했다. 시디키가 주는 취기가 아주 만족스러웠다. 장엄. 그는 생각했다. 이게 장엄이야. 그는 침대에 자리를 잡고 케이블 TV에서 예전 레드 삭스 게임을 찾아냈지만, 아홉시에는 정신을 잃었다.

아침에, 마침내 유세프의 전화를 받았고, 그는 유세프에게 식사를 하러 올 생각이 있느냐고 물었다. "아뇨, 안 돼요." 유세프가 말했다. "당분간은 안 돼요." 그는 사촌의 집에 숨어 있었고, 거기에서 나오는 것을 두려워했다. 그 남편과 그의 심복들이 보내는 문자의 위협 수위가 전에 보지 못하던 수준으로 올라가 있었다.

앨런은 호텔 레스토랑에서 점심을 먹으며, 〈아랍 뉴스〉를 읽고,

건너편 탁자에 앉아 있는 한 무리의 사업가들, 유럽인과 사우디인들을 지켜보았다. 그러다 떨림음이 섞인 듯한 커다란 웃음소리가 들려 뒤를 돌아보았다. 서양 여자 두 명이 안내원과 이야기를 하고 있었다. 그들은 머리에 스카프를 쓰기는 했지만, 나머지 복장에는 타협이 없었다─꼭 끼는 바지에 하이힐 차림이었다. 목소리가 너무 컸고, 깔깔 웃음을 터뜨리기도 했다. 그들은 해변에 관해 묻고 있었다.

오후에 그는 헬스클럽에서 한 시간 정도를 보내며, 여러 운동기구를 이용하는 척했다. 그런 뒤에 트라이팁*과 남은 문샤인을 자신에게 상으로 주었다.

기분이 좋을 때, 자기 검열에서 벗어났을 때 키트에게 일관성 있게 이야기를 좀 해보려 했다. 아이의 근심, 아이의 불평을 하나하나 거론하려 했다. 그는 미친듯이 타이프를 쳐나갔다.

키트, 편지에서 개와 있었던 일을 이야기했더라.

키트는 여섯 살이었다. 그들 셋이 막 성당을 나섰을 때, 여자 하나가 앞에 개를, 비글을 데리고 지나갔다. 루비는 개가 착한지 물었고, 여자는 그렇다고 대답했으나, 바로 그 순간 개가 곧바로 키트의 얼굴로 달려들어 턱을 물어버렸다. 이런 씨발! 앨런이 고함

---

* 쇠고기 부위 중 한 종류.

을 질렀고, 근처에 있던 신부와 신도들이 그 소리를 들었다. 그는 쉬잇 소리를 내 개를 쫓아냈고, 개는 자신의 죄와 운명을 아는 것처럼 움츠러들며 낑낑거렸다.

피가 네 입과 파란 드레스를 흠뻑 적시고, 너는 수백 명이 보는 앞에서 비명을 지르고 있었어. 그래, 네 엄마는 이렇게 말했지. '저 개는 수요일엔 죽은목숨일 거야.' 내가 그 자리에 있었어. 나도 들었어. 실제로 그 개는 그 주에 죽임을 당했어. 네가 이걸 네 엄마의 냉정함이나 사디즘의 어떤 징후라고 생각한다는 건 나도 안다만······

앨런은 손을 멈추었다. 다시 길게 한 모금 들이켰다.

그녀가 그 말을 한 방식에서는 무시무시한, 임상적인 정확성이 느껴졌다, 안 그런가? 하지만 그렇게 달려들어 여자아이를 물어버리는 개는 영원히 잠재워버리기 마련이다. 루비의 죄는 뭐였을까? 정확했다는 것?

앨런은 그 말이 얼마나 독했는지 기억했다. 저 개는 수요일엔 죽은목숨일 거야. 그렇게 마음의 평정을 유지한다는 것! 애가 물리고 나서 불과 몇 초 뒤에, 앨런이 공황에 사로잡혀 허둥거리고 있을 때, 키트를 안고 열두 블록 떨어진 병원까지 달려야 하는지, 911에 전화를 해야 하는지, 아니면 아이를 차에 태워 병원으로 데려가야 하는지 생각하고 있을 때. 하지만 루비는 이미 그 짐승에 사형선고를 내리고 있었다. 그런 차가운 계산!

그 짐승이 죽은 뒤, 주인들이 개의 사진을 보냈다. 아니, 떨어뜨

238

리고 갔다. 앨런과 루비의 우편함 안에 봉투를 넣어두었고, 안에는 개의 사진, 행복했던 시절, 목에 스카프를 두른 사진이 있었다.

하지만 그 개 이야기는 이제 됐다. 그는 개 이야기를 정리했다. 그는 조금 더 따르고, 조금 더 마셨다. 이제 음주운전, 키트가 학교에 가 있는 동안 아이의 물건을 전부 치운 것, 키트의 가장 민감한 행사, 그중에서도 견진성사와 졸업식에, 이상하게도 루비의 남자 친구들이 참석했던 문제들만 남았다……

편지의 내용들과는 상관없이, 그는 기분이 좋았다. 둥둥 뜬 느낌, 유연해진 느낌이었다. 조깅을 하러 가고 싶었다. 그는 일어섰다. 그러나 조깅을 하러 갈 수 없었다. 그는 룸서비스에 전화를 해서 빵과 패스트리 한 바구니를 주문했다. 볼썽사나운 모습으로 웨이터를 맞이하고 싶지는 않았기에 이를 닦고 머리를 매만졌다. 거울 앞에 있는데 생각이 하나 떠올랐다. 안전핀이 하나 필요했다.
방의 서랍을 살폈지만 찾지 못했다. 옷장 안을 보니 바느질 상자가 있었다. 이게 오히려 나았다.

빵이 왔고, 그는 숨을 멈추고 서명을 했다. 그는 무타와 문제가 생기는 것을 원치 않았다. 물론, 앨런은 이를 닦았지만, 웨이터는 알 것 같았다. 앨런이 침대 위에 쟁반을 놓는 웨이터를 곁눈질했지만, 그의 눈은 상냥했다. 그는 앨런에게 관심이 없었고, 그가 나가자 앨런은 문을 닫으며 기분이 환장할 만큼 좋았다. 그는 침대에 누워 패스트리를 먹으면서 지금까지 키트에게 쓴 것을 읽어보았다. 말이 되지 않았다.

나는 찰리가 한 짓을 하지는 않을 거다. 혹시 네가 궁금해할까봐 하는 말이지만. 그는 그렇게 썼다가 지워버렸다. 애초에 키트가 그런 생각을 할 리가 없었다. 집중하자, 그는 생각했다.

오 맙소사, 키트, 그린빌에서의 시절은 미안하구나. 나도 그 멍청한 결정에 한몫했거든. 우리는, 시카고에서 노동조합에 시달리던 우리는 모든 걸 미시시피로 옮기기로 결정했지. 그곳에 가면 어떤 조직도 우릴 괴롭히지 않을 테니까. 아 젠장, 얼마나 엉망이었는지. 우리가 거기서 만든 자전거들은 쓰레기였어. 우리는 백 년에 걸쳐 쌓아온 전문지식을 내던진 거야. 그게 더 능률적일 줄 알았는데, 정반대였던 거지. 그래서 난 늘 나가 있었단다. 그때 이미 대만과 중국을 돌아다니고 있었어. 그러느라 몇 년을 놓쳤지. 나는 대만에 가고 싶지 않았어, 안 그랬겠니? 하지만 다른 모든 사람이 거기 가 있었어. 거기서 난 너의 중요한 몇 년을 놓쳤고, 그게 후회스러워. 젠장. 노동조합이 없으면 더 능률적이 되니까 노동조합을 잘라내라. 미국 노동자들이 없으면 더 능률적이 된다, 이상, 그들을 잘라내라. 왜 나는 그게 닥쳐오는 걸 보지 못했을까? 나도 없어져야 더 능률적이 된다는 걸. 젠장, 키트, 너무 능률적으로 만드는 바람에 내가 필요 없게 되어버렸단다. 나 자신을 부적당한 사람으로 만들어버린 거야.

하지만 네 엄마는 그 자리에 있었어. 네 엄마가 네 마음에 들지 않는 무슨 짓을 했든, 네가 오늘날의 네가 된 건 네 엄마와 네 엄마의 힘 덕분이라는 걸 네가 알기를 바란다. 네 엄마는 언제 예인선이 되어야 하는지 아는 사람이었어. 이건 네 엄마가 만들어낸 말이란다, 키트. 예인선. 네 엄마는 변함이 없었고, 밑에 숨은 위험들을 피해 움직였어. 너는 지금 내가 한결같았다고 생각하지만, 사실 내내 한결같았던 건 바로 네 엄마라는 걸 알고 있었니?

편지를 다 쓰자마자 그는 그 가운데 어느 것도 보내지 않을 거라는 걸 깨달았다. 그는 엉망이었다. 그런데 왜 이렇게 강해졌다는 느낌이 드는 걸까?

그는 거울로 가서 바늘을 잡았다. 케이크를 구울 때 쓰는 방법을 염두에 두고 있었다—이쑤시개를 꽂았다 빼서 뭐가 달라붙어 나오는지 본다. 아무것도 달라붙지 않으면 케이크가 다 구워진 것이다.

그는 성냥을 찾았다. 그러나 그에게는 성냥이 없었다. 그는 술에 취했고, 뭘 찾는다는 데 짜증이 났다. 바늘은 충분히 소독이 되어 있는 것처럼 보였다. 그는 거울 쪽으로 등을 돌리고, 왼손으로 혹을 잡은 다음 오른손으로 바늘을 조준했다. 그는 어떤 느낌일지 알고 있었다. 전에도 피부에 구멍을 뚫은 적이 있었기 때문이다. 하지만 이번에는 더 깊이, 거기 있는 무슨 암이든 달라붙어 나올 만큼 깊이 들어갈 필요가 있었다. 물론 달라붙어 나올 것이다. 이질적인 것은 이질적인 것에 달라붙으니까.

빠를수록 좋아, 그는 속으로 그렇게 생각했다. 그리고 바늘을 쿡 찔러넣었다. 통증은 예리했고, 백열로 뜨거워졌다. 기절할 것 같았다. 그러나 그는 그대로 서서, 바늘을 더 밀어넣었다. 적어도 2.5센티미터는 들어가야 한다고 생각했다. 그가 바늘을 밀어넣으며 비틀자, 통증이, 기적적으로, 사라졌다. 이제 묵직하게 아파왔고, 심장, 손가락 끝, 모든 곳이 욱신거렸으며, 그 모든 것이 아주 기분 좋았다.

그는 바늘을 뽑고서 회색이나 녹색 같은, 악화를 보여주는 색깔의 물질을 예상하며 노려보았다. 그러나 붉은색, 끈적이는 붉은색밖에 안 보였고, 전과 마찬가지로 피가 덩굴손 모양으로 등을 타고 쏟아져 내렸다.

그는 등의 피를 닦아내고 바늘을 깨끗하게 씻으며 기분이 좋았고, 만족스러웠다. 진전이 있어, 그는 생각했다.

다음날 아침이면 사우디에서의 새로운 일주일이 시작될 터였다. 그는 여전히 반쯤 취한 상태였으나, 이제 진지하게 앞으로 나아갈 준비가 되어 있었다. 그는 짐 윙에게 전화를 해, 씨발 그만 좀 하라고, 곧 돈이 들어올 것이고, 그 돈을 원한다면 남자답게 굴고 그들이 친구여야 한다는 사실을 기억하라고 말했다. 그는 점핑 잭*을 열 번 한 뒤 에릭 잉볼에게 전화를 걸어, 왕이 다음주에 올 것이며 그때 모든 것이 처리될 거라고 말했다. 잉볼은 그렇지 않다는 증거를 댈 수 없었고, 앨런은 언제나 그 말을 취소할 수 있었다. 어쨌거

---

* 차렷 자세에서 뛰면서 발을 벌리고 머리 위에서 양손을 마주쳤다가 다시 원상태로 돌아오는 동작.

242

나, 잉볼 이 새끼는 병에 걸린 좆같은 전신주로 좆질이나 하라지.
앨런은 강해진 느낌이었다. 푸시업을 두 번 하자 훨씬 강해진 느낌
이 들었다.

그는 다시 반창고를 붙이고, 문샤인을 마저 마시고, 잠자리에 들
었다. 장엄, 그는 그렇게 생각하다 혼자 웃음을 터뜨렸다. 방을 둘
러보았다. 전화기, 쟁반, 거울, 피에 젖은 수건을 보았다. 이게 장
엄이야. 그는 소리 내어 말했고, 그 모든 것이 아주 기분좋았다.

XXIV

아침에 앨런은 기운이 뻗치는 것을 느끼며, 젊은 사람들과 셔틀을 탔다. 뜨거운 태양이 지금껏 그 어떤 날보다 시끄럽게 저 위에서 욕설을 퍼붓고 있었지만, 앨런은 듣지 않았다. 그는 젊은 사람들에게 큰 소리로 이야기하며 계획을 짰다. 오늘은 적어도 일정 비슷한 것이라도 잡아놓겠다고, 그가 젊은 사람들에게 이야기했다. 약간의 자신감, 약간의 존경. 그는 와이파이만이 아니라 텐트 안의 에어컨도 확인할 생각이었다. 오늘은 할 수 있다는 느낌이 들었다. 한동안 블랙박스의 누구도 괴롭히지 않았으니, 오늘은 안으로 성큼성큼 걸어들어가, 원하는 대로 얼마든지 요구하고 질문할 수 있었다.

"살살 하세요, 앨런, 왜 갑자기 목소리에 잔뜩 힘이 들어간 거죠?" 레이철이 물었다.

앨런도 알지 못했다.

그는 텐트 안의 젊은 사람들을 떠나 블랙박스를 향해 성큼성큼
걸어갔다.

"안녕하세요." 마하가 말했다.
"안녕하세요 마하. 잘 지냈어요? 오늘은 카림 알 아마드 씨 있나
요?"
앨런의 귀에 다른 시대에서 온 영업사원처럼 말하는 자신의 소
리가 들렸다. 목소리는 컸고, 자신이 넘쳤으며, 거만하게 들릴 정
도였다.
돈! 로맨스! 자기 보존! 인정!
 "아니요, 안됐지만 안 계시네요."
"그럼 오기는 하나요?"
이제 마하가 그를 다르게 보는 것 같았다. 이제 그는 시끄러웠
고, 활기가 넘쳤고, 기대감에 가득차 있었다. 그녀는 그의 앞에서
움츠러드는 것 같았다.

"못 오실 것 같아요." 그녀가 온화하게 대답했다. "뉴욕에 계시
거든요."
"뉴욕에 있다고요?" 이제 앨런은 거의 고함을 지르고 있었다.
"하네는 있나요?"
"하네요?"
앨런은 자신이 그녀의 성을 모른다는 것을 깨달았다.

"덴마크 여자? 금발?"

질문을 하려 했는데 말이 명령처럼 나와버렸다. 금발!

마하는 발을 헛디딘 사람처럼 당황해서 아무 말도 하지 못했다.

앨런은 기회가 생긴 것을 보았다.

"그럼 올라가서 만나봐야겠군요."

방금 무슨 일이 일어난 거지? 닥터 하켐을 만나고 난 뒤 그에게 어떤 이상한 힘이 생겼다. 그는 건강한 남자였다! 그는 강한 남자였다! 곧 간단한 수술을 받을 것이고, 그러면 훨씬 더 강해질 것이고, 정복할 것이고, 또 정복할 것이다! 금발!

그렇게 그는 건물 안으로 걸어들어가 엘리베이터로 향했다. 마하는 그를 전혀 막지 못했다. 그는 삼층까지 날아갈 수 있을 것 같은 기분이었지만, 그냥 엘리베이터를 탔다. 그러나 일단 안으로 들어가자, 마치 그곳이 크립토나이트*로 만든 방 같은 곳이기라도 한 것처럼, 이전의 자신으로 돌아가버렸다. 몸에서 힘이 다 빠져나갔다.

하네가 있는 층에 도착해 그녀의 사무실로 찾아갔으나 그곳은 비어 있었다. 출근한 흔적도 없었다.

"무슨 일이죠?"

앨런은 몸을 빙글 돌렸고, 젊은 남자를 보았다. 겨우 서른 정도

---

* 영화 〈슈퍼맨〉에 나오는 광물질로, 슈퍼맨이 힘을 쓰지 못하게 만든다.

되었을까, 검은 정장에 보라색 타이를 매고 있었다.

"하네를 찾아왔습니다만."

그는 로비에 있을 때와 같은 목소리를 내려 했으나, 그 음역을 찾을 수가 없었다. "덴마크인 컨설턴트 말입니다!"

바로 그 목소리였다. 그냥 음량의 문제였을까? 예의바른 목소리 음량에서 한 눈금만 높였는데 대통령의 말처럼 들렸다. 곧 남자의 태도가 변했다. 허리를 곧게 펴고, 더 정중한 표정을 지었다. 음량 이야말로 하찮은 존재 취급을 당하느냐 아니면 중요한 위치에 있을 수도 있는 인물로 대접받느냐를 결정하는 요소였다.

"안타깝지만 오늘은 리야드에 계십니다. 제가 도와드릴 일이라도?"

앨런은 손을 내밀었다. "앨런 클레이. 릴라이언트에서 왔습니다."

남자가 손을 잡았다. "카림 알 아마드입니다."

앨런이 쫓던 남자였다.

"뉴욕에 계시는 게 아니군요." 앨런이 말했다.

"네, 아니지요." 알 아마드가 말했다.

그들은 잠시 그대로 서 있었다. 알 아마드는 앨런을 가늠하고 있었다. 앨런은 눈을 깜빡이지 않았다. 마침내 알 아마드의 얼굴이 부드러워지더니 번들거리는 미소가 나타났다. "이야기 좀 할까요, 클레이 씨?"

회의실 창밖으로 개발 지구 전체가 막힘없이 펼쳐져 있었다. 운하가 보였고, 웰컴센터와 그 너머의 바다도 보였다. 알 아마드는 만남이 지체된 된 것을 사과하며 앨런을 회의실로 맞아들였다.

"소다 드시겠습니까? 아니면 주스?"

앨런은 물 한 잔을 받아들며, 안내원이 건물 안에 없다고 했는데도 불구하고, 왜 이 만나기 어려운 사람이 건물 안에 있는지 알아내려 애를 쓰고 있었다. "안내원 말이 오늘은 밖에 계신다고 하던데."

"그 문제는 사과드립니다. 새로 온 안내원이어서요."

"지난 이틀 동안에도 여기 계셨습니까?"

"없었습니다."

앨런은 카림 알 아마드를 물끄러미 바라보았다. 젊고, 잘생기고, 크롬과 유리로 조각을 한 것처럼 광택이 났다. 치아가 눈부시고, 피부에는 땀구멍이 하나도 보이지 않았다. 그런 외모, 그렇게 상쾌하고 깔끔한 외모에, 그런 말씨로, 우아한 영국 억양으로 하는 말을 액면 그대로 받아들여주기는 어려웠다. 영화에서는 이런 사람을 모델로 악당을 만들어냈다. 바로 그 순간 알 아마드가, 마치 앨런의 생각을 안다는 듯, 얼굴로 뭔가를 했다. 얼굴을 약간 뒤틀어 미안해하는 미소를 지음으로써 자신을 아주 약간 덜 잘생겨 보이게 만든 것이다.

"지금까지 클레이 씨가 받은 대접은 용인될 수 없는 것입니다."

앨런은 그 말이 마음에 들었다. 용인될 수 없다.

"분명히 말씀드리지만 우리에게 릴라이언트보다 중요한 공급사는 없습니다."

앨런은 그의 말을 받아들여주기로 했다. "그 말씀을 들으니 좋네요. 하지만 우리한테는 몇 가지 문제가 있습니다."

248

"제가 바로 그런 문제들을 해결하는 일을 합니다."

알 아마드는 가죽 장정의 노트와 만년필을 꺼내, 만년필 뚜껑을 열고, 쓸 준비를 마쳤다. 그런 연극적인 행동이 거슬렸지만, 앨런은 천천히 밀고 나아갔다.

"저 밖에서는 프레젠테이션을 준비할 수 없습니다."

"왜요?"

"유선 랜이 필요합니다."

"그건 해드릴 수 없습니다."

"적어도 와이파이는 있어야 합니다."

"그건 해결하겠습니다. 또 뭐가 있나요?"

"에어컨이 작동하지 않아요. 우리 직원들이 고생을 하고 있습니다."

"그 문제는 즉시 처리하겠습니다. 또 뭐가 있습니까?"

"식사는 어떻게 하지요? 지금까지는 호텔에서 음식을 가져왔습니다만."

"내일부터는 매일 식사를 제공하도록 하겠습니다."

앨런은 엄청나게 강해진 느낌이었다. 이런 약속 가운데 어느 하나라도 정말 실현될지 아닐지는 전혀 알 수 없었지만, 그렇게 될 것인 양 행동하는 게 재미있었다. 그는 가장 중요한 질문으로 나아갔다.

"왕은 얼마나 기다려야 합니까?"

"저도 그건 모릅니다."

"야구장은 있습니까?"

"뭐요?"

"일정을 예측할 수 있느냐는 겁니다."*

"아니요, 없습니다."

이제 알 아마드는 노트를 덮고 있었다.

"며칠 정도?"

"모릅니다."

"몇 주?"

"모릅니다."

"몇 달?"

"그렇게 되지는 않기를 바랍니다."

앨런은 달리 갈 데가 없었다. 그 남자는 그가 원하는 것을 주었고, 어차피 그가 왕에 관해 뭔가를 알고 있으리라고 기대하지도 않았다. 이곳의 누구도 압둘라왕의 움직임에 관해서 아무것도 모른다는 사실에는 이미 체념 상태였다. 앨런은 그런대로 흡족하여, 어서 이 모든 소식을 직원들에게 전하고 싶은 마음에 일어서서 알 아마드에게 손을 내밀었다. 악수를 하다가 앨런은 저 아래 운하에서 이상한 광경을 보았다.

"저거 요트인가요?"

"그렇습니다. 어제 도착했지요. 배 좀 몰아보셨나요?

---

* 위의 야구장 이야기가 이런 뜻.

몇 분 뒤 앨런과 카림 알 아마드는 차를 타고 운하로 나가 배 작동법을 배웠다. 약 9미터짜리 하얀색 스포츠 낚시 요트는 손으로 만진 흔적조차 없었다. 지금까지 운행 거리가 약 5킬로미터였다. 갓 구입한 새 제품이었다.

"이런 걸 몰아보신 적 있어요?" 알 아마드가 물었다.

앨런이 조종을 해본 가장 비슷한 것은, 이것보다 수백만 달러는 싼 삼십 년 된 낡은 요트였지만, 그는 이것을 몰아보고 싶었다.

"자주 몰아봤죠." 그가 대답했다.

"좋습니다." 알 아마드가 말했다.

요트를 관리하는 사람, 작고 호리호리한 마흐무드라는 남자가 알 아마드와 아랍어로 잠깐 이야기를 나누었다. 앨런의 짐작으로는 앨런에게 운하를 따라 요트를 몰아보게 하라고 알 아마드가 마흐무드를 설득하는 것 같았다. 앨런은 임원으로서 이런 종류의 특권에 익숙했다—적어도 과거 한창때는 그런 데 익숙했다. 애스턴 마틴스* 몇 대를 시운전해보기도 했고, 프로펠러기 몇 대를 마음대로 부리기도 했다. 그 무엇보다도 낚시가 있었다. 슈윈 사람들은 미시간호에서든 다른 어느 곳에서든, 낚시 문화를 장려했다. 간부들과 선택받은 소수의 최고 소매업자들과 제네바호에서 주말을 보내기도 했다. 앨런은 그 모든 것이 그리웠다.

---

* 영국의 고급 승용차.

알 아마드가 그에게 키를 건넸다.

"우리의 선장 역할을 잘해주시리라 믿습니다."

앨런은 키를 시동 장치에 넣고 돌렸다. 엔진이 부르릉거리며 깨어났다. 앨런은 여기, 길이를 알 수 없는 이 운하에서 어떤 속도나 코스를 택하는 것이 신중할까 생각했다. 이 운하는 깊고 바다까지 뻗어 있으니 도시를 완전히 벗어나 넓은 물로 나아갈 수도 있지 않을까?

"숨은 모래톱만 없으면 괜찮습니다." 앨런이 말했고, 둘은 함께 웃음을 터뜨렸다. 운하가 수영장처럼 평평하고 맑았기 때문이다.

앨런은 스로틀*을 잡아당겼다. 그들은 곧 정박지를 떠나 청록색 수로를 따라 내려갔다. 수로 어디에도 흠 하나 없었다—물에 부스러기 한 조각, 바닥에 긁힌 곳 한 군데도 없었다.

조금 전까지만 해도 공기가 답답했지만 이제는 상쾌한 바람이라는 축복이 내려, 그들의 머리카락이 뒤로 흩날렸다. 앨런은 알 아마드를 돌아보았다. 그는 활짝 웃으며, 마치 내가 우리를 함정에 빠뜨리기라도 한 건가요? 하고 말하듯 눈썹을 치켜세웠다. 앨런은 이 남자를, 이 요트를, 이 운하를, 갓 태어난 이 도시를 사랑했다.

그들 오른쪽으로 건물들이 조금씩 나타나기 시작했고, 앞쪽 머리 위로 보행자용 다리가 보였다. 알 아마드가 개발 지구 중 이 지

---

* 연료 조절용 밸브.

역에 어떤 계획이 있는지 이야기해주었다.

"시카고에 사셨죠, 그렇죠?" 그가 물었다.

거기하고 약간 비슷해질 거라고, 그가 설명했다. 베네치아 비슷해지는 거죠. 물 양쪽에 산책로가 있고, 정박지가 자주 눈에 띄고, 계단을 내려가면 레스토랑들이 나오고, 수상 택시들이 승객을 실어나르고. 아름다움을 고려한 것이지만, 환경을 고려한 선택이기도 했다. 제다 주변의 공기는 스모그로 바뀔 조짐이 보였고, 합성 수지 공장에서 배출물이 나올 것이기 때문에, 모든 오염 물질을 줄이려 노력하고 있다고 했다. 사람들이 카약을 타고 출근할 수도 있을 거라고 했다.

"수상 자전거를 타거나, 곤돌라 사공을 부르거나 할 수도 있고요." 알 아마드가 말했다. "여기에서 돌리세요."

운하에서 작은 지류가 갈라졌고, 앨런이 그 지류를 따라가자, 곧 공사중인 파이낸셜센터, 대사관 파티에서 미국 건축가가 말한 그 건물이 보였다. 지금은 물 한가운데 거대한 원반 모양의 땅이 있을 뿐 이렇다 할 게 없었지만, 그럼에도 기가 막힐 정도였다. 이 수정 같은 물에서 솟아올라 그 물에 비치게 될 유리 타워들.

앨런은 이곳에 머물고 싶었다. 도시가 성장하는 것을 지켜보고 싶었고, 부동산을 사두고 세를 받으며 굴리고 싶었다. 어쩌면 마리나 델 솔에서. 그곳의 콘도는 얼마를 불렀더라? 이 일이 끝나면, 그는 그 돈을 낼 여유가 생길 것이다. 그리고 이 일은, 이제, 그의 손안에 들어와 있는 것 같았다. 그저 기다리는 일만 남았다. 알 아마드는 그를 마음에 들어했고, 빛나는 하얀 요트를 조종해 도시의 오염되지 않은 운하를 돌아다니게 해줄 만큼 그를 신뢰했다. 앨런은 이미 이곳의 초기 역사에 참여하고 있었다. 그는 파이낸셜센터 섬을 두 번, 세 번 돌았다.

그들은 둘 다 행복한 사람들, 비전을 가진 사람들이었다. 앨런은 여기 온 이래 처음으로, 자신이 어딘가에 속해 있다는 느낌을 받았다.

앨런이 텐트로 돌아와 문을 활짝 열어젖히고 들어갔을 때 젊은 사람들 셋 중에 둘은 노트북으로 작업을 하고 있었다. 케일리는 구석에서 잠들어 있었다. 그녀를 깨우고 그들을 전부 한데 모아 소식을 전하자, 그들은 거의 즉시, 그들을 채용한 릴라이언트가 요구하는 그대로 의욕 넘치고 유능한 사람들이 되었다.

한 시간이 안 되어 와이파이는 작업이 가능할 만큼 강해졌다. 알아마드가 약속을 지켰고, 이로써 앨런은, 매우 고맙게도, 자신이 일을 처리할 수 있는 사람임을 입증할 수 있었다. 곧이어 기술자들이 텐트 안으로 들어와 에어컨을 고쳤다. 이른 오후가 되자 온도는 20도까지 내려갔으며, 젊은 사람들은 장비를 다 설치했다—스크린, 프로젝터, 스피커. 그들은 무대에 테이프로 표시를 하고, 짧은 리허설을 했다.

네시가 되자 홀로그램을 테스트할 준비가 끝났다. 그들은 이런 테스트를 할 역량이 되는 가장 가까운 릴라이언트 전진 기지인 런던 지사와 연락을 했다. 다섯시에 셔틀이 도착하기 전까지 그들은 이십 분짜리 홀로그램 프레젠테이션을 처음부터 끝까지 두 번 돌려볼 수 있었다. 물 흐르듯 작동되었다. 깜짝 놀랄 만했다. 런던에 있는 그들의 동료 하나가 홍해에 있는 텐트 안의 무대를 걸어서 돌아다니는 것 같았다. 그는 실시간으로 질문에 대답하고, 무대에서 레이철이나 케일리와 대화를 나눌 수도 있었다. 오직 릴라이언트만 가진 기술이었고, 돈은 들었지만 오직 릴라이언트만 공급할 수 있었다. 미국에서 시제품을 제작하는 건 기함을 할 정도로 돈이 많이 들었고, 그들은 한국에서 미국의 5분의 1쯤의 비용으로 그들이 요구하는 규격에 맞게 렌즈를 제작할 수 있는 공급업자를 찾았다. 중국 공장에 하청을 주면 가격은 더 내려갔을 것이다. 릴라이언트는 어떤 개별 장치로도 튼튼한 이윤을 얻어낼 수 있었지만, 그보다 중요한 것은 이런 영상회의 기술이 기본적인 전기통신 분야 기술을 기반으로 한 거대 기업 릴라이언트의 소유라는 것이었다. 릴라이언트는 무엇보다도 한 도시 전체에 통신선을 깔 수 있는 능력을 갖추고 있었고, 더 높은 수준의 요구에 맞추어 이런 깜짝 놀랄 만한 기술까지 보유하고 있었다. 앨런은 압둘라가 도착하면, 이 프레젠테이션 하나로 금방 거래를 마무리짓게 될 것이라고 확신했다.

두번째 리허설이 끝나자, 앨런은 돌아다니며 하이파이브를 부추겼고, 젊은 사람들은 그의 열의에 웃음을 터뜨렸다. 그러나 그들의 웃음에는 새로이 발견한 존경심이 담겨 있었다. 그는 새로운 사람, 활기가 넘치는 사람이었다. 그들은 그가 일을 해냈다는 것을 알았

다. 그는 고쳐야 할 것을 고치고, 성공으로 가는 길을 닦았으며, 그
럼으로써 다시 선장이 되었다.

XXV

다음 며칠은 구름처럼 지나갔다. 하지만 수요일에 그들이 KAEC 로 가는 분기점에 이르자, 그곳은 전에 없던 아수라장이었다. 앨런 이 그 게이트를 통과해온 이래 처음으로, 거기 차량들이 있었다. 그들이 탄 셔틀 앞에 차량 열 대가 있었다―SUV와 야자수를 나르 는 트럭들, 레미콘 트럭, 한 줄로 늘어선 택시들과 밴들. 그 모두가 경적을 울려대고 있었다.

텐트 안에서, 젊은 사람들은 이리저리 뛰어다니며, 의자를 배치 하고, 스피커를 테이프로 고정하고, 마이크를 시험했다.
레이철이 그를 먼저 보았다. "정말 오늘 하는 거예요?"
앨런은 알지 못했다. "그런 것 같군." 그가 말했다.
브래드가 프로젝터에서 고개를 들었다. "금방 준비될 겁니다."

텐트 옆면을 따라 거대한 탁자, 길이가 족히 12미터는 될 것 같은 탁자가 세워져 있었다. 탁자 위에는 하얀 탁자보가 덮여 있고, 그 위에 은색 가열 쟁반 수십 개가 놓여 있었다. 이미 음식이 도착해 있었고, 따뜻한 음식과 차가운 음식, 사우디 음식과 서양 음식이 섞여 있었다. 누에콩부터 리조토와 샤와르마*에 이르기까지 없는 게 없었다. 하얀 소파들이 들어와 있었고, 파키스탄 노동자 한 팀이 무대를 마주보도록 소파들을 줄지어 배치하고 있었다.

앨런은 텐트에서 나가, 방문 시간을 분명히 알 수 있는지 물어보려고 블랙박스로 달려갔다. 헬리콥터 소리가 들려서 고개를 들어보니 두 대 모두 낮게 날다가 웰컴센터 근처 어딘가에 착륙하는 것이 보였다. 그는 현관문으로 달려갔다.

마하가 안내 데스크에 있었다. 전에는 그렇게도 도움이 되지 않던 그녀가 지금은 말을 하고 싶어 안달이었다. 금발! 그녀는 앨런에게 만일 그날 왕이 도착 예정이라면, 왕의 사람들이 그 사실을 이십 분 전에 알려준다고 말했다. 그 이야기는 곧 릴라이언트가 즉시 준비를 해야 하고, 동시에 하루종일 준비를 하고 있어야 한다는 뜻이었다.

앨런은 텐트로 돌아갔다. 브래드는 무대에서 책상다리를 하고 앉아, 미친듯이 노트북을 치고 있었다. 레이철과 케일리는 그 아래

---

* 양념해서 구운 고기를 야채와 함께 빵에 싸 먹는 아랍 전통 음식.

서서, 휴대전화에 대고 이야기를 하고 있었다. 앨런이 브래드에게 다가갔다.

"준비됐나?"

"이 분만요."

이 분 뒤, 브래드가 런던의 팀과 홀로그램 프레젠테이션 테스트 준비가 끝났다고 말하자마자, 그들이 한 번도 본 적 없는 사람이 텐트로 들어왔다. 사우디 사람이었다. 키가 크고 하얀 토브를 입었고, 가죽가방을 들고 있었다. 그는 개인적인 공간을 침범하기 꺼려진다는 듯 문간에 서 있다가 안에서 바쁘게 돌아다니는 모든 사람의 시선을 붙들기 위해 두 손을 들어올렸다.

"여러분, 안타깝지만 왕은 오늘 여기 못 오십니다. 여러분은 잘못된 정보를 받으셨습니다." 그는 그곳에 있는 사람들에게, 이야기가 전달되는 과정 어딘가에서 오해가 있었다고 말했다. 왕의 정보통신부에 속한 누군가가 승인되지 않은 부정확한 정보를 에마르의 누군가에게 주었고, 그후 잘못된 소식이 널리 퍼졌다. 왕의 KAEC 방문 날짜는 아직 미정이며, 사실 왕은 지금 요르단에 있고, 사흘 더 그곳에 머물 예정이었다.

젊은 사람들의 분위기는, 적어도 일이 분 동안은, 절망 비슷했다. 앨런은 브래드의 풀죽은 모습을 보면서, 이게 그의 인생에 있었던 실망 가운데 꽤 큰 축에 속한다고 느꼈다. 레이철과 케일리는 잠깐 비탄의 시간을 보낸 뒤 다시 노트북으로 돌아갔으며, 이제 텐트에 소파, 음식, 강한 와이파이 신호가 있다는 사실 때문에 상당히 행복해 보였다. 두 사람은 앉아서 만족스럽게 음식을 먹기 시작했고, 브래드는 무대 위 가지각색의 프로젝터들 사이에서, 두 발은 붙이고 두 무릎은 활짝 펼친 자세로, 장난감 곰처럼 누워 있었다.

밖으로 나갔을 때, 앨런은 전과 같은 움직임을 보았다. 다만 방향이 반대로 진행되고 있을 뿐이었다. 마치 이곳이 폐쇄되기라도 하는 것처럼, 배달 트럭들이 떠나고 택시와 밴이 사라졌다.

그는 개발 지구의 터를 여기저기 돌아다녔다. 사람들이 그날 아침 다양하게 손을 본 곳들이 눈에 들어왔다. 블랙박스 주위에 갑자기 꽃들이 널찍한 해자를 이루고 있었다. 산책로에는 야자수들이 가득했다―아마 이날 백 그루 이상 설치한 것 같았다. 멀리 웰컴 센터 주위에 보이는 분수들은 이제 하늘 높이 눈부신 물줄기를 쏘아올리고 있었다.

블랙박스로 올라가는 계단 밑에 섰을 때 지하 주차장에서 검은 SUV가 한 대 나오는 게 보였다. 차가 그의 옆에 멈추고 뒤쪽 창문이 내려가더니 금발머리와 웃음 짓는 얼굴이 나타났다. 하네였다.

"흥미진진했네요." 그녀가 말했다.

"그런 것 같군요."

"엉터리 정보라니 안됐어요."

"괜찮아요. 연습을 해봤으니 잘된 건지도 모르죠."

"나는 제대로 돌아가요. 태워드릴까요?"

앨런은 생각을 해보았다. 그가 현장에 있을 필요는 없었다. 하지만 하네와 단둘이 있고 싶지는 않았다.

"우리 팀과 함께 있어야 해요." 그가 말했다.

"괜찮아요?"

"괜찮아요." 그가 말했다.

그녀는 눈썹을 치켜세웠는데, 그건 그가 반긴다면 계속 캐묻겠다는 뜻이었다. 그는 더 말을 하지 않았고, 그녀는 손을 흔들며 떠났다.

그가 움직이려는데 이름을 부르는 소리가 들렸다.

"앨런!"

그는 블랙박스를 쳐다보았다. 낯익은 사람이 층계를 달려내려오고 있었다. 앨런은 그를 바로 알아보지 못했다. 만나기 직전에야 초점이 맞으며 얼굴이 또렷하게 보였다. 남자가 그에게 엎어질 듯 다가와 손을 내밀었다.

"무자디드입니다. 답사 때 만났죠. 기억나세요?"

"그럼요. 다시 만나서 반갑습니다. 무자디드."

"오늘 잔뜩 흥분하셨죠, 안 그렇습니까?"

앨런은 흥분되는 날이었다고 동의했다.

"클레이 씨를 찾고 있었습니다." 무자디드가 말했다. "우연히 카림 알 아마드와 이야기를 나누었는데요. 클레이 씨와 운하를 따라 내려갔다면서, 클레이 씨가 개발 지구에 얼마나 열광했는지 말해주더군요."

"아주 감명받았습니다. 지금도 감명받고 있고요."

"그거 잘됐네요. 음, 아시다시피, 저는 개인 주거 영업을 맡고 있는데요. 너무 주제넘은 짓이 아니기를 바랍니다만, 클레이 씨가 여기 킹 압둘라 경제도시에서 집을 구할지도 모른다는 생각이 들었습니다."

앨런이 아니라고 대답하기도 전에 무자디드는 그와 같은 사람, IT 계획을 실행에 옮기며 당분간 여기에서 시간을 보낼 가능성이 높은 사람이 이곳 KAEC에 제2의 집—불어로 임시 휴식처pied-a-terre라는 표현을 사용했다—을 소유하는 것의 다양한 이점을 설명했다. 무자디드의 말에서 거의 확신에 가까운 느낌을 받게 되자, 릴라이언트가 IT 계약을 따낼 것이 흔들림 없는 사실이라는 강한 암시를 받게 되자, 앨런은 자신감으로 가슴이 터질 듯했다. 그는 콘도미니엄 답사를 하겠다고 동의했다.

"우리 쪽 사람들 몇 명이 벌써 여기 살고 있다는 걸 아셨나요?" 무자디드는 궁금해했다.

앨런은 몰랐지만, 그것으로 이따금씩 높은 창에서 보였던 얼굴들이 설명되었다.

그들은 건물로 들어갔고 무자디드는 거대한 로비에서 발을 멈추었다. 천장은 약 9미터 높이였고, 그 위에 유리로 만든 둥근 천장이 있었다.

"웅장하고 환대하는 분위기죠, 그렇게 생각하지 않으세요?" 사실은 지나치게 화려하고 부담스러웠지만, 앨런은 명랑하게 고개를 끄덕였다.

"자, 아실지 모르지만, 건물 한 층은 완공되었습니다. 직원들 여러 명이 현재 각자 한 가구를 차지하고 있습니다. 실제로 그들이 사는 집을 보여드릴게요. 그러면 어느 수준의 호화로움과 편리함을 누릴 수 있는지 알 수 있을 겁니다. 개발의 이런 초기 단……"
무자디드는 말을 멈추더니, 전화기를 꺼내 화면을 보았다. 그는 깜짝 놀라며 전화를 받았다. 아랍어로 짧은 대화가 이루어졌다. 그는 전화를 끊더니 미안해하는 웃음을 지었다.
"잠깐 실례 좀 해도 되겠습니까? 사무실에서 긴급한 연락이 와서요. 와서 회의에 참석하라는군요. 죄송하지만, 피할 수 없는 일입니다."
"괜찮습니다."
"곧 돌아오겠습니다.
앨런이 당황한 표정을 지은 것이 분명했다. 어쩌면 실제로 당황했는지도 모른다. 혼자 있고 싶지 않았기 때문이다. 무자디드가 새로운 계획을 생각해냈다.
"혼자 오층에 올라가보시면 어떨까요? 501호 초인종을 누르세요. 주인에게 클레이 씨가 간다고 이야기해놓겠습니다. 그 사람이 집을 보여줄 겁니다. 사실 그게 제일 좋겠네요. 처음부터 여기 살았으니까 저보다 이야기를 더 잘 해줄 수 있을 겁니다. 그 사람 이름은 하산입니다."

무자디드는 다시 사과를 하고 떠났다.

앨런은 일층을 배회했다. 미래의 볼프강 퍽, 미래의 피제리아 우노 매장 자리를 지났다. 바닥이 먼지와 모래로 덮여 있었다. 전 층의 유일한 가구는 거대한 강철 쿨링 랙*으로, 마치 이동 가능한 외로운 마천루의 뼈대라도 되는 것처럼 한가운데에 홀로 서 있었다. 텅 빈 건물을 배회하자니 멍청하다는 느낌이 들었지만, 무례해질 수는 없었다. 답사를 해야 했다. 일종의 보상을 해야 하는 상황일 수도 있었다. 그가 콘도를 사고, 그들은 그에게 IT 계약을 준다. 아무리 낮추어 보아도, 그것은 우호적인 행동이었다.

건물 끝까지 걸어가자, 거기에 또다른 층계, 콘크리트로 만든 어두운 층계가 하나 더 나타났다. 삼층에 이르자 가까운 곳에서, 방화문 바로 건너편에서 목소리들이 들렸다. 무자디드가 삼층을 오층으로 잘못 말했나?

앨런이 방화문을 열자 메아리치는 고함소리가 쏟아져나왔다. 그는 사람들로 가득하고 장식이 없는 넓은 공간에 들어와 있었는데, 어떤 사람들은 속옷 차림, 어떤 사람들은 빨간 작업복 차림이었고, 모두 고함을 지르고 있었다. 사진에서 보았던, 기숙사로 개조한 교도소 체육관 같아 보였다. 침상이 쉰 개, 그 사이사이의 줄에 빨래

---

* 주방에서 뜨거운 음식을 올려놓고 식히는 도구.

가 걸려 있었다. 하지만 침상들은 텅 비어 있었다―모든 남자들이 방 중앙에 모여서 소리를 질러대며 서로를 밀치고 있었다. 앨런은 어떤 싸움에 끼어든 것이다. 그가 현장 주변에서 보았던 노동자들이었다. 유세프는 그들이 말레이시아인, 파키스탄인, 필리핀인이라고 말했다.

앨런은 얼른 떠나고 싶었지만, 몸을 움직일 수 없었다. 무슨 일이 일어나고 있는 걸까? 적어도 이들이 뭘 놓고 싸우고 있는지는 봐야 했다. 중앙에서 남자 둘이 서로 팔이 얽힌 상태로 있었다. 그중 한 사람은 뭔가를 들고 있었다. 앨런에게는 그게 보이지 않았다―손안에 쏙 들어가 있었다. 돈인가? 아주 작은 것이었다. 열쇠?

주변에 있던 한 남자가 앨런을 보더니 옆에 있는 사람에게 알렸다. 둘 다 아연한 표정으로 그를 노려보았다. 그중 한 남자가 앨런에게 오라고 손짓을 했다. 그들이 말릴 수 없는 싸움을 대신 말려달라는 것 같았다. 앨런은 그들을 향해 한 발 내디뎠지만, 두번째 남자가 앨런을 향해 손을 털어내는 동작을 하며 오지 말라는 신호를 보냈다. 앨런은 발을 멈추었다.

이제 다른 몇 사람도 앨런을 보았고, 몇 초 만에 그들은 방 전체에 앨런의 존재를 알렸다. 방이 조용해졌고, 싸움이 중단되었다. 모든 남자들, 스물다섯 명은 되어 보이는 남자들은, 마치 앨런이 그들을 조사하러 오기라도 한 것처럼, 가만히 서 있었다. 처음에 앨런에게 앞으로 오라고 했던 사람이 다시 손짓을 했다. 앨런은 그들을 향해 한 발 더 내디뎠으나, 바닥에 깊은 홈이 파인 것을 미처

보지 못했다. 그의 신발이 홈에 걸렸고 그는 뒤쪽으로 손을 마구 휘저었다. 그러다 순간적으로 균형을 회복했지만, 바닥에 깔린 모래에 미끄러져 곧 왼쪽으로 기우뚱했다. 하마터면 완전히 망신을 당할 뻔했으나, 제때 벽을 찾아 균형을 잡을 수 있었다. 스물다섯 명이 그 광경을 다 보았다.

이제 앨런에게는 두 가지 선택지가 있었다. 입을 열기도 전에 혼자 바보짓을 하고 말았으니, 그냥 물러날 수도 있었다. 아니면 그들이 웃음을 터뜨리지 않았고 아직 그에게서 어떤 아우라를 보는 것 같으니, 계속 밀고 나갈 수도 있었다. 그들에게 낯선 무언가, 그의 옷 같은 것이 그들보다는 그가 여기에 확실하게 속한 사람이라는 걸 말해주고 있었다.

앨런이 손을 들어올렸다. "안녕하세요."

몇 사람이 고개를 끄덕였다.

앨런은 그들을 향해 다가가며 노동자들의 냄새, 땀과 담배와 묵은 빨래 냄새를 들이마셨다.

"자, 무슨 일입니까?" 앨런이 말했다. "왜 그러는 거죠?" 그는 자신의 목소리에서 영국 억양이 약간 내비치는 것을 들었다. 어디서 스며든 걸까? 아무도 말은 하지 않았지만, 모두 그에게 주목하고 있었다.

그들이 그를 중재자로 믿는 것처럼 보였기 때문에, 앨런은 힘을 얻고 그들 사이로 걸어들어가, 두 남자에게 손을 펴보라고 말했다.

한 사람의 손은 비어 있었다. 다른 사람은 오른손에 휴대전화기가 있었다. 액정에 금이 간 오래된 폴더형 모델이었다. 누가 버린 물건 같았다. 그 순간, 앨런은 전화기를 알아보고 몸을 부르르 떨었다. 버린 사람이 누구인지 깨달은 것이다. 그것은 케일리의 전화기가 틀림없었다. 케일리가 첫날 버린 전화기였다.

"이걸 어디서 찾은 거예요?" 그가 전화기를 쥐고 있는 사람에게 물었다.

남자는 아무 말도 하지 않았다. 그는 앨런이 무슨 말을 했는지 몰랐다.

"여기 영어 하는 사람 없어요?" 앨런이 물었다.

몇 사람은 그 질문이 무슨 뜻인지 짐작했지만, 고개를 저었다. 누구도 앨런의 언어를 전혀 쓰지 못했다. 일이 어려워질 것 같았다. 그는 그들이 전화기를 어떻게 찾아냈는지, 누구에게 그것을 가질 권리가 있는지 알아낼 수 없었다. 그들이 싸우는 이유가 무엇인지, 누가 옳은지, 두 사람 사이에 혹은 그 두 사람이 대변하는 사람들 사이에 어떤 역사가 있는지 전혀 알아낼 수 없었다. 혹시 이것은 어떤 경쟁 관계, 몇 달 또는 수백 년을 거슬러올라가는 분쟁이 아닐까? 그로서는 도무지 알아낼 방법이 없었다.

그는 25센트짜리 동전이 하나 있기를 바랐다. 호주머니에 손을 넣으니 하나가 잡혔다. 동전 던지기가 다른 어느 방법 못지않게 좋은 해결책이 될 것 같았다.

"좋아요." 그가 말했다. "누가 되었든 어느 면이 나오는지 맞히는 사람이 전화기를 갖는 겁니다. 됐죠?"

그는 사람들에게 동전의 양면을 보여주었다. 그들은 이해한 것 같았다. 그는 동전을 공중에 던지고, 다시 잡아서, 손으로 가린 다음, 마지막으로 전화기를 쥐고 있던 남자를 가리켰다.

"어느 쪽이에요." 앨런이 말했다.

남자는 아무 말도 하지 않았다. 그들은 이런 게임을 해본 적이 없었다. 앨런이 뒷면과 앞면을 어떻게 설명하면 좋을지 궁리하는 사이, 다른 남자가 전화기를 쥐고 방에서 나가더니 층계를 뛰어내려갔다. 몇 분이라는 긴 시간이 흐르는 동안, 다른 한 남자는 어쩔 줄 몰라 했다. 그는 앨런에게 해결책이 있을 것이라고 기대하는 눈치였다. 그러나 앨런에게는 해결책이 없었고, 그것이 확인되자, 그 남자도 달려나갔다. 첫번째 남자를 쫓아 층계를 내려간 것이다.

방의 분위기가 갑자기 어두워졌다. 나머지 노동자들이 앨런을 둘러싼 채 그의 얼굴에 대고 소리를 질렀다. 소매를 잡아끌기도 했다. 어떤 사람은 그의 등을 밀었다. 그들은 앨런이 나가기를 바랐다. 그는 뒷걸음질을 치며 사과했다. 등을 돌리고 달아나는 게 좋을지 어떨지 알 수가 없었다. 마침내 그는 그렇게 했고, 두 남자와 똑같은 방법으로 달아났지만, 바로 아래로 내려갈 수는 없다는 것을 알았다―두번째 남자, 전화기를 잃은 남자가 돌아오면 마주칠

지도 몰랐다. 그는 위로 달렸고, 계단통에서 발소리가 들렸다. 적어도 몇 사람이 그를 쫓고 있었다.

그는 사층으로 들어갔다. 문을 활짝 열어젖히고 텅 빈 공간을 가로질러 달렸다. 기둥밖에 없었다—벽도, 뼈대도, 아무것도 없었다. 그의 뒤에서 문이 닫히지 않았다. 쿵 하고 사람들이 통과하는 소리가 들렸다. 여전히 그의 뒤를 쫓고 있었다. 그들이 정말 그에게 위해를 가할까? 그는 하얀 셔츠에 카키 바지 차림이었다! 그는 고개를 돌리지 않았다. 사층 맞은편 끝까지 가자 다른 계단통이 나왔다. 그는 문을 활짝 열고 서둘러 위로 올라가기 시작했다.

501호를 찾아야 했다. 이제 발소리가 아래에서 들려왔다. 그를 쫓아 올라오고 있었다. 숨이 가쁘고, 가슴이 들썩였다. 오층에서, 그는 방화문을 밀어서 연 뒤, 거기 몸을 기댄 채 잠시 쉬면서 그들이 들어오는 걸 막았다. 고개를 들자, 자신이 늦지 않게 도망쳐나왔다는 것을 알 수 있었다. 이곳은 완전히 다른 건물처럼 보였다. 오층은 완성된 상태였고, 현대적이었으며, 어떤 세부적인 것도 잊지 않고 마무리를 해놓은 모습이었다.

그는 자신을 쫓던 사람들이 쏟아져들어오기를 기다렸지만, 문 건너편에서는 아무런 소리도 들리지 않았다. 여기에, 완성된 층에 겁을 먹고 물러선 것일까? 그들의 건물 달리기는 여기서 끝이 난 것일까? 어쩐지 말이 되는 것 같았다.

그는 일렬로 늘어선 샹들리에가 밝게 비추는 긴 복도를 천천히 달려내려갔다. 천장은 여름 폭풍우 같은 짙은 파란색이고, 벽지는 수레국화와 황토색이 줄무늬를 그리며 조화를 이루고 있었다. 크림색 카펫은 털이 무성하게 우거져, 가벼운 바람에 쓸린 듯 물결치고 있었다. 이곳은 비품, 콘센트, 광택이 나는 티크 탁자, 소화기 등 문명화된 생활의 모든 징표를 갖추고 있었다.

그는 믿어지지 않아 어리벙벙한 상태에서 501호를 찾아내 문을 두드렸다. 양복을 입고 애스콧타이* 같은 것을 맨 남자가 하루종일 손잡이를 쥐고 기다리고 있었는지, 바로 문이 열렸다.

"클레이 씨죠?" 앨런 또래의 남자였다. 깔끔하게 면도를 하고 안경을 쓴 얼굴에 교활한 미소를 띠고 있었다.

"하산?"

"만나서 정말 반갑습니다."

그들은 악수를 했다.

"길을 잃은 줄 알고 걱정했습니다."

"안 그래도 그랬던 것 같습니다."

"들어오세요."

그의 집은 아주 넓고, 시야가 틔어 있었으며, 호박빛으로 물들어 있었다. 집은 너비가 건물 한 면 전체를 차지했고, 전망창이 잇따라 이어져 있었다. 장식은 세련되고, 단단한 목재 바닥은 빛이 났

---

* 스카프 모양의 폭이 넓은 넥타이.

으며, 바닥에는 주문 제작한 러그가 깔려 있었고, 세기 중반의 야트막한 소파들과 탁자들이 놓여 있는데, 이따금씩 화려한 골동품 느낌도 났다―금박의 거대한 거울은 한가운데에 번개 모양의 금이 가 있었다. 벽난로 위에는 드가, 아니면 드가와 똑같이 무희를 그리는 사람의 그림 넉 점이 걸려 있었다. 모퉁이마다 고전음악이 회오리바람처럼 피어올랐다.

"괜찮으세요?" 하산이 물었다. "꼭 몇 킬로미터 달려온 분처럼 보입니다."

앨런은 복도에서 아무 소리가 들리지 않자, 자신을 쫓아오던 사람들이 여기까지 오지 않았다는 데 안도했다. 그는 그곳에서 떨어져나왔고, 안전했다. 이곳은 완전히 다른 곳이었다.

"괜찮습니다." 그가 말했다. "그냥 계단 때문에요. 몸이 엉망이라."

앨런은 바다를 마주보는 창으로 다가갔다가, 곧 자기도 모르게 거기 서서 밖을 내다보고 있었다. 바로 밑에 텐트가 보였고, 겨우 오층인데도 생각보다 텐트가 훨씬 작아 보였다. 그 너머는 해변이었고, 곧 그가 며칠을 보낸 물가를 볼 수 있었다.

"차 드시겠습니까?"

앨런은 몸을 돌려 대답을 하려 했다.

하산이 눈썹을 치켜세우며 말했다. "아니면 뭔가 좀더 강력한 거라도?"

앨런은 웃음을 지으며, 그가 농담을 하고 있다고 생각했다. 그러나 하산은 병이 꽉 들어찬, 유리와 금으로 만든 술 운반용 카트 앞에 서서, 크리스털 디캔터에 손을 올리고 있었다.

"네, 부탁합니다."

앨런은 이 나라를 도저히 이해할 수가 없었다. 일관되게 지켜지는 규칙을 하나도 보지 못했다. 몇 분 전만 해도 그는 미완의 건물을 점거하고 있는 듯한 궁핍한 말레이시아 노동자들 무리 속에 있었는데, 두 층을 올라오자 세련되기 짝이 없는 숙소에 들어와 있었다. 게다가 상당히 영향력 있는 이슬람교도라고 여길 수밖에 없는 사람과 술을 마시게 되다니.

하산은 스카치로 보이는 것을 그에게 건네고, 소파를 가리켰다. 그들은 U자 모양으로 배치된, 흠 하나 없는 하얀 가죽소파에 마주 보고 앉았다.

"자아아아아," 하고 하산이 말했다. 말을 길게 끄는 바람에 그 사이로 수많은 의미가 끼어들었는데, 모두 불쾌한 것들이었다. 그는 오른쪽 다리 위에 왼쪽 다리를 포갰지만, 어쩐지 약간 우아함이 부족한 느낌이었다. 하산에게는 묘하게 상대의 기를 죽이는 뭔가가 있었고, 앨런은 그것이 뭘까 생각했다―얼굴의 틱, 그러니까 조화를 이루며 작동하는 틱 한 쌍일까. 그의 왼쪽 눈이 움찔했고, 눈의 틱 때문에 생기는 산만함을 연거푸 책망하듯 입이 씰룩하며 찌부러졌다. 또 한번. 깜빡, 씰룩.

"건물은 둘러보셨나요?"

앨런은 삼층에서 사람들과 마주친 일을 이야기했다. 일회용으로 간주될 것이 뻔한 그 노동자들이 집단 해고를 당해 곧바로 다른 노동자들로 대체될 가능성을 생각해, 싸움 이야기는 하지 않았다.

"정말 안됐네요. 그런데 어쩌다 그쪽으로 가게 되셨죠?"

"그냥 어쩌다보니 그렇게 된 것 같습니다."

"노동자들이 어떻게 하고 있던가요?"

"그냥 거기 있던데요. 있잖습니까, 우르르 떼를 지어 돌아다니면서."

"그 사람들이 거기 있는 걸 보고 충격을 받으셨나요?"

"무슨 말씀을. 나는 여기에서는 어떤 일에도 놀라지 않아요."

하산은 껄껄 웃었다. "좋습니다. 그거 정말 잘됐네요. 나머지 노동자들은 밖에서 재웁니다. 혹시 트레일러 몇 개를 보셨을지도 모르겠네요. 더 하시겠습니까?"

그는 앨런의 잔에 스카치를 가득 채웠다. 처음 따라준 것이 예상보다 빠르게 사라졌던 것이다.

"사업은 어떻습니까?" 앨런은 이렇게 물으면서, 하나마나 한 질문이라고 생각했다. 이 사람은 KAEC에서 콘도를 팔려고 하고 있었다. 과장된 답이 나올 터였다.

"솔직하게 말할까요? 아주 힘듭니다."

하산은 누구한테도 확실한 약속을 받아내기가 어렵다고 했다. 그리고 오래전, 처음에, 도시 계획이 발표되고 공사가 시작되었을 때 이곳에 입점하려고 돈을 냈던 체인 몇 개는 이미 빠져나갔다고 설명했다. 개발회사 에마르의 생존 가능성에 대한 공포가 퍼져 있었다. 빈 라덴 가족의 하청회사와 관련되어 있다는 우려도 있었다.

무엇보다도 이 도시가 압둘라왕과 함께 죽을 것이라는 우려가 컸다. 그의 개혁주의 정신, 자잘한 진보적 행동에 대한 그의 관용이 없다면 상황은 퇴보할 것이고, KAEC에서 약속한 모든 자유가 모래에 묻히고 말 것이라는 우려.

"하지만 일층에 보니, 레스토랑 몇 개가 곧 문을 열 것 같던데요." 앨런이 말했다.

"그건 속임수입니다, 안된 얘기지만. 우리는 그 자리를 팔지 못했어요. 한 잔 더 하시겠습니까?" 앨런은 두번째 잔을 이미 비운 상태였다.

하산이 술이 있는 곳으로 돌아가 준비를 했다.

"앨런, 여기 거래는 해볼 만합니다. 이 가구들 가운데 하나에 들어오면, 지금부터 일 년 혹은 이 년 동안은 사람들이 보통 내는 비용의 극히 일부만 내면 됩니다. 그것만 툭 던져넣으면 열 배의 이윤을 얻을 수 있습니다."

유세프의 예언이 앨런의 귀에 물수제비처럼 튀어서 돌아오는 듯했다. 이 도시는 파산이고, 에마르도 파산이고, 절대 안 될 것이라는 예언. 모든 구상이 압둘라와 함께 죽을 거라는 예언.

하산이 앨런에게 술을 가져왔다.

"고맙습니다, 친구." 앨런이 말했다.

하산은 웃음을 지었다. "술친구가 생겨 정말 좋네요."

앨런은 왕에 관해 물었다. 왜 그냥 죽기 전에 돈을 써서 이 도시를 짓지 않는지, 완공을 하지 않는지, 아니 적어도 기능은 하도록 해놓지도 않는지.

"아랍어에 이런 표현이 있죠. '한쪽 손으로는 손뼉을 칠 수 없다.' 우리 혼자서는 이 도시를 만들 수는 없습니다. 파트너들이 필요하죠."

"왜 이러세요." 앨런이 말했다. "압둘라는 원하기만 하면 오 년 안에 이 도시를 지을 수 있을 텐데. 왜 이십 년이나 끄는 겁니까?"

하산은 그 질문을 붙들고 오랫동안 앉아 있었다.

"모르겠습니다." 그가 말했다.

그렇게 둘은 자신들의 통제를 벗어난 요인들, 너무 많아서 헤아릴 수도 없는 그 요인들에 따라 좌우되는 좌절감을 공유했다. 하산은 일 년 동안 KAEC에 살면서, 이곳의 선구자가 되는 일에 헌신했고, 앨런 같은 사람들 수십 명을 접대하면서, 그들이 그곳에 있는 각자의 모습을 그려볼 수 있도록 도와주었다.

"언젠가는 좋은 삶이 될 수도 있습니다." 하산이 말했다. "하지만 안타깝게도 이곳에는 일을 마무리할 의지가 없는 게 아닌가 두렵습니다."

그곳을 떠나거나 다른 일을 할 의지가 없었기 때문에, 앨런은 몇 시간 동안 하산과 함께 앉아 체스를 두고 스카치를 마셨다. 그곳을 나올 때 앨런은 만취 상태에 가까웠고, 아주 근사한 기분이었다. 그는 층계로 가서 아래로 내려가려다, 마음을 바꾸어 위로 올라가기로 했다. 문이 닫힌 층을 지났으나, 위로 올라가는 층계는 계속 있어서, 그는 마침내 옥상으로 통하는 문을 열었다. 풍경은 놀라웠다. 해변과 건물과 운하와 사막 전체에 소곤거리는 듯한 황금빛이 먼지처럼 뿌려져 있었다. 그는 떠나야 했지만, 도무지 발이 떨어지지 않았다.

XXVI

이유는 알 수 없었지만 앨런은 잘 잤고, 잠을 깼을 때는 호텔 전
화기가 다시 빨갛게 깜빡거리고 있었다. 앨런은 메시지를 들었다.
유세프였다. 그는 한동안 여기 없을 거라고, 들러서 인사나 하고
싶다고 말했다. 다른 말이 없으면 아침에 들르겠다고 했다. 앨런은
크게 안도했다. 밤새 두려움, 친구에게 무슨 일인가 일어났다는 느
낌이 슬그머니 그를 사로잡고 있었다. 항상 연결된 상태일 때 나타
나는 특유의 문제였다. 몇 시간 이상 침묵이 이어지면 종말론적인
생각들이 솟아오르는 문제.

앨런은 옷을 입고 아트리움을 지나 로비로 내려갔다.

"왔군."

"왔습니다." 유세프는 좋아 보이지 않았다.

"괜찮아?"

"모르겠습니다. 좀 정신이 없네요."

"그 남편?"

"네, 그리고 그 부하들요. 그자들이 우리집에 나타났어요."

"자네가 사촌 집에 있는 줄 알았는데."

"그랬죠. 하지만 사촌이 불안해하더라고요. 자기 할머니하고 살고 있는데 할머니가 계신 곳에서 문제가 생기는 걸 바라지 않았어요. 그래서 집으로 갔습니다. 집에 가니까 한 시간 뒤에 그자들이 나타나더라고요."

"그자들이 어떻게 했는데?"

"좀 앉을까요?"

웨이터가 왔다. 유세프는 에스프레소를 주문했다. "어젯밤에 거기 앉아서 바르셀로나와 마드리드 시합을 보고 있었는데…… 그 시합 보셨나요?"

"유세프!"

"알았어요. 바깥에서 무슨 소리가 들리더라고요. 일어서서 보니 창가에 남자 셋이 있었어요. 하마터면 바지에 똥을 쌀 뻔했습니다."

"그래서 그자들이 어떻게 했는데?"

"그냥 거기 서 있었어요. 그게 전부예요. 하지만 그걸로 충분했죠. 그건 곧 그자들이 내가 어디 사는지 알고, 거기 찾아와서는 내 창에서 불과 몇 센티미터 떨어진 곳에 서서 날 지켜보는 걸 두려워하지 않는다는 뜻이니까요. 떠나야 해요."

"정말 안된 일이구만."

"네, 뭐."

"어디로 가나?"

"산속에 있는 아버지 집으로 가려고요. 그자들이 거기는 안 올 거예요. 그리고 마을의 다른 남자들이 나를 지켜줄 거고. 우리한테 총이니 뭐니 다 있으니까요."

앨런은 어떤 서부 영화에 나올 듯한 고립 상태를 떠올렸다. 어떻게 설명할 수 없을 정도로 흥미가 당겼다.

"아니, 아니야." 그가 말했다. "여기 묵어. 방을 잡아줄게. 여기는 경비원이 있으니까. 여기 있으면 안전할 거야. 눈에 띄지 않을 거야."

그의 입에서 말이 흘러나가면서 매우 그럴듯한 이야기처럼 들리기 시작했다. 유세프는 손을 내저었다.

"아니, 아니에요. 집에 있고 싶어요. 주말이잖아요. 가기 좋은 때죠."

"얼마나 떠나 있을 건데?"

앨런은 다시는 유세프를 보지 못할 거라는 갑작스러운 공포를 느꼈다.

"모르겠습니다. 일단 며칠은 좀 안전하다는 느낌을 받고 싶어요. 시야가 탁 트인 곳에서 모든 것을 둘러볼 수 있는 장소로 가는 게 필요합니다. 그런 다음에, 그러니까, 상황을 가늠해보려고요. 그래서 만나고 싶었던 거예요. 거기 한동안 있을지도 모르니까, 인사를 하고 싶었습니다. 혹시 이게 마지막으로 보게 되는 것일 수도 있으니."

유세프의 얼굴엔 특정한 감정이 드러나지 않았다. 그는 그런 종류의 인간이 아니었다. 그러나 앨런은 자신이 유세프 주위에 있어야 하고, 반경 1600킬로미터에서 유일하게 제정신인 인간은 유세프뿐이라는 느낌에 사로잡혔다.

십 분 뒤 앨런은 유세프의 차에 있었다. 유세프의 더플백이 트렁크에서 흔들거렸고 그들은 함께 산으로 가고 있었다. 그들은 몇 분 동안 간선도로를 타고 달렸고, 앨런은 커다란 행복감을 느꼈으나, 유세프는 곧 간선도로에서 빠져나왔다.

"아버지 가게에 들러야 합니다. 집 열쇠도 받고, 거기 있어도 좋다는 허락도 받고, 그래야 하거든요."

"따로 열쇠를 갖고 있지 않아?" 앨런이 물었다.

"내 말이 그겁니다. 아버지는 나를 십대 취급해요."

그들은 도시 한가운데에 있는 육층 주차장으로 나선형을 그리며 올라갔다.

"여기가 구시가인가?"

모든 것이 아주 새로워 보였다.

"여기서부터 네모난 세 블록 정도가 구시가예요." 유세프가 말했다. "나머지는 칠십 년대에 다 때려부쉈어요."

주차장은 쇼핑몰에 붙어 있었다. 앨런과 유세프는 연거푸 에스컬레이터를 타고 내려가, 여행가방 가게와 보석상 대여섯 곳을 지나고, 아바야를 쓰고 팔뚝에 반짝거리는 핸드백을 걸친 젊은 여자 무리들과 굶주린 듯 그들을 살피는 젊은 남자 무리들을 지나갔다.

일층에 이르자, 유세프는 앨런을 데리고 쇼핑몰을 나가더니 골목으로 들어갔고, 그 순간 백 년 또는 이백 년 전으로 내려가는 느낌이 들었다. 구시가의 이 구역에 들어서자 서로 연결된 골목길들이 잇따라 나타났고, 거기에 상인들이 작은 가게를 열어놓고 있었다. 그들은 견과류, 사탕, 전자제품, 축구 유니폼을 팔았는데, 그 가운데 가장 인기 있는 품목은 여성 속옷으로, 진열장에 눈에 띄게 전시해놓고 있었다. 앨런이 유세프를 향해 한쪽 눈썹을 치켜세우자 유세프는 어깨를 으쓱했다. 마치, 뭐요, 이 왕국에서 모순을 발견한 게 처음인가요? 하고 말하는 것 같았다.

"여깁니다." 유세프가 말하며 모퉁이의 가게 앞에서 발을 멈추었고, 완전히 유리로 덮인 가게 안으로 수없이 많은 샌들이 보였다. 카운터 뒤에 남자 둘이 서 있었다. 한 명은 앨런의 또래로, 이 사람이 아버지겠구나, 하는 느낌이 들었다. 그의 옆에 다른, 훨씬 나이든 남자가 몸을 웅크린 채 카운터에 기대고 있었는데, 꼭 카운터가 그를 지탱하는 것처럼 보였다. 적어도 여든은 되어 보였다.

"어느 쪽이⋯⋯?" 앨런이 입을 열었다.

"놀라게 해드릴까요? 나이 드신 쪽입니다." 유세프가 뚱한 표정으로 말했다. "소개해드릴게요."

그들이 다가가자, 노인이 유세프를 아래위로 훑어보았다. 노인의 눈이 좁아지고, 입술이 오므라들었다. 유세프는 자기 어깨에 대고 기침을 했고, 기침 안에 개자식이라는 말이 감추어져 있었다. 그들은 안으로 들어갔다.

"살람." 유세프가 밝게 말했다. 아버지와 아들과 직원 사이에 악수가 오갔고, 아랍어로 몇 마디를 나눴으며, 앨런을 소개하는 것이라고 짐작되는 말이 끝나자 아버지는 앨런을 흘끗 보았다. 앨런이 손을 내밀었고, 남자는 애걸하는 개의 앞발을 두드리듯, 그 손을 토닥였다. 유세프와 아버지가 일 분도 안 되는 시간 동안 이야기를 하고 나서, 아버지는 몸을 돌려 가게 뒤쪽으로 들어갔다. 조수도 그 뒤를 따라갔다.

"자, 만나보셨네요. 정말 위대한 분이죠." 유세프가 말했다.

앨런은 무슨 말을 해야 할지 몰랐다.

"산으로 가는 길이라고 말했어요. 관리인한테 알리겠다는군요. 열쇠는 필요 없는 것 같아요. 그러니까 이제 가도 됩니다."

그들은 떠나려고 몸을 돌렸다. 유세프가 문간에서 발을 멈추었다.

"잠깐, 샌들 한 켤레 안 필요하세요? 한 켤레 있어야겠네요."

"아니, 아니야."

"뭐가 아니에요, 앨런. 사이즈가 얼마예요?"

샌들은 바닥에서 천장까지, 이용 가능한 공간을 가득 채우고 있었다. 모두 가죽 샌들이었고, 장식과 바느질이 정교했다. 수제품이었고, 깔끔하지는 않았다. 그들은 한 켤레를 골랐고, 유세프가 카운터에 돈을 약간 올려놓았으며, 둘은 다시 골목으로 나섰다.

"자, 저 사람이 제가 사랑하는 늙은 아버지예요." 유세프가 말하며 담배에 불을 붙였다. "전체적으로 보아 아주 친절한 사람은 아니죠. 또 내가 하는 일을 정말 좋아하지 않죠. 게다가 미국인들을 태우고 돌아다닌다? 저분한테 가장 마음에 드는 일이라고 할 수는 없겠죠."

그들은 주차장으로 돌아갔다.

"하지만 자네는 학교에 다니잖아. 아버지는 뭘 하기를 바라시는데?"

"가게에 있기를 바라죠, 믿기지 않는 얘기겠지만요. 한동안 거기서 일을 했는데, 끔찍했어요. 서로 존중하는 마음을 모조리 잃고 말았죠. 아버지 밑에서 일하는 건 끔찍한 일이었어요. 함부로 굴리셨어요. 또 내가 게으르다고 생각하셨죠. 그래서 그만뒀습니다. 손님들을 가게에 데리고 오지 말아야 하는데."

"이 말은 해야겠는데," 하고 입을 열다가 앨런은 얼른 말을 멈추었다. 아버지를 성토하는 유세프의 입장을 지지하려던 것이었지만, 그러면 안 된다는 것을 깨달았다. 루비의 옹호자 노릇을 하더니, 이제 모든 자식과 속을 알 수 없는 부모 사이의 중재자 노릇을 한다—그런 건가?

앨런은 유세프가 걱정되었다. 그의 목숨이 걱정되었고, 그의 아버지가 걱정되었다. 하지만 두 가지 모두 유세프에게는 하찮은 일이었다. 왜냐하면 그의 나이에는 모든 문제가 해결할 수 있거나 아니면 해결할 가치가 없는 것처럼 보이기 때문이다.

"이 말은 해야겠는데," 앨런은 다시 입을 열었다. "아버님이 하신 일은 대단해. 아버님은 신발을 만들고 파셔. 그건 깨끗하고 정직한 일이야."

유세프는 코웃음을 쳤다. "이 신발들은 아버지가 만드는 게 아니에요. 사오는 거죠. 다른 사람들이 만드는 거라고요. 아버지는 그냥 돈만 올려 받는 것뿐이에요."

"그래도. 그게 기술이야."

조 트리볼은 그걸 댄스라고 불렀지, 하고 앨런은 생각했다.

"원하기만 하면 틀림없이 만드실 수도 있을 거야."

"아니, 아닙니다." 유세프가 말했다. "그냥 도매로 사올 뿐이에요. 신발은 예멘에서 만들어요. 아버지는 평생 한 번도 신발을 만들어본 적이 없어요."

도로에 나선 지 몇 분이 지나자 유세프는 다시 명랑해졌다. 그는 어서 가서 앨런에게 그 요새, 그의 아버지가 건설한 거대한 단지를 보여주고 싶은 것 같았다. 아버지가 산꼭대기를 평평하게 다듬었다고, 그가 말했다. 앨런은 유세프가 그 이야기를 몇번째 하는지 기억도 나지 않았다. 그것이, 그의 아버지가 비록 자신과 많이 싸우기는 해도 힘이 세다는 사실, 산을 평평하게 만들 만큼 강하고 부유하고 비전이 있다는 사실이 유세프가 가진 자부심의 핵심이었다.

그들은 도시를 관통해 남쪽으로 가고 있었다. 현대적인 도시 중심부로부터 제멋대로 뻗은 모래 빛깔 아파트 건물들과 소말리아와 나이지리아 자동차 가게가 차례로 펼쳐졌다. 유세프에게 전화가 왔다. 그는 웃음을 터뜨리며 아랍어로 몇 마디 하더니 갑자기 유턴을 했다.

"살렘이 온다네요." 그가 말했다. 두 눈썹이 위로 쑥 올라갔다.

유세프는 그의 가장 오랜 친구라고 할 수 있는 살렘이 미국인 소유의 기저귀 공장 마케팅 부서에서 일을 한다고 설명했다. "하지만 그 친구는 히피예요. 본격적인 영업사원 유형은 아니죠." 그는 그렇게 말해놓고, 혹시나 앨런이 불쾌해할까봐 걱정하는 것 같았다. 그가 미안하다고 말했지만, 앨런은 전혀 불쾌하지 않았다. 영업사원이라는 말이 그에게 불쾌감을 줄 맥락은 전혀 없었다.

그들은 작은 아파트 건물 대여섯 채 사이로 난 골목길에 차를 세웠다. 유세프가 경적을 울리자, 스물다섯쯤 되어 보이는 청년이 통기타 케이스를 들고 계단을 뛰어내려왔다. 그가 뒷자리에 올라타 앨런과 악수를 했고, 곧이어 차가 출발했다.

살렘은 베네치아 해변이나 암스테르담에 데려다놓아도 어울릴 것 같았다. 긴 머리에 잿빛 줄무늬가 있었고, 희끗희끗한 염소수염이 턱을 덮고 있었으며, 커다란 눈에 세련된 안경을 끼고 있었다. 페이즐리 무늬 셔츠와 청바지 차림이었다. 그의 영어는 유세프의 영어보다 훨씬 미국적이었다. 앨런으로서는 여기서 그런 게 가능할 거라고 생각조차 해본 적이 없었다.

살렘은 차를 타고 가는 첫 십 분 동안 두 손을 앞좌석에 얹고, 얼굴을 앨런과 유세프 사이에 끼워넣은 채, 최근에 겪은 아주 이상한 일에 대해 이야기했다─자기 아파트 건물에서 노예 한 명을 만났다는 것이었다.

"그 노예가 거기서 울고 있었다는 얘기를 해드려." 유세프가 말했다.

살렘은 며칠 전, 어떤 중년 남자가 건물 안 층계에 앉아 있는 것을 보았다고 했다. 그를 에둘러 돌아가다가 살렘은 그 남자가 몹시 괴로워하며 어떻게 위로할 수 없을 정도로 울고 있다는 것을 알게 되었다.

"그래서 무슨 일이냐고 물어봤죠. 자기가 노예라고 하더군요. 주인들이 막 자신을 풀어줬다고요. 하지만 이제 어째야 좋을지를 모르겠다는 거예요. 그 사람들이 자기 가족이었다면서."

"그 주인들이 자네가 사는 건물에 있는 사람들인가?"

"아파트 아래층에요."

살렘은 그곳에 일 년 동안 살았고, 그 5인 가족이 오가는 것을 보았으며, 이따금씩 그 중년 남자도 보았다. 하지만 그전에는 그 남자가 친구나 친척이 아니라, 말라위에서 데려온 노예라는 것을 알지 못했다.

"새로 살 곳을 구해야 한대요." 살렘이 말했다.

"나 같은 신세네." 유세프가 말했다. 그들은 시내의 다른 구역이나 다른 나라에서 함께 사는 것에 대해 이야기하기 시작했다. 살렘은 일단 지금은 KSA와 끝이라고 했다. KSA는 더이상 그에게 줄 수 있는 것이 없었다.

"권태가 한도 끝도 없어요." 살렘이 말했다.

앨런이 노예 이야기에서 빠져나오고 있을 때, 유세프와 살렘은 왕국의 우울증과 자살 이야기를 하기 시작했다.

"클레이 씨가 사는 곳만큼 심하지는 않을 거예요." 살렘이 앨런에게 말했다. "그래도 깜짝 놀라실 겁니다. 여자들 반이 프로작을 먹고 있으니까요. 그리고 남자들, 우리 같은 사람들도 위험한 곳으로 에너지가 새어나가고 있죠."

그는 괴로울 정도로 기회가 없는 상황을 직면하면 어떤 무모함이 생기고, 죽음도 별로 두려워하지 않게 된다고 말했다. 사막 깊은 곳에서 열리는 드래그 레이스* 이야기도 해주었는데, 젊은 부자들이 BMW나 페라리를 타고 참가하고, 그 가운데 몇 명이 다치거나 죽는 일도 흔했지만, 그런 일은 널리 알려지거나 보도되는 법이 없었다. 유세프와 살렘이 아랍어로 빠르게 이야기하기 시작했고, 곧 앨런은 그들이 그를 데리고 경주를 보러 갈 수 있는지에 대해 논쟁을 한다는 것을 알게 되었다.

"어쩌면 돌아오는 길에 모시고 갈 수 있을지도 모르겠네요." 살렘이 말했다.

"어쩌면 콘서트도요." 그가 덧붙였다.

콘서트 역시 사막에서 열렸다. 살렘은 뮤지션이었고, 영화 제작자였고, 시인이었으며, 그리고 무엇보다 가수 겸 작곡가였지만, 공

---

* 특수 개조된 자동차로 짧은 거리를 달리는 경주.

개적으로 음악활동을 할 수도, 지하 콘서트나 사막에서가 아니라면 공개 연주를 할 수도 없었다. 리야드에서는 훨씬 심각했지만, 제다에서도 음악 제작자의 삶은 쉼없는 투쟁이었다. 처음에는 그런 삶에 로맨틱한 매력을 느꼈으나, 이제 그 광택도 사라졌다. 살렘은 어떤 바의 밴드에서 연주하기 위해 카리브해의 섬으로 이사를 할까 생각중이었다.

그들은 도시를 떠났고, 곧 길은 사막, 평평하고 붉은 사막을 가로질렀으며, 이따금씩 휴게소나 돌출한 바위가 나왔다. 간선도로는 넓고 속도를 낼 수 있었고, 해는 맥없이 위에 걸려 있었고, 앨런은 피곤했다. 그는 안전벨트에 머리를 기댄 채 졸았고, 유세프와 살렘이 나누는 잡담, 아랍어로 아주 진지하게 나누는 잡담이 자장가처럼 그를 그 자리에서 멀리 떠나보냈다.

그는 문이 쾅 닫히는 소리에 잠에서 깼다. 차가 멈춰 있었다. 상점과 식당에 둘러싸인 드넓은 주차장이었다. 유세프는 어디 가고 없었고, 살렘은 전화기를 만지작거리고 있었다. 앨런이 가늘게 눈을 뜨자, 유세프가 식료품점으로 달려들어가는 게 보였다.
앨런은 허리를 펴고 뺨의 침을 닦았다.
"내가 얼마나 잔 거지?" 그가 물었다.
살렘은 전화기에서 고개를 들지 않았다. "한 시간쯤이요. 코를 고시던데요. 아주 귀여웠어요."
일곱 살쯤 되어 보이는 여자아이가 부르카 차림으로 살렘이 있는 쪽 창으로 다가왔다. 그는 바로 버튼을 눌러서 문을 모두 잠갔다. 아이는 그대로 창 앞에 서서 창을 두드리며 손가락들을 마주 비볐다.

앨런은 주위에 여자들과 소녀들 수십 명이 있다는 것을 알아차렸는데, 모두 검은 부르카 차림을 하고서 이 차에서 저 차로 떠돌아다니며 어떤 창으로 다가갔다가, 다시 표류하듯 멀어지곤 했다.

앨런은 창문을 내리기 시작했다. 좀더 동정적인 얼굴이 나타나자, 아이는 서둘러 그의 옆으로 다가와 두 손을 뻗었다.

"안 돼요, 안 돼!" 살렘이 말했다. "창문 올리세요."

앨런은 그렇게 했으나, 하마터면 올라가는 유리에 여자아이의 아주 작은 손가락들이 낄 뻔했다. 이제 아이는 질문하듯 머리를 기울이고 열에 들뜬 듯 입을 움직이면서, 더 다급하게 유리를 두드려 댔다. 앨런은 웃음을 지으며 텅 빈 두 손바닥을 보여주었다. 아이는 이해하지 못했거나 상관하지 않는 듯했다. 계속 두드려댔다.

살렘이 아이의 주의를 끌어 손가락으로 위를 가리켰다. 그 순간, 아이는 몸을 돌려 떠났다. 무슨 마법이라도 쓴 것 같았다.

"그게 무슨 뜻이지?" 앨런이 물었다. "그렇게 손가락으로 위를 가리키는 게?" 그는 그 동작을 흉내냈다.

살렘의 눈길이 다시 전화기로 돌아갔다.

"신이 주실 거다, 그런 의미에요."

"그게 효과가 있다고?"

"그거면 이야기 끝이죠."

다음 아이, 눈이 흐릿하고 노란 아이가 창으로 다가왔을 때 앨런은 하늘을 가리켰다. 아이는 사라졌다.

"마음 쓰지 마세요." 살렘이 말했다. "다들 괜찮습니다."

앨런은 주차장을 둘러보다, 마침내 당연히 보아야 할 것을 보았다. 아무런 공통점도 없는 사람들이, 유난히 많은 수의 사람들이 동시에 모두 똑같은 방향으로 차를 몰고 있는 광경. 이제 그것이 분명히 보였다. 바로 앞의 메르세데스를 탄 남자는 하얀 시트 몇 개만 걸치고 샌들을 신고 있었다. 가족들끼리 모여, 여행 때 쓸 것을 비축하고 있었다.

"이게 순례인가?" 앨런이 물었다.

살렘은 다시 전화기 화면을 스크롤했다. 가이거 계수기가 딸깍이는 듯한 소리가 들렸다.

"공식 하지*는 아니에요. 올해는 11월이거든요. 이건 움라입니다. 좀 작은 순례라고 할 수 있죠. 큰 순례 동안 올 수 없는 사람들을 위한 겁니다."

유세프가 물건이 가득 담긴 카트를 밀고 식료품점에서 나왔다. 살렘은 문의 잠금장치를 풀었고, 유세프는 트렁크에 짐을 실었다. 곧 그들은 다시 길에 들어섰고 앨런은 다시 졸기 시작했다. 검은 간선도로는 너무 매끄럽고 태양은 너무 작아서, 그는 누가 어르는

---

* 메카 순례.

290

듯 잠에 빠져들었다. 그러다 유세프와 살렘의 열띤 토론에 잠을
깼다.

"무슨 일이야?" 앨런이 물었다.

유세프가 앨런 쪽으로 고개를 돌리고 손가락으로 도로 위에 걸
린 표지판을 가리켰다. 간선도로는 이제 둘로 나뉘었고, 중앙의 세
차선은 오직 이슬람교도에게만 개방되었다. 붉은 표지판은 메카를
에두르는 우회로로 통하는 출구를 가리키고 있었다. 메카로 들어
가지 않는 비이슬람교도를 위한 것이었다. 유세프는 짓궂게도 앨
런을 태우고 함께 중앙 차선을 타볼까 생각하고 있었다.

"토브를 입혀드릴 수 있어요. 그럼 통과하실 수 있어요."

"그런 수고를 할 필요 없어." 살렘이 말했다. 그는 기분이 좋지
않았다. "우회로로 간다 해도 겨우 이십 분 더 걸려. 제발."

유세프는 앨런을 돌아보았다. "몰래 들어가보고 싶으세요?"

앨런은 원하지 않았다. 그런 규칙은 전혀 어기고 싶지 않았다.
그러나 그들은 여전히 가장 왼쪽 차선에 있었다. 오른쪽 세 차선,
즉 비이슬람교도를 위한 출구가 빠르게 다가오고 있었다.

살렘에게서 아랍어가 줄줄이 쏟아져나왔다. 유세프는 대꾸하지
않았다. 갑자기 모든 게 혼란에 빠졌다. 살렘이 몸을 앞좌석까지
내밀고 운전대로 돌진하고 있었다. 앨런은 문 쪽으로 밀려났다. 유
세프가 살렘의 두 손을 쳐내고 그의 따귀를 때렸다. 그 소리, 크게
철썩하는 소리를 듣고 유세프는 기뻐서 웃음을 터뜨렸다. 살렘은
풀이 죽어 뒤로 물러났다.

그 순간, 물 흐르는 듯한 한 번의 동작으로, 유세프는 옆 차선으

로 미끄러졌고, 곧 차는 비이슬람교도를 위한 차선에 올라섰다.

유세프는 실망한 표정으로 후면경을 통해 살렘을 노려보았다.

"멍청이. 농담한 거였어. 농담. 긴장 풀어."

살렘은 여전히 부글거리고 있었다. "너나 긴장 풀어."

유세프는 싱글거렸다. "아니, 너나 긴장 풀어."

그들이 산속을 올라가고 있는데 갑자기 어둠이 내렸다.

"사라와트산맥입니다." 살렘이 설명했다. "꼭대기에 닿을 때까지 기다려보세요. 비비를 보시게 될 겁니다. 비비 좋아하세요?"

이윽고 그들은 꼭대기에 도착했다. 유세프는 아래로 160킬로미터까지 뻗은 사막이 보이는, 약 1.5킬로미터 높이의 산맥 꼭대기 전망대에 차를 세웠다. 그 전망대 주차장 모든 곳에 비비들이 앉고, 먹고, 걸어다녔다. 집고양이처럼 길들어 있었다.

그들은 화려한 색깔과 시원한 바람을 자랑하는 산꼭대기 도시 타이프를 통과해 날듯이 달려가다 아래로 툭 떨어져 그 너머의 거친 땅을 내려갔다. 유세프가 태어난 마을에 가까워질수록 길은 더욱더 황량해졌고, 그곳에 도착했을 때, 살렘은 푹 잠이 들었고 앨런은 고개를 끄덕이며 졸고 있었다.

유세프가 갑자기 차를 세웠다. "일어나, 이 쓸모없는 인간들!"

살렘이 신음을 토하며 유세프의 좌석 뒤쪽을 주먹으로 쳤다.

앞쪽에, 톱니 같은 산맥이 작은 골짜기 안에 파묻힌 작은 불빛 덩어리를 둘러싸고 있었다. 건물 수십 개, 사람 수백 명도 되지 않는 마을일 것 같았다.

"저게 전부예요." 유세프가 말했다. "내일 보게 될 겁니다."

그리고 진입로로 방향을 틀어 산비탈을 수백 미터 올라갔다. 지그재그 길을 두 번 거쳐, 마침내 거대한 건축물에 이르렀다. 전혀 집처럼 보이지 않았다.

"이건가?" 앨런이 물었다.

"네." 유세프가 말했다. "샌들로 지은 집입니다."

호텔, 아니면 어떤 행정 건물 같은 느낌이 더 강했다. 어도비 벽돌과 유리로 지은 삼층짜리 건축물이었다. 마침내 차량 스무 대가 들어갈 만큼 넓은, 거대한 주차장에 차를 세웠다. 소유지 안에, 비탈을 조금 내려가면 심지어 작은 이슬람교 성원도 있었다.

"나는 미처 몰랐네······" 살렘이 말했다. 그도 여기에 와본 적이 없었다.

그와 앨런이 그 모든 것에 놀라고 있는 동안, 집에서 남자 한 명이 나오더니 그들을 향해 달려왔다. 키는 유세프보다 작았지만, 몸은 더 통통했다. 얼굴은 둥글었으며, 활짝 웃는 입 안쪽으로 이가 보이지 않았다. 그가 유세프의 손을 잡고 세차게 흔들었다. 살렘을 소개받자 그와도 악수를 했다. 그러나 앨런이 손을 내밀었을 때는 마치 그 동작을 다시 배워야 하는 사람처럼 행동했다. 그는 앨런의 손을 잡고 흔든 다음, 자극하고 싶지 않은 짐승의 입에서 손을 빼내는 것처럼, 천천히 손을 거두어들였다.

"여기는 함자예요. 관리인이죠." 유세프가 설명했다. "이십 년 동안 아버지 밑에서 일했습니다. 하지만 아버지한테는 앨런도 온다는 얘기는 하지 않았어요."

"왜?" 앨런이 물었다.

"불쾌하게 생각하지는 마세요. 하지만 이건 아버지의 자부심이에요. 여기가 더럽혀지는 걸 바라지 않을 거예요. 그러니까 앨런한테 더럽혀지는 걸요. 농담입니다."

하지만 농담이 아니었다.

함자는 몸을 돌려, 그들을 문으로 안내한 다음 문을 열었다.

유세프가 안으로 들어가더니 문간에서 몸을 돌렸다.

"준비됐나요? 여기가 바로 그곳입니다." 그는 멸시당하는 십대에서 자부심 강한 아들로 금세 태도가 바뀌었다.

안으로 들어가자, 집안은 카펫이 깔린 텅 빈 무도장이 잇따라 이어져 있는 듯한 느낌을 주었고, 방 하나가 백 명 이상 들어갈 만큼 컸다. 방마다 거대한 샹들리에 몇 개가 거대한 공간을 비추고 있었지만, 그 공간에는 벽을 따라 놓인 벤치 몇 개 말고는 가구가 전혀 없었다. 집 전체가 오로지 접대를 위해 마련된 것처럼 보였다.

"마을 전체가 이 안에 들어올 수 있습니다. 아버지가 그렇게 할 수 있도록 만들어놨어요. 마을의 모든 결혼식이 여기서 열려요. 그런 결혼식에 꼭 한번 모셔야 하는데." 유세프가 앨런에게 말했다. "아주 마음에 드실 겁니다. 그런 때 입는 옷도 한번 입어보고, 특별한 칼도 얻고, 모든 걸 다 해볼 수 있죠."

294

앨런은 이 집을 지었다는 사람과 이전에 만난 무뚝뚝하고 냉혹한 사람을 연결시켜보려 했다. 그 사람이 이런 걸 짓는 것은 가능하지 않을 것 같았다. 이것은 위대한 비전과 관용의 행위인데, 유세프의 아버지에게는 그 둘 다 없는 것 같았다. 그들은 삼층으로 걸어갔다. 석공이 이렇게 높은 곳까지는 관심을 제대로 기울이지 않은 듯, 콘크리트를 부어서 만든 층계가 고르지 않았다.

"이 층은 조금 급하게 완성했죠." 유세프가 말하며 웃었다. "하지만 밖에 보이는 풍경만으로도 가치가 있습니다."

그리고 널찍한 발코니로 나섰다. 공기가 맑고 서늘했으며, 경치는 웅장했다. 앨런과 유세프와 살렘과 함자는 거기 서서, 골짜기 너머를 내다보았다.

"아, 보여드릴 게 있어요." 유세프는 층계를 달려내려갔다.

그는 앨런과 살렘을 작은 방으로 데리고 들어갔다. 텅 빈 방 한쪽 벽에 거대한 금고가 있고, 맞은편 벽에는 얇은 매트리스가 쌓여 있었다.

"여기 어디인데." 그가 그렇게 말하며 매트리스를 잡고 바닥에 내던졌다. 앨런은 친구네 아이가 자기 방으로 그를 데려가 자신이 가진 장난감을 모두 보여주고, 그가 감탄하는 말을 던질 때마다 흥분하던 때와 같은 느낌을 받았다. 유세프는 매트리스 일고여덟 개를 던진 끝에 찾던 것을 발견했다. 라이플을 숨겨둔 곳이었다. 적어도 여남은 자루는 되어 보였다. 몇 자루는 새것이었고, 몇 자루는 낡은 수제품으로, 나무 손잡이와 세심하게 조각한 장식이 보였다.

"이건 우리 할아버지 거였어요." 유세프가 낡아 보이는 라이플을 두 손으로 들고서 말했다. 그는 마치 갓난아기를 건네듯 그것을 앨런에게 건넸다. 무거웠다. 아주 단단한 나무로 만든 것이었다.

"이건 좀 새거죠." 유세프가 처음 잡은 라이플을 살렘에게 건넸다. 그리고 이번에는 새로운 모델을 잡았는데, 표준적인 위체스터 44구경 같아 보였다. 앨런이 확인해보니 그게 맞았다. 살렘이 라이플들을 보고 예의바르게 감탄했지만, 아무 관심이 없어한다는 것을 알아채는 것은 어렵지 않았다. 하지만 앨런은 매혹되었다. 젊은 시절에 그는 사격에 꽤 훌륭한 솜씨를 보였고, 이런 오래된 라이플에 대한 애정을 쭉 가지고 있었다. 겨냥해보고 쏘아보고 싶은 마음이 간절했지만, 이곳 규범이 어떤지 알 수가 없었다. 그래서 그 모든 것에 찬사를 보내는 정도로 끝냈고, 유세프가 그걸 싸서 매트리스 더미 안에 도로 넣을 때는 다시 그것들을 볼 일이 없을 거라고 생각했다.

그럼에도 전부인의 남편과 결탁한 자들을 물리치는 데 그것들이 필요하다는 유세프의 말이 진담이기를 바라는 마음이 반쯤은 있었다. 그자들이 여기까지 와서 이 요새를 습격한다는 생각은 터무니없었지만, 그럼에도 그런 생각을 하니 마음속에서 희망이, 가능성이 솟구쳤다. 그는 발코니에 자리를 잡고 습격자들을 살피는 자신의 모습을 상상했다. 친구를 보호하기 위해 뭔가 극적인 일을 하고 싶었다.

"그자들이 실제로 여기 올 가능성이 얼마나 되지?" 앨런이 물었다.

"그자들이라뇨?"

"그 남편, 그 부하들?"

"농담하세요? 그 사람들은 이런 곳이 있다는 것도 몰라요. 그 사람들이 나를 여기까지 쫓아오려고 사막을 네 시간이나 달릴 거라고 생각하세요?"

앨런은 고개를 저어 그 생각을 떨쳐냈지만, 그들 사이에 뭔가가 오갔다. 유세프가 그의 속내를 눈치챘다. 앨런이 그들의 공격을 두려워하기는커녕 그것에 마음을 열어놓고 있다는 것, 환영한다는 것을. 그는 앨런의 어깨에 손을 얹고, 그의 몸을 돌려 라이플 방 밖으로 살며시 밀어내며 불을 껐다.

그들은 이층 발코니에 자리를 잡았다. 함자가 러그와 쿠션을 내와 단정하게 줄을 맞추어 깔아주었다. 그러고는 서둘러 안으로 들어가더니 차 세트를 완전히 갖추어서 가지고 나와서는, 아주 엄숙하게 차를 따라주었다.

앨런은 민트 향이 나는 달콤한 차를 마셨고, 살렘은 습관처럼 기타를 조율했다. 앨런은 뭐가 나올지 알 수 없었지만, 살렘이 기타 줄을 튕기고 타악기를 연주하듯 기타 몸통을 두드리자, 서양 팝송이나 쇼핑몰에서 흐르는 음악처럼 들리기도 했다.

밤이 점점 서늘해지고, 부드러운 바람이 골짜기를 따라 올라와 요새를 쓸고 지나갔다. 산들바람에 실려 온 듯, 밑에서 불빛 하나가 나타났다. 이어서 두 개가 더. 처음 불빛은 오토바이였고, 그 뒤를 작은 트럭이 따라왔다. 둘 다 진입로를 따라 올라오고 있었다.

유세프가 기타를 향해 고갯짓을 하자 살렘은 무슨 뜻인지 알아들었다. 그가 기타를 케이스에 넣었고, 얼른 안으로 들어가더니 빈 손으로 돌아왔다.

곧 젊은이 세 명이 발코니에 나타났다. 열세 살에서 열여섯 살 사이였고, 몸집이 유세프와 비슷하여, 키가 작고 배가 빵빵했다. 모두 하얀 토브와 빨간 구트라 차림이었다—환하고 큰 미소를 띤 꼬마 비즈니스맨들 같았다. 그들은 유세프에게 달려가 그를 끌어 안았다.

"내 사촌들이에요." 유세프가 앨런에게 말했다. "어쨌든 둘은. 세번째 아이는 얘들 친구고요."

앨런은 그들과 악수를 했고, 유세프와 사촌들은 한동안 아랍어로 이야기를 나눴다. 살렘은 발코니에 그대로 있었지만, 이 마을 사람들은 종이 다르다는 걸 안다는 듯한 표정이었다. 유세프는 살렘의 도시성과 앨런의 도시성과 이 어린 청년들, 앨런이 짐작하기로 팝뮤직이나 미국인 손님 같은 것과 멀리 떨어진 곳에서 보수적으로 자랐을 것 같은 이 어린 청년들 사이의 가교였다. 밤이 깊어 갔고, 차가 더 나왔다. 그동안 듣지 못한 소식도 많고 할 이야기도 많을 듯한데, 앨런이 방해자가 된 기분이었다. 살렘이 너무 피곤하다며 안으로 들어가자, 앨런도 살렘의 뒤를 따랐다. 유세프는 두 사람에게 인사를 하고, 함자에게 그들을 숙소로 안내하라고 지시했다.

앨런의 방은 공식 만찬실만큼이나 컸으며, 라이플을 감추고 있던 얇고 말랑말랑한 매트리스 하나가 이제 바닥에 깔려 있었고, 그 위에 시트와 모포가 단정하게 덮여 있었다. 그의 더플백은 차에서 꺼내져 침대 옆 나무의자에 놓여 있었다. 함자는 그들에게 욕실을 안내하고, 타월, 수건, 심지어 부드러운 가죽으로 만든 샌들까지 주었다.

앨런은 매트리스에 자리를 잡고 묵직한 모포를 몸 위로 끌어당겼다. 집은 빠르게 서늘해지고 있었다.
살렘이 문간을 지나갔다.
"안녕히 주무세요." 그가 말했다.
"잘 자." 앨런이 말했다.

자정에 가까운 시간이었을 것이다. 창밖으로, 10미터도 떨어지지 않은 듯한 곳에 가까운 산의 옆면이 보이고, 그 위로 청회색 빛깔의 하늘과 핀으로 뚫어놓은 듯한 별들이 보였다. 자리에 눕고 따뜻해지자, 유세프나 살렘과 함께, 혹은 혼자서 그날밤 산속을 배회하고 싶은 마음이 간절해졌다. 그는 피곤하지 않았다. 위의 창문을 통해 올려다보니, 맑은 달빛 속에 산허리가 아주 푸르렀다. 시간이 갈수록 정신이 더 또렷해졌다.

편지 생각이 났으나 종이가 없었다. 그러나 문 옆에서 커다란 봉투를 발견했고, 편지를 쓰기 시작했다. 키트에게, 지금 성에서 이 편지를 쓰고 있어. 농담 아니야. 지금 난 사우디아라비아의 어떤 산맥 속 언덕, 무슨 현대의 요새 같은 데 있어. 이곳을 지은 사람은 신발을 팔아. 하지만 규모가 큰 신발 제조업을 하는 사람은 아니야. 그냥 제다에 약 37제곱미터짜리 가게를 소유하고 보통 사람들에게 단순한 신발을, 주로 샌들을 파는 사람이야. 그런데 신발을 팔아서 저축한 돈을 들고 자기 마을로 돌아와서 산꼭대기를 깎고 성을 지었어.

그는 펜을 내려놓았다. 살렘을 깨우지 않으려고 조심하며, 천천히 문으로 다가갔다. 집은 고요했지만 집안의 불은 대부분 그대로 켜둔 상태였다. 그는 가볍게 층계로 걸어가, 고르지 않은 계단을 딛고 옥상으로 갔다. 거기서 이쪽 모퉁이에서 저쪽 모퉁이까지 걸어다니며, 사방의 풍경을 받아들였다. 그는 여기서 살 수 있겠다고 판단했다. 이런 집을 짓는다면, 이렇게 만족할 수 있겠다고 결론을 내렸다. 그에게 필요한 것은 약간의 공간, 모든 곳에서 떨어진 어딘가, 땅값이 싸고 건축은 쉬운 공간뿐이었다. 그는 유세프의 아버지와 같은 꿈을 꾸고 있었다. 자신의 기원으로 돌아가서, 어떤 지속적인 것, 이 요새처럼 개방적이고 이상한 어떤 것, 가족과 친구들과 자신을 양육하는 데 도움을 준 모두와 나눌 수 있는 것을 짓고자 하는 욕구가 있었다. 하지만 앨런의 기원은 어디일까? 그에게는 조상 대대로 살아온 마을이 없었다. 데덤은 있었다. 하지만 데덤이 조상 대대로 살아온 마을일까? 그곳의 누구도 그가 누구인지 알지 못했다. 그는 덕스버리 출신일까? 그가 그곳에, 아니면 그곳의 누군가가 그에게, 애착이란 걸 느낄까?

덕스버리에서 앨런은 담 하나조차 세울 수 없었다.

앨런은 도시계획국 직원 생각은 하고 싶지도 않았지만, 그가, 그의 지나치게 상냥한 얼굴이 눈앞에 떠오르고 말았다. 앨런이 원한 것은 정원, 작은 돌담으로 둘러싸인 정원을 만드는 것뿐이었다. 그가 고른 뒤뜰 한쪽의 땅은 돌이 많아서, 그는 뜰 위에, 약 30센티미터 정도 땅을 돋워서 정원을 만들면 좋겠다고 생각했다. 책에서 그런 정원을 하나 본 적 있는데, 말이 되는 것 같았고, 좋아 보이기도 했다. 책에서 본 그 정원은 모래상자처럼 나무에 둘러싸여 있었지만, 앨런은 이 동네 주변 몇몇 부지의 경계를 이루고 있는 오래된 돌담과 어울리는 정원을 만들고 싶었다―그 돌담들 가운데 적어도 몇 개는 세운 지 수백 년이 되었다. 이런 오래된 담 몇 개는 모르타르를 전혀 바르지 않고 그냥 돌만 조심스럽게 쌓은 것이었지만, 앨런은 담이 무너지지 않게 하려면 시멘트를 써야 할 것이라고 생각했다. 그래서 도서관에서 석공술에 관한 책을 넘겨본 뒤, 철물점에 가서 레디믹스 시멘트 두 포대를 샀다.

그런 다음 간선도로변의 돌을 파는 가게로 갔다. 이것이 가장 좋은 대목, 그가 전혀 아는 것이 없던 대목이었다. 그는 돌 파는 가게를 둘러보았는데, 울타리로 둘러싸인 작은 공간에 돌을 군데군데 잔뜩 쌓아놓고 있었다. 돌 동물원이었다. 마침내 그는 회색과 분홍색이 섞인 돌, 둥글게 닳아가는 돌을 찾아냈다. 집의 전면과 어울릴 것 같았다.

"이건 어떻게 하지요?" 그는 그곳에서 일하는 사람 하나에게 물었다. 남자는 키가 크고 말라서, 돌로 가득한 곳에서 일하기에는 너무 약해 보였다. 자신이 팔고 있는 돌은커녕, 바지도 허리까지 올리지 못할 것 같았다.

"돌을 직접 운반하려고요?"

앨런은 몰랐나. "그래야 하나요?"

"그러는 게 나을 거예요." 남자가 말했다. "성을 세우는 게 아니라면."

앨런은 코웃음을 쳤다. 그때 그 농담은 아주 우습게 들렸다.

"아니, 그냥 담 하나예요."

"저게 손님 왜건인가요?" 그가 물으며, 턱으로 스테이션왜건을 가리켰다.

"맞아요. 저거면 될까요?"

"그럼요. 하지만 먼저 무게를 달아봐야 합니다." 남자가 말했다. "저울은 저기 있어요."

곧 앨런은 차로 돌아와, 저울로 올라가는 두 개의 트랙으로 차를 몰고 갔다. 저울은 주차장 사무실 옆에 있었고, 저울 위로 올라가자 사무실 안이 보였는데, 거기서 또 한 사람이 엄지 두 개를 치켜 보였다.

앨런은 트랙에서 차를 몰고 내려와 돌을 골랐던 곳으로 돌아가서 돌을 싣기 시작했다. 얼마나 많이 사야 할지 알 수 없었고, 값이 얼마인지 알려주는 표시도 없었다. 하지만 그 과정 전체가 무척 재미있었다―저울, 돌을 차에 던져넣는 것, 그럴 때마다 차의 충격 완화 장치가 펄쩍 뛰는 것, 차가 무게에 눌려 조금씩 내려가는 것. 그는 뒤쪽 범퍼가 내려앉아 더 실으면 안 된다는 느낌이 올 때까지 채우기로 했다. 그래서 그렇게 한 다음, 뒤쪽 해치를 닫고, 다시 저울로 돌아갔다.

이번에도 남자가 창을 통해 엄지 두 개를 치켰고, 앨런은 저울에서 내려와 사무실 옆에 차를 세웠다. 그는 사무실로 걸어들어갔고, 카운터 뒤의 남자가 친근하게 한쪽 눈을 찡긋했다.

"약 188킬로그램이네요."

킬로그램 당 가격이 2달러를 넘으면 엿 되는 거야, 하고 앨런은 생각했다. 그는 정원 프로젝트 전체에 예산을 몇백 달러 정도로 생각하고 있었다.

남자가 계산기로 숫자를 두드리다가 고개를 들었다.

"시멘트는?"

앨런은 고개를 저었다.

"좋아요. 그럼 170달러, 그리고 68센트네요."

앨런은 웃음을 터뜨릴 뻔했고, 집으로 가는 길 내내 싱글거렸다. 이렇게 거래를 하다니, 아주 간단했다. 간단했고 그래서 좋았다. 그는 돌 몇 개를 보았다. 그것들을 왜건 뒤에 던져넣고, 차의 무게를 달고, 사내가 무게 차이를 계산해 돌의 무게를 확정하고, 킬로그램당 약 80센트를 불렀다. 아름다웠다.

자기가 뭘 하고 있는지 거의 알지 못했음에도, 담을 쌓는 일은 앨런에게 그가 오랫동안 느끼지 못했던 기쁨을 주었다. 석공 연장을 사는 걸 잊어서, 그는 외바퀴 손수레에 시멘트를 섞고, 삽으로 발랐다. 대충 이치에 맞겠다 싶은 방식으로 돌들을 끼워맞추고, 그 위와 사이에 시멘트를 바르려 했다. 마르는 데 얼마나 걸릴지, 마르고 나면 얼마나 튼튼해질지 전혀 감이 없었다. 돌을 한 줄 쌓고 잠시 기다리고 나서 그 위에 쌓아야 할 것 같았지만, 너무 즐거워서 속도를 늦출 수 없었다. 집과 마당의 다른 많은 프로젝트들과 마찬가지로 한번 일을 시작했을 때 다 끝내고 싶었고, 실제로 네 시간 뒤에 끝냈다.

뒤로 물러나서 보니 대체로 정사각형이었다. 담은 약 90센티미터 높이로 올라왔으며, 그 수수한 모습이 영락없는 중세의 돌담이었다. 제일 처음 완성한 부분에 발을 올려놓아보니, 이미 견고했다. 밀어보았지만 꿈쩍도 하지 않았다. 위에 올라서보니, 집의 어느 바닥 못지않게 튼튼했다. 그는 깊은 감동을 받았다. 시멘트! 건축가들이 그걸 사랑하는 것도 당연했다. 몇 시간 안에 허물려면 소형 착암기가 필요한 담을 세우다니. 이런 식으로라면 며칠 안에 집 같은 것도 지을 수 있을 것 같았다. 뭐든지 지을 수 있었다. 그는 의기양양했다.

그러나 얼마 후 지역 지정과에서 찾아왔다. 다음날 잠에서 깨보니 현관문에 빨간 종잇조각이 붙어 있었다. 시청으로 와서 건축 계획서를 제출하고, 허가를 받으라는 통지였다. 약 90센티미터 높이의 담을 쌓는 일에. 그런 다음 도시계획국에 있는 그 새끼와 말다

툼을 벌였지만, 그 모든 게 아무 소용이 없었다. 앨런은 시의 규정에 맞게 담을 쌓지 않았고, 허가를 받은 업자와 일을 하지 않았으며, 그래서 담을 허물어야 했다. 시에서는 인부 두 명이 와서 소형 착암기로 담과 정원을 산산조각 내는 데 드는 비용을 앨런이 지불하게 했다. 그들은 그의 작물을 짓밟았고, 모든 게 흙에 파묻혔다. 식물들이 죽었다. 그 난장판은 차마 눈뜨고 보기 어려웠다. 그러고 나서 다른 인부 두 명이 그걸 실어나가는 데 드는 비용을 또 내야 했다.

XXVII

앨런이 잠에서 깼을 때 하늘은 창백한 잿빛이었다. 그는 아래층
으로 내려갔다. 아무런 목소리도 들리지 않았고, 아무런 움직임도
보이지 않았으며, 동이 텄다는 기미도 없었다. 연회실에도 사람이
없고, 부엌도 텅 비어 있었다. 결국 누군가 불을 끄기는 했다. 그는
다시 잠자리로 돌아갈까 생각했지만 그래봐야 잠이 오지 않을 게
분명했다.

현관문을 열자 아래로 보이는 골짜기가 약한 빛을 받아 파란색
과 갈색을 드러내고 있었다. 그는 난간에 앉았다. 처음으로 땅에
있는, 약 15미터 아래의 낮은 곳에 있는 양떼가 눈에 들어왔다. 우
리에 갇혀 있었다. 양떼가 딛고 있는 땅은 몇 군데만 녹색이 보일
뿐 모두 흙과 바위였다. 깃털 같은 연기가 산 너머로 보이는 파란

하늘을 가르며 올라가고 있었다. 앨런은 안으로 들어가 카메라를
가져왔다.

그는 진입로로 내려갔고, 거기 언덕 아래로 내려가는 진입로에
서, 집 뒤로 솟아 있는 언덕들 사진을 찍었다. 그는 진입로를 따라
내려가 큰길에 다다랐고, 그 길을 따라 마을을 향해 걷기 시작했다.

골짜기는 고요했다. 그는 걸음을 멈추고 못을 박은 나무, 하얀
꽃무리, 오래된 파키스탄 버스를 찍었다. 밝게 칠한 버스는 현역에
서 은퇴해 길옆으로 밀려나 있었다. 길 잃은 염소 사진도 찍었다.

근처 언덕 위로 갑자기 먼지가 피어올랐다. 트럭, 작은 흰색 픽
업트럭이었다. 트럭은 그를 향해 계속 다가오다가, 옆에서 멈추었
다. 창이 내려왔다. 마흔 살쯤 되어 보이는, 깨끗한 회색 토브 차림
의 남자가 운전을 하고 있었다. 유세프와 약간 비슷해 보였지만,
키가 더 크고 더 말랐다.
"살람." 그가 말했다.
"살람." 앨런이 말했다.
"태워드릴까요?"
"고맙지만 됐습니다. 그냥 산책중이에요."
"사진을 찍으면서요?"
"네, 그런 셈입니다. 아름다운 아침이네요."
"저 위에서 댁을 보고 있었습니다." 그가 말했다.

앨런은 고개를 돌려, 이 남자가 도대체 저 위 어디에서 관찰을 하고 있었을지 둘러보았다. 남자가 소름 끼치는 미소를 지었다.

"사진을 많이 찍으시더라고요."

"그런 것 같네요." 앨런이 말했다.

뭔가 벌어지고 있었지만 확실하게 파악할 수가 없었다. 그러다가 무슨 일인지 알게 되었다.

"미국인인가요?" 남자가 물었다.

아. 언제나 그렇듯이, 앨런은 순간적으로 거짓말을 하고 싶었다.

"네." 그가 답했다.

"그렇게 사진을 많이 찍다니. CIA나 그런 데서 일합니까?"

이제 남자의 웃음은 더 진짜처럼 보였고, 그래서인지 앨런의 마음속에서 뭔가가 느슨하게 풀렸다.

"그냥 프리랜스로 일을 좀 하죠." 앨런이 농담을 했다. "상근은 아니고요."

뭔가 불쾌한 것, 부자연스러운 것의 냄새를 맡았다는 듯, 남자의 머리가 2.5센티미터쯤 뒤로 젖혀졌다. 이윽고 남자는 트럭의 기어를 넣고 자리를 떴다.

앨런이 집으로 돌아가보니, 유세프와 살렘은 일어나 옷을 입고 있었고, 함자는 차를 차려놓았다. 살렘은 전날 밤처럼 발코니에 나가 기타를 치고 있었다. 유세프가 앨런이 다가오는 것을 보았다.

"앨런! 납치라도 된 줄 알았잖아요."

유세프와 살렘이 싱글거리고 있었다.

"그냥 산책 좀 하고 왔어. 일찍 일어났거든. 여기 새벽이 아름답네."

"맞아요, 맞아요. 아침은 밖에서 먹을 거예요. 괜찮죠?"

함자가 발코니에 널찍한 하얀색 탁자보를 펼쳤고, 그들은 자리를 잡고 앉았다. 함자는 차를 더 내오며 빵과 대추야자도 가져왔다. 공기는 시원했지만 해가 떠오르고 있었기 때문에 앨런은 다가오는 더위, 주위를 꽉 채운 바위들의 온기를 맛볼 수 있었다. 그들은 계속 그늘에 있었다. 앨런은 픽업트럭을 탄 남자와 마주친 일을 이야기하고 싶었다. 자신이 일을 어설프게 처리했다는 것을 알았고, 설령 전화 한 통 걸려오는 것으로 끝난다 해도, 어쨌든 곧 골치 아픈 일이 생길 수 있다는 걸 알았기 때문이다. 하지만 그는 남자가 그 일을 잊을 거라는, 별일 아니었을 거라는, 그의 형편없는 농담이 농담 그 이상으로 받아들여지지 않았을 거라는 희망을 버리지 않았다.

아침을 다 먹고 나자 유세프는 퍼뜩 무슨 생각이 떠오른 듯 안으로 달려갔다. 그는 전날 밤 보여주었던 라이플 두 자루를 들고 돌아왔다. 앨런은 이것 역시 진기한 물건을 자랑하는 전시회겠거니 생각했지만, 곧 유세프가 상자에 든 총알을 탁자보에 쏟는 게 보였다. 22구경 총알이었고, 유세프는 라이플 약실에 총알을 한 알 장전했다.

낯선 사람들이나 새 친구들 사이에서, 총을 장전하면 늘 평가의 순간이 오기 마련이다. 앨런은 오랫동안 총과 가까이 살았기 때문에, 총이 옆에 있어도 편안했고 유세프와 함께 있어도 편안했지만, 그럼에도 잠깐, 동작을 멈추고 이 친구를, 총을, 그들의 처지를, 모든 가능한 동기와 결과를 생각해보지 않을 수 없었다. 그들은 앨런의 생명에 관심을 가질 만한 사람들이 전혀 아니었다. 그는 유세프를 신뢰했고, 그를 친구로, 아들 비슷하게 생각했지만, 그래도 그의 마음의 작은 한 부분에서는 이렇게 말하고 있었다. 넌 이 사람들 가운데 누구도 그다지 잘 알지 못해.

유세프는 총을 탁자보에 놓아두고 발코니 건너편, 소유지와 산비탈이 만나는 곳으로 갔다. 그가 관목 숲에서 캔을 하나 가져오더니 낮은 담 위에 올렸다. 그리고 다시 달려서 돌아왔다.

"내 실력이 아직 괜찮은지 한번 봐야죠." 그가 말했다.

앨런은 유세프가 엎드리거나 설 것이라고 예상했지만, 그 대신 그는 앉아서 두 무릎을 앞으로 세웠다. 그는 두 팔꿈치를 무릎에 얹고, 라이플을 어깨에 갖다댔다. 앨런은 그렇게 총을 쏘는 걸 처음 보았지만, 어느 정도는 말이 되는 자세였다.

유세프는 캔을 겨누고—18미터쯤 떨어져 있었다—쏘았다. 소리는 별로 크지 않았다. 45구경만큼 크지는 않았다. 이 22구경은 조용하고, 우아하고, 소리에서나 부담에서나 예의바르다는 느낌이 들 정도였다.

총알은 수풀 속으로 사라졌다. 맞히지 못한 것이다. 그는 아랍어로 웅얼거리더니 약실을 비우고 새 총알을 장전했다. 겨냥을 하고,

쏘았다. 이번에는, 캔이 잠깐 비틀거리다 앞으로 쓰러져 진입로로 떨어졌다. 영화에서 카우보이가 지붕에서 떨어지는 것 같았다.

"아주 잘하네." 앨런이 말했다.

함자가 다시 캔을 세우러 달려갔다.

"쏴보실래요?" 유세프가 그에게 총을 건넸다.

앨런은 총을 받아들고 22구경 작은 금색 총알을 한 알 장전했다. 라이플은 아주 가벼웠다. 그는 일어서거나 엎드리고 싶었지만, 그곳 관습을 따라 유세프와 같은 자세로 쏘아야 할 것 같았다.

아주 편안했다. 몸이 삼각대가 되었기 때문이다. 앨런은 가늠쇠 안에서 캔을 찾아내고, 숨을 내쉬고, 방아쇠를 당겼다. 캔 바로 왼쪽에서 주먹만한 작은 먼지가 피어올랐다. 유세프와 함자는 약간 감명을 받은 것 같았지만, 동시에 앨런이 유세프보다 못 쏜다는 사실에 만족하는 것 같았다. 만일 중년에 몸이 무겁고 카키 바지를 입은 앨런이 앉은 자세로 총을 들고서도, 그들보다 잘 쏜다면 그들 눈에 그게 어떻게 보일까?

그렇게 해 보이겠다고 앨런은 결심했다.

"한번 더 쏴도 될까?" 그가 물었다.

유세프는 어깨를 으쓱하더니 총알이 든 상자 쪽으로 고갯짓을 했다. 앨런은 약실에 새로 총알을 장전하고, 다시 겨냥했다. 가늠쇠로 목표물을 확인하고, 숨을 쉬고, 방아쇠를 당겼다. 이번에는 캔이 배에 총알을 맞고 담에서 떨어졌다.

모두가, 심지어 살렘까지도, 칭찬하는 말을 중얼거렸다. 앨런이 유세프에게 총을 건네자, 유세프는 활짝 웃었다.

그들은 계속 이런 식으로 번갈아가며 총을 쏘고, 캔을 바꾸고, 캔을 구멍투성이로 만들었다. 한 이십 분쯤 지났을까, 트럭 한 대가 빠른 속도로 진입로를 올라왔다. 아까 앨런이 만났던 하얀 픽업 트럭이었다. 남자가 흥분한 표정으로 차에서 내리자, 앨런은 곧 자신이 해명을 해야 할 상황이 올 거라는 걸 알았다. 남자가 차를 세웠을 때 앨런이 총을 들고 있었던 것 역시 도움이 되지 않았다. 남자가 그들을 향해 성큼성큼 걸어오자, 앨런은 총을 탁자보에 내려놓았다. 가능한 한 유세프와 가까운 곳에 두었지만, 그래도 그의 손이 닿을 수 있는 범위를 벗어나지 않게 했다. 곧 무슨 일이 벌어질지 어떻게 알겠는가? 그에게도 선택권이 있어야 했다.

남자는 먼저 유세프에게 아랍어로 집중공세를 퍼부으며, 내내 앨런을 향해 손가락질을 했다. 이내 유세프가 일어섰고, 살렘도 일어섰고, 세 사람 모두 소리를 질러댔으며, 함자는 어쩌면 좋을지 모르겠다는 표정이었다. 하얀 픽업에서 내린 남자는 함자가 매일 보는 사람, 이 마을에 사는 사람임에 틀림없었다. 그래서 대놓고 그에게 대들 수도 없었고, 맹목적으로 유세프 편을 들 수도 없었다. 앨런은 앉아서 최대한 어떤 해도 끼칠 수 없는 사람처럼 보이려고 노력했다.

마침내 유세프가 앨런에게 왔다.

"이 사람한테 앨런이 CIA에서 왔다고 말했나요?"

앨런은 눈알을 굴렸다. "저 사람이 나한테 CIA에서 왔느냐고 물었고, 그래서 CIA를 위해 프리랜스로 일한다고 농담을 했지."

유세프가 눈을 가늘게 뜨고 앨런을 보았다. "왜 그런 소리를 했어요?"

"농담한 거야. 농담이었다고. 저 사람이 물어봤어. 터무니없는 질문이었고."

"저 사람한테는 터무니없지 않아요. 이제 저 사람한테 앨런이 CIA에서 온 게 아니라고 설득해야 해요. 어떻게 하면 되죠?"

앨런은 옥상 위로든, 어디로든 사라지고 싶었다. 그러다 생각이 하나 떠올랐다. "만일 내가 CIA에서 왔다면 누가 나한테 그걸 물어보자마자 그렇다고 말하지는 않을 거 아니냐고 말해."

그 말에 유세프는 웃음을 터뜨렸다. 다행이라고, 앨런은 생각했다. 모든 것이 그의 손을, 그들 모두의 손을 벗어나 곧 유세프에게, 유세프의 아버지에게, 앨런에게 온갖 종류의 문제가 생길 것 같은 순간이 있었다. 그래서 그는 점심때쯤 택시를 타고 제다로 돌아가게 될 것 같았다. 그러나 앨런의 설명이 돌파구가 되어, 유세프에게 그가 누구인지, 그들 두 사람이 어떤 관계인지 일깨워주었다. 그들은 친구였고, 그들에게는 신뢰가 있었다.

유세프는 남자를 돌아보더니, 그의 어깨에 팔을 두르고, 그를 트럭으로 데려갔다. 남자는 트럭에 타 운전대 앞에 앉았고, 그러고 나서 유세프는 오 분 동안 창을 통해 그와 이야기했다. 차분했고, 이따금씩 강한 동작으로 앨런 쪽을 가리켰다. 유세프는 그 남자의 깜부기불에 모래를 덮었고, 곧 상황은 끝이 났다.

픽업트럭이 사라지자, 유세프는 돌아와서 자리에 앉더니 과장되게 숨을 내쉬었다. "그런 말씀 하시면 안 되는 거였어요."

"알아."

"사람들은 그런 농담 좋아하지 않아요."

"말하는 순간 알았어."

"공항 보안검사 때 폭탄이 있다고 농담하는 거랑 같아요."

"나도 그런 비유를 생각했지."

"그러니까 우리는 생각이 같은 거네요."

"늘 그렇잖아."

"대부분은 그렇죠."

"미안해."

"괜찮습니다. 사격 좀더 하죠."

그들은 사격을 더 했다. 마침내 살렘이 그래도 마을이나 땅을 좀 둘러봐야 하지 않겠느냐고 말했다. 그래서 그들은 유세프 아버지의 트럭들 가운데 하나를 골라 탔고, 함자가 운전을 했다. 그들은 골짜기 바닥으로 내려가 마을을 통과했다. 트럭이 거친 도로 위를 아주 느린 속도로 움직였기 때문에, 그렇게 차를 타고 간다는 것 자체가 의미 없는 일처럼 보였다. 걷는 게 더 빠르고, 덜 우스꽝스러울 것 같았다. 그들은 아주 초라한 주택과 쭉 늘어선 멋진 어도비 벽돌집과 아파트 건물을 지나갔다. 마을 전체라고 해봐야 이백 명도 넘지 않을 것 같았지만, 깔끔한 학교와 병원, 이슬람 성원, 심지어 앨런의 눈에 호텔로 보이는 곳도 있었다.

그들은 건물이 밀집한 중심부를 지나 흙길을 달려서 마을 건너
편에 이르렀다. 거대한 두 돌 사이의 좁은 통로를 지나자, 또다른
작은 골짜기가 나왔다. 잠깐 내려가보니 다음 마을이 시야에 들어
왔다. 유세프는 트럭을 세웠다.
"여기가 우리 할아버지 집이에요." 유세프가 작고 오래된 집을
가리키며 말했다. 평평한 돌 수천 개를 모르타르 없이 쌓아서 지은
집이었다. 아마 지은 지 팔십 년을 넘지는 않았겠지만, 완전히 다
른 시대에 갖다놓아도 대체로 어울릴 것 같았다.
모두 차에서 내렸고, 앨런은 유세프를 따라 창을 통해 집안으로
들어갔다. 집은 작은 방 하나였다. 지붕은 사라졌지만, 둥근 들보
들은 남아 있었다. 유세프는 선글라스를 벗어서 토브에 걸었다. 그
러고는 플라스틱병에 든 물을 들이켰다.
"어떻게 저런 식으로 살았는지 모르겠어요." 그가 말했다. "상
상이 돼요?"
일행은 다시 트럭에 올라탔다.

그리고 다음 몇 시간 동안 느릿느릿 골짜기들을 통과하고, 험한
도로를 오르내렸다. 가다가 현실 같지 않은 바위들이 잇따라 늘어
선 곳을 지나기도 했다. 이층으로 쌓인 돌들은 반이 움푹 꺼져서
속이 빈 헬멧처럼 놓여 있었다. 그들은 유세프 아버지의 소유지인
골짜기 위 산마루로 올라가서 마을을 내려다보았다. 그렇게 높은

곳에서 보니 마을이 믿어지지 않을 정도로 작고 약해 보여서, 갑작스러운 홍수에 순식간에 쓸려나가고, 아주 작은 산사태에도 완전히 묻혀버릴 것 같았다. 이런 곳에서는 몇백 년은커녕 단 하루나 이틀을 사는 것도 바보 같은 짓일 듯했다. 이곳 사람들은 가뭄에 몹시 취약할 것 같았고, 밖으로 나가는 유일한 길이 진흙이나 떨어지는 바위에 일시적으로 막혀버릴 가능성도 있었다. 골짜기를 굽어보니 인간이 한 일이 바람과 물이 한 일에 비해 너무 작아 보였다. 앨런은 너무나 자주 보이던 반응을 보이고 있었다. 사람들은 여기 살면 안 돼, 하는 생각이었다. 사람들은 물이 없고 비가 오지 않고 바위가 많은 지형에 정착하면 안 되었다. 하지만 그렇지 않으면 어디에 산단 말인가? 자연은 어디에서든 인간을 죽이겠다고 말한다. 평지에서는 토네이도로 죽인다. 해안가에 살면 쓰나미를 보내서 인간들이 수백 년 동안 만들어놓은 것을 지워버린다. 지진은 모든 공학과 모든 영속 관념을 비웃는다. 자연은 죽이고, 죽이고, 또 죽이고 싶어하며, 우리 일을 비웃고, 자신을 깨끗이 닦아내고 싶어한다. 그러나 사람들은 어디든 원하는 곳에 살았다. 그들은 여기, 이 대책 없는 골짜기에서도 살았고, 이곳에서 번창했다. 번창? 그들은 그냥 살았다. 사람들은 생존했고, 재생산했고, 아이들을 도시에 보내 돈을 벌게 했다. 자식들은 돈을 벌어가지고 돌아와 언덕 꼭대기를 깎아내고 똑같이 대책 없는 골짜기에 성들을 지었다. 인간의 일은 자연 세계의 등뒤에서 이루어진다. 눈치를 채고 에너지를 그러모을 수 있으면, 자연은 그 서판을 다시 깨끗하게 쓸어낸다.

요새로 돌아가는 길에는 돌담을 쌓는 사람 둘을 지나쳤다. 그들의 장비는 앨런이 사용했던 것과 놀랄 만큼 비슷했다—돌더미, 모르타르가 가득한 외바퀴 손수레.

"잠깐 세울 수 있나?" 앨런은 스스로도 그 이유를 완전히 깨닫지 못한 채 말했다.

함자가 차를 세웠다. 두 남자가 일을 하다 고개를 들고 손을 흔들었다. 유세프가 창에서 그들에게 인사를 하며, 아랍어로 어떤 농담을 했다. 남자들이 웃음을 터뜨리며 다가왔다.

"도움이 필요한지 물어봐줘." 앨런이 말했다.

"나는 안 도와줄 거예요!" 유세프는 잠시 어리둥절한 표정을 지었다. "앨런이? 앨런이 도와주고 싶다는 거예요?"

"도와주고 싶어. 정말로."

유세프와 살렘은 몇 분 동안 앨런을 설득하려 했고, 결국 유세프가 남자들에게 제안을 하자 남자들은 제안을 받아들였다. 그들은 앨런에게 일을 시켰고, 함자와 유세프와 살렘은 차를 타고 떠났다.

앨런이 맡은 일은 모르타르가 굳지 않도록 저어주고 주기적으로 물을 붓는 것이었다. 그다음에는 담에 올릴 적당한 돌을 찾는 것을 도왔다. 일은 더뎠다. 언어 장벽 때문에 양쪽 모두 좌절감을 느끼긴 했으나, 앨런은 밖에 나와 있는 것이, 두 팔과 다리를 사용하는 것이, 셔츠와 카키 바지로 땀이 배어나가는 것이 좋았다. 하루가 끝났을 때 돌담은 5미터 정도 길이까지 완성되었다. 높이는 90센티미터였다. 견고했다. 그가 그의 마당에 쌓았던 것보다 훨씬 훌륭했다. 남자들은 그에게 고개를 숙이고, 그와 악수를 했다. 그의 일은 끝이 났다.

그가 걸어서 성으로 돌아갈 때는 해가 지고 있었다. 길을 잃을 가능성은 전혀 없었다. 골짜기 어디에서나 요새가 보였다. 이십 분 뒤 앨런은 성에 도착했고, 유세프와 살렘은 평소와 마찬가지로 발코니 담벼락에 앉아 있었다. 살렘은 기타를 퉁기고 있었다.

"재미있었어요?" 유세프가 물었다.

"한동안은 그랬지. 그다음에는 씨발 골칫덩이 노릇만 했어." 그가 말했다.

유세프와 살렘은 웃음을 터뜨렸다. 그들은 바보를 보고 있었다.

유세프의 눈에 빛이 반짝였다. "저녁을 먹고 나서 좋은 선물을 드릴게요. 마음에 드실 거예요."

살렘은 잘 알고 있다는 듯 두 눈썹을 치켜세워, 앨런이 이제 곧 아주 행복해질 것이라는 데 동의했다.

"뭔데?"

"이리 사냥하고 싶으세요?"

"왜? 어디에서?"

"최근에 이리 몇 마리가 양을 죽이는 것 같아요. 그래서 사냥을 계획하고 있어요. 총을 쏠 줄 아는 사람이 필요하대요."

앨런은 오랫동안 이보다 구미가 당기는 초대를 받아본 일이 없었다.

"정말 하고 싶지." 그가 말했다.

"그것 봐." 유세프가 살렘에게 말했다.

"나도 아니라고는 안 했어." 살렘이 말했다. 그는 기타를 집어들더니 즉석에서 앨런과 사냥에 관한 곡을 지었다.

꽤 괜찮았다.

XXVIII

저녁식사 후, 픽업트럭 두 대가 집 앞에서 멈추었다. 다시 살렘은 서둘러 기타를 감추었다. 두 대 모두 흰색이었지만, 앨런을 CIA 요원이라고 의심하던 남자는 없었다. 트럭마다 네 명 정도씩 타고 있었는데, 대개 앨런 또래이거나 더 나이가 많아 보이는 남자들이었고, 십대도 몇 명 섞여 있었다.

앨런은 첫 픽업트럭의 앞자리를 제안받았지만, 바깥공기를 마시고 싶었다. 건조하고 맑은 밤이었기 때문에 모든 것을 보고 싶었다. 남자들 사이에서 목소리가 높아졌지만, 마침내 유세프가 끼어들어 그게 앨런이 진짜로 원하는 것이며, 그의 바람대로 해주는 것이 환대를 표현하는 가장 좋은 방식이라고 설득했다. 보통의 경우라면 앨런은 이런 문제로 고집을 부리지 않았겠지만, 그날 밤에는 달랐다. 그 불모의 호텔에서 몇 주를 산 뒤였기에 그는 밤공기와 별, 트럭 짐칸에서 튀어오르는 것을 원하고 있었다.

그래서 그는 가장 어린 두 사촌, 그리고 그보다 나이가 많은 남자 한 명과 함께 짐칸에 올라탔다. 세 사람 모두 라이플을 들고 있었다. 유세프는 조수석에 앉았다.

"함께 가나?" 앨런이 살렘에게 물었다.

"농담하세요?" 살렘이 말했다. "나중에 뵈어요."

픽업트럭이 우르릉거리며 살아나더니 느릿느릿 진입로를 내려가기 시작했다. 앨런 건너편의 남자는 그의 또래에다 몸집도 비슷했는데, 앨런을 보며 웃음을 짓고 있었다. 앨런은 손을 내밀었다.

"앨런입니다." 그가 말했다.

남자가 그의 손을 잡고 흔들었다. "아티프예요."

도로의 파인 곳 때문에 모두 몸이 공중으로 튀어올랐다. 몸이 다시 내려오자 모두 웃음을 터뜨렸다. 앨런은 아티프가 앨런이 CIA일 수도 있다는 이야기를 듣지 않았기를 바랐다. 앨런은 그냥 자기 자신이고 싶었다. 아무것도 아닌 존재이기를.

아티프가 앨런을 향해 턱을 치켜들었다. "전에 이리 사냥해봤나요, 앨런 씨?"

앨런은 고개를 저었다.

"그러니까 전에……"

남자는 총을 쏜다는 단어를 기억하지 못해 대신 자기 총을 쏘는 시늉을 했다. "이거 해요?"

"네, 여러 번." 앨런이 말했다.

남자는 고개를 갸웃거렸다. 잘 이해를 못하고 있었다.

"하지만 짐승은 안 죽이고?"

"네." 앨런이 대답했다.

남자가 웃었다. 이가 거의 남아 있지 않았다.

"사람은 죽이고?"

앨런은 웃음을 터뜨렸다. "아니요."

"짐승은 먹어요?" 남자가 물었다.

"네." 앨런이 대답했다.

남자는 잠시 만족하는 것 같았고, 그의 눈에 짓궂은 빛이 사금파리 조각처럼 나타났다. "사람은 먹어요?"

앨런은 웃음을 터뜨리는 쪽을 택했다. "아니요."

남자가 웃음을 지었다. "한 번도 사람을 먹지 않았어요?"

앨런은 다시 웃음을 터뜨리는 쪽을 택했다.

남자가 손을 뻗더니 앨런의 손을 잡고 다시 흔들었다.

"좋아요." 그가 말했다.

길은 형편없었지만 산속으로 높이 올라갈수록 더 나빠졌다. 트럭이 훌쩍이고 툴툴거렸다. 앨런은 이렇게 시끄럽게 몰려가는데 몇 킬로미터 안에 이리가 어떻게 남아 있겠느냐고 큰 소리로 중얼거렸다.

마침내 높은 산마루에 이르러 트럭이 멈추었고, 사촌들이 먼저 내려서 앨런이 내리는 것을 도와주었다. 유세프가 다른 트럭에서 나타났다. 라이플에 총알을 장전하고 있었다.

"저 아래 농장이 마지막으로 양이 죽은 곳이에요."

앨런은 가축우리를 보았고, 거리가 64미터쯤 될 것 같다고 추측했다.

"그래서 계획은?"

"그냥 여기서 기다리는 것 같은데요."

"하지만 이리가 우리 냄새를 맡지 않을까?" 앨런이 물었다. 아무도 대답을 하지 않았기 때문에 앨런은 그 질문이 부적절한가보다고 생각했다.

"우린 저기로 가보죠." 유세프가 말했다.

두 사람은 90미터 정도 걸어서 낮고 매끄러운 바위들이 모인 곳으로 갔고, 유세프가 한 바위 위에 엎드렸다. 앨런이 유세프를 따라 했고, 둘 다 라이플로 아래에 있는 우리를 겨냥했다. 시야를 가리는 것은 없었다. 주인이 투광 조명등을 켜놓았고—그래도 이리들은 오더군요, 사람들은 그렇게 말했다—바람은 거의 없어서, 이리가 천천히 예측 가능하게 움직이기만 한다면 쏠 수 있었다. 앨런은 목표물의 이동 경로를 예측하고 쏜 경험은 많지 않았지만, 장애물이 없고 조명이 비추는 넓은 우리 안이라면, 적어도 짐승의 한 부분은 책임질 수 있을 것 같았다.

그가 지켜보는 가운데 나머지 사냥꾼들도 우리 주변에 퍼졌다. 어린 사촌들을 포함해 총을 든 사람이 아홉이었다. 만의 하나 이리가 경계선을 뚫고 온다 해도, 그것을 쓰러트릴 총이 충분히 대기하고 있는 셈이었다.

앨런은 어떤 짐승도 죽이고 싶지 않았다. 그는 이리가 총에 맞아, 몸이 젖혀지고, 비틀거리며 돌아다니다, 꼼짝도 못하게 되는 순간이, 납으로 꽉 차버리는 듯한 순간이 두려웠다. 그들이 둘러서서 이리가 죽기를 기다리는 동안 그것이 내는 가쁜 숨소리를 듣는 게 두려웠다. 하지만 아무리 멍청하거나 필사적이라도 해도 짐승이 이런 조건에서, 근처에 사람들이 이렇게 많고 빛이 이렇게 밝은데 우리에 들어올 것 같지는 않았다. 하지만 앨런은 사냥에 관해서, 이리 사냥에 관해서, 사우디아라비아 중부 산맥에서의 이리 사냥에 관해서 아무것도 알지 못했다.

아버지가 그에게 총 쏘는 법을 가르쳐주었다. 아니, 몇 번 사냥에 데리고 가주긴 했다. 아버지는 많은 것을 가르쳐주지 않았다. 앨런이 열 살이 되자 아버지는 그에게 낡은 22구경 원체스터를 주며 말했다. "내가 하는 대로 해." 론은 45구경 반자동 라이플을 사용했고, 앨런이 그의 뒤를 쫓아갔다. 론이 라이플을 들어올리면 앨런도 들어올렸다. 마침내 론이 숨을 내쉬며 총을 쏘라고, 라이플을 몸에, 뺨에 가능한 한 가까이 붙이라고 가르쳐주었다. 그러나 앨런은 론이 바라던 것과 달리 총 쏘기가 마음에 붙지 않았고, 그 처음 몇 번이 다였다.

골짜기 건너편에서, 산마루의 울퉁불퉁한 실루엣 너머에서 새벽에 파란 해가 떠오르듯 헤드라이트 한 쌍이 나타났다. 앨런은 유세프를 보았다. 유세프는 어깨를 으쓱했다. "여기서 이건 큰 행사예요. 모두 참여하고 싶어하죠. 크리스마스 같은 거예요." 유세프는 잠깐 자기 말을 다시 생각해보았다. "어쩌면 크리스마스하고는 다를지도 모르겠네요."

앨런은 우리 안을 들여다보았지만 아무것도 보이지 않았다. 양들은 골함석 지붕 밑에서 안전했고, 이리는 아직 감히 무대를 가로지를 생각을 못하고 있었다. 유세프가 라이플을 내리고 어깨와 목을 문질렀다.

그는 앨런을 보았다. "보세요, 목은 어때요?"

"괜찮아. 쏴셔."

앨런이 지켜보는 가운데, 유세프는 웃으며 앨런이 바위 위에 엎드려 총을 쏠 자세를 취하는 것을 바라보았다.

"군대 갔다 왔어요?" 그가 물었다.

"아니, 말했잖아."

"CIA에서 일한 적이 없다고 말했죠."

"군대에서도 일한 적 없어. 아버지가 했지."

"아버지가 전투도 하셨나요?"

"했지. 제2차세계대전 때."

유세프의 입에서 감탄사가 나왔다. "어디에서요?"

제2차세계대전 참전용사들의 신화에 따르면 그들은 전쟁에 대해 이야기하는 걸 좋아하지 않지만, 론은 전혀 망설임이 없었다. 걸핏하면 그 이야기였다. TV쇼에서 이탈리아어 억양이라도 나오면 론이 죽인, 혹은 죽이는 것을 거든 무솔리니 병사 두 명—그는 그들을 이탈리아인이라고 부르지 않았는데, 그의 말에 따르면 진짜 이탈리아인은 그 미치광이를 따르거나 그를 위해 싸우지 않았기 때문이다—의 이야기를 시작했다. 간호사를 보면 그가 알았던 독일 간호사들, 귀국선에 탔던 영국 간호사들, 아주 친했던 폴란드 간호사들 이야기를 했다. 폴란드 간호사 이야기는 앨런의 어머니가 죽은 뒤에 하기 시작했다. 노년에 론은 정말이지 독설가가 되었다, 안 그런가? 하지만 그래도 그에게는 이 이야기들, 앨런이 가지고 있거나 가질 수 있는 것보다 좋은 이야기들, 조금이라도 다치기만 하면 시작되는 이야기들, 슈베르트와 바그너를 들으면, 히스토리 채널에서 다큐멘터리를 보면 튀어나오는 이야기들이 있었다.

앨런은 유세프에게 가장 좋은 부분만 이야기해주었다. 아버지는 나치에게 포로로 잡혀 뮐베르크에 수감되었고, 그 지역에 소련군이 쳐들어오자 석방될 것을 기대했지만 그렇게 되지 않았다. 그들은 스탈린이 어쩐 일인지 수감자들을 가지고 거래를 한다는 느낌, 가능한 선택지들을 비교하면서 그들을 붙들어둔다는 느낌을 받았다. 론과 동료 수감자는 뭔가 잘못되었음을 알았다. 그들은 가만히 있으라는, 참을성 있게 절차를 존중하라는 명령을 받았지만, 그곳에서 나가고 싶었다. 집에 가고 싶었다. 그래서 어느 날 밤 소련 자전거 두 대를 훔쳐서 담으로 달려가, 구멍을 발견하고, 몰래 그곳을 통과해, 독일 시골로 달려갔다.

유세프는 이 이야기를 무척 재미있어했다.

"아, 그래서 선생님이 자전거 쪽으로 가게 되신 거군요." 그가 말했다.

"무슨 소리야?"

"아버지가 자전거를 타고 탈출했다면서요."

앨런은 잠시 그 생각을 해보았다. "하." 그가 마침내 입을 열었다. "그렇게 연결될 수도 있다는 얘기는 처음 듣는데."

유세프는 그 말을 믿지 않았다. 아버지의 자전거를 이용한 탈출, 그렇게 조용하고 빠르게 이동하게 해줄 수 있는 유일한 수단을 이용한 탈출을 자신과 연결시킨 적 없다니? 정말로 그렇게 연결될 수 있는 걸까? 앨런은 그 모든 것을 분석해보려 하지 않았다.

"하지만 군대에 들어가고 싶지는 않았나요?"

"응."

"왜요? 멋진 전쟁이 없어서?"

"바로 그거야."

"하지만 제2차세계대전이라면 나가서 싸웠겠죠?"

"선택의 여지가 없었겠지."

"있었다면요?"

"선택의 여지가?"

"네."

"나갔을 거야. 태평양 쪽은 피하려고 했을 거고."

"만약 지금 젊다면?"

"군대에 가겠냐고? 아니."

"왜요? 여전히 멋진 전쟁이 없어서요?"

"왜 그런 걸 묻는 거야, 유세프? 군대에 갈 생각을 하고 있어?"

"어쩌면요. 조종사가 되고 싶어요."

"글쎄, 하지 마."

"왜요?"

"그냥 대학으로 돌아가 졸업을 해야 하니까. 자네한테는 훌륭한 두뇌가 있어. 사고 치지 말고, 대학에 가서 선택의 폭을 넓혀."

"하지만 여기에서는 아무것도 선택할 수 없어요. 말했잖아요."

"그럼 떠나."

"떠날 수는 있어요."

"그러면 떠나라고."

"하지만 여기 있으면서 상황을 바꾸는 게 나을 거예요."

그들은 한동안 말없이 엎드려 있었다. 유세프가 그를 돌아보았다.

"앨런, 우리를 위해 싸우겠어요?"

"누구?"

"나 같은 사람들요. 사우디에 있는."

"자네를 위해 어떻게 싸워?"

"앨런 같은 사람들이 이라크 사람들을 위해 싸웠던 것처럼요. 어쨌든 싸우는 목적으로 내걸었던 게 있잖아요. 그 사람들한테 기회를 준다는 거."

"그러니까 내가 개인적으로 싸울 마음이 있느냐는 거야?"

"네."

"그럴 수도 있지. 젊은 남자라면, 그랬을 거야."

"그럴 사람이 또 있을까요?"

"유세프, 이건 터무니없어. 아무도 사우디아라비아를 침공하지 않아."

"알아요. 그냥 궁금해서 그래요. 그냥 개인들은 어떨지."

"미국인들이 개인적으로 자네와 함께 싸우러 여기에 올지 궁금한 거야?"

"바로 그거예요."

"모르겠군. 어쩌면. 미국에는 자유를 얻고자 노력하는 사람들을 도와주기 위해 기꺼이 싸울 사람들이 많을지도 모르지. 미국인들은 대의를 좋아하니까. 그것에 대해 생각을 많이 하지는 않지만."

앨런은 자신의 농담에 웃음을 터뜨렸다. 유세프는 웃지 않았다.

"그럼 만일 내가 여기에서 민주혁명을 시작하면 앨런은 나를 지원할 건가요?"

"그게 자네 계획이야?"

"아니요. 그냥 묻는 겁니다. 그러실 거예요?"

"당연하지."

"어떻게요?"

"모르겠어."

"군대를 보낼 건가요?"

"내가 개인적으로?"

"무슨 말인지 아시잖아요. 미국이."

"군대를 보낸다고? 그럴 가능성은 없지."

"공군 지원은요?"

"없어, 없어."

"충격과 공포*는요?"

"여기에서? 불가능해."

"혹시 어떤 고문이라든가. 스파이는?"

"여기 사우디에? 이미 많잖아."

"개인적으로는 어때요? 개인적으로 나를 지원하러 오시겠어요?"

"응." 앨런이 말했다.

"대답이 빨리 나오네요."

"뭐, 확실하니까."

"그 22구경 라이플을 들고요."

"그렇지."

유세프가 미소를 지었다. "좋아요. 좋습니다. 내가 혁명을 시작하면 적어도 앨런은 내 편이겠군요."

"그럴 거야."

"앨런은 미쳤어요." 유세프는 고개를 저으며 싱긋 웃더니 다시 라이플로 돌아가 준비 자세를 취했다. 그랬다가 다시 앨런을 돌아보았다.

"농담이었던 거 아시죠, 그렇죠?"

"뭐가 농담이었지?"

"미국이 이 나라를 침략해주기를 바란다는 거요."

앨런은 무슨 말을 해야 할지 몰랐다. 유세프는 여전히 싱글거리고 있었다.

"앨런은 아주 쉽게 믿는군요! 좀 웃겨요, 안 그래요?"

---

* 이라크전에서 사용했던 전술의 이름.

"웃기는지 모르겠네." 앨런이 말했다. "미안해. 자네가 농담하는지 몰랐어."

"괜찮아요. 앨런이 그 22구경을 들고 나와 함께 싸울 거라니 지금도 행복해요. 설사 곧 혁명을 시작하지 않는다 해도요."

그들은 다시 아래 골짜기를 지켜보았지만, 앨런은 혼란스러웠다. 질문하는 내내 유세프는 명랑했지만, 그의 웃음 밑에는 아주 심각하고 아주 슬픈 무언가가 있었고, 앨런은 그게 무엇인지 알았다. 싸움도 투쟁도 지킬 입장도 없다는 것, 그리고 그들 두 사람이 물질적으로 부족하지 않기 때문에, 그들 나라의 불의에도 불구하고 터무니없는 혜택을 누리고 있기 때문에, 아무것도 못할 가능성이 높다는 거였다. 그들은 만족하고 있었고, 이미 승리를 거두었다. 싸움은 다른 사람들이, 다른 곳에서 할 터였다.

저 아래쪽에서 움직임이 있었다. 앨런이 라이플을 들고 매끈한 목제 개머리판을 뺨에 갖다댔다. 하지만 양이었다. 어떻게 했는지 풀려나와서, 다시 숙소의 형제들에게 돌아가고 싶어했다. 앨런은 양을 가늠쇠에 올려놓았다. 그 양을 쏘고 싶은 마음이 간절했다. 그 짐승에게 아무런 악의가 없었고, 그걸 쏘았다가는 문제가 생기겠지만, 그럼에도, 그에게는 총이 있었고 이미 사십오 분을 기다려 온 상태였다. 그냥 기다리고, 지켜보고 있었다. 그걸 쏜다면, 그래도 무슨 일인가는 일어난 셈이 될 터였다. 총은 발사되기 원한다. 기다림은 끝나야 한다.

바람이 골짜기를 훑으며 그들 모두가 모여 있는 산마루로 올라왔다. 옅은 흙먼지가 소용돌이를 일으켜 앞이 잘 보이지 않았지만, 앨런은 바람과 함께 자신이 이리를 죽일 거라는 이상하지만 절대적인 확신이 찾아오는 것을 느꼈다.

그는 예감을 믿는 사람이 아니었고, 자신에 관해 어떤 운명 같은 것을 느껴본 적도 없었다. 하지만 지금, 라이플 개머리판의 차가운 나무에 뺨을 대고 있자니, 방아쇠를 당겨 총알을 이리의 심장에 박을 거라는 확신이 생겼다. 자신감이 너무 큰 나머지 놀라울 정도의 차분함을 느꼈고, 그 차분함 덕분에 미소가 그의 얼굴을 덮었다.
좋을 거라고, 그는 생각했다. 이리를 보고 그걸 쏘는 사람이 된다면 좋을 것이다. 사우디아라비아의 산맥에서 이리를 쏘는 것은 대단한 일이 될 것이다. 방아쇠를 당긴 사람은 뭔가를 이룬 사람이 될 것이다.

그가 이런 식으로, 만족하고 확신에 차서 한참을 기다리고 있을 때, 뒤에서 목소리들이 다가왔다. 뒤를 돌아보지 않았지만, 다른 사냥꾼 몇 명이 있던 자리를 떠나 여기서 짐승을 기다리기로 했거나 아니면 유세프와 앨런을 데리러 온 것 같았다. 그러나 그 자리에 붙박여 있는 앨런이 자신들은 모르는 뭔가를 안다는 것을 직감했는지, 그와 거리를 유지하고 있었다. 꾸준하게 부는 바람 속에서 그들의 목소리가 멀게 느껴졌지만, 앨런에게는 중요하지 않았다.

그가 짐승을 쏜다면 그들은 어떻게 할까? 그들은 그와 악수를 하고, 손바닥으로 그의 가슴을 칠 것이다. 모두 입을 모아 결국 그가 해낼 줄 알았다고 말할 것이다. 그를 보는 순간, 그가 이 일을 해낼 사람이라는 걸 알았다고.

갑자기 아래에서 움직임이 있었다. 어떤 형체가 그의 시야로 휙 들어왔다. 크고, 검고, 빨랐다. 앨런의 손가락이 방아쇠에 닿았다. 총신은 흔들리지 않았다. 형체가 드러났고, 앨런은 이리의 머리를 보았다.

때가 되었다.

그는 숨을 내쉬며 방아쇠를 당겼다. 라이플이 낮게 퍽 하는 소리를 내며 밤 속으로 총알을 내보냈고, 앨런은 자신이 맞힌 사람이 될 것임을 알았다. 그가 죽인 자가 될 것이었다.

그 순간 머리가 보였다. 헝클어진 검은 머리카락. 이리가 아니었다. 소년이었다. 목동이었다. 양을 안으로 데려가려고 우리에서 나온 것이다. 총알이 소년을 맞혔을 수도 있다는 것, 소년이 죽을 수도 있다는 것을 앨런이 깨닫는 데는 일 초도 걸리지 않았다.

그는 기다렸다. 소년은 고개를 들어 그들을 보며, 총소리를 따라가고 있었고, 앨런은 소년의 몸이 갑자기 뒤로 젖혀지거나 앞으로 쓰러지는 것을 기다렸다.

그러나 소년은 쓰러지지 않았다. 맞지 않았다. 소년이 손을 흔들었다.

앨런은 심장이 두방망이질하는 것을 느끼며 뺨에서 라이플을 들어올려 옆의 돌에 내려놓았다. 소년을 더 보고 싶지 않았고, 소년이 자신을 보는 것도 원하지 않아서, 고개를 돌리고 골짜기를 등졌다. 그러자 사람들이 보였다.

유세프가 그곳에 있었고, 어린 사촌들, 짐승을 먹는지 사람을 먹는지 물은 남자, CIA에서 일한다는 이야기를 나누었던 남자도 있었다. 모두 서서, 총을 옆으로 늘어뜨리고 있었다. 그들 모두 앨런이 목동을 향해 라이플을 쏘는 것을 보았지만, 아무도 놀란 것 같지 않았다.

돌아오는 길에 유세프는 앨런과 함께 트럭의 앞좌석에 탔다. 그들은 요새에 도착할 때까지 아무 말도 하지 않았고, 바로 안으로 들어갔다.

"좀 주무셔야겠어요." 유세프가 말했다.

그는 앨런을 방으로 안내했다.

"미안하네." 앨런이 말했다.

"아침에 모시고 갈 차를 준비할게요."

"그래."

"안녕히 주무세요." 유세프는 그렇게 말하고 문을 닫았다.

앨런은 잠들지 않았다. 생각을 진정시키려 해보았으나, 모든 생각이 하마터면 그가 저지를 뻔했던 일로 돌아갔다. 오랫동안, 아주 오랫동안 아무것도 한 것이 없었기 때문에, 하마터면 그 일을 저지를 뻔했다. 자신의 용기를 증명할 이야기가 없기 때문에, 하마터면 그 일을 저지를 뻔했다. 유산 같은 것을 만들어보려는 노력이 실패했기 때문에, 하마터면 그 일을 저지를 뻔했다.

새벽이 가까워올 때쯤, 차 한 대가 도착했다.
앨런은 진입로로 걸어갔고, 그곳에 유세프가 기다리고 있었다.
"이쪽은 아드난이에요. 제다까지 모실 겁니다."
아드난은 차 안에 그대로 있었는데, 피곤하고 언짢아 보였다. 유세프가 뒷문을 열었고 앨런이 차에 탔다.
"정말 미안하네." 그가 말했다.
"알아요." 유세프가 말했다.
"자네가 내 친구라는 게 나한텐 중요해."
"제게 시간을 좀 주세요. 내가 앨런에게서 좋아하는 게 뭔지 기억해야만 해요."

앨런은 돌아가는 길에 자려고 해봤지만 잠이 오지 않았다. 하얀 태양 아래 눈을 감았으나 소년의 얼굴, 사람들의 얼굴, 앨런이 골짜기에서 몸을 돌려 그들 모두를 보았을 때 앞에 있던 유세프의 평온한 표정만 보였다. 의심이 확인되었다는 것을 말해주는 표정.
하지만 그는 제다로 돌아가면 닥터 하켐을 만날 것이고, 그녀는 그의 피부를 째고 안을 들여다볼 것이다. 그러면 그도 자신의 문제가 무엇인지 알게 될 것이고, 그녀는 그것을 도려낼 수 있을 것이다.

XXIX

앨런은 그가 전혀 아는 것이 없는 사우디 병원 대기실에서, 벌거벗은 몸에 얄팍한 파란 가운을 걸치고 있었다. 이제 목의 종양을 제거할 참이었다. 여전히 그는 그것이 척추에 붙어서, 그의 기운과 의지, 판단의 상당한 부분을 빨아내고 있다고 생각했다.

하얀 방에서 기계로 움직이는 침대 위에 누워 있자니, 산속의 요새로부터 멀리 떨어져 있는 게 다행이다 싶었다. 그는 그곳을 떠난 이후로 하루 낮과 밤을 자문하며 보냈다. 내가 무슨 짓을 한 걸까?
답은, 아무 짓도, 였다. 그는 아무 짓도 하지 않았다. 그렇다 해도 위안이 되지는 않았다. 위안은 닥터 하켐의 과제가 되었다.

그는 킹 파이살 전문병원·연구센터에 있었다. 그곳에 입원할 때 그는 옷을 벗고 소지품을 비닐봉투에 넣으라는 이야기를 들었다. 이제 그는 침대에 앉아, 종이 같은 가운만 입은 몸으로 추위를 느끼며, 자신의 소지품을 보고, 병원에서 준 플라스틱 팔찌에 적힌 것을 읽고, 창밖을 내다보고, 이것이 전환점인가, 이제 자신이 병자가, 죽어가는 사람이 되는 것인가 하는 생각을 하고 있었다.

그는 빈방에서 이십 분을 기다렸다. 곧 사십 분이 되었다.

"안녕하세요!"

앨런이 고개를 들었다. 남자 하나가 바퀴 달린 침대를 밀고 들어왔다. 남자는 그 침대를 앨런의 침대 옆에 세워놓았다.

"자, 오세요." 남자가 말하며, 앨런더러 그 침대에 올라오라고 손짓을 했다.

앨런은 시키는 대로 했다. 잡역부, 아마도 필리핀 사람인 듯한 잡역부가 담요로 꼼꼼하게 그의 몸을 덮어주었다.

"이제 준비됐네요." 그가 말했다. 그들은 방에서 나왔다. 회색 복도 여남은 개를 지나, 마침내 트랙 조명*이 갖추어져 있고 콘크리트 블록 벽을 아주 연한 파란색으로 칠한 수수한 방에 이르렀다. 수술대가 있을 거라고는 생각하지 않았는데 수술대가 있었고, 바퀴 달린 침대에서 수술대로 옮겨가라는 말을 들었다. 사실 그는 치과 진료실 같은 곳을 예상했다―작고, 사적이고, 닥터 하켐이 그를 진료했던 곳과 한 걸음 떨어진 곳에 있는 방. 이제 그는 모든 게

---

* 조명 장치를 천장이나 벽 등의 레일에 달아 이동시키는 방식.

더 심각해진 것 같아 걱정이 되었다. 우려하던 것이 확인되었다는 느낌이 다시 찾아왔다. 등의 혹이 생각보다 심각하고, 따라서 수술 결과가 더 중요하다는 사실을 증명해준다는 느낌.

그런데 이 여자는 어디에 있는 걸까? 수술실에는 한 사람뿐이었다. 수술복을 입은 남자, 사우디인으로 보이는 남자가 구석에 서 있었다. 그는 조금 전 바퀴 달린 침대에 실려 온 남자가 자기 친구라도 되는 것처럼, 희망 비슷한 표정으로 앨런 쪽을 보았다. 그러나 이제 그게 앨런이라는 것을 알자 실망했다는 듯 표정이 침울해지더니 이윽고 비웃음으로 바뀌었다. 그는 장갑을 벗어 통에 넣고 방에서 나갔다. 이제 앨런 혼자였다.

몇 분 뒤, 문이 열리고 젊은 아시아인이 바퀴 달린 기계를 밀고 들어왔다. 그는 앨런을 향해 고개를 끄덕이고 싱긋 웃었다.
"안녕하세요." 그가 말했다.
앨런이 미소를 짓자 남자는 기계를 준비하는 복잡한 과정을 시작했다.
"마취 담당인가요?" 앨런이 물었다.
남자는 미소를 지었고, 눈이 행복하게 반짝였다. 그러나 그는 대답 대신, 정신착란 상태가 아닌가 하는 생각이 들 만큼 큰 소리로 콧노래를 흥얼거리기 시작했다.

앨런은 뒤로 몸을 기울이고 천장을 보았으나, 천장은 어떤 말도 해주지 않았다. 그는 눈을 감았고, 몇 초 만에 자신이 거의 잠들 뻔했다는 것을 알게 되었다. 이 아시아 가스맨의 미친 콧노래만 아니었다면 즉시 꾸벅꾸벅 졸았을 것이다. 사람들은 수술 도중에 죽기도 해, 그는 생각했다. 쉰네 살, 죽어도 그다지 실망을 줄 나이는 아니었다. 그의 어머니는 예순에 뇌졸중으로 죽었다. 사촌을 만나러 차를 몰고 액턴을 통과하던 중에 벌어진 일이었다. 차가 도로에서 미끄러져나가 전신주와 충돌했지만, 어머니나 차나 심각한 손상을 입지는 않았다—어머니는 자칫 그 기회를 놓칠 뻔했다. 하지만 어머니는 아침에야 발견되었고, 그때는 이미 세상을 뜬 뒤였다. 혼자, 한밤중의 어느 때쯤에, 길가에서 죽는다는 것. 앨런에게 그것은 하나의 메시지로 보였다. 죽음에서 위엄을 바랄 수는 있지만, 반드시 난잡한 상황을 예상하고 있어야 한다.

"안녕하세요, 앨런. 오늘은 기분이 어떠신가요?"
그는 그 목소리를 알았다. 눈을 떴다. 닥터 하켐의 머리가 불빛을 막고 있었다. 얼굴이 얼룩처럼 번져 보였다.
"좋습니다." 그가 말하며 주위를 둘러보았다. 어떻게 된 일인지 이제 방안은 사람들로 꽉 차 있었다. 세어보니 여섯인가 일곱이었고, 모두 마스크를 쓰고 있었다.
"만나서 반가워요." 그녀가 말했다. 시원한 물 같은 목소리였다. "이 수술을 돕기 위해 아주 국제적인 팀이 만들어졌어요. 여기는 중국의 닥터 웨이예요." 그녀가 가스맨을 가리키며 말했다. "우리 마취 의사죠. 여기 닥터 펜턴은 영국에서 오셨어요. 참관해주실 거예요."

그녀는 나머지 사람들, 독일, 이탈리아, 러시아 출신 사람들도 소개했다. 그들은 고개를 끄덕였지만, 모두 눈만 보였고, 너무 빠르게 지나가서 앨런은 누가 누구인지 따라잡을 수가 없었다. 앨런은 누운 채로, 뒤로 여며 입은 파란 가운 외에는 알몸인 채로, 애써 미소 지으며 고개를 끄덕였다.

"준비가 되면 엎드리세요." 닥터 하켐이 말했다.

앨런이 몸을 돌렸고, 얼굴을 풀 먹인 베개에 묻자, 표백제 냄새가 났다. 그는 자신의 몸이 드러났다는 것을 알았으나, 간호사가 바로 시트를 덮어주었고, 이어서 담요로 다리와 등 아래쪽을 덮어주었다.

"이제 따뜻한가요?" 닥터 하켐이 물었다.

"네. 고맙습니다." 앨런이 말했다.

"좋아요. 머리를 한쪽 옆으로 돌려도 편안한가요?"

그는 고개를 왼쪽으로 돌리고 두 팔을 수술대에 늘어뜨렸다.

"종양 주위를 정리 좀 할게요." 그녀가 말했다.

그는 그녀가 그의 가운 맨 위를 푸는 것을 느꼈다. 이어 피부에 축축한 것이 닿았다. 스펀지였다. 톡톡 두드리고 있었다. 물이 줄기를 이루며 쇄골을 타고 빠르게 흘렀다.

"좋아요. 이제 닥터 웨이가 여기에 국소마취제를 주사할 거예요. 몇 번 따끔거릴 거예요."

앨런은 낭종 바로 아래쪽에 바늘이 날카롭게 파고드는 것을 느

껐다. 이어서 왼쪽에도 파고들었다. 그리고 또 한 번, 또 한 번. 닥터 하켐은 몇 번이라고 했지만, 닥터 웨이는 네 번, 다섯 번, 마침내 여섯 번을 찔렀다. 앨런이 어리석은 사람이었다면 그 사람이 이걸 즐기고 있다고 생각했을 것이었다.

"느낌이 있나요?" 닥터 하켐이 물었다. "지금 낭종을 누르고 있는데."

뭔가 느껴졌지만, 그는 아니라고 대답했다. 진정제를 과하게 투여하고 싶지 않았다. 아무리 강도가 약해진 통증이라 해도, 어떤 형태로든 통증을 느끼고 싶었다.

"좋아요. 준비됐나요?" 그녀가 물었다.
그는 준비됐다고 대답했다.
"이제 시작할게요." 그녀가 말했다.

그는 느껴지는 압력과 그의 몸 위에서 들려오는 소리, 그리고 어른거리는 그림자에 상응하는 그림을 머릿속으로 그려보았다. 잇따라, 여러 번 작게 찢었다. 그런 것 같았다. 닥터 하켐의 팔의 움직임으로 그 정도는 알 수 있었다. 찢은 다음에는, 다른 손으로, 스펀지 같은 걸로 종양 부위를 토닥였다. 스펀지가 피부를 누르는 게 느껴졌다. 째고, 토닥이고, 째고, 토닥이고. 뒤쪽에서는 가스맨의 콧노래, 그리고 위에서 들려오는 에디트 피아프 노래인 듯한 음악.

"좋아요, 절개가 끝났어요." 닥터 하쳄이 말했다. "이제 내가 낭종을 끄집어내면 당겨지는 느낌이 있을지도 몰라요. 끈적거릴 수도 있어요."

그 말대로, 무슨 도구를 들고 있는지 몰라도, 그녀는 그걸로 그의 내부에 있는 뭔가를 움켜쥐고 끌어당겼다. 그의 가슴이 팽팽해졌다. 압력이 아주 강했다. 그는 어떤 고리 같은 것이 등으로 들어와, 태피*를 움켜쥐고, 잡아당기다가 탁 놔버리는 장면을 상상했다. 그는 이제까지 몸에서 뭐든 제거한 적이 없었다는 사실을 깨달았다. 이것은 새로웠고, 자연스럽지 않았다. 맙소사, 그는 생각했다. 내 안에 손들이 들어오다니 얼마나 이상한가. 도구들이 내 안을 움켜쥐고 긁어내다니. 맙소사. 앨런은 텅 비어 있었다. 그의 몸이라는 공동空洞에 축축한 것들이 채워져 있고, 주머니와 관이 제멋대로 흩어져 있었으며, 모든 것이 피에 흠뻑 젖어 있었다. 맙소사. 맙소사. 긁는 것이 계속되었다. 잡아당기는 것도. 그는 목에서 흘러내려 수술대를 향하는 물줄기들을 어떤 천이 빨아들이는 것을 느꼈다.

앨런은 아무 해를 입지 않고 살아서 이곳을 빠져나갈 수만 있다면 더 나은 사람이 되겠다고 맹세했다. 그러려면 더 강해져야 할 터였다. 그의 어머니는 그의 기운을 북돋고, 격려해주려 했다. 어

---

* 설탕을 녹여 만든 무른 사탕.

떤 먼 친척, 지금은 매사추세츠주 서부에 속하는 숲에 살고 있는 어떤 여자의 일기에 적힌 구절들을 읽어주기도 했다. 그 여자는 남편과 자식 둘이 인디언에게 살해당하는 것을 지켜보았고, 자신도 납치를 당했다. 그녀는 인디언들과 거의 일 년을 살다가 자신이 속한 사람들에게로 돌아왔다. 그녀는 인디언 공격의 유일한 생존자였던 딸과 다시 만나 낙농장을 만들기 시작했고, 그곳은 번창해서 버몬트의 2.4제곱킬로미터에 걸친 땅을 차지하는 큰 농장이 되었다. 그녀는 눈 때문에 지붕이 무너지고, 들보가 다리에 떨어지는 바람에 곧 절단 수술을 해야 했던 혹독한 겨울에도 살아남았다. 막 약혼한 딸을 데려간 천연두 전염병에서도 살아남았다. 딸의 약혼자는 그녀가 아흔한 살에 죽자 농장으로 와 농장을 이어받아 경영했다. 너라면 지금, 여기서 살고 싶겠니, 아니면 납치를 당한 뒤에 외다리로 숲에서 살고 싶겠니? 앨런의 어머니는 그렇게 묻기를 좋아했다. 그녀는 그들처럼 윤택한 교외 생활을 하면서도 훌쩍거리는 것, 어떤 불안을 느끼는 것을 견디지 못했다. 제2차세계대전 동안에 사천만 명이 죽었어. 어머니는 그렇게 말하곤 했다. 그전 전쟁에선 천오백만 명이 죽었고. 그런데 넌 도대체 뭐가 불만이라는 거야?

앨런은 다양한 언어로 이루어지는 대화를 들을 수 있었다. 오른쪽에서 이탈리아어로 중얼거리는 소리가 잠깐 들렸다. 발 옆에서는 아랍어로 잡담을 나누고 있었다. 중국인 마취 의사의 명랑한 콧노래도 여전히 계속되고 있었다. 모두가 그걸, 그 미친듯이 열광적인 곡조를 견뎌내면서도 아무도 그에게 뭐라고 하지 않는 게 신기했다. 마취과 의사는 자기만의 세계에서 살아가며, 자신에게 만족하고, 눈앞의 수술에는 가끔 곁눈질을 하는 정도로만 관여하는 것 같았다.

"이제 더 깊이 들어갈 거예요, 앨런." 닥터 하켐이 말했다.

이제 아이스크림 장수가 아이스크림을 파고, 원을 그리며 비틀고, 잡아당기는 동작으로 바뀌었다. 그런 다음 또 토닥이고, 닦아냈다. 앨런은 피가 위로 솟아올라, 등으로 퍼지며, 마침내 자유를 얻는다고 상상했다.

닥터 하켐이 숨쉬는 소리, 잡아당기고 토닥이면서 씨근거리는 소리를 들을 수 있었다. 그의 내부에서 고무 같은 물질이 엄청나게 강력한 적출에 저항하는 것처럼 잇따라 툭툭 끊어지는 소리가 들렸다. 앨런은 그녀의 침묵이 뭔가 발견했다는 증거일 가능성을 생각해보았다. 양성 지방종 덩어리 밑에서 뭔가를 발견한 것이다. 운명을 바꿀 어떤 시커먼 것을.

앨런은 마음을 다른 곳으로 보내려 했다. 바다, 텐트, 젊은 사람들이 하고 있는 일을 생각했다. 그들이 그가 이곳에서, 파란 콘크리트 블록으로 만든 방의 이 수술대 위에서 죽었다는 이야기를 듣는 장면을 그려보았다. 그들이 뭐라고 할까? 그들은 그가 해변을 오래 산책하는 것을 좋아했다고 말할 것이다. 늦잠을 좋아했다고.

키트를 생각했다. 그 없이 혼자 남은 키트. 이건 더 괴로울 것 같았다. 루비에게는 평형추가 필요했다. 그는 키트를 일 년 전에, 아이와 아이 엄마가 한창 싸울 때 데리고 나왔다. 그는 학교에서 아이를 데리고 나와 케이프커내버럴로 가서 우주왕복선을 구경했다. 우주왕복선이 비행을 중단하기 조금 전이었다.

발사 전날 그들은 모든 시설을 견학했다. NASA 사람들의 분위기는 종잡을 수 없었다―음침하고, 냉혹하고, 느슨하고, 방어적이었다. 홍보 비디오는 NASA가 단지 수십억 달러의 돈을 로켓에 퍼부어 그것을 우주에 쏘아올리는 일만 하는 게 아니라고 강조했다.

그들을 이끈 안내 책임자는 막 여든이 된, 이름이 놈이라는 남자였다. 그는 1956년부터 NASA에서 일했다. 그는 지팡이를 쥐고 버스 앞쪽에 타고 앉아서, 마이크를 들고 텍사스 억양의 저음으로 이야기를 시작했다. 쉰 목소리였다. "이게 내 마지막 견학이 될 겁니다. 이렇게 여러분과 함께하게 되어 반갑습니다."

키트는 내내 입을 다물지 않았는데, 둘이 함께 있을 때면 늘 그랬다. 그들은 몇 시간이나 버스를 탔다. 우주센터를 왕복할 때, 발사 관람대를 왕복할 때 등을 포함해 버스에서 열 시간은 함께 있었을 것이고, 그 덕분에 모든 이야기를 할 수 있었다. 아이는 제정신이 아닌 룸메이트와 아름답지만 단조로운 캠퍼스 이야기를 했고, 뿌리가 없고 끈이 잘린 것 같은 느낌이라 빨리 친구를 몇 명 사귀어야겠다는 말도 했다. 앨런은 늘 사용하던 방법으로 그녀를 다독이려 했다.

"나는 하늘에 있는 눈이야." 그는 말했다. "네가 어디서 출발했고, 어디로 가고 있는지 다 볼 수 있는데, 여기서 보니 모든 게 다 아주 좋아 보여." 그는 아이가 중학생일 때부터 이 비유를 사용했다. "너는 목적지에 거의 다 왔어. 거의 다 왔어."

놈은 기술자들이 왕복선 비행 전후에 수리를 하고 준비하는 건물로 그들을 데려갔다. 아틀란티스호가 그곳에 있었다. 마지막 발사, 그 모든 발사 끝에 마지막 발사를 준비하고 있었다. 사방에 견학 그룹이 돌아다녀서 어수선했지만, 놈은 침울했다.

"나는 이런 견학 안내를 앞으로 오래할 수 없습니다." 그가 말했다. "나는 '우리가 전에는 이랬고, 전에는 저랬다' 하고 말하는 사람이 되고 싶지 않습니다."

그 주말에 만난 NASA 직원들 대부분이 곧 일자리를 잃게 될 터였다. 그들은 앨런이 예상하던 거만한 테크노크라트가 아니었다. 오히려 소탈했고, 어떤 비행에 대해, 왕복선이 구름들 사이의 구멍을 통과해 솟구치던 어느 날의 날씨에 대해 이야기하다가 금세 감회에 젖거나, 생각에 잠기기도 했다.

뭔가가 앨런의 가슴을 꿰뚫었다. 철도 고임목처럼, 굵고 둔탁했다. 그의 몸이 긴장했다.

"미안해요, 앨런." 닥터 하켐이 말했다.

통증이 무뎌졌다. 움직임에 다시 어떤 박자가 생겨서, 순서가 믿을 만해졌다. 퍼내고, 긁어내고, 잡아당기게 될 것이고, 앨런이 짐작하기로는 어떤 적출이 이루어지는 이완의 순간이 있었다. 그러다가 스펀지의 토닥거림, 쉼, 추가 발굴이 다시 이어졌다.

이렇게 되는 것, 해부용 사체, 실험 대상이 되는 것은 흥미로운 일이었다. 인간은 물질이라고 말한 사람이 누구였더라? 그는 그 이하가 된 느낌을 받았다.

그날밤 올랜도 호텔에서, 그는 키트와 자판기에서 사온 것을 먹으며 영화를 보았다. 그는 루비, 또는 루비와 함께 하는 미래, 루비와 함께 한 과거, 루비의 상처에 대해서는 이야기하지 않으려 했다.

아침에는 버스를 타고 발사를 볼 수 있는 가장 가까운 곳, 바나나 비치로 갔다. 그곳은 모든 것, NASA와 관련된 모든 것이 칠이 벗겨져 있어서 초라해 보였다. 철제 담장은 녹이 슬었고 보도에는 금이 가 있었다. 하지만 그래도, 물 건너에서는, 인간이 만들어낸 천둥소리와 함께 우주선이 지구를 떠날 터였다.

발사를 기다리다 그들은 딸과 함께 온 진짜 우주인, 마이크 마시미노를 만났다. 그는 재미있었고, 솔직했고, 자기를 내세우지 않았다. 그는 왕복선을 두 번 탔는데, 그 가운데 한 번은 콜럼비아호가 재진입을 하다 폭발한 다음에 처음으로 쏘아올린 왕복선이었다. 그는 우주인처럼 보였다. 얼굴 윤곽은 뚜렷하고 머리는 은빛이었으며, 아주 연한 푸른색 점프수트를 입은 몸은 튼튼해 보였다. 키는 평균보다 커서 188센티미터쯤 되는 것 같았고, 매부리코에 롱아일랜드 억양이 강했다. 그는 허블 망원경을 고치기 위해 우주에서 유영을 한 일에 대해서, 위로 올라가면 이십사 시간 동안 맞이하게 되는 열여덟 번의 일몰과 일출 이야기를 해주었다. 그리고 그것 때문에 어떤 종교를 따르기가 힘들어진다고도 말했다. 아침, 오후, 저녁 기도를 일일이 챙기기가 매우 어려워지니까. 하지만 가톨릭한테는 좋다고, 그가 말했다. "그쪽은 일주일에 한 번씩만 들르면 되니까요."

키트는 웃음을 터뜨렸다. 그는 우주에서 별을 보면 반짝이지 않는다고, 대기가 없기 때문에 그냥 완벽한 빛의 점에 지나지 않는다고 이야기했다. 그의 동료 승무원들은 드물게 한가한 시간이 오면, 별을 더 잘 보려고 불을 다 끄기도 했다. NASA에는 낭만주의자들이 가득했다.

이제 닥터 하켐은 더 깊이 들어오고 있었다. 앨런은 움찔했고, 몸이 갑자기 경련을 일으켰다.
"앨런?" 그녀의 목소리에는 걱정과 놀라움이 섞여 있었다.
"괜찮아요." 그가 말했다.
"닥터 포리츠코바한테 안정시켜달라고 할게요."

앨런은 끙끙대는 소리로 동의했고, 곧 머리에 남자 팔뚝 전체가 얹히는 느낌을 받았다. 무게가 엄청났고, 눈앞의 일을 처리하기에는 너무 과한 것 같았다. 앨런은 그 밑에서 몸을 좀 움직여보려고, 압력을 좀 덜어내보려고 버둥거렸지만, 아무 소용이 없었다.

닥터 하켐은 계속 긁고 잡아당겼고, 통증은 점점 심해졌다. 도대체 어떤 바보가 마취를 덜 해달라고 한단 말인가? 상황을 바로잡기에는 너무 늦었다. 그냥 견뎌야 했다. 계속 밀고 나가야 했다. 아버지라면 그의 이런 불편에 웃음을 터뜨리며, 아직도 자신의 등허리에 남아 있는 파편, 전쟁이 끝난 지 육십 년 뒤에도 아직 박혀 있는 파편을 보여주고 싶어할 것이다. 앨런은 자신이 지금까지 보거나 견딘 것 혹은 앞으로 보고 견딜 것과 아버지가 지금까지 보고 견딘 것 사이의 차이에서 도저히 벗어날 수가 없었다. 도저히 균형을 맞출 수 없었다.

"앨런? 괜찮아요?"

그는 끙끙거리며 괜찮다고 말했다.

이제 밤하늘이 보였다. 어쩌면 죽어가는 것인지도 몰랐다. 미친 아시아인의 콧노래 소리를 들으며 죽어가고 있었다. 저게 무슨 곡일까?

머리의 압력이 늘어나는 것 같았다. 러시아인은 자기 입장을 분명히 하고 싶어했다. 그런 것 같았다. 밀어붙이라지. 앨런은 감당할 수 있었다. 그는 억지로 자신을 분리해, 공격받는 몸에서 떠났다.

앨런은 지금까지 한 번도 칼에 찔리거나 총에 맞거나 구멍이 뚫리거나 부러진 적이 없었다. 흉터는 살아 있었다는 최고의 증거일까? 우리가 뭔가에서 살아남지 못한다면, 그래서 우리가 이미 다 살았다고 확신한다면, 우리는 스스로에게 상처를 낼 수도 있는 것 아닐까? 그게 루비에 대한 답이 될까?

"정신 잃은 거 아니죠, 앨런?"

"네." 그는 바닥에 대고 말했다.

팔뚝의 압박이 늘었다. 감당할 수가 없었다.

"나를 누르는 사람한테 조금만 살살해달라고 해줄래요?" 그가 말했다.

그러자 압력이 사라졌고, 남자가 놀라는 소리를 냈다. 마치 자기가 무슨 일을 하고 있었는지 몰랐던 것처럼.

엄청난 해방감이 찾아왔다.

이전 발사에서 지연이 있었다. 전 세계에서 사람들이 몰려왔지만 발사는 며칠, 몇 주 연기되었다. 하지만 이번에는, 앨런과 키트가 그곳에, 다른 수많은 사람들과 알루미늄 계단 의자에 앉아서, 카운트다운을 지켜보면서, 카운트다운이 멈출 것이라 예상하고 있었다. 발사가 연기될 것이라고 예상하고 있었다. 우리는 그동안 아주 많은 실수를 했습니다, 하고 카운트다운이 말하는 것 같았다. 우리는 다시 실수할 수가 없습니다. 그러나 카운트다운은 계속되었다. 그는 키트의 손을 잡았다. 만일 이게 성공하면, 그는 생각했다. 나는 좋은 아버지가 된다. 내가 이걸 아이한테 보여준다면, 나는 뭔가 한 셈이다.

카운트다운은 계속되었다. 카운트다운이 10 아래로, 이어서 9 아래로 내려가자, 그는 이번 발사가 성공할 것이라고 확신했지만, 그래도 믿을 수 없었다. 그러다 1, 그리고 0. 이윽고 왕복선이, 몇 킬로미터 떨어진 물 건너에서, 소리 없이 올라갔다. 아무런 소리가 없었다. 그저 노란 빛이 왕복선을 위로 밀어올리고 있었다. 왕복선이 구름을 향해 반쯤 올라간 뒤에야 공기가 부서지며 열리는 것 같았다.

"아빠."

"음속 폭음이야."

왕복선이 흰 구름 천장을 뚫고 사라지자, 앨런은 울었고, 키트는 그가 우는 것을 보고 미소를 지었다. 나중에 그는 원하는 대로 뭐든 해주겠다고 말할 생각으로 미친듯이 마시미노를 찾았다. 나는 자전거를 팔았어요, 하고 말할 생각이었다. 공산주의자들에게 자본주의를 팔았습니다. 내가 왕복선을 팔겠습니다. 화성에 가도록 돕겠습니다. 나에게 할일을 주세요.

하지만 마시미노를 찾을 수 없었다. 나중에 주차장은 아주 행복하고 아주 자랑스러워하는 수많은 사람들로 붐볐고, 아주 많은 사람들이 이제 다 끝났다는 것을 알고 울었다. 돌아가는 간선도로가 막힐 것이고, 호텔까지 돌아가는 데는 하루가 꼬박 걸릴 터였다.

"앨런?"

그는 대답을 하려 했으나, 입에서는 씨근거리는 소리만 나갔다.

"지금 꿰매고 있어요. 모든 게 잘됐어요. 다 꺼냈어요."

XXX

한 시간 뒤 그는 옷을 벗었던 방으로 돌아가, 아까 옷을 쑤셔담 았던 비닐봉투에서 다시 옷을 꺼내고 있었다. 구두끈을 묶는데 닥 터 하켐이 방에 들어왔다.

"아, 예상보다 좀 힘들었네요."

그녀는 그의 맞은편 스툴에 앉았다.

"질기더군요. 이제 기분이 좀 나아지셨나요?"

"무슨 뜻이죠?"

"지방종일 뿐 다른 게 아니란 걸 알았잖아요."

"그런 것 같네요. 척수나 다른 곳에 달라붙어 있지 않던 게 확실 한가요?"

"네. 어떤 신경에도 영향을 주지 않았어요."

앨런은 안도했으나 혼란은 깊어졌다. 척수에 종양이 달라붙어 있어서 최근의 이런 깊은 구덩이로 끌어들인 게 아니라면, 달리 어떻게 설명한단 말인가?

"기분이 어떠세요? 통증은?"

앨런은 기운이 없고, 어지럽고, 방향감각이 돌아오지 않았다. 통증은 예리했다.

"좋은데요." 그가 말했다. "선생님은 어떠신가요?"

그녀는 웃음을 터뜨렸다. "좋아요." 그녀는 그렇게 대꾸하며 일어섰다.

그러나 앨런은 그녀가 떠나는 것을 원하지 않았다. 몇 분 더 그녀를 가까운 곳에 잡아두는 게 중요한 일처럼 느껴졌다.

"다른 의사들이 선생님을 정말 존경하는 것 같던데요."

"뭐, 여기 이 사람들은 좋은 팀이에요. 어쨌든, 대부분은."

"수술을 더 하셔야 되나요?"

"네?"

"오늘 말이에요. 이런 걸 더 하시냐고요, 아니면……?"

"질문이 많네요, 앨런."

그는 그녀가 그의 이름을 발음하는 것을 듣는 게 좋았다.

"진찰 몇 번만 하면 돼요." 그녀가 말했다. "수술은 이제 없어요."

그는 그녀의 손톱을 보았다. 거칠고 짧았다.

"일이 스트레스가 많은가요?" 그가 어설프게 물었다.

그는 그녀가 떠날 거라고, 그의 무의미한 잡담을 끝내버릴 거라고 생각했으나, 그녀는 누그러져서 다시 스툴에 앉았다. 어쩌면 이것도 의사-환자 관계의 일부라는 것, 자신이 해야 할 일이라는 것을 깨달은 것인지도 몰랐다.

"아, 전에는 그랬어요. 응급실에서 일할 때. 지금은 가끔만 그래요."

"언제요?"

다시 그녀의 얼굴이, 순간적으로, 우리가 정말, 아직도 이야기를 하고 있는 건가요? 하고 말하는 것 같았다. "언제냐고요? 내가 내 능력의 한계에 이르렀다고 생각할 때인 것 같아요."

"지방종으로는 아니겠죠."

그녀가 웃음을 지었다. "아니, 아니에요. 하지만 기관 절개술은 그런 것 같아요. 나는 기관 절개는 하지 않으려고 해요. 레지던트 때 하다가 실수를 좀 했거든요. 그래서 대체로 신경이 예민해져요. 너무 심해지면 나선운동을 하고요."

"나선운동을 한다고요."

"뭐, 자기 의심이라는 작은 소용돌이죠. 앨런도 그런가요?"

얼마나 멀리 가야 할까? 그는 며칠이라도 갈 수 있었다.

"그렇죠." 그가 자신의 자제력에 만족해하며 말했다.

"그런데, 뭐 필요한 거 있어요? 통증에?"

"아뇨, 괜찮습니다."

"아스피린 있어요? 타이레놀은?"

"있어요."

"붓는 것 때문에라도 드셔야 돼요."

그녀가 가려고 일어섰다. 그는 침대에서 뛰어내렸다.

"정말 고맙습니다." 그는 말하며 손을 내밀었다.

그녀가 악수를 했다. "아니, 천만에요."

그는 그녀의 눈을 들여다보며, 스스로에게 잠시 거기 머무는 것을 허락했다. 눈꼬리 주변에 뭔가 연약한 데가 있었는데, 끝이 아래로 처져서인지 그녀가 끔찍한 것을 보았고, 앞으로도 더 볼 각오가 되어 있다는 느낌을 주었다.

"선생님이 아주 강하다고 생각한다는 말을 하고 싶었습니다." 그가 말했다. "지금 하고 계신 일을 하는 게 쉬울 리 없다는 걸 압니다, 이 왕국에서요."

그녀의 자세가 부드러워졌다. "고마워요, 앨런. 나한테는 큰 의미가 있는 말이네요."

"그럼 여기서 다시 뵙는 건가요?" 그가 물었다.

"네?"

"추적 검사요."

"아, 그럼요." 그녀가 말했다. 다른 흐름의 생각에서 벗어나는 표정이었다. "한 열흘쯤 뒤에 환부를 다시 한번 볼 거예요. 실이 잘 녹았는지, 그런 걸 확인하는 거죠. 그동안에 무슨 일이 있으면, 나한테 연락하시면 돼요."

그녀는 그에게 명함을 건네주었다. 거기에 그녀 전화번호가 적혀 있었다. 그녀는 마치 잠든 그를 깨울까 조심스럽기라도 하다는 듯, 뒤꿈치를 들고 뒷걸음질로 방을 나갔다.

XXXI

앨런은 수술 후 사흘 동안 하루도 빠짐없이, 정해진 시간에 일어나 셔틀을 탈 시간에 늦지 않게 식사를 하고 옷을 입을 수 있었고, 실제로 셔틀을 타고 브래드와 케일리와 레이철이 있는 현장으로 갔다. 그들 모두 매일, 프레젠테이션 준비를 끝내놓고 기다렸고, 젊은 사람들은 노트북을 보면서, 아니면 카드놀이를 하면서, 아니면 자면서 시간을 보냈다. 유세프가 산에서 몇 번 전화를 걸어왔는데, 자신이 제다에 없는 게 긍정적인 면이 있다고 확신해 계속 그곳에 있었다. 협박 횟수가 점점 줄고 있었다. 앨런은 저쪽에서 그가 죽었거나 나라를 떴다고 생각할 때까지 그대로 있으라고 강하게 말했다. 매일 오후 다섯시, 앨런과 젊은 사람들은 셔틀을 타고 호텔로 돌아갔고, 앨런은 식사를 한 뒤 어렵지 않게 잠을 잘 수 있었다. 하지만 이런 나날 동안 새로운 일들이 생겼다.

어느 날, 앨런이 해변에서 오후를 보낸 뒤 텐트로 돌아와보니 젊은 세 사람은 잠이 들어 있었다. 모두 길고 하얀 소파에 누워 있었는데, 이번에는 구성이 달랐다. 브래드와 레이철이 한쪽 끝에 있었는데, 그녀의 몸이 벗어던진 코트처럼 그의 몸을 덮고 있었다. 케일리의 머리는 반대편 끝에 있었고, 두 손은 아이처럼 뺨 밑에 모으고 있었으며, 두 다리가 브래드의 다리와 엉켜 있었다. 그는 무슨 일이 일어났는지 혹은 일어나게 될지 상상하지 않기로 하고, 그들을 깨우지 않는 게 좋겠다고 판단했다.

어느 날 밤 호텔에서, 형편없는 생각이라는 걸 알았지만 잃을 것도 없었기 때문에, 앨런은 닥터 하켐에게 이메일을 보내 고맙다고 했다. 그런데 그가 불가능하다고 생각하던 쪽으로 일이 흘러, 그녀에게서 답장이 왔다.

앨런에게,
지방종이 그냥 그것뿐이라는 것을 알게 되어 나도 앨런만큼이나 기뻤어요. 확신은 했지만, 그렇다고 꺼림칙한 의문 한두 가지가 없었던 건 아니거든요. 이제 앨런이 건강하고 당장 죽을 일은 없으니, 조만간 제다에서 뵙기를 바라요. 악성 종양으로 죽지 않는다는 것을 알게 되어 기분이 아주 좋으시기를 바랍니다!
하하,
닥터 자라 하켐

앨런은 다음날 시간의 대부분을 바닷가에서 답장을 생각하며 보냈다. 뭔가 영리하고 재치 있는 것, 상황을 살짝 더 진척시킬 수 있는 것. 그는 이 또한 불가능할 거라 생각하고 있었다.

닥터 하켐에게,

실제로 기분이 아주 좋습니다—어쩌면 너무 좋은 건지도요. 약간 어지러워요. 이유는 수수께끼이지만, 등에 이상한, 새로운 혹이 느껴졌습니다. 내가 의사는 아니지만, 고무장갑 같은 느낌이에요. 혹시 장갑 한 짝을 내 몸속에 남겨둔 것은 아닌가요? 가끔 좋아하는 사람한테 장갑 같은 것을 남긴다고 하던데. 그걸 찾는다는 핑계로 그 사람을 다시 보려고 말이죠.

이만,

앨런

그는 그게 대담한 짓이라는 것을 알았지만, 답장을 쓰면서 묘하게도 그녀가 자신을 다시 보고 싶어한다는 확신을 갖게 되었고, 실제로 그가 옳았다.

앨런에게,

실제로 뭔가 남겨둔 것인지도 모르겠네요. 나는 스펀지인 줄 알았는데. 혹시 수술중에 내가 먹던 간식의 일부인지도 몰라요. 우리 모두 간식을 먹고 있었으니 자신할 수는 없지만요. 앨런을 다시 봐야겠다는 생각이 드네요. 병원 밖이 나을까요? 앨런의 보험회사를 걱정하게 하고 싶지는 않으니까요.

닥터 자라

이번 메일은 밤에, 그 동기가 조금이라도 업무상에서라고 하기에는 너무 늦은 시간에 왔고, 그렇게 그들은 몇 시간 동안 계속 이 메일을 주고받다가 마침내 직접 만날 계획을 세웠다. 앨런은 KSA에서는 이럴 때 어떻게 하는지 도무지 알 수 없었기 때문에, 계획은 그녀에게 맡겼다.

금요일에 내가 태우러 갈게요. 그녀는 그렇게 썼다. 정오에 갈게요. SUV를 찾으세요. 명함에 앨런의 이름 머리글자를 적어서 앞유리에 올려놓을게요.

다음날 앨런은 텐트에 가만히 앉아 있을 수가 없었다. 해변 산책도 별 도움이 되지 않았다. 대신 그는 도시의 도로망으로 나가, 작업복을 입은 남자들을 지나가며 그들에게 십장처럼 고개를 끄덕였다. 그는 몇 시간 동안 텅 빈 길을 걸었고, 1킬로미터를 지날 때마다 에너지가 새로 솟구쳤다. 마침내 그는 다시 돌아와 배를 탔던 운하를 발견했다. 운하를 따라 걷는데, 이곳에서만 가능한 그 투명함과 빛깔에 놀라 정신이 멍할 지경이었다. 앞으로 결코 존재하지 않을지도 모르는 먼지와 건물들 사이에, 계속 그 모든 것을 덮치려는 모래 사이에, 이 흠 하나 없는 청록색 실, 비합리적인 빛깔, 불필요한 빛깔이 있었다. 사람들이 그 빛깔을 만든 것은 아니지만,

그 빛깔이 여기에 나타나도록 힘을 썼다. 그들이 뭔가를 건설해 이 곳에 물이 흘렀고, 그렇게 사람들은 아름다움이 속하지 않은 곳에 당혹스러운 아름다움을 가져왔다.

앨런은 파란 운하에서 불필요하게 오랜 시간을 보낸 뒤 텐트로 돌아와 보게 된 광경에 놀라긴 했지만, 그렇게 크게 놀라지는 않았다. 레이철이 브래드의 무릎에 앉아 있는데, 둘은 땀에 흠뻑 젖어 마주보면서 두 입이 서로를 삼키려 하고 있었고, 케일리는 거기서 6미터도 떨어지지 않은 곳에서 노트북을 펼치고 일을 하고 있었다.

케일리가 문간의 앨런을 알아차리고 손을 흔들었다. 그러나 브 래드와 레이철은 멈출 생각이 없었다. 그들은 그를 보더니, 그가 계속 있을 생각인지 확인하려고 기다렸다. 그는 그들의 사정에 관 심이 없었고, 다음날은 주말—자라가 그를 데리고 그녀 오빠의 해 변가에 있는 집으로 점심을 먹으러 가기로 했다—이었기 때문에, 자신에게는 그들 일에 간섭할 이유가 전혀 없다는 것을 알았다. 그 는 텐트를 나서서 하루가 끝날 때까지 계속 걸었다.

XXXII

거대한 SUV가 커브를 틀며 힐턴의 진입로로 들어왔다. 호텔의 모든 창과 빛들이 흑요석을 덮은 듯한 차의 겉면에 반사되어 차에서 반짝반짝 빛이 났다. 앞유리 밑에서 앨런은 자기 이름 머리글자인 AC를 보았다. 차가 냉난방 장치를 광고하고 있는 것 같았다.* 그는 웃음을 지었고, 뒷문이 열렸다.

앨런의 눈에 그녀의 다리가 먼저 들어왔다. 아바야 차림에 스트랩이 달린 힐을 신은 그녀의 발목과 발이 그의 앞에 있었다. 그가 고개를 들자, 그녀가 그를 향해 웃고 있는 게 보였다. 그녀의 얼굴은 즐거움으로 환하게 빛나고 있었다.

---

* AC는 앨런 클레이(Alan Clay)의 약자도 되지만 '냉난방 장치가 된'(air-conditioned)의 약자이기도 하다.

그는 여남은 명의 사환과 안내원들이 지켜보는 가운데 차에 올라탔다. 그들 모두의 눈앞에서 한 서양 남자가 사우디 여자의 차에 초대받아 올라타고 있었다. 이게 어떻게 가능할까?

앨런은 앉아서 문을 닫았다. 안은 아주 어두웠다. 그는 운전자에게 미소를 지으며 고개를 끄덕였고, 그들은 커브를 틀어 호텔을 둘러싼 원형도로를 통과하고 탱크 위의 경비병을 지나서 간선도로로 나섰다.

자라는 머리에 스카프를 느슨하게 썼지만, 얼굴을 가리지는 않았다. 황금색 빛을 받은 그녀의 눈은 병원에서 볼 때보다 크고 더 짙은 갈색이었으며, 파란 아이섀도가 깔끔하게 선을 그리고 있었다. 다듬으려면 씨름을 해야 한다는 그녀의 머리카락은, 숱이 너무 많아서, 손질을 한 것이 아니라 조각을 한 것처럼 보였다. 하지만 얼굴 앞쪽에 머리카락이 커튼처럼 내려와 있어 양옆으로 열어줘야 했다. 그녀는 두 손가락으로 다시 그것을 열고 얼굴을 새로 드러냈다.

앨런은 뭔가 의미 있는 이야기를 하고 싶었다. 하고 싶은 말은 많았지만, 그가 하려는 말은 모두 심사를 거쳐야 했다. 그가 운전기사 앞에서 무슨 말을 할 수 있을까?

"KAEC는 어때요?" 그녀가 물었다.

유세프와 마찬가지로, 그녀 역시 그가 미래의 도시에 대해 엄청나게 생각과 희망을 쏟아붓고 있는 것을 재미있게 여겼다. 그녀가 KAEC라고 말하는 것을 들어보면, 서툴고 어리석은 짓이라는 느낌, 더 핵심적인 것들로부터 벗어난 짓이라는 느낌이 들어가 있었다.

"괜찮은 것 같아요. 진전이 있더군요."

그녀의 표정은 회의적이었다.

"정말이에요." 그가 말했다. "시간이 걸리겠지만."

"많이 걸리겠죠." 그녀가 말했다.

그들은 빠르게 도시를, 반짝이는 쇼핑몰과 높은 담으로 둘러싸인 단지들을 통과했다. 운전사가 창문을 가리키며 어깨 너머로 몇 마디를 던졌다.

"저 사람 말이 저게 사우디의 마라도나 집이라네요. 우리가 관심이 있을 거라고 생각하는가봐요. 관심 있어요?" 그녀가 물었다.

앨런은 기사가 어떤 집을 말하는 것인지 짐작할 수 없었지만, 그들은 낯설면서도 평범한 제다 동네 한가운데 들어와 있었다. 도로 한쪽 편에 담으로 둘러싸인 호사스러운 단지가 있었는데, 파스텔톤으로 칠한 그곳은 엄청나게 비싸 보였다. 그 건너편에는 아주 넓고 텅 빈 땅이 있고, 수백 대의 트럭이 버려둔 건축 폐기물이 널려 있었다. 어디에나 잡석이 단정하게 쌓여 있었다. 앨런은 자라에게 그 돌더미에 관해 물어볼까 생각했지만 그녀가 일종의 모욕으로 생각할 것 같았다. 그는 그녀가 자기 나라를, 이곳이 그녀의 나라라면, 얼마나 자랑스러워하는지, 아니면 자랑스러워하지 않는지 알지 못했다. 아직 알지 못했다.

"물 드실래요?"

드링크 홀더에 물 두 잔이 단정하게 놓여 있었다.

그는 한 모금 마셨다.

"괜찮아요?" 그녀가 물었다.

"고맙습니다."

그녀가 자신의 입술에 물잔을 갖다댔고, 그녀의 그런 모습, 눈을 감은 모습을 보는 순간 앨런의 머릿속에는 뜨거운 생각들이 질풍처럼 휩쓸고 지나갔다. 그녀는 잔을 내려놓았고, 혀가 쏙 나와서 작은 물방울을 핥았다.

"차로 한 시간 넘게 걸릴 거예요." 그녀가 말했다. "거기 닿을 때쯤이면 서로 중요한 건 다 알게 되겠네요."

그 말은 대체로 사실이었다. 그녀는 그에게 제네바의 고등학교 이야기를 해주었다. 지금은 튀니지에서 정부를 전복할 계획을 세우고 있는 전 남자친구. LSD*를 해보던 시절. '이슬람 구조단'에 참가해 쿠르디스탄의 난민 캠프에서 일하던 시절. 카불의 병원에서 보낸 일 년. 그녀의 이야기를 듣다보니 앨런은 자신이 세상에 덜 필요한 종種이라는 느낌이 들었다.

"그럼 왕을 만나겠네요." 그녀가 말했다.

---

* 환각제의 일종.

그는 그녀가 감명을 받기를 바랐다. "그게 계획입니다."

"그럼 직접 압둘라한테 프레젠테이션을 하시나요, 아니면……?"

앨런은 그렇다고 답할 수 있기를 바랐다. 하지만 그는 자신을 깎아내리는 데 너무 훈련이 잘되어 있는 사람이라, 이렇게 말하고 말았다. "나는 팀의 한 사람이 될 겁니다. 사실 기술 쪽은 잘 모릅니다. 나는 압둘라의 조카를 알기 때문에, 아니 알았기 때문에 여기 있는 겁니다."

"경쟁사는 어디인가요?" 그녀가 물었다.

"모릅니다. 지금 텐트 안에는 우리뿐이에요."

"텐트요?"

"묻지 마세요."

"안 물을게요."

그녀는 영감을 받게 해줄 곳을 찾는 것처럼, 창을 돌아보았다. "이제 중국이 왕의 기름을 더 많이 사가니까, 재미있을 거예요."

앨런은 그것은 모르고 있었다.

"궁금해요." 그녀가 말을 이어갔다. "모든 게 그걸 뒤따르게 될지. 압둘라와 그 패거리 전체가 갑자기 충성의 대상을 바꿀지 궁금하다는 거예요. 어쩌면 앨런은 더이상 총애를 받는 사람이 아닐지도 몰라요."

앨런은 갑자기 이 차로부터, 자라로부터 멀리 공간 이동을 한 느낌이었다. 곧 그는 보스턴의 사무실에서 에릭 잉볼을 만나고 있고, 에릭은 무엇이 잘못되었는지, 왜 이걸 예상하지 못했고 저걸

고려하지 못했는지 묻고 있었다. 그다음에는 키트와 대학. 그다음에는 그가 아는 모든 사람에게 진 빚.

"미안해요." 자라가 말했다. "걱정 말아요. 앨런이 걱정할 일은 전혀 없을 거라 확신해요. 분명 앨런 쪽 사람들이 우대를 받을 기간이 몇 년은 남았을 거예요."

그녀는 짓궂게 웃으며, 검지로 안경테를 두드렸다. 하지만 이 여자 말이 맞을까? 가격에서나 기술에서나 아무도 릴라이언트를 이길 수는 없었다. 도대체 누구한테 홀로그램이 있단 말인가? 사실, 그는 알지 못했다.

"미안해요, 앨런. 나 때문에 걱정을 하게 됐네요."

"아니, 아니. 전혀 아닙니다."

"갑자기 다른 생각을 하는 것 같아서요."

"아니, 아니에요. 미안합니다."

"앨런한테는 친하게 지내는 왕의 조카가 있잖아요. 그게 도움이 될 거예요, 틀림없어요. 압둘라는 의리가 아주 강한 사람이에요. 나는 그렇게 알고 있어요. 그리고 이 왕국에서 사업을 하는 사람이라면 왕족을 한두 명 아는 게 좋고요."

그들은 압둘라에 대해 이야기했다. 자라는 선왕들보다 압둘라를 훨씬 좋아했다. 앨런은 압둘라의 자리에 개혁자가 있어 아주 좋은 것 같다는 취지의 이야기를 하다가, 자기도 모르게 압둘라를 고르바초프나 데클레르크*와 비교하고 말았다. 이야기를 마치는 순간 자신이 너무 나갔다는 것을 알았다. 하지만 자라는 그가 잘못 인식

한 말도 안 되는 이야기를 훌쩍 뛰어넘어 완전히 다른 화제로 들어가는 쪽을 택했다.

"나한테는 아이들이 있어요." 그녀가 말했다.

"그럴 거라고 생각했습니다." 그가 말했다.

"그럴 거라고 생각했다고요?"

"그 말은 너무 나갔네요. 가능하다고는 생각했습니다."

"앨런이 내 골반에서 뭔가를 보았다는 뜻인 줄 알았어요. 있잖아요, 여자가 걷는 것을 보고 아는 사람들처럼."

"나는 그렇게 영리하지 않아요."

"어쨌든, 지금은 십대들이에요. 나하고 살아요."

"이름이?"

"라이나, 무스타파. 딸은 열여섯, 아들은 열넷이에요. 아들이 자기 아버지 같은 개자식이 되지 않게 하려고 노력하고 있어요. 조언해주실 게 있나요?"

"아들이 당신에게 뭐라도 이야기를 하나요?" 앨런이 물었다.

"앨런은 어머니하고 뭐라도 이야기를 했어요?"

앨런은 하지 않았다. 젊은 남자들이 누구하고 이야기를 나눌까? 젊은 남자들은 이야기할 사람이 아무도 없고, 있다 해도 무슨 말을 어떻게 해야 할지 모른다. 그래서 세상의 범죄 대부분을 저지르는 것이다.

"어디 가서 혼자 있게 하세요. 캠핑 같은 데."

---

* 인종차별정책을 완화한 남아프리카 공화국 대통령.

자라의 웃음이 터져나오며 공기를 갈랐다.

"앨런, 나는 아들을 캠핑에 데려갈 수 없어요. 여기 사람들은 캠핑 안 가요. 우리는 메인주에 사는 게 아니에요."

"사막에 안 갑니까?"

그녀는 한숨을 쉬었다. "어떤 사람들은 가는 것 같기도 해요. 남자애들은 가죠, 자동차 경주하러. 그래서 차를 박살내고, 응급실에 나타나죠. 내가 그렇게 두 사람을 살렸어요. 하지만 대부분은 죽어요."

앨런은 그런 이야기를 들었다고 말했다.

"가이드한테서요?"

"유세프. 훌륭한 아이죠."

"그러면 여기서는 할일이 아무것도 없겠네요."

"그 아이도 그렇게 말하더군요."

자라가 커튼을 열 듯 머리카락을 젖혔다. 그런데 이번에는, 그들이 그녀의 차 안에 있고, 해안을 따라 내려가고 있고, 바깥에서 해가 비추고, 차 안에 해의 줄무늬가 생겼기 때문에, 순간적으로 그는 숨을 쉴 수 없었다.

"왜요?" 그녀가 물었다.

그는 혼자 미소를 지었다.

"내가 머리 만지는 것을 보고 웃으시네요. 남편도 나를 놀리곤 했는데."

"아니, 아니. 마음에 들어요."

"그만하세요."

"정말이라니까요. 얼마나 마음에 드는지 말로 할 수가 없어요."

그녀는 얼굴을 찌푸리며 조심스럽지만 그 말을 믿어보겠다는 표정을 지었다.

길이 숨을 들이쉬고 내쉬며 해안을 끌어안았다. 주위의 햇빛을 맛볼 수 있고, 만질 수 있을 것 같았다. 그 모든 것, 군데군데 쓰레기가 쌓인 텅 빈 땅이 사랑스러웠다. 여자 대학과 남자 대학을 따로 둔—같은 건물의 양쪽 끝에 있었다—의대도 사랑스러웠다. 어딘지 몬티셀로*와 비슷해 보이는 건물이었다.

"무슨 희극 같지요, 그렇죠?" 그녀가 말했다.

"뭔가 명확한 면이 있네요."

그녀는 웃음을 터뜨리더니 다시 그를 눈여겨보았다.

"불안해하지 마세요."

"내가 그렇게 보이나요?" 그는 황홀할 따름이었다.

"나를 보면 안 돼요."

"그냥 경치를 구경하고 있었습니다. 다른 수많은 해안이 떠오르네요. 물가의 분홍색 어도비 벽돌집. 하얀 요트들."

그는 등을 뒤로 기대고, 지나가는 바다, 그 옆에 목걸이처럼 줄지어 있는 희게 바랜 집들을 구경했다.

---

* 미국 제3대 대통령 토머스 제퍼슨의 사저.

"어디 출신이죠?" 그가 물었다.

"그러니까, 우리 부모가 어디 출신이냐는 건가요? 아니면 부모의 부모?"

그는 전례 없는 민족들의 조합이 등장할 것임을 알았다.

"그런 질문인 것 같네요." 그가 말했다. "괴상한 질문인가요?"

"아니, 아니에요. 사실 여러 군데 출신이거든요. 여기, 레바논. 아랍 피도 좀 있지만, 할아버지는 스위스예요. 한쪽 증조부는 그리스고요. 그쪽에는 네덜란드도 좀 섞였고, 물론 영국에 가족들이 많아요. 내 안에 모든 게 다 있는 셈이죠."

"나도 그랬으면 좋겠어요."

"아마 이미 다 있을걸요."

"아직 잘 몰라요."

"뭐, 알아낼 수 있어요, 앨런."

"압니다. 알아요. 다 어디서 왔는지 알아내고 싶어요. 친가든 외가든 위쪽까지 다. 물어보고 돌아다닐 겁니다."

그녀가 미소를 지었다. "어쩌면 그럴 때가 되었는지도 모르겠네요." 그러다가 꾸짖는 소리처럼 들릴 수도 있다는 걸 깨달았는지 이렇게 덧붙였다. "내 말은, 앨런에게 시간이 많다는 거예요."

앨런은 전혀 불쾌하지 않았다. 그는 그녀의 말에 완전히 동의했다.

"우리 애들이 이걸 어떻게 이해할 거라 생각하세요?" 그가 물었다.

"무슨 뜻이죠? 앨런과 나요? 우리가 어떤 커다란 문화 충돌을 보여줘서요?"

"그런 것 같네요."

"왜 이러세요. 우리를 가르고 있는 건 아주 가는 실에 불과해요."

"뭐, 나도 그렇게 생각합니다."

"실제로 그래요." 그녀가 정색한 눈으로 그를 보았다. "나는 우리가 그런 게임을 하는 건 용납하지 않을 거예요. 아주 짜증나요. 그런 건 대학생들한테나 맡겨요."

강철 대문이 진입로를 막고 있었는데, 운전사가 해가리개 어딘가에 있는 단추를 누르자 문이 열렸다. 대문이 옆으로 미끄러지면서 크림색과 흰색이 섞인, 아치형 창과 분홍색 문과 커튼을 갖춘 수수한 농장 저택이 드러났다.

안으로 들어가니, 운전사는 앞쪽 방으로 가고 자라가 앨런을 뒤쪽, 바다를 마주보는 방으로 안내했다. 그녀는 둘이 마실 주스를 따르고 소파 옆자리에 앉았다. 바깥의 바다는 요란하고 거친 파란색이었고, 아주 작은 흰 파도를 먼지처럼 흩뿌려놓은 듯했다. 방 건너편에는 스위스 알프스로 보이는 그림이 있었다.

"해변가 주택에 저런 게 걸려 있으니 이상하네요." 앨런이 말했다.

"누구나 다른 어딘가에 있고 싶어하니까요." 그녀가 말했다.

그들은 그림을 물끄러미 보았다.

"끔찍해요, 안 그래요? 오빠는 가는 곳마다 그림을 사요. 모든 리조트 타운에서요. 취향이 최악이죠."

"눈을 본 적 있어요?"

자라는 천장을 보며 웃음을 터뜨렸다. 천둥이 울리는 것 같았다.

"뭐라고요? 앨런, 당신 정말 곤혹스러운 분이네요. 어떤 일에는 아주 똑똑한데 다른 많은 일에는 완전히 무지해요."

"당신이 눈을 봤다는 걸 내가 어떻게 알겠습니까?"

"내가 스위스에서 공부했다는 건 알잖아요. 거기엔 눈이 있다고요."

"어디냐에 따라 다르죠."

"나는 스키를 수십 번 탔어요."

그는 무슨 말을 해야 할지 알 수 없었다.

"오, 앨런."

"알겠어요, 눈을 본 적 있으시군요. 미안합니다."

그녀는 그를 보았고, 눈을 감았고, 그를 용서했다.

그녀는 남은 주스를 마저 마시다가, 잔에 대고 웃음을 터뜨렸다.

"수영하러 갈 시간이에요."

"무슨 말입니까, 수영이라니?"

"수영하러 간다니까요. 당신은 오빠 수영복을 빌려 입으면 돼요."

그는 욕실에 들어가 파란 반바지로 갈아입었고, 준비가 되자 유리문 옆에 섰다. 그 너머에 작은 모래 해변이 펼쳐져 있었고, 바다로 이어지는 경사로 같은 것도 있었다. 경사로는 해저 콘크리트 통로처럼 보였고, 뒤쪽 발코니에서 바다까지 이어졌다. 보트 진수대처럼 깨끗하고 기하학적이었다.

등에 손길이 느껴졌다.
"준비됐나요?"
그저 그녀의 손가락일 뿐이었는데, 그는 평정을 완전히 잃고 말았다.
"그럼요. 합시다." 그렇게 말하며 그는 자신을 혐오했다.

감히 돌아볼 수가 없었다. 곧 그녀가 수영복을 입은 모습을 마음껏 볼 수 있으리라. 그녀는 계속 그의 뒤에 있으면서 앞으로 나오지 않았고, 그녀의 손가락은 그의 등에 머물러 있었으며, 그는 움직이지 않는 쪽을 택했다. 그녀는 그가 이상한 경사로를 보고 있다는 걸 알았다.
"삼촌이 스노클링을 좋아해서, 자신을 위해 만든 거예요. 잔인하고 제멋대로인 방법이지만, 효과는 있어요. 여기 아직도 물고기가 살아요."
그녀의 삼촌이 실제로 바다 바닥을 준설했기 때문에, 산호를 밟지 않고 쉽게 물에 들어가는 길이 생길 수 있었다.
"들어가세요." 그녀가 말하며 스노클과 마스크를 건넸다. "뒤따라갈게요. 기사를 심부름 보내야 해요."

그는 문을 열고, 밖으로 나가 바다로 향했다. 이곳 바닷물이 압둘라왕의 솟아오르는 도시 가장자리의 바닷물보다 시원했다. 경사로가 끝나자 바다 바닥은 돌이 많아졌고 빠르게 가팔라졌다.

앨런은 서서 헤엄을 치면서 스노클을 머리에 썼다. 물에 얼굴이 닿자마자 바다가 맑고 산호가 많다는 것을 알 수 있었다. 밝은 주황색 물고기들이 부산스럽게 그의 시야로 흘러들었다. 그는 밑의 산호가 그리는 선을 따라서 바깥쪽으로 더 밀고 나갔다. 산호는 화려하게 살아 있었고, 사람 손을 타긴 했지만, 무성하게 자라고 있었다. 몇 분 되지 않아 그는 거대한 흰동가리가 원을 그리며 헤엄치고, 복어가 덩치에 비해 작은 지느러미로 꾸물꾸물 움직이는 것을 보았다. 쥐돔 무리, 녹빛 비늘돔. 두리번거리는 코럴그루퍼는 언제나 불만족스러운 표정이었다.

그는 숨을 쉬러 수면으로 올라왔다. 볼 것이, 색깔이 너무 많았고, 말도 안 되는 모양들도 있었다. 자라가 보일까 해서 집 쪽을 바라보았지만 아무것도 보이지 않았다. 안달하는 것처럼 보이고 싶지 않아서 그는 해안에서 고개를 돌리고 바다 바닥의 산호를 따라 밖으로, 더 깊은 곳으로 갔고, 더 큰 물고기들, 얕은 물과 깊은 물 사이를 자유롭게 왕래하는 물고기들을 보았다. 앞쪽에, 갑자기 낭떠러지가 나타났다. 아래의 물은 잉크빛이었고, 바닥이 보이지 않았다. 마스크 앞으로 어떤 형체가 흐르듯이 지나갔다. 밝고 눈부시고 거대했다. 그는 발길질을 해 물위로 올라가서, 위에서 그 형체를 보려 했다.

그 형체도 위로 올라왔다. 자라였다.

"앨런!"

그의 심장이 망치질을 했다.

"겁을 주고 싶었는데, 그렇게까지 겁을 낼 줄은 몰랐어요."

그는 기침을 하고 있었다.

"정말 미안해요."

마침내 그는 입을 열 수 있었다. "괜찮아요. 겁을 먹지 말았어야 했는데."

그는 그녀를 보았다. 머리가 보였다. 머리카락을 위로 묶어 턱선이 드러나 있었다―상상했던 것보다 훨씬 섬세했다. 물에 젖은 그녀는 아름다웠다. 검은 머리칼이 반짝거리고, 눈에는 불이 붙은 듯했다.

그러나 나머지는 모두 물밑에 있었다.

"밑으로 돌아가야겠어요." 그녀가 말했다. "이웃들 때문에."

그녀는 후미를 둥글게 둘러싼 집들을 향해 고갯짓을 했다.

"하지만 미리 말해둘 게 있어요. 나는 앨런과 같은 차림이에요. 누가 우리가 스노클을 하는 것을 보면, 남자 둘이라고 생각할 거예요. 둘 다 맨 등이 드러나 있고, 남자 반바지를 입고 있으니까. 이해했어요?"

그는 이해했다고 생각했지만, 사실은 이해하지 못했다. 다시 마스크를 물에 넣을 때까지는. 그제야 그는 알았다. 그녀는 상의를 입고 있지 않았다. 반바지에는 파란 줄무늬가 있었다. 남성용이었다. 그는 숨을 한 번 건너뛰었다. 어이쿠. 그는 그녀의 뒤를 따라가며, 그녀의 길고 강한 두 다리, 자취를 남기는 듯한 긴 손가락들을 지켜보았다. 해가 그녀의 모든 곳을 어루만지고, 섬광전구가 펑펑 터졌다.

그녀가 그를 돌아보았고 놀랐나요? 하고 말하는 것처럼 마스크 주위로 격한 웃음이 번지고 있었다. 그녀는 자신이 얼마나 멋진지, 자신이 그를 얼마나 기쁘게 하는지 어느 정도 알고 있었다. 이내 그녀는 다시 몸을 돌려, 마치 무슨 업무를 수행하듯 아래를, 물고기 수천 마리와 보고도 믿어지지 않는 온갖 색깔의 말미잘, 살아서 위를 향해 손을 뻗는 모든 것을 가리켰다.

그는 가까이 다가가고 싶어서, 모든 것을 가지고 싶어서 죽을 지경이었다. 우연히 그녀에게 몸을 비비고, 그녀와 함께 물속에서 몸을 비틀며 뒹굴고, 그녀의 입에 대고 소리를 지르고 싶었다. 그러나 그저 그녀의 뒤를 따르는 것으로 만족하기로 하고, 그녀의 젖가슴을 보기 위해, 밑의 물고기와 산호는 무시한 채, 빛을 발하며 흔들흔들 나아가는 그녀의 밑으로 내려갔다.

그녀는 그를 자기 옆에서 헤엄치게 하려 했지만, 그는 그녀의 시야에 들어가지 않기 위해 그녀 뒤로 처졌다. 해안선을 따라 헤엄칠 때 그는 기회를 잡고, 그녀에게 아래 있는 거대한 클라운피시를 보여주려는 척하며 그녀의 주의를 끈 뒤에 그녀의 발목을 잡았다. 그녀가 그에게 다가와, 그의 팔을 잡고, 꽉 쥐었다. 마침내 그가 기다리던 답이 온 것이다. 그는 확신했다. 하지만 이제 어떻게 한단 말인가? 이 물에는, 이 하늘 아래에는, 너무 많은 자극이 있었다. 빛이 그녀의 밝은 살 위에서 격자무늬로 어른거렸다. 그는 올라갔다 내려오는 그녀의 엉덩이, 발길질하는 그녀의 다리, 물결치는 그녀의 벌거벗은 몸보다 아름다운 것을 본 적이 없었다. 그녀는 깊은 곳으로 더 헤엄쳐나가다 바다 바닥이 갑자기 가장 짙은 파란색 속으로 곤두박질치는 곳에서 멈추었다.

그녀는 수면으로 올라갔고 그도 뒤를 따라갔다.
그녀가 마스크를 벗었다.
"숨 좀 쉬어요." 그녀가 말했다.
그는 숨을 쉬었다. 그러자 그녀가 두 손을 위로 쭉 뻗고 아래로 내려갔다.

그도 그녀를 따라 아래로 내려갔다. 그녀는 몸이 가라앉도록 물을 위로 밀어올렸다. 3미터, 6미터. 그는 그녀를 만났고, 그와 만나자 그녀는 그를 붙들었고, 그는 그녀의 몸이 기대오는 것을 느꼈다. 그녀가 그에게 키스했지만, 둘 다 입을 다물고 있었고, 이내 그녀가 그의 가슴, 젖꼭지에 키스했다. 그는 그녀의 배로 내려가, 그곳에 키스하고, 올라오면서 입으로 그녀의 한쪽 젖꼭지를, 그리고 다른 쪽 젖꼭지를 물었고, 그녀는 손가락으로 그의 머리카락을 헤집었다. 이윽고 그녀는 사라졌다. 그녀는 수면으로 쑥 올라갔고 그도 뒤를 따랐다.
그가 숨을 들이쉬며 해와 만났을 때, 그녀는 멀리서, 하늘을 등지고 스노클을 조절하고 있었다. 그는 그녀를 쫓아갔다. 그들은 다시 남자인 척, 친구인 척하면서 천천히 집으로 돌아갔다. 경사로에 가까워졌을 때, 그녀가 몸을 돌리고 그는 남아 있어야 한다는 손짓을 보냈다. 그는 뒤에 남아서 그녀를 지켜보았다. 그녀는 위로 올라가서 몸에 타월을 두르고 서둘러 안으로 들어갔다.

왔다갔다 헤엄을 치며 스노클을 하는 척했지만 그는 안에 무슨 움직임이 없나 지켜보고 있었다. 마침내 손 하나가 창에서 나와 안으로 오라고 손짓하는 게 보였다. 그는 서둘러 경사로를 올라가 문을 열었다.
"이쪽이에요." 그녀가 말했다.

그는 그녀의 목소리를 따라 다른 방으로 갔다. 그곳에서, 그녀는 옷을 입은 채 바닥에 책상다리를 하고 앉아 있었고, 주위에 베개들이 흩어져 있었다. 그녀는 반바지에 탱크톱 차림이었는데, 둘 다 헐렁했고, 둘 다 흰색이었다. 동력은 사라졌다. 적어도 그에게는. 그는 그녀의 맞은편에 앉으며 멍청한 웃음을 지었다.
"자." 그녀가 말했다.

그녀가 그의 손을 잡고는 자기 손가락을 그의 손가락들 사이에 끼워넣었다. 두 사람 모두 엉켜 있는 그들의 손을 보았다. 그는 그 위에 무언가를 쌓아갈 수 없었고, 다음에 무엇을 해야 할지도 알 수 없었다. 그는 자기도 모르게 대추야자가 담긴 그릇을 보고 있었다.

"하나 드실래요?" 그녀가 약이 올라 농담을 했다.

"네." 그는 까닭 없이 그렇게 말했다. 그는 하나를 집어 과육을 씹었지만, 늘 그렇듯, 자신 때문에, 해야 할 일을 해야 할 때 하지 못하는 무능한 자신 때문에 참담한 기분이었다.

다 먹은 뒤 씨를 슬며시 접시에 내려놓자, 그녀가 그에게 다가와 모로 누웠다. 그도 똑같이 누워, 그녀의 형태를 흉내냈다. 아주 가까워서 그녀의 숨을 얼굴에 느낄 수 있었고, 그녀 혀의 짠물 냄새까지 희미하게 맡을 수 있었다.

그가 그녀에게 미소를 지었다. 그녀의 이런 움직임이 초대라는 것을 알았지만, 그는 호응하지 않았다.

"좋네요." 그는 그 이상 어떤 것을 불러낼 수 없었다.

그녀는 참을성 있게 웃음을 지었다. 그는 마음을 가라앉혔다. 그녀에게 키스를 해야 한다는 것을 알았다. 그런 다음에는 그녀의 몸 위로 올라가야 할 터였다. 그는 그녀의 어깨를 어디에 놓을지, 자신의 두 손을 어디에 놓을지, 단계들을 머릿속에 그려보았다. 아주 오랜만이었다. 이런 결정을 내리는 게 팔 년만이었다.

그는 바깥을, 해에 흠뻑 젖은 하늘을, 알 수 없는 바다를 흘끗 보았고, 그 거대함에서 힘을 찾았다. 저 물속에서 죽은 백만의 생명체, 저 태양, 비슷한 수십억 개의 빛 중에서 하나의 강한 흰빛에 불과한 저 태양 아래 사는 수십억의 생명체. 따라서 이 모든 것은 그렇게 중요하지 않았고, 그렇게 어려운 일도 아니었다. 아무도 보고 있지 않고, 그와 자라 외에 누구도 이 방에서 무슨 일이 벌어질지 관심을 갖지 않으니—대수롭지 않음에서 태어난 엄청난 힘!—그는 그냥 원하는 대로 하는 편이 나았다. 그것은 그녀에게 키스하는 것이었다.

그는 얼굴을 그녀의 얼굴 쪽으로, 그 생기 넘치는 입술 쪽으로 움직였다. 그는 과녁을 맞히지 못할 위험을 감수하고 눈을 감았다. 그녀가 콧구멍으로 숨을 내쉬었고, 그 따뜻한 숨이 그의 입을 쓸고 지나갔다. 그의 입술이 그녀의 입술에 닿았다. 아주 부드러웠다, 너무 부드러웠다. 그 안에는 무게중심을 잡아줄 바닥짐이 없었다—베개 위에 베개만 있을 뿐이었다. 그는 더 움직일 힘을 얻기 위해 더 강하게 밀어붙였고, 입술을 눌러서 열었다. 그녀가 입술을 벌렸고, 그에게 입을 열었으며, 그 맛은 바다의 맛, 깊고 서늘한 바다의 맛이었다.

그가 손으로 그녀의 머리를 잡았는데 머리카락은 생각했던 것보다 바삭거렸다. 부드럽지 않았다, 전혀. 그녀의 머리카락을 손으로 빗다가 그는 그녀의 목을 발견하고 머리를 손으로 감싸 가까이 끌어당겼다. 그녀가 숨을 내쉬었다. 이제 그녀의 손이 그의 허리에 있었다. 그 긴 손가락, 그 손톱. 그는 그것들이 움켜쥐고, 다다르고, 잡아당기기를 바랐다.

그는 입술을 그녀의 목으로 가져가, 혀로 어깨에서 턱까지 핥고, 그녀의 몸 위로 올라갔다. 그 뜨거운 살냄새—이것은 충분한 보상이었다. 그녀가 그의 귀에 허락의 말을 중얼거렸다. 그녀의 숨이 느껴졌다. 그녀는 아주 너그럽거나 아니면 다행스럽게도 만족시키기 쉬운 편이었다. 그의 걱정이 달아났다.

그녀가 손을 위쪽으로 뻗으며 쿠션을 찾았다. 그가 장식용 쿠션을 찾아내 그녀의 들어올린 머리 밑에 받쳤다. 짧은 순간 그들의 눈이 다시 만나, 웃음을 짓고, 수줍어하고, 놀라움을 드러냈다. 그 눈, 행성만큼 큰 눈―그는 그녀가 그를 보고 다시 생각하지 않도록 이제 그 눈이 감기기를 바랐다. 그녀는 그의 누런 치아, 치아의 충전재, 수많은 흉터, 울퉁불퉁한 살, 어지럽고 부주의하게 살아온 삶의 누더기를 보게 될 것이었다. 하지만 어쩌면 그는 그 망가진 부품들의 총합 이상일지도 몰랐다. 그녀는 이미 그 안을 보았다, 그렇지 않은가? 그녀는 그의 내부에서 죽은 것을 끄집어냈고, 자르고 당기고 토닥였으며, 그래도 여기에 있고 싶어했다.

그녀는 그를 다시 자기 안으로 끌어당겼고 그의 입이 그녀의 열린 입과 만났다. 이제 그녀의 움직임은 새삼 다급해졌다. 손톱이 그의 목덜미의 머리카락을 헤집었다. 다른 한 손은 그의 등의 살을 움켜쥐고 있었다.

방 건너에 거울이 보였다. 그 안에 그들이 보였고, 그의 두 팔이 그녀의 몸을 감싼 것이 보였다. 그는 강해 보였고, 두 팔은 그을렸고, 핏줄은 팽팽했다. 그는 역겨워 보이지 않았다. 나는 누군가 보고 고개를 돌려버릴 섹스는 하고 싶지 않아. 루비는 그렇게 말했다. 그녀는 그런 것이 서른다섯이면 끝일 거라고 생각했다. 갑자기 고통이, 차가운 번개 같은 후회가 그의 몸을 뚫고 지나갔다. 그들이 서로에게 한 모든 짓, 그의 삶의 근본적인 실수, 그녀에게 상처를 주고 그녀로부터 상처를 받느라 낭비한 시간, 우리가 가진 얼마 안 되는 삶을 앗아가버리는 끔찍한 것들. 그는 다시 자라의 눈을, 그를 용서해주고 그가 웃음 짓는 것을 보며 밝아지는 거무스름한 눈을 보았다.

그는 그녀에게 몸을 밀어붙이며 자신의 신음 소리를 들었다.
"그거 고맙네요." 그녀가 말했다.
그는 그녀의 귓속에 웃음을 터뜨리고 쇄골까지 키스를 이어갔다.
"힘을 아끼는 거예요?" 그녀가 물었다.
"아니, 아닌데. 내가 그러나요?"
"안으로 들어와요." 그녀가 소곤거렸다.
그는 들어가려 했지만, 자신이 준비가 되지 않았다는 것을 알았다.
"나도 무척 원해요." 그가 말했다.
"다행이에요." 그녀가 말했다.
그러나 그들은 어느새 이런저런 실패에 대해, 아예 협조하지 않거나 이따금씩만 협조하는 신체 부위에 대해 사과하고 있었다. 그가 준비가 되었을 때는 그녀가 준비가 되지 않았고, 그래서 그는 움츠러들었다. 그럼에도 그들은 필사적으로, 서툴게 애무했고, 보답은 점점 줄어들었다. 한번은 그녀 뒤로 가려다 그가 팔꿈치로 그녀의 이마를 치고 말았다.
"아야."
그는 무너지며 천장을 보았다.

382

"자라, 정말 미안해요."

그녀는 일어나 앉아서, 두 손을 무릎에 올렸다.

"다른 생각해요?"

그는 다른 생각을 하지 않았다, 전혀 하지 않았다. 사실 그는 그녀를 원하고, 그녀의 살과 그녀의 입과 숨과 목소리를 즐기는 데 정신이 완전히 소모된 나머지 다른 생각은 머리에 들어오지도 않았다.

"어쩌면." 그가 말했다.

그는 거짓말을 할 수밖에 없었다. 그는 그녀에게 그의 마음을 짓누르는 일들에 대해, 팔리지 않는 집, 집의 썩는 냄새, 호수에서 자살한 남자, 아주 많은 사람들에게 진 빚, 딸을 제대로 키우기 위해 필요한 돈, 여기 사막에서 뭔가 기적적인 일이 일어나지 않으면 당연히 얻어야 할 것을 얻지 못하게 될 훌륭한 딸에 대해 이야기했다.

"꼭 오늘일 필요는 없어요." 그녀는 그렇게 말했지만, 그에게 그 말은, 꼭 이럴 필요는 없어요, 라고 들렸다.

"젠장." 그가 말했다. "젠장 젠장 젠장 젠장 젠장 젠장."

"괜찮아요." 그녀가 말했다.

"젠장 젠장 젠장."

"쉬이." 그녀가 말했다. 그들은 권투선수들처럼 피곤해하며, 서로 몸을 기댄 채, 해가 바닷속으로 쏟아져들어가는 것을 지켜보았다.

XXXIII

어스름이 집의 하얀 벽들은 파랗게, 분홍색 커튼은 자주색으로 채색했다. 바깥의 바다는 불온하고 어두웠다.

앨런과 자라는 부엌 식탁에 앉아 화이트 와인을 마시고 있었다. 그는 대추야자를 다 해치웠다.

"몇 주 파리에 다녀와야 해요." 그녀가 말했다.

앨런은 이런 일에 마음의 준비를 하고 있었다.

"사우디에는 얼마나 있을 것 같아요?" 그녀가 물었다.

그는 알지 못했다.

그들은 한 병을 다 마시고 한 병을 더 땄다. 그들은 세상을 너무 사랑했고, 그 모든 면에 실망했기 때문에, 부엌 식탁에 앉아 와인을 한 병 더 마시는 것이 그 모든 것을 기릴 수 있는 가장 확실한 방법이었다.

자라는 그에게 한 잔을 더 따라주었다.

앨런은 자라가 자신이 떠나기를 기다리고 있다는 느낌을 받았다. 그러나 그는 그녀의 운전수와 함께 그곳에 왔기 때문에 그녀가 보내기 전에는 갈 수가 없었다.

"이야기 하나 해도 될까요?" 그가 물었다.
"그럼요." 그녀가 말했다.
"아드님을 위한 이야기가 있어요. 이름이 뭐라고 했더라?"
"무스타파."
"무스타파, 좋네요. 좋은 이름이에요."
앨런은 취했고, 자라가 그것을 알기를 바랐다.
"반갑네요. 받아 적을까요?"
"그럴 필요 없어요. 핵심은 기억하게 될 테니까."
"노력해보죠."
"좋아요. 나는 아버지하고 캠핑을 몇 번 갔어요."
"아, 또 캠핑이로군요."
"이건 캠핑 얘기가 아니에요. 들어보세요."
"듣고 있어요."

그는 그들의 잔을 다시 채웠다. 앞이 거의 보이지 않았지만 감각은 아주 예민해졌다.

"열 살이나 열두 살 때였어요. 아버지가 나를 뉴햄프셔에 데려
간 적이 있어요. 차를 몰고 어떤 국립공원으로 데려갔습니다. 그냥
끝도 없는 숲이 펼쳐진 곳이었죠. 우리는 차를 세우고, 차에서 내
려, 숲속 깊이 걸어들어갔어요. 적어도 네 시간은 걸었어요. 마지
막 세 시간 동안은 사람을 한 명도 보지 못했죠. 그리고 무엇보다
도, 아주 외딴곳이었습니다. 이른 아침이었어요. 동틀 때 출발했거
든요. 눈 덧신을 가져가서, 가루눈이 깊어지면 그걸 신곤 했죠. 걷
는 게 엄청나게 피곤했어요. 물과 간식을 먹으려고 자주 쉬었어요.
육포나 견과, 그런 걸 먹었습니다. 그러다가 비탈을 계속 올라갔어
요. 오후 세시가 되니까 벌써 해가 지기 시작해서 걷기를 중단했습
니다. 어느 방향에서도 문명의 표시는 볼 수 없었어요. 나는 이제
내려가겠거니 생각했습니다. 날씨가 추워지고 있었고 영하 5도나
10도까지 내려갈 것이었으니까요. 게다가 우리가 입은 건 몸의 온
기를 유지하는 데 도움이 되지 않았고요."

"아버지는 무슨 생각을 하고 있었던 거죠? 텐트는 있었나요?"
자라는 깜짝 놀란 표정이었다.

"나도 아버지한테 그걸 물어봤어요. '우리 텐트는 있어요?' 나는
아버지한테 어떤 계획이 있는 줄 알았어요. 하지만 아버지는 그런
사실을 방금 깨달은 사람처럼 행동하더군요. 어두워지기 전에 돌
아갈 수 없고, 거기서 밤을 보냈다가는 얼어죽을 거라는 걸 말이에
요. 이리나 곰이 나타날지도 모른다는 건 말할 것도 없고."

"이리나 곰이요?" 그녀가 물었다. 의심스러워하는 표정이었다.

"믿으세요."

"선택의 여지가 없는 것 같군요."

"아버지가 나한테 이러더군요. '어떻게 해야 할까?' 그 순간 나는 이게 어떤 시험이라는 걸 깨달았어요. 아버지 눈에 나를 시험하는 기색이 있었거든요. 그래서 내가 알고 있는 보이스카우트 이야기를 생각해냈어요. '피난처를 지어야 해요.' 아버지도 바로 그런 생각을 하고 있었어요. 아버지는 배낭을 열더니 도끼하고 밧줄을 꺼냈어요. 통나무로 피난처를 지을 계획이었던 거죠. 뗏목처럼 묶어서 말이에요."

"어머 저런."

"아버지가 묻더군요. '우리한테 시간이 얼마나 있다고 생각하니?' 해가 져서 영하로 내려가기 전까지 얼마나 남았느냐는 거였죠. '두 시간쯤요.' 내가 대답했어요. '네 말이 맞는 것 같다. 어서 시작하는 게 좋겠다.' 아버지가 말했죠."

"강인한 분이시군요." 자라가 말했다.

"남들이 그렇게 생각해주는 걸 좋아하죠. 그래서 우리는 시작했어요. 번갈아 도끼질을 하고 묶었습니다. 아주 가느다란 너도밤나무 줄기를 스무 개쯤 묶어서 판을 두 개 만들었어요. 그다음에는 눈을 치워 가로 세로 약 6미터의 네모난 공간을 확보했어요. 그리고 거기서 조립을 했죠. 아주 모양새 좋은 A자 모양 집이 되었습니다. 그리고 솔잎을 모아 바닥에 깔았어요."

"안락했을 것 같네요."

"놀랄 만큼 안락했어요. 우리는 피난처 주위에 벽을 쳤죠. 90센티미터 정도 높이로 사방을 둘러쌌습니다. 바람을 막으려고요. 지붕에 눈도 덮었어요. 단열을 위해 30센티미터 정도 높이로."

"밑으로 새지 않나요?"

"영하 5도에서는 새지 않아요. 그게 우리한테 있는 최고의 단열재였죠."

"침낭은 있었나요?"

"아뇨, 없었습니다."

"그 사람 미치광이네요."

"어쩌면요. 아버지가 물었습니다. '얘야, 이제 우리한테 뭐가 필요하지?' 나는 알고 있었어요. 우리는 바늘과 실, 아니면 덕트 테이프 같은 게 필요했어요. 그래서 그렇게 말했더니, 아버지가 덕트 테이프 한 롤을 꺼내더군요."

"뭐에 쓰려고요?"

"우리 옷으로 침낭을 만들려고요."

"설마."

"정말입니다. 우리는 재킷을 자른 다음 테이프로 붙여서 크고 넓은 침낭을 만들었어요. 그런 다음에 긴 내복을 입고 그 안에서 잤죠."

"침낭에서 함께 잔 거네요."

"네, 맞아요. 솔직히 말해서, 그렇게 해놓고 거기 누우니, 아주 따뜻했어요."

"불도 없었는데."

"불도 없었어요. 그냥 서로뿐이었어요."

"그럼 아침에는요?"

"테이프로 재킷을 다시 원래 모양으로 붙여서 입고 집으로 갔어요."

"그러니까 뭔가를 지어서 목숨을 구한 거네요. 알아들었어요. 하지만 아버지는 그 과정에서 둘 다 죽일 뻔했잖아요."

"그런 것 같네요." 앨런은 대꾸하며 웃음을 터뜨렸다.

"나도 웃어도 되는 거죠, 그렇죠?" 자라가 물었다.

"그럼요."

"좋아요. 왜냐하면 생각해보니 거의 모든 게," 그녀는 말하면서 손으로 방을 훑었는데, 그 안에 집, 바깥의 바다, 왕국 전체, 세상과 하늘 전체가 들어갔다. "아주, 아주 슬프거든요."

XXXIV

열하루 뒤, 왕이 정말로 킹 압둘라 경제도시를 찾아왔다. 왕의 방문은 그날 아침 아홉시에 발표되었고, 왕의 자동차 행렬은 정오 직후에 도착했다. 그는 이십 분 동안 도시의 텅 빈 도로를 돌아다니고, 웰컴센터에서 십오 분을 보낸 뒤, 수행원들과 함께 프레젠테이션 텐트로 향했다.

앨런과 젊은 사람들은 준비가 되어 있었다. 왕은 그날 가져온 왕좌 같은 의자에 앉고, 수행한 무리는 하얀 소파 여러 곳에 앉았다. 브래드와 레이철과 케일리가 프레젠테이션을 시작했고, 아무런 차질 없이 진행되었다. 매끈한 양복을 입은 브래드가 청중을 환영하고 기술을 설명한 뒤 다른 사람을 소개했는데, 그 사람은 런던에 있었지만, 아하, 토브와 구트라 차림으로, 무대 날개 쪽에서 성큼

성큼 걸어나왔다. 그는 텐트 안, 무대 위에 나타나, 영어와 아랍어로 이야기하며 걸어다녔다. 그는 브래드와 한동안 대화를 주고받고, 이런 종류의 기술은 릴라이언트의 방대한 능력의 한 측면에 불과하다면서, KAEC에서 함께 큰 성공을 거두게 되기를 기대하고 있다고 강조했다. 이어서 그 런던 사람은 모두에게 감사하다고 말한 뒤 떠났고, 브래드도 모든 사람에게 감사를 표한 다음 무대에서 내려왔다. 그는 앨런과 다른 젊은 사람들에게 입 모양으로 자신이 이 공연을 어떻게 평가하는지 알려주었다. 굉장했어요!

프레젠테이션이 끝나자 압둘라왕은 가볍게 박수를 쳤지만 아무 말도 하지 않았다. 후속 질문은 없었다. 앨런이 그들의 제안에 관해 논의하고 싶어하는 사람이 있을 경우를 대비해 문 근처에 있었지만, 왕도 수행원 중 어떤 누구도 릴라이언트에서 나온 누군가에게 말을 걸지 않았다. 단 한 사람도. 앨런은 왕의 조카 이야기에 대해 언급할 기회가 없었다. 그와 왕 사이에는 사람들이 네 줄로 서 있었고, 왕은 몇 분 뒤 그를 수행하는 사람들을 모두 이끌고 떠나버렸다.

앨런은 그들의 차가 도로를 따라 움직이는 것을 지켜보았으나, 오래 지켜볼 필요가 없었다. 그들은 블랙박스 지하 주차장으로 사라졌다. 앨런은 건물 밖에 하얀 밴 세 대가 단정하게 줄을 맞추어 서 있는 것을 보았다. 그곳에 있는 동안 건물 밖에 어떤 차량이 그런 식으로 주차한 것을 본 적이 없었기 때문에, 자세히 보려고 다가갔다. 밴마다 옆면에 두 줄로 글자들이 박혀 있었다. 첫번째 줄은 아랍어, 두번째 줄은 중국어였다. 앨런은 둘 다 읽을 수 없었다.

그는 눈길을 끌지 않으려고 조심하면서 건물 밖에서 거의 두 시간을 기다렸다. 마침내 왕이 수행원들, 그리고 양복 차림의 중국인 대표단과 나타났다. 모두들 악수를 하고, 따뜻하게 미소를 지었다. 왕은 블랙박스로 돌아갔고, 몇 분 뒤 그의 차량 행렬이 차고에서 나오더니 도시를 떠났다. 중국 비즈니스맨들도 밴을 타고 떠났다. 그들이 떠나면서 남긴 흙먼지 벽이 가라앉는 데는 몇 시간이 걸렸다.

그들이 떠나자 앨런은 블랙박스로 달려갔고, 마하가 안내 데스크에 있는 것을 보았다.

"안녕하세요 앨런." 그녀가 말했다.

"그 사람들이 여기 왜 있었던 겁니까?" 그가 물었다.

돈. 로맨스. 자기 보존. 인정.

"왕에게 프레젠테이션을 하려고요." 그녀가 말했다. "앨런과 마찬가지로."

"IT 말인가요?"

"그런 것 같은데요."

"그런데 그 사람들은 여기 있었습니까? 건물 안에?"

마하가 웃음을 지었다. "달리 어디 있겠어요?"

"그 사람들이 왕이 오늘 여기 온다는 건 어떻게 안 겁니까?" 그가 물었다.

마하는 앨런을 오랫동안 바라보다가 이윽고 입을 열었다. "그냥 운이 좋았던 것 같은데요."

그날 오후, 릴라이언트의 젊은 사람들은 장비를 철거하고 짐을 싼 다음, 장비와 함께 셔틀에 몸을 실었다. 그들은 계속 있어봤자 의미가 없다고 생각해, 다음날 사우디아라비아를 떠났다.

앨런은 남았다. 그는 다음 사흘 동안 매일 텐트에 다시 갔다. 카림 알 아마드를 만날 수 있을지 모른다고 기대했기 때문이다. "알 아마드 씨는 프레젠테이션 날 이후로 아주 바빠지셨어요." 마하가 앨런에게 말했다.

마침내, 어느 날 앨런이 텐트의 하얀 플라스틱 의자에 혼자 앉아 있을 때, 문을 두드리는 소리가 들렸다. 앨런은 대답했다. 카림 알 아마드였다. 그는 앨런에게, 안타깝지만 신도시에 IT를 공급하는 계약은 다른 회사로 넘어갔다고 말했다. 그의 말에 따르면 그 회사는 훨씬 빠르게, 반도 안 되는 비용으로 IT를 공급할 수 있었다.

"중국 회사인가요?" 앨런이 물었다.

"중국 회사요? 잘 모르겠는데요." 알 아마드가 말했다.

"잘 모르겠다고요?

알 아마드는 머릿속을 뒤지는 시늉을 했다.

"그게, 중국 회사일 수도 있을 것 같네요. 네, 그런 것 같습니다. 그렇다고 뭐가 달라지나요, 앨런?"

"없죠." 앨런이 말했다.

사실 달라질 것은 전혀 없었다.

"어쨌든 홀로그램은 좋아했나요?" 앨런이 물었다.

"누가요?"

"왕이요."

"아, 좋아하셨습니다, 아주 좋아하셨죠." 알 아마드가 말했다. 그의 목소리에는 감정이 가득했다. 동정심 같았다. "아주, 아주 훌륭하다고 생각하셨습니다."

앨런은 플라스틱 창 너머로, 파란 물과 지는 해를 보았다. "내가 여기 계속 있을 이유가 있다고 보세요?" 그가 물었다.

"계속 KAEC에요?"

"네. 릴라이언트가 도와드릴 수도 있는 다른 몇 가지 서비스가 있거든요. 그게 아니더라도, 나는 이 도시를 세우는 데 큰 도움을 줄 수 있는 다른 회사 몇 군데와 일을 하고 있고요."

알 아마드는 손가락을 입에 댄 채 잠시 서 있었다.

"음, 며칠 생각할 여유를 좀 주세요, 앨런. 정말이지 나는 앨런을 돕고 싶습니다."

"그래요?"

"그럼요. 왜 아니겠습니까?"

앨런은 아주 많은 이유를 떠올릴 수 있었다. 그러나 호의라고 받아들일 수밖에 없었다. 건망증을 기대할 수밖에 없었다.

"그럼 계속 있어야 할지도 모르겠군요." 앨런이 말했다.

어쨌든 쫓겨나는 것은 아니었고, 게다가 그는 아직, 이렇게 빈손으로 집에 돌아갈 수는 없었다. 그러니까 계속 있게 될 것이다. 그래야 했다. 그렇지 않으면 왕이 다시 왔을 때 누가 여기 있겠는가?

A
HOLO
GRAM
FOR
THE
KING

감사의 말

늘 그리고 그 누구보다도, VV에게.

이 책의 모든 면에 노력을 기울인 맥스위니스 실무진에게 크나큰 감사를 드린다. 고마워요, 애덤 크레프먼, 로라 하워드, 크리스 잉, 브라이언 맥멀런, 선라 톰프슨, 첼시 호그, 앤디 머드, 줄리엣 리트먼, 샘 라일리, 미건 데이, 러셀 퀸, 레이철 콩, 맬컴 폴린저, 브렌트 호프, 실라 헤티, 로스 시모니니, 하이디 줄라비츠, 앨리슨 싱클레어, 스콧 코언, 엘리 호로위츠, 월터 그린, 크리스 멍크스. 엠-J 스테이플스와 대니얼 검바이너는 무수한 작업과 광범위한 조사, 까다로운 마지막 단계 작업에 큰 도움을 주었다. 그들의 열정 덕분에 나는 계속 힘을 낼 수 있었다. 맥스위니스 편집자들인 에선 노소프스키, 조던 배스, 앤드루 릴런드, 미셸 퀸트에게 특별히 감사를 드리는데, 그들은 이 책을 여러 번 읽을 수밖에 없었고, 그들의 편집은 적확했고 눈부셨다.

이 책은 내가 2008년 처남 스콧 노이만과 나눈 대화에서 비롯되었는데, 그는 그해에 어떤 다국적 기업에서 맡긴 일 때문에 킹 압둘라 경제도시로 갔다. 이 소설은 스콧이 KAEC에 머물던 시기와는 거의 닮은 데가 없지만, 나는 그가 아주 흔쾌히 내게 전해준 통찰 넘치는 이야기에 큰 도움을 받았다. 내 친구이자 가족, 버네서와 잉거, 두 사람에게도 감사해요.

사우디아라비아에도 감사하고 싶은 친구들이 많지만, 그중에서도 안내자이자 친구, 전문가이자 철학자 왕인 맘두 알 하르티에게 첫번째로 감사를 전한다. 그의 환대를 결코 다 갚을 수 없을 것이다. 시인이자 말썽꾼이며 친구인 하산 하트라시, 용감한 저널리스트이자 시나리오 작가인 파이자 암바에게도 감사한다. 파이자 암바는 이 책의 초고와 수정본을 읽었고, 주요한 논평과 격려를 해주었다.

다양한 형태로 이 책을 읽는 중요한 역할을 해준 누르 엘라시, 와자하트 알리, 로런스 웨슐러, 닉 혼비, 티시 스콜라, 알리아 말렉, 로디 도일, 브렛 오해러, 스티븐 엘리엇, 그리고 내 형제들인 빌과 토프에게도 깊이 감사한다. 경이적인 소설가 겸 편집자 피터 페리, 톰 바바시, 피터 오너는 초인적인 능력으로 이 책을 여러 번 읽어주었다.

그들의 우정, 그리고 영업과 제작, 컨설팅 분야의 전문지식에 대해 폴 바이더, 토머스 오메라, 에릭 브라티모스, 그랜트 하일랜드, 스콧 노이만, 폴 스콜라, 피터 위스너에게 큰 감사를 드린다.

지금까지 오랜 세월 나를 인도해주고 옹호해준 것에 대해 앤드루 와일리, 샐리 윌콕스, 데비 클라인, 린지 윌리엄스, 제니 잭슨, 킴벌리 제이미, 루크 잉그럼, 세라 챌펀트, 오스카 반 젤더렌, 사이먼 프로서, 헬게 마코, 케르스틴 글레바, 크리스틴 조디스, 오렐리앙 마송 등 이런 책들을 새로운 독자에게 소개해온 수많은 편집자, 출판사, 번역자에게 감사드린다.

미시간주 덱스터에 있는 톰슨-쇼어 인쇄소의 케빈 스폴, 앤지 퍼게이트, 조시 모셔, 헤더 슐츠, 캔디 토비어스, 수 루브, 제니 테일러, 마이크 슈벨, 리치 맥도널드, 앤드리아 코에테, 릭 고스, 크리스티나 발라드, 프랭키 홀, 빌 스티플러, 마이크 워런, 앤서니 로버츠, 팀 킹, 토냐 홀리스터, 뎁 롤리, 존 베넷, 폴 워스틴, 제니퍼 러브, 알론다 영, 샌디 딘, 맷 마시, 르네 그레이, 아드난 아불 후다, 수 슈레이, 제니 블랙, 데비 두이블, 스티브 랜더스, 코니 애덤스, 팻 머피, 롭 마이어스, 앨 필립스, 존 해럴, 존 케플러, 달린 반 룬, 섀넌 올리버, 다이앤 테리언, 메리 매코믹, 데이브 밍거스, 샌디 캐슬, 셰리 존스, 스티브 멀린스, 빌 딜리시, 라이언 요컴, 도리스 징크, 에드 스튜어트, 로버트 파커, 테리 발로, 소 탠티피덤, 코디 딜리시, 데이브 미첨, 바네사 반 데 카 등 모든 실무진에게 감사한다.

주: 이 책에는 시카고를 기반으로 수십 년 동안 자전거를 제조해온 슈윈의 역사 가운데 일부가 포함되어 있다. 기본적인 날짜와 회사의 흐름은 역사적 사실에 충실하지만, 이 책은 어디까지나 소설이며, 앨런 클레이라는 사람은 실제로 슈윈에서 일한 적이 없고, 그가 그곳에서 경험한 것은 허구다. 슈윈이라는 주제에 관해 훌륭하게 취재하고 기록한 논픽션을 읽고 싶다면 1996년 헨리 홀트에서 출간한 주디스 크라운과 글렌 콜먼의 『No Hands: The Rise and Fall of the Schwinn Bicycle Company, An American Institution』을 찾아보라. 내 소설도 이 훌륭한 책에서 큰 도움을 얻었다.

옮긴이 **정영목**
서울대학교 영문학과를 졸업하고 동 대학원을 졸업했다. 전문번역가로 활동하며 현재 이
화여대 통역번역대학원 교수로 재직중이다. 옮긴 책으로『로드』『선셋 리미티드』『제5도살
장』『아버지의 유산』『미국의 목가』『에브리맨』『울분』『포트노이의 불평』『굿바이, 콜럼버
스』『네메시스』『죽어가는 짐승』『달려라, 토끼』 등이 있다.『로드』로 제3회 유영번역상을,
『유럽문화사』로 제53회 한국출판문화상(번역 부문)을 수상했다.

문학동네 세계문학
왕을 위한 홀로그램

초판인쇄 2018년 2월 12일 | 초판발행 2018년 2월 23일

지은이 데이브 에거스 | 옮긴이 정영목 | 펴낸이 염현숙
책임편집 정혜림 | 편집 홍유진 이현정 | 모니터링 이희연
디자인 김현우 이원경 | 저작권 한문숙 김지영
마케팅 정민호 정진아 함유지 김혜연 강하린 | 홍보 김희숙 김상만 이천희
제작 강신은 김동욱 임현식 | 제작처 한영문화사

펴낸곳 (주)문학동네
출판등록 1993년 10월 22일 제406-2003-000045호
주소 10881 경기도 파주시 회동길 210
전자우편 editor@munhak.com | 대표전화 031) 955-8888 | 팩스 031) 955-8855
문의전화 031) 955-3576(마케팅) 031) 955-8861(편집)
문학동네카페 http://cafe.naver.com/mhdn | 트위터 @munhakdongne

ISBN 978-89-546-5032-8 03840

www.munhak.com